Ullstein

W0407144

ÜBER DAS BUCH:

Richard Bolitho ist Leutnant geworden und läuft 1774 als Dritter Offizier auf der Fregatte *Destiny* nach Rio de Janeiro aus. Ihr Auftrag ist die Suche nach einem verschwundenen Goldtransporter, denn die Admiralität in London befürchtet, daß mit diesem Gold der Aufstand in den jungen amerikanischen Kolonien unterstützt wird. Am schweren Borddienst unter einem harten Kommandanten, am jähen Tod guter Freunde, aber auch an einer ersten Liebe reift Richard Bolitho zu dem Mann heran, der den späteren Seehelden schon ahnen läßt. Dieser Roman steht chronologisch an vierter Stelle der inzwischen auf zwanzig Titel angewachsenen marinehistorischen Romanserie um den Seehelden Richard Bolitho.

DER AUTOR:

Alexander Kent kämpfte im Zweiten Weltkrieg als Marineoffizier im Atlantik und im Mittelmeer und erwarb sich danach einen weltweiten Ruf als Verfasser spannender Seekriegsromane. Seine marinehistorische Romanserie um Richard Bolitho machte ihn zum meistgelesenen Autor dieses Genres nach C. S. Forester. Seit 1958 sein erstes Buch erschien (*Schnellbootpatrouille*), hat er über vierzig Titel veröffentlicht, von denen die meisten bei Ullstein vorliegen oder vorbereitet werden. Sie erreichten eine Gesamtauflage von 15 Millionen und wurden bisher in 14 Sprachen übersetzt. – Alexander Kent, dessen wirklicher Name Douglas Reeman lautet, ist aktiver Segler, Mitglied der Royal Navy Sailing Association und Governor der Fregatte *Foudroyant* in Portsmouth, des ältesten noch schwimmenden britischen Kriegsschiffes.

Alexander Kent

Kanonenfutter

Leutnant Bolithos Handstreich in Rio

Roman

Ullstein

Ullstein/maritim
Nr. 22933
Herausgegeben von J. Wannenmacher
im Verlag Ullstein GmbH,
Frankfurt/M – Berlin
Titel der Originalausgabe:
Stand Into Danger
Aus dem Englischen von Fritz Wentzel

Neuauflage des Ullstein Buches 20144

Umschlagentwurf: Hansbernd Lindemann
unter Verwendung einer
Farbillustration von Nicholas Pocock:
Englische Kriegsschiffe vor Dover
Entnommen dem Buch *Maler der See* von
Jörgen Bracher, Michael North und Peter
Tamm, Koehlers Verlagsgesellschaft,
Herford
Alle Rechte vorbehalten
© Highseas Authors Ltd. 1980
© Übersetzung 1981
Verlag Ullstein GmbH,
Frankfurt/M – Berlin
Printed in Germany 1993
Gesamtherstellung: Ebner Ulm
ISBN 3-548-22933-6

Februar 1993
Gedruckt auf Papier
mit chlorfrei
gebleichtem Zellstoff

Die Deutsche Bibliothek –
CIP-Einheitsaufnahme:

Kent, Alexander:
Kanonenfutter: Leutnant Bolithos
Handstreich in Rio; Roman/Alexander
Kent. [Aus dem Engl. von Fritz Wentzel]. –
Neuaufl. – Frankfurt/M; Berlin: Ullstein,
1993
(Ullstein-Buch; Nr. 22933: Maritim)
Einheitssacht.: Stand into danger
<dt.>
Früher als: Ullstein-Buch; Nr. 20144
ISBN 3-548-22933-6
NE: GT
Vw: Reeman, Douglas [Wirkl. Name] →
Kent, Alexander

Vom selben Autor
in der Reihe
der Ullstein Bücher:

Die Feuertaufe (3363)
Die Entscheidung (22725)
Zerfetzte Flaggen (3441)
Bruderkampf (3452)
Der Piratenfürst (3436)
Strandwölfe (3495)
Fieber an Bord (3522)
Nahkampf der Giganten (3558)
Feind in Sicht (20006)
Der Stolz der Flotte (20014)
Eine letzte Breitseite (20022)
Galeeren in der Ostsee (20072)
Admiral Bolithos Erbe (20485)
Der Brander (20591)
Donner unter der Kimm (20973)
Die Seemannsbraut (22177)
Des Königs Konterbande (22330)
Mauern aus Holz, Männer aus Eisen
(22824)

Außerdem 21 moderne Seekriegsromane

Inhalt

FÜR WINIFRED,
IN LIEBE

I Willkommen an Bord

Richard Bolitho drückte dem Mann, der seine Seekiste zur Pier getragen hatte, ein paar Münzen in die Hand. Ihn fröstelte in der naßkalten Luft. Obwohl der Vormittag schon halb herum war, lagen die langgestreckten Häuserreihen von Plymouth und die Umgebung noch in Nebelschwaden gehüllt. Kein Windhauch war zu spüren, alles wirkte düster und unheimlich.

Bolitho reckte sich und ließ seine Blicke angestrengt über das kabbelige Wasser des Hamoaze schweifen. Dabei spürte er die ungewohnt steife Leutnantsuniform, die – wie alles in seiner Seekiste – funkelnagelneu war: die weißen Aufschläge auf seinem Rock ebenso wie der Hut mit der im Dreieck hochgeschlagenen Krempe, den er etwas ungeschickt auf sein schwarzes Haar gestülpt hatte. Sogar Kniehose und Schuhe stammten aus demselben Geschäft in Falmouth – seiner Heimatstadt in der Grafschaft auf der anderen Uferseite –, von demselben Schneider, der, wie schon seine Vorfahren, neuernannte Seeoffiziere eingekleidet hatte, seit man sich erinnern konnte.

Dies war ein großer Augenblick für Richard Bolitho, die Verwirklichung all seines Hoffens und Strebens: dieser erste, oft unerreichbar scheinende Schritt vom Kadettenlogis zur Offiziersmesse, zur Würde eines Königlichen Seeoffiziers.

Er drückte seinen Hut so fest in die Stirn, als wolle er sich damit noch einmal selber bestätigen. Es war tatsächlich ein großer Augenblick.

»Sie wollen auf die *Destiny*, Sir?«

Der Mann, der seine Seekiste getragen hatte, stand immer noch neben ihm. In dem trüben Licht wirkte er ärmlich und abgerissen, doch unverkennbar als das, was er einmal gewesen war: ein Seemann.

Bolitho sagte: »Ja, sie muß irgendwo da draußen liegen.«

Der Mann folgte seinem Blick über das Wasser, doch seine Augen schienen in unbekannte Fernen zu schauen.

»Eine schöne Fregatte, Sir. Knapp drei Jahre alt.« Er nickte traurig. »Sie wird schon seit Monaten ausgerüstet. Es heißt, für eine lange Reise.«

Bolitho dachte über den Mann und all die Hunderte von Männern nach, die in den Häfen und Küstenorten herumlungerten, Arbeit suchten und sich dabei nach der See sehnten, die sie so oft aus vollem

Herzen verflucht hatten.

Aber man schrieb jetzt Februar 1774, und bekanntlich befand sich England seit Jahren im Frieden. Sicherlich gab es hier und da auf der Welt kriegerische Zusammenstöße, aber dabei ging es meist um örtliche Handelsinteressen oder um Selbstbehauptung. Die alten Feinde blieben trotzdem die gleichen: entschlossen, ihre Zeit abzuwarten und den schwachen Punkt des Gegners zu finden, um diesen eines günstigen Tages zu benutzen.

Schiffe und Männer, die einst ihr Gewicht in Gold wert gewesen waren, hatte man ausgemustert. Die Schiffe verrotteten, die Seeleute – wie diese zerlumpte Gestalt mit fingerloser rechter Hand und einer tiefen Narbe auf der Backe – hatte man ohne Abfindung und Versorgung einfach an Land gesetzt.

Bolitho fragte: »Auf welchem Schiff sind Sie gefahren?«

Der Mann schien plötzlich zu wachsen, als er antwortete: »Auf der *Torbay*, Sir. Unter Käpt'n Keppel.« Genauso schnell sank er wieder zusammen. »Gibt's eine Chance für mich bei Ihnen an Bord, Sir?«

Bolitho schüttelte den Kopf. »Ich bin neu und weiß noch nicht, wie es auf der *Destiny* aussieht.«

Der Mann seufzte. »Ich werde Ihnen ein Boot rufen, Sir.«

Er steckte zwei Finger seiner heilen Hand in den Mund und ließ einen durchdringenden Pfiff ertönen. Als Antwort hörte man durch den Nebel das Plätschern von Riemen, und dann näherte sich langsam ein Ruderboot.

Bolitho rief: »Zur *Destiny*, bitte!«

Als er sich umdrehte, um seinem abgerissenen Begleiter noch ein paar Münzen zuzustecken, war der schon wie ein Geist im Nebel verschwunden.

Bolitho kletterte ins Boot, zog seinen neuen Umhang fester und klemmte den Säbel zwischen die Knie. Das Warten war vorüber. Es hieß nicht länger: übermorgen oder morgen. Es war jetzt.

Das Boot dümpelte und gluckste in dem kabbeligen Wasser, während der Ruderer Bolitho mit wenig Sympathie musterte. Wieder so ein junger Fant, der armen Seeleuten das Leben zur Hölle machen wird, dachte er wohl. Und er mochte überlegen, ob der junge Offizier mit dem ernsten Gesicht und dem schwarzen, im Nacken zusammengebundenen Haar überhaupt wußte, was er für das Übersetzen bezahlen mußte. Er sprach mit dem Akzent eines Mannes aus dem Westen. Auch wenn er nur ein »Ausländer« vom jenseitigen Ufer war, aus Cornwall, so würde er sich doch von ihm nicht anschmieren lassen.

Bolitho rekapitulierte noch einmal, was er bisher über sein neues Schiff erfahren hatte: drei Jahre alt, hatte der zerlumpte Träger gesagt. Er sollte es wissen. Denn ganz Plymouth grübelte darüber, warum man sich in diesen schweren Zeiten solche Mühe mit der Ausrüstung und Bemannung einer Fregatte machte.

Im übrigen: Mit achtundzwanzig Kanonen bestückt, dabei schnell und beweglich, war die *Destiny* ein Schiffstyp, von dem die meisten jungen Offiziere träumten. Im Krieg war eine Fregatte nur lose der Flotte zugeordnet, war schneller als jedes größere Schiff und stärker als jedes kleinere: kurz, ein Faktor, mit dem man rechnen mußte. An Bord einer Fregatte gab es auch bessere Aussichten auf frühzeitige Beförderung, und später – wenn man den Gipfel, nämlich das Kommando über solch ein Schiff, erreicht hatte – bot sie auch Aussicht auf kühne Unternehmungen und reiche Prisengelder.

Bolitho dachte an sein letztes Schiff, das Linienschiff *Gorgon*: vierundsiebzig Kanonen, riesengroß und plump, mit einem Gewimmel von Menschen, mit gewaltigen Segeln, meilenlangem Tauwerk und riesigen Masten und Rahen. Es war außerdem eine Schule gewesen, eine sehr strenge Schule, in der die jungen Kadetten und Fähnriche vieles lernen mußten, vor allem aber, ihre Gefühle zu beherrschen und auch Ungerechtigkeiten zu ertragen.

Bolitho schaute hoch, als der Bootsmann sagte: »Müßte jetzt in Sicht kommen, Sir.«

Bolitho spähte nach vorn, froh über die Unterbrechung. Was hatte seine Mutter gesagt, als er sich von ihr in dem großen grauen Haus in Falmouth verabschiedet hatte? »Wirf alles hinter dich, Dick. Du kannst nichts ungeschehen machen. Darum paß jetzt auf dich auf. Die See taugt nicht für Träumer.«

Die Nebelwand wurde erst dunkler und teilte sich dann, als das vor Anker liegende Schiff aus dem Dunst auftauchte. Das Boot näherte sich seinem Bug von der Steuerbordseite und schwabberte unter dem weit vorragenden Klüverbaum nach achtern. Wie Bolithos neue Uniform auf der nassen Pier, so schien die *Destiny* in den trüben Nebelschwaden zu schimmern.

Von ihrer schlank wirkenden, schwarz-gelben Bordwand bis zu den drei Mastspitzen war sie ein Vollblut. Ihre Wanten, Stage und Pardunen waren neu geteert, ihre Rahen sauber quergebraßt, und jedes Segel war sorgfältig aufgetucht.

Bolitho schaute zur Galionsfigur empor, die ihn zu begrüßen schien. Es war die schönste Figur, die er je gesehen hatte: ein barbusiges Mädchen, dessen ausgestreckter Arm auf den fernen Horizont zu weisen schien. In der anderen Hand hielt es einen Lorbeerkranz. Nur die goldenen Blätter und die starren blauen Augen setzten Farbakzente in das reine Weiß der Gestalt.

Zwischen zwei Riemenschlägen erläuterte der Bootsmann: »Man sagt, der Holzschnitzer hat seine junge Braut als Modell für die Figur benutzt, Sir.« Er zeigte grinsend seine häßlichen Zähne. »Ich wette, er hat ein paar Kerls wegboxen müssen, ehe er sie bekam.«

Bolitho musterte die Fregatte, als sie an ihrer Bordwand entlangdümpelten, und sah, daß sich ein paar Leute auf der Laufbrücke hoch über ihm zu schaffen machten. Sie war ein schönes Schiff. Er hatte Glück gehabt.

»Boot ahoi!«

Sein Bootsmann antwortete: »Aye! Zur *Destiny*!«

Bolitho bemerkte einige Bewegung an der Fallreepspforte, aber keine große Aufregung. Die Antwort auf den Anruf hatte genug ausgesagt. »Aye« hieß: Das Boot brachte einen Offizier, der aber nicht alt genug war, um jemanden an Bord zu beunruhigen, geschweige denn den Kommandanten.

Bolitho stand auf, als zwei Matrosen ins Boot sprangen, um es festzuhalten und seine Kiste herauszuholen. Bolitho musterte sie kurz. Er war noch nicht ganz achtzehn Jahre, aber seit seinem zwölften Lebensjahr auf See und hatte in dieser Zeit gelernt, Matrosen einzuschätzen.

Sie sahen kräftig und zäh aus, aber das Äußere konnte manches verbergen. Viele Seeleute waren der Auswurf von Gefängnissen und Schwurgerichten, die man an Bord geschickt hatte, anstatt sie zu deportieren oder dem Henker zu übergeben.

Die Matrosen traten in dem dümpelnden Boot beiseite, als Bolitho dem Ruderer Geld gab. Der Mann steckte es in sein Wams und grinste. »Danke, Sir. Und viel Glück!«

Bolitho kletterte das Fallreep hoch und trat durch die Pforte im Schanzkleid aufs Deck der Fregatte. Er staunte über den Unterschied zu einem Linienschiff, obwohl er ihn erwartet hatte. Die *Destiny* schien nahezu chaotisch vollgestopft mit vielerlei Dingen; von den zwanzig Zwölfpfündern auf ihrem Oberdeck bis zu den kleineren Stücken weiter achtern schien jeder Quadratzoll sinnvoll genutzt. Da lagen und hingen sauber aufgeschossene Schoten,

Fallen und Brassen, standen in ihren Klampen festgezurrte Beiboote und exakt ausgerichtete Musketen in ihren Gestellen am Fuß jedes Mastes, während dazwischen und überall sonst, wo noch Platz war, Männer hantierten, die er alle bald namentlich kennen würde.

Ein Leutnant trat zwischen den Fallreepsgästen vor und fragte: »Mr. Bolitho?«

Bolitho rückte seinen Hut zurecht. »Aye, Sir. Melde mich an Bord!«

Der Leutnant nickte nur kurz. »Folgen Sie mir. Ihre Sachen lasse ich nach achtern bringen.« Er gab einem Matrosen eine leise Anweisung und rief dann laut: »Mr. Timbrell! Schicken Sie ein paar Leute in den Vortopp! Es sah da oben aus wie in einem Affenstall, als ich das letztemal nachschaute.«

Bolitho zog im letzten Augenblick den Kopf ein, als sie unter den Überhang des Achterdecks traten. Auch hier schien ihm alles eng und überfüllt: noch mehr Kanonen, jede sorgsam hinter ihrer geschlossenen Stückpforte festgezurrt, dazu der Geruch von Teer und Tauwerk, frischer Farbe und eng zusammengedrängten Menschen – das Flair eines lebenden Schiffes.

Er versuchte, den Leutnant, der ihn nach achtern zur Offiziersmesse führte, abzuschätzen. Er war schlank, hatte ein rundes Gesicht und den etwas gequälten Ausdruck eines Mannes, der zeitweise Verantwortung trägt.

»Da wären wir.«

Der Leutnant öffnete eine Lamellentür, und Bolitho trat in sein neues Heim. Trotz der Zwölfpfünder mit ihren schwarzen Mündungen, die daran erinnerten, daß es an Bord eines Kriegsschiffes keinen Platz gab, der vor herumfliegendem Eisen sicher war, sah der Raum überraschend gemütlich aus. Er enthielt einen langen Tisch wie in einem Kadettenlogis, aber mit hochlehnigen Stühlen statt der Bänke, wie er sie jahrelang gewohnt gewesen war. Dann gab es Wandgestelle für Trinkgläser, andere für Säbel und Pistolen, und der Fußboden war mit bemaltem Segeltuch bespannt.

Der Leutnant wandte sich zu Bolitho um und musterte ihn aufmerksam. »Ich heiße Stephen Rhodes und bin der Zweite Offizier.« Er lächelte und wirkte dadurch jünger, als Bolitho ihn eingeschätzt hatte. »Da dies Ihr erstes Kommando als Offizier ist, will ich versuchen, es Ihnen so leicht wie möglich zu machen. Nennen Sie mich Stephen, wenn Sie wollen, aber vor den Leuten ›Sir‹.« Rhodes wandte den Kopf und rief: »Poad!«

Ein kleiner hagerer Mann in blauem Jackett huschte durch eine andere Tür herein.

»Bringen Sie Wein, Poad. Dies ist unser neuer Dritter Offizier.«

Poad machte eine kleine Verbeugung. »Ist mir ein Vergnügen, Sir.«

Als er davoneilte, bermerkte Rhodes: »Ein guter Steward, aber er klaut. Sie lassen also besser nichts Wertvolles herumliegen.« Er wurde wieder ernst. »Unser Erster Offizier ist in Plymouth, hat da irgendwas zu erledigen. Er heißt Charles Palliser. Anfangs wirkt er etwas barsch. Er ist schon seit Indienststellung der *Destiny* mit unserem Kommandanten an Bord.« Unvermittelt wechselte er das Thema. »Sie können froh sein, dieses Kommando bekommen zu haben.« Es klang wie ein Vorwurf. »Sie sind noch sehr jung. Ich bin dreiundzwanzig und nur darum schon Zweiter Offizier, weil mein Vorgänger umgekommen ist.«

»Im Kampf gefallen?«

Rhodes grinste. »Nein, nichts Heroisches. Er wurde von einem Pferd abgeworfen und brach sich das Genick. Ein prima Bursche in seiner Art, aber so ist es nun einmal.«

Bolitho beobachtete den Messe-Steward, der Gläser und eine Flasche in Reichweite von Rhodes abstellte. Er sagte: »Ich war selber überrascht, als ich diese Kommandierung bekam.«

Rhodes sah ihn forschend an. »Das klingt nicht sehr begeistert. Sind Sie nicht gern zu uns gekommen? Mann, es gibt Hunderte, die vor Freude an die Decke springen würden, wenn sich ihnen eine solche Chance böte.«

Bolitho schaute weg. Ein schlechter Anfang.

»Das ist es nicht. Aber mein bester Freund wurde vor einem Monat getötet.« Jetzt war es heraus. »Ich kann es immer noch nicht glauben.«

Rhodes' Blick wurde milder; er schob ihm ein Glas hin.

»Trinken Sie, Richard. Das wußte ich nicht. Manchmal kann ich es nicht begreifen, warum wir all dies hier auf uns nehmen, anstatt – wie andere – bequem an Land zu leben.«

Bolitho lächelte ihn an. Außer seiner Mutter zuliebe hatte er in letzter Zeit kaum einmal gelächelt.

»Was haben wir für Befehle, Stephen?«

Rhodes ließ sich in seinen Stuhl zurückfallen. »Niemand außer unserem Kommandanten weiß Bestimmtes. Wir machen eine lange Reise südwärts, das ist gewiß. In die Karibik vielleicht oder noch weiter.« Er schüttelte sich und starrte auf die nächste Stückpforte. »Gott, bin ich froh, daß wir diese Nässe hier bald hinter uns haben.« Er nahm einen schnellen Schluck. »Wir haben eine gute Besatzung, zum größten Teil wenigstens, mit den üblichen Galgenvögeln dazwischen. Der Steuermann ist erst kürzlich vom Maat zum Deckoffizier befördert worden, aber er ist ein guter Navigator, wenn er auch gegenüber seinen Vorgesetzten manchmal etwas wichtig tut. Und heute abend werden wir unser volles Kontingent an Midshipmen bekommen. Zwei davon sind erst zwölf, beziehungsweise dreizehn Jahre alt.« Er grinste. »Seien Sie nicht zu lasch mit ihnen, Richard, nur weil Sie selber vor kurzem Midshipman waren. Wenn etwas schiefgeht, sind nämlich Sie dran, nicht die Jungen.«

Rhodes zog eine Uhr aus der Hosentasche. »Der Erste Offizier muß jeden Augenblick zurückkommen. Ich scheuche jetzt besser schon die Fallreepsgäste raus. Er liebt eine tadellose Vorstellung, wenn er an Bord kommt.«

Er zeigte auf eine kleine, mit Segeltuchwänden abgeteilte Kammer. »Die gehört Ihnen, Richard. Sagen Sie Poad, was Sie brauchen, dann wird er die anderen Stewards anweisen, sich darum zu kümmern.« Impulsiv streckte er Bolitho die Hand hin. »Schön, daß Sie bei uns sind. Willkommen!«

Bolitho saß in der leeren Messe und lauschte auf das Geräusch der Blöcke und Leinen und der trappelnden Füße über seinem Kopf. Er hörte rauhe Stimmen, das Trillern einer Bootsmannsmaatenpfeife, als irgendein Ausrüstungsstück aus einem längsseit liegenden Boot an Bord gehievt wurde, um dort registriert und in irgendeiner Last verstaut zu werden.

Bald würde Bolitho die Gesichter der Mannschaft kennen, ihre Stärken und ihre Schwächen. Und in dieser niedrigen Messe würde er sein tägliches Leben, seine Hoffnungen und Enttäuschungen mit seinen Messekameraden teilen: mit den beiden anderen Wachoffizieren, mit dem Offizier der Seesoldaten, dem neuernannten Steuermann, dem Schiffsarzt und dem Zahlmeister – den wenigen Auserwählten unter der Besatzung von rund zweihundert Seelen.

Er hätte den Zweiten Offizier gern noch nach dem Kommandanten gefragt. Aber Bolitho war zwar sehr jung für seinen Rang, doch immerhin erfahren genug, um zu wissen, daß die Frage ungehörig gewesen wäre. Aus Rhodes' Sicht wäre es Wahnsinn gewesen, einem eben an Bord Gekommenen zu vertrauen und ihm gegenüber seine persönliche Meinung über den Kommandanten der *Destiny* zu äußern.

Bolitho öffnete die Tür zu seiner kleinen Kammer. Sie war kaum länger als die pendelnd aufgehängte Koje, bot aber daneben genügend Platz zum Sitzen. Ein Stück privates Territorium, soweit man in einem kleinen, von Leben überquellenden Kriegsschiff davon reden konnte. Doch im Vergleich zu seiner Hängematte im übervollen Kadettenlogis des Orlopdecks war dies ein Palast.

Seine Beförderung war sehr schnell gekommen, wie Rhodes bemerkt hatte. Wenn der ihm unbekannte Leutnant nicht durch einen Sturz vom Pferd umgekommen wäre, hätte es diese freie Stelle kaum gegeben.

Bolitho öffnete die obere Hälfte seiner Seekiste und hängte einen Spiegel an einen der massiven Balken neben der Koje. Er betrachtete sich darin und bemerkte die dünnen Linien, die sich infolge der Anstrengungen der letzten Jahre um seinen Mund und seine Augen eingegraben hatten. Er war auch magerer geworden, muskulös und sehnig, wie es nur Bordernährung und harte Arbeit fertigbringen.

Poad schaute zu ihm herein. »Ich könnte ein Mietboot anheuern und in die Stadt schicken, um etwas Sonderproviant für Sie zu besorgen, Sir.«

Bolitho lächelte. Poad war wie ein Standbesitzer auf einem Markt in Cornwall.

»Ich habe mir schon einiges herbestellt, danke.« Er bemerkte Poads Enttäuschung und fügte hinzu: »Aber wenn Sie sich darum kümmern wollen, daß es richtig verstaut wird, wäre ich Ihnen verbunden.«

Poad nickte kurz und trollte sich. Er hatte sein Angebot gemacht, und Bolitho hatte richtig reagiert. Irgendwann würde schon etwas für ihn dabei herausspringen, wenn Poad die privaten Vorräte der Offiziere unter seine Obhut nahm.

Eine Tür ging geräuschvoll auf, und ein hochgewachsener Offizier trat in die Messe, warf seinen Hut auf eine Kanone und rief gleichzeitig nach Poad.

Er musterte Bolitho ausgiebig, wobei er alles, von den neuen Schuhschnallen bis zur Haartolle, in sich aufzunehmen schien.

Er sagte: »Ich bin Palliser, die Nummer Eins.«

Er hatte eine lebhafte Art zu sprechen. Als Poad mit einem Krug Wein hereinkam, blickte er zu ihm hinüber.

Bolitho betrachtete den Ersten Offizier neugierig. Er war sehr groß und mußte sich daher unter die niedrigen Decksbalken bücken. Ende der Zwanzig, schien er aber die Erfahrungen eines weit Älteren zu besitzen. Er und Bolitho trugen die gleiche Uniform, doch waren sie so verschieden voneinander, als ob ein Abgrund zwischen ihnen läge.

»Sie sind also Bolitho.« Seine Augen wanderten über den Rand des Bechers zu ihm. »Sie haben ein gutes Führungszeugnis; das heißt: auf dem Papier. Aber dies ist eine Fregatte, Mr. Bolitho, und kein überbemanntes Linienschiff Dritten Ranges. Hier ist es erforderlich, daß sich jeder Offizier und jeder Mann voll einsetzt, damit dieses Schiff schnellstens seeklar wird.« Er nahm noch einen kräftigen Schluck. »Melden Sie sich also bitte an Deck. Nehmen Sie die Barkasse, und fahren Sie an Land. Sie müssen die Umgebung hier doch kennen, wie?« Ein Lächeln huschte über sein Gesicht. »Gehen Sie mit einem Rekrutierungskommando ans Westufer und durchkämmen Sie die umliegenden Ortschaften. Little, der Stückmeistersmaat, wird Sie begleiten. Er kennt das Geschäft. Wir haben auch ein paar Plakate, die Sie in den Gasthöfen aufhängen können. Wir brauchen etwa zwanzig tüchtige Burschen, kein Gesindel. Unsere Besatzung ist zwar komplett, aber wie es damit am Ende einer langen Reise aussieht, ist ein anderes Kapitel. Ein paar Leute werden wir zweifellos verlieren. Jedenfalls hat es der Kommandant so befohlen.«

Bolitho hatte geglaubt, er könne erst einmal auspacken, seine Leute kennenlernen und nach der langen Fahrt von Falmouth etwas zu sich nehmen.

Um seine Anordnung abzurunden, sagte Palliser fast nebenbei: »Heute ist Dienstag. Seien Sie bis Freitag mittag zurück. Verlieren Sie keinen von Ihren Leuten, und lassen Sie sich nicht übers Ohr hauen!«

Mit lautem Türknall rauschte Palliser aus der Messe und rief draußen irgendeinen Namen.

Rhodes tauchte in der offenen Tür auf und lächelte ihm ermutigend zu. »Pech gehabt, Richard. Aber er gibt sich härter, als er ist. Er hat Ihnen eine gute Gruppe für die Aufgabe ausgesucht. Ich habe Erste Offiziere kennengelernt, die einem Anfänger eine Auslese von Halunken mitgegeben hätten, nur um ihm nach erfolgloser Rückkehr tüchtig Zunder geben zu können.« Er zwinkerte ihm zu. »Mr. Palliser wird bald selber ein Schiff haben. Denken Sie immer daran, es hilft einem beträchtlich.«

Bolitho lächelte. »In diesem Fall mache ich mich besser gleich auf den Weg.« Er hielt einen Moment inne. »Und vielen Dank noch für den Willkommensgruß.«

Rhodes ließ sich in einen Stuhl fallen und dachte ans Mittagessen. Er hörte, wie draußen in der Barkasse die Riemen klargelegt wurden und der Bootssteurer seine Befehle gab. Was er bisher von Bolitho gesehen hatte, gefiel ihm. Gewiß, er war noch sehr jung, aber er machte den Eindruck, als ob er im Kampf oder bei schwerem Wetter seinen Mann stehen würde.

Seltsam, daß man sich niemals Gedanken über die Sorgen und Probleme seiner Vorgesetzten machte, so lange man noch Midshipman war. Ein Offizier, ob jung oder alt, war einfach eine Art höheres Wesen. Eines, das schimpfte und schnell die Mängel bei einem Anfänger entdeckte. Aber jetzt wußte er es besser. Selbst Palliser hatte Angst vor dem Kommandanten. Und wahrscheinlich fürchtete dieser wiederum, bei seinem Admiral oder einem noch Höherstehenden aufzufallen.

Rhodes lächelte. Denn ein paar kostbare Augenblicke lang war er mit sich und der Welt zufrieden.

Little, der Stückmeistersmaat, trat – die großen Hände in die Seite gestemmt – einen Schritt zurück und sah zu, wie seine Männer ein weiteres Werbeplakat aufhängten.

Bolitho zog seine Uhr heraus und blickte über den Dorfanger, als die Kirchenuhr die Mittagsstunde schlug.

Little sagte verdrießlich: »Wär's vielleicht Zeit für einen Schluck, Sir?«

Bolitho holte tief Luft. Wieder ein Tag nach einer schlaflosen Nacht in einem kleinen, nicht besonders sauberen Gasthof, und immer mit der Sorge, daß sein Rekrutierungskommando selber desertieren könnte, trotz Rhodes beruhigender Worte über die gute Auswahl. Aber Little hatte dafür gesorgt, daß es bisher glatt gegangen war. Sein Name paßte überhaupt nicht zu ihm, er war stämmig und übergewichtig, ja dick, und sein Bauch hing wie ein Sack über den Gurt seines Entermessers. Wie er das bei den schmalen Rationen des Zahlmeisters schaffte, war ein Rätsel. Aber er war ein guter Mann, erfahren und ausgekocht, ihn legte niemand herein.

Bolitho sagte: »Noch eine Station, Little, und dann . . .« Er lächelte ihm schuldbewußt zu. »Dann gebe ich für alle einen aus.«

Da strahlten sie: sechs Matrosen, ein Korporal der Seesoldaten und die beiden jungen Spielleute, die wie Zinnsoldaten aussahen.

Ihnen machte es nichts aus, daß der Erfolg ihres Werbezugs miserabel gewesen war. Das Auftauchen von Bolithos Werbern erregte gewöhnlich wenig Interesse, ausgenommen bei Kindern und kläffenden Dorfkötern. Alte Erfahrungen wurden hier – so nahe der See – nicht so schnell vergessen. Viele erinnerten sich noch an die gefürchteten Preßkommandos, die rücksichtslos Männer von ihren Familien weggerissen und auf die Schiffe des Königs gezerrt hatten, wo sie den harten Bedingungen eines Krieges ausgesetzt waren, dessen Ursache sie nicht einmal kannten. Und wie viele dieser Leute waren nie zurückgekehrt!

Bolitho hatte bisher vier Freiwillige gewonnen – aber Palliser erwartete zwanzig – und sie mit einem Begleiter zur *Destiny* geschickt, bevor sie es sich wieder anders überlegen konnten. Zwei von ihnen waren Berufsseeleute, die anderen Knechte, die ihren Arbeitsplatz verloren hatten – ungerechterweise, wie beide versicherten. Bolitho hatte den Verdacht, daß es vielleicht dringendere Gründe für ihre freiwillige Meldung gab, doch blieb ihm keine Zeit, sie auszufragen.

Sie trampelten über den ungepflegten Dorfanger, dessen hohes nasses Gras Bolithos schöne neue Schuhe und Strümpfe beschmutzte. Little legte einen Schritt zu, und Bolitho überlegte, ob es richtig gewesen war, ihnen allen einen Drink zu versprechen. Er gab sich innerlich einen Ruck. Bisher hatte nichts ordentlich geklappt, nun konnte es kaum noch schlimmer kommen.

Little stieß einen Pfiff aus. »Vor der Kneipe stehen Männer, Sir.« Er rieb sich die großen Hände und sagte zu dem Korporal: »Auf, Dipper, laß deine Spielleute loslegen!«

Die beiden Winzlinge in Soldatenuniform warteten, bis ihr Korporal den Befehl an sie weitergab; während der eine dann einen Wirbel auf seiner Trommel schlug, zog der andere eine Querpfeife aus dem Brustriemen und stimmte eine Tanzmelodie an.

Der Korporal hieß Dyer. Bolitho fragte: »Warum nennen Sie ihn Dipper*?«

Little grinste mit abgebrochenen Zähnen, dem untrüglichen Kennzeichen eines Berufsboxers.

»Du meine Güte, Sir, weil er Taschendieb war, bevor ihm die Erleuchtung kam, sich zu den Ochsen** zu melden.«

* Dipper = (Ein-)Taucher
** Ochsen = Spitzname der Matrosen für die Seesoldaten an Bord

Die Männergruppe vor dem Gasthaus schien sich zu zerstreuen, als die Matrosen und Seesoldaten näherkamen. Nur zwei Gestalten blieben stehen, und ein ungleicheres Paar konnte man sich kaum denken.

Der eine war klein und quirlig und hatte eine scharfe Stimme, die Trommel und Querpfeife leicht übertönte. Der andere war groß und kräftig, bis zum Gürtel nackt, und seine Arme und Fäuste hingen herunter wie Waffen, die nur auf ihren Einsatz warteten.

Der kleine Mann, ein Ausrufer vom Jahrmarkt, der sich zunächst über das plötzliche Verschwinden seines Publikums geärgert hatte, sah nun die Seeleute und wandte sich ihnen munter zu.

»Well, well, well, wen haben wir denn da? Söhne des Meeres, echte britische Teerjacken!« Er zog seinen Hut vor Bolitho. »Und ein richtiger Gentleman an ihrer Spitze, zweifellos!«

Bolitho sagte müde: »Lassen Sie die Leute wegtreten, Little. Ich sorge inzwischen dafür, daß der Wirt Bier und Käse herausbringt.«

Der Schausteller schrie: »Wer von euch Tapferen wagt einen Kampf mit meinem Boxer?« Sein Blick wanderte von Mann zu Mann. »Eine Guinee* demjenigen, der gegen ihn zwei Minuten auf den Füßen bleibt!« Die Münze blitzte zwischen seinen Fingern. »Ihr braucht nicht zu gewinnen, Jungs, nur zwei Minuten kämpfen und auf den Füßen bleiben!«

Er hatte jetzt ihre volle Aufmerksamkeit gewonnen, und Bolitho hörte, wie der Korporal Little zuflüsterte: »Wie wär's, Josh? Eine ganze Guinee!«

Bolitho hielt an der Tür des Wirtshauses inne und schaute sich den Preisboxer zum erstenmal näher an. Er sah aus, als habe er Kräfte für zehn, wirkte aber trotzdem verzweifelt und bemitleidenswert, wie er so ins Leere starrte. Seine Nase war deformiert, und sein Gesicht zeigte die Spuren vieler Kämpfe: auf Jahrmärkten, vor dem Landadel, vor jedem, der dafür zahlte, Männer um einen blutigen Sieg kämpfen zu sehen. Bolitho wußte nicht, wen er mehr verachtete, den Mann, der von dem Boxer lebte, oder denjenigen, der auf ihn und seine Schmerzen wettete.

Er sagte nur kurz: »Ich bin drin zu finden, Little.« Der Gedanke an ein Glas Bier oder Apfelwein belebte ihn wieder.

Little dachte bereits an andere Dinge. »Aye, Sir.«

* Guinee = 21 Shilling

Es war ein freundlicher kleiner Gasthof. Der Wirt eilte herbei, um Bolitho zu begrüßen, wobei sein Kopf fast an die Decke stieß. Ein Feuer prasselte im Kamin, und es roch nach frisch gebackenem Brot und geräuchertem Schinken.

»Setzen Sie sich dorthin, Herr Leutnant. Ich kümmere mich um Ihre Leute.« Er bemerkte Bolithos Gesichtsausdruck. »Tut mir leid, Sir, aber Sie verschwenden Ihre Zeit in dieser Gegend. Im Krieg sind hier viele gepreßt worden, und wer zurückkam, ist in die großen Städte wie Truro und Exeter gegangen und hat sich dort Arbeit gesucht.« Er schüttelte den Kopf. »Wenn ich zwanzig Jahre jünger wäre, hätte ich vielleicht unterschrieben.« Er grinste. »Aber so . . .«

Etwas später saß Bolitho am Feuer, ließ den Matsch auf Strümpfen und Schuhen trocknen und hatte seinen Rock aufgeknöpft, der nach der ausgezeichneten Pastete der Wirtin recht stramm saß. Ein großer alter Hund hatte sich zu seinen Füßen niedergelassen und schnarchte wohlig in der Wärme.

Der Wirt flüsterte seiner Frau zu: »Hast du ihn dir angesehen? Ein Offizier des Königs – aber er ist noch ein halbes Kind!«

Bolitho fuhr aus seinem Halbschlaf auf und reckte sich; in halber Höhe schienen seine Arme zu erstarren, als er von draußen lautes Geschimpfe und brüllendes Gelächter hörte. Er sprang auf, griff nach Hut und Säbel und versuchte zur gleichen Zeit, seinen Uniformrock zuzuknöpfen.

Er rannte fast zur Tür; als er ins helle Licht hinaustrat, sah er, wie sich Matrosen und Seesoldaten vor Lachen bogen, während der kleine Schausteller schrie: »Ihr habt geschummelt! Ihr müßt geschummelt haben!«

Little warf die Goldmünze hoch und fing sie wieder in seiner kräftigen Hand auf. »Ich nicht, Kamerad. Offen und ehrlich, wie's bei Josh Little immer zugeht!«

Bolitho mischte sich ein. »Was ist hier los?«

Korporal Dyer erklärte, immer wieder prustend vor Lachen: »Er hat den großen Preisboxer auf den Rücken gelegt, Sir. So was hab' ich im Leben nicht gesehen!«

Bolitho blickte Little an. »Wir sprechen uns später. Jetzt lassen Sie die Leute antreten. Wir haben noch mehrere Meilen bis zum nächsten Ort.«

Als er sich umdrehte, sah er mit Verwunderung, wie der kleine Schausteller auf den Boxer losging. Letzterer stand da wie zuvor, als ob er sich die ganze Zeit nicht bewegt hätte oder gar zu Boden geworfen worden wäre.

Der Schausteller ergriff eine kurze Kette und schrie: »Das ist für deine verdammte Dummheit!« Die Kette landete klirrend auf dem nackten Rücken des Mannes. »Und dies dafür, daß du mich um mein Geld gebracht hast.« Wieder schlug er zu.

Little schaute Bolitho unbehaglich an. »Hier, Sir, ich gebe dem Burschen sein Geld zurück. Ich kann's nicht mit ansehen, daß der arme Kerl wie ein Hund verprügelt wird.«

Bolitho mußte heftig schlucken. Der große Preisboxer hätte seinen Peiniger mit einem einzigen Schlag töten können. Aber vielleicht war er schon so weit abgestumpft, daß er weder Schmerz noch sonst etwas empfand.

Bolitho hatte einfach genug. Erst dieser schlechte Auftakt auf der *Destiny,* dann sein Mißerfolg bei der Rekrutierung – und nun dieser entwürdigende Anblick. Er brachte das Faß einfach zum Überlaufen.

»Sie da, hören Sie sofort auf!« Bolitho machte ein paar Schritte vorwärts, während ihm seine Leute teils bewundernd, teils amüsiert zuschauten. »Legen Sie die Kette augenblicklich hin!«

Der Schausteller schien zunächst eingeschüchtert, gewann aber schnell sein früheres Selbstvertrauen zurück. Von einem so jungen Leutnant hatte er nichts zu befürchten, erst recht nicht hier in der Gegend, wo er oft auftrat und beliebt war.

»Es ist mein gutes Recht!«

Little knurrte: »Überlassen Sie den Lumpen mir, Sir. Ich werde ihm sein ›gutes Recht‹ zeigen!«

Die Angelegenheit schien Bolitho aus den Händen zu gleiten. Einige Dorfbewohner waren hinzugekommen, und Bolitho sah schon seine Leute in eine regelrechte Schlacht mit der Bevölkerung verwickelt, bevor sie sich zu ihrer Barkasse durchschlagen konnten.

Er drehte dem frechen Schausteller den Rücken zu und trat an den Boxer heran. Aus der Nähe wirkte er sogar noch größer, aber statt seiner Größe und Muskeln sah Bolitho nur die Augen, die halb unter vernarbten Brauen verborgen lagen.

»Sie wissen, wer ich bin?«

Der Mann nickte, wobei sein Blick auf Bolithos Mund gerichtet war, als lese er die Worte dort ab.

Freundlich fragte Bolitho: »Wollen Sie in den Dienst des Königs treten? Auf der Fregatte *Destiny* in Plymouth?« Er stockte, als er das mühsame Verstehen in den Augen des Mannes sah. »Wollen Sie mit mir kommen?«

Genauso langsam, wie der Mann nickte, nahm er – ohne einen Blick auf den mit offenem Mund dastehenden Schausteller zu werfen – sein Hemd und eine kleine Tasche auf.

Bolitho wandte sich zu dem Schausteller um, sein Ärger war nun dem Gefühl billigen Triumphes gewichen. Wenn sie das Dorf hinter sich hatten, würde er den Boxer sowieso freilassen.

Der Schausteller schrie: »Das können Sie nicht machen!«

Little näherte sich ihm drohend. »Hör auf, Kamerad! Mehr Respekt vor einem Offizier des Königs, oder . . .« Er ließ keinen Zweifel über das »Oder«.

Bolitho befeuchtete sich die Lippen. »Antreten, Leute! Korporal, übernehmen Sie das Kommando!« Er sah, daß der Boxer die Seeleute beobachtete, und fragte: »Ihr Name? Wie heißen Sie?«

»Stockdale, Sir.« Selbst der Name kam nur mühsam heraus, seine Stimmbänder mußten in vielen Kämpfen Schaden gelitten haben, so daß sie nur noch heisere Töne hervorbrachten.

Bolitho lächelte ihm zu. »Also Stockdale. Ich werde Sie nicht vergessen. Sie können uns verlassen, wann Sie wollen.« Er blinzelte Little zu. »Jedenfalls bevor wir unser Boot erreichen.«

Stockdale schaute den kleinen Schausteller an, der auf einer Bank saß und die Kette noch immer in der Hand baumeln ließ. Dann brach es keuchend aus ihm heraus: »Nein, Sir, ich werde Sie nicht verlassen. Jetzt nicht und nie.«

Bolitho sah, wie er sich bei den anderen einreihte. Die offensichtliche Ernsthaftigkeit des Mannes rührte ihn.

Little sagte ruhig: »Machen Sie sich keine Sorgen, Sir. Diese Geschichte wird im Nu an Bord bekannt sein.« Er beugte sich vor, so daß Bolitho Bier und Käse riechen konnte. »Ich bin in Ihrer Division, Sir, und werde jeden Lumpen zusammenschlagen, der es wagt, Ihnen Ärger zu machen!«

Ein Strahl blassen Sonnenlichts fiel auf die Kirchturmuhr, als das Rekrutierungskommando schweigend dem nächsten Dorf entgegenmarschierte; Bolitho war froh über das, was er eben getan hatte.

Dann begann es zu regnen, und er hörte Little sagen: »Nicht mehr lange, Dipper, dann geht's zurück an Bord und zu einem kräftigen Schluck.«

Bolitho musterte Stockdales breite Schultern. Ein weiterer Freiwilliger, das machte im ganzen fünf. Er neigte den Kopf unter dem

Regen. Fehlten aber noch fünfzehn.

Im nächsten Dorf war es eher noch schlimmer, und es gab dort nicht einmal einen Gasthof. Der Gutsbesitzer erlaubte ihnen mit offensichtlichem Widerstreben, in einer unbenutzten Scheune zu schlafen. Er behauptete, das Haus voller Gäste zu haben, und außerdem . . . Das Wort sprach Bände.

Die Scheune war an einem Dutzend Stellen undicht und stank wie eine Kloake. Die Seeleute, die an äußerste Sauberkeit in ihren engen Quartieren gewohnt waren, gaben ihrer Unzufriedenheit laut Ausdruck.

Bolitho konnte sie dafür nicht tadeln; als Korporal Dyer ihm meldete, daß Stockdale verschwunden sei, antwortete er: »Das überrascht mich nicht, Korporal. Aber halten Sie ein Auge auf die übrigen!«

Eine Weile noch dachte er über den verschwundenen Stockdale nach und wunderte sich, daß ihm der Verlust naheging. Vielleicht hatten Stockdales schlichte Worte ihn doch tiefer berührt, als er selber glaubte. Er schien ihm einen Wendepunkt zu markieren, eine Art Glücksbringer zu sein.

Little rief plötzlich: »Allmächtiger Himmel! Sehen Sie sich das an!«

Stockdale trat pudelnaß ins Licht ihrer Laternen und legte einen Sack vor Bolithos Füße. Die Männer traten heran, als die Schätze daraus im spärlichen Licht sichtbar wurden: mehrere Hühner, frisches Brot, Töpfe mit Butter, eine halbe Fleischpastete und – als Höhepunkt – zwei große Krüge voll Apfelwein.

Little schnaufte: »Ihr beiden rupft die Hühner! Du, Thomas, paßt auf, daß keine ungebetenen Gäste kommen!« Er sah Stockdale an und holte die Guinee heraus. »Hier, Kamerad, die hast du sauer verdient!«

Stockdale hörte kaum hin. Als er sich über den Sack beugte, krächzte er: »Es war *sein* Geld. Behalten Sie's.« Zu Bolitho sagte er: »Dies ist für Sie, Sir.« Er hielt ihm eine Flasche hin, die aussah, als enthielte sie echten Kognak. Das rundete das Bild ab: Der Gutsbesitzer hatte sicher die Finger im örtlichen Schmuggel an der Küste.

Stockdale sah Bolitho an. »Ich sorge schon für Sie, Sir.« Bolitho fiel auf, daß er sich unter den geschäftigen Seeleuten bewegte, als hätte er sein ganzes Leben dazugehört.

Little bemerkte ruhig: »Schätze, Sie können aufhören, sich Sorgen zu machen, Sir. Der gute Stockdale ist allein so viel wert wie fünfzehn Mann, jedenfalls nach meiner Schätzung.«

Bolitho trank einen Schluck Kognak, während Fett aus einem Hühnerschenkel auf die Manschette seines neuen Hemdes tropfte. Er hatte eine Menge dazugelernt, nicht zuletzt über sich selber.

Sein Kopf sank nach hinten, und er fühlte nicht mehr, wie Stockdale ihm den Becher vorsichtig aus der Hand nahm.

II Bruch mit der Vergangenheit

Bolitho kletterte das Fallreep an der Bordwand der *Destiny* hoch und lüpfte seinen Hut kurz zum Achterdeck* hin. Die dicken Wolken und der Nebel waren verschwunden, und die Häuser von Plymouth jenseits des Homoaze schienen sich im warmen Mittagslicht zu sonnen.

Er war müde und steif von dem langen Marsch, außerdem verschmutzt vom Nachtquartier in Scheunen oder bescheidenen Gasthöfen. Der Anblick seiner sechs Rekruten, die vom Wachtmeister gemustert und dann nach vorn gebracht wurden, trug wenig dazu bei, seine Stimmung zu heben. Der sechste Freiwillige war erst vor knapp einer Stunde zu ihnen gestoßen, kurz ehe sie ihr Boot erreichten: ein sauber gekleideter, keineswegs wie ein Matrose aussehender Mann von etwa dreißig, der angab, Apothekergehilfe zu sein. Er wolle eine lange Seereise machen, um Lebenserfahrung zu sammeln und zu sich selber zu kommen, behauptete er. Seine Geschichte klang ebenso unwahrscheinlich wie die der beiden Knechte, aber Bolitho war zu müde, um sich lange Gedanken darüber zu machen.

»Ah, Sie sind also zurück, Mr. Bolitho!«

Der Erste Offizier stand an der Querreling des Achterdecks, seine schlanke Gestalt hob sich nur als Silhouette vom blassen Winterhimmel ab. Er hielt die Arme vor der Brust verschränkt und hatte die Neuankömmlinge offenbar schon die ganze Zeit, seit die Barkasse längsseit gekommen war, beobachtet. Knapp fügte er hinzu: »Kommen Sie bitte gleich nach achtern.«

Bolitho stieg zur Backbord-Laufbrücke hinauf und begab sich zum Achterdeck. Sein Gefährte der letzten Tage, Stückmeistersmaat Little, strebte einem Niedergang zu, wahrscheinlich, um sich mit

* Traditionelle Ehrenbezeigung zur Flagge beim Anbordkommen

seinen Freunden einen »kräftigen Schluck« zu genehmigen. Im Nu war er unter Deck verschwunden und damit in seiner eigenen Welt. Bolitho fühlte sich plötzlich fast so fremd wie vor drei Tagen, als er das Deck zum erstenmal betreten hatte.

Er stand vor dem Ersten Offizier und legte grüßend die Hand an den Hut. Palliser sah ausgeruht und gepflegt aus, wogegen sich Bolitho noch mehr wie ein Landstreicher vorkam.

Bolitho meldete: »Sechs Rekruten, Sir. Der große Bursche war Boxer und könnte ein wertvoller Zuwachs werden. Der als letzter an Bord kam, hat für einen Apotheker in Plymouth gearbeitet.« Sein Bericht klang ihm selbst schwerfällig. Palliser hatte sich nicht gerührt, und auf dem Achterdeck war es ungewöhnlich still. Bolitho schloß: »Ich habe mein Bestes getan, Sir.«

Palliser zog seine Uhr heraus. »Gut. Während Sie weg waren, ist der Kommandant an Bord gekommen. Er wollte Sie sehen, sobald Sie zurück sind.«

Bolitho starrte ihn an. Er hatte ein Donnerwetter erwartet. Sechs statt zwanzig, und darunter einer, der nie ein Seemann werden würde!

Palliser ließ seinen Uhrdeckel zuschnappen und sah Bolitho kühl an. »Hat der lange Landaufenthalt Ihr Gehör beeinträchtigt? Der Kommandant will Sie sehen. Das heißt an Bord dieses Schiffes nicht ›nachher‹ oder ›gleich‹, sondern in dem Augenblick, in dem der Kommandant diesen Gedanken ausgesprochen hat.«

Bolitho blickte entschuldigend auf seine schmutzigen Strümpfe und Schuhe. »Tut mir leid, Sir, aber ich dachte, Sie hätten befohlen . . .«

Palliser schaute schon woanders hin; er beobachtete einige Leute, die auf dem Vorschiff arbeiteten. »Ich hatte Ihnen befohlen, zwanzig Mann zu bringen. Hätte ich sechs Mann verlangt, wie viele hätten Sie dann wohl gebracht? Zwei? Überhaupt keinen?« Überraschenderweise lächelte er plötzlich. »Sechs, das ist schon ausgezeichnet. Nun aber ab zum Kommandanten. Es gibt Schweinepastete zu Mittag, also beeilen Sie sich, sonst ist nachher nichts übrig.« Er wandte sich energisch um und rief: »Mr. Slade, was machen diese Faulpelze da eigentlich? Verdammt noch mal!«

Bolitho eilte leicht benommen den Niedergang hinunter und durchs Achterschiff. Gesichter wurden im Halblicht zwischen den Decks undeutlich sichtbar, Gespräche verstummten, als er vorbeihastete. Der neue Offizier geht zum Kommandanten. Wie mag er sein?

Zu lasch – oder zu hart?

Ein Seesoldat stand, Muskete bei Fuß, als Ehrenposten vor der Kajüte. Sein Oberkörper schwankte leicht im Rhythmus des an seiner Ankertrosse zerrenden Schiffes. Seine Augen funkelten im Lichtschein der Laterne, die an einem Decksbalken über ihm hin und her schaukelte. Sie brannte Tag und Nacht, wenn der Kommandant an Bord war.

Bolitho bemühte sich, wenigstens sein Halstuch etwas zurechtzuzupfen und die rebellische Haartolle aus dem Gesicht zu streichen. Der Posten gab ihm dazu genau fünf Sekunden Zeit, dann stieß er kurz mit der Muskete aufs Deck.

»Der Dritte Offizier, Sir!«

Der Türvorhang öffnete sich, und ein struppiger Mann in schwarzer Jacke, wahrscheinlich der Schreiber des Kommandanten, warf einen ungeduldigen, auffordernden Blick heraus: wie ein Lehrer, der einen zu spät kommenden Schüler hereinruft.

Bolitho preßte seinen Hut fester unter den Arm und betrat die Kajüte. Im Vergleich zum übrigen Schiff war sie geräumig. Ein zweiter Vorhang trennte den hintersten Teil vom Speiseraum und der danebenliegenden Schlafkammer. Die schrägen Heckfenster, welche die ganze Breite des Achterschiffs einnahmen, leuchteten warm in der Sonne, während Decksbalken und Möbelstücke in dem vom Wasser reflektierten Licht schimmerten.

Kapitän Henry Vere Dumaresq hatte offenbar an einem Fenster gestanden und aufs Wasser hinuntergeschaut: er drehte sich ungewöhnlich behende um, als Bolitho den Raum betrat.

Bolitho bemühte sich, ruhig und entspannt zu wirken, aber es gelang ihm nicht. Solch einen Menschen wie den Kommandanten hatte er noch nie gesehen. Sein Körper war breit und untersetzt, und der Kopf saß so dicht auf den Schultern, als hätte er keinen Hals; er wirkte genau wie der übrige Mann: mächtig. Alles an Dumaresq machte den Eindruck ungewöhnlicher Kraft. Little hatte gesagt, der Kommandant sei erst achtundzwanzig, aber er sah so alterslos aus, als ob er sich nie verändert hätte und nie verändern würde.

Er ging Bolitho entgegen, um ihn zu begrüßen, und setzte dabei die Füße wie mit bewußt gebändigter Kraft auf. Bolithos Blick fiel auf seine Beine, die durch teure weiße Strümpfe auffielen. Die Waden schienen so dick zu sein wie anderer Leute Oberschenkel.

»Sie sehen etwas ramponiert aus, Mr. Bolitho.« Dumaresq hatte eine tiefe, wohlklingende Stimme, mit der er bei Sturm an Deck sicher gut durchdrang; doch Bolitho vermutete, daß sie auch Wärme und Sympathie ausdrücken konnte.

Er sagte verlegen: »Aye, Sir. Ich habe . . . Ich war mit dem Rekrutierungskommando unterwegs.«

Dumaresq wies mit dem Kopf auf einen Stuhl. »Setzen Sie sich.« Er hob die Stimme: »Rotwein!«

Fast augenblicklich erschien ein Steward und goß Wein in zwei schön geschliffene Gläser. Danach zog er sich genauso unauffällig zurück.

Dumaresq setzte sich – kaum einen Meter entfernt – Bolitho gegenüber. Sein Auftreten und seine Energie wirkten einschüchternd. Bolitho verglich ihn mit seinem letzten Kommandanten. Auf dem riesigen Vierundsiebzig-Kanonen-Schiff war der Kommandant immer ungeheuer weit weg gewesen, fern vom Geschehen in Offiziersmesse und Kadettenlogis. Nur in kritischen Lagen oder bei zeremoniellen Anlässen hatte er seine Anwesenheit spüren lassen, blieb aber auch dann immer auf Distanz.

Dumaresq sagte: »Mein Vater hatte die Ehre, vor einigen Jahren unter dem Ihren dienen zu dürfen. Wie geht es ihm?«

Bolitho dachte an Mutter und Schwester in dem alten Haus in Falmouth: wie sie auf die Heimkehr von Kapitän James Bolitho warteten; wie seine Mutter die Tage zählte und vielleicht auch davor bangte, daß er sich sehr verändert hatte. James Bolitho hatte in Indien einen Arm verloren, und als sein Schiff außer Dienst gestellt wurde, hatte man ihn auf unbestimmte Zeit auf die Reserveliste gesetzt.

Bolitho sagte: »Er müßte jetzt wieder zu Hause sein, Sir. Aber da er einen Arm verloren hat und damit die Aussicht, im Dienst des Königs zu bleiben, weiß ich nicht, wie es mit ihm weitergehen wird.« Er brach ab, erschrocken darüber, daß er seine Gedanken offen ausgesprochen hatte.

Aber Dumaresq deutete nur auf das Glas. »Trinken Sie, Mr. Bolitho, und sprechen Sie sich aus. Mir ist wichtiger, daß ich erfahre, was Sie denken, als daß Sie über meine Reaktion nachdenken.« Der Satz schien ihn selber zu belustigen. »Es geht uns allen ähnlich. Wir können uns wirklich glücklich schätzen, daß wir dies hier haben.« Sein großer Kopf drehte sich nach links und rechts, als er die Blicke durch die Kajüte schweifen ließ. Er sprach vom Schiff, von seinem Schiff, das er offenbar mehr als alles andere liebte.

Bolitho sagte: »Ein schönes Schiff, Sir. Es ist eine Auszeichnung für mich, hierher kommandiert worden zu sein.«

»Ja.«

Dumaresq beugte sich vor, um die Gläser neu zu füllen. Wieder bewegte er sich mit katzenhafter Geschmeidigkeit und setzte seine Kräfte wie seine Stimme nur sparsam ein.

Er sagte: »Ich habe von Ihrem großen Kummer gehört.« Er hob eine Hand. »Nein, nicht von jemandem an Bord. Ich habe eigene Quellen, denn ich will meine Offiziere ebensogut kennen wie mein Schiff. Wir werden in Kürze auf eine Reise gehen, die eine Menge einbringen, aber auch nutzlos ausgehen kann. Auf jeden Fall wird sie nicht leicht. Wir müssen alle traurigen Erinnerungen hinter uns lassen, ohne sie deswegen zu vergessen. Dies ist ein kleines Schiff, jeder Mann an Bord muß seinen Platz voll ausfüllen. Sie haben unter einigen hervorragenden Kommandanten gedient und dabei sicherlich viel gelernt. Doch auf einer Fregatte ist manches anders. Hier gibt es nur wenige Leute, die sich nicht voll einsetzen müssen, und ein Offizier gehört bestimmt nicht zu ihnen. Sie werden anfangs vielleicht Fehler machen, die werde ich milde beurteilen; aber wenn Sie Ihre Autorität mißbrauchen, werde ich gnadenlos dazwischenfahren. Vermeiden Sie es, bestimmte Leute zu bevorzugen, denn die würden Sie eines Tages ausnutzen.«

Er lachte in sich hinein, als er Bolithos ernstes Gesicht sah. »Leutnant zu sein ist schwerer, als es zu werden. Denken Sie immer daran: Die Leute schauen auf Sie, wenn Schwierigkeiten auftreten; Sie müssen dann so handeln, wie es Ihnen richtig scheint. Ihr bisheriges Leben hat in dem Augenblick aufgehört, als Sie das Kadettenlogis verließen. Auf einem kleinen Schiff ist kein Platz für Einzelgänger mit Anpassungsschwierigkeiten. Sie müssen ein Teil des Ganzen werden, verstehen Sie?«

Bolitho saß wie gebannt auf seiner Stuhlkante. Dieser seltsame Mann hielt ihn mit dem zwingenden Blick seiner weit auseinanderstehenden Augen wie in einem Schraubstock gefangen.

Bolitho nickte. »Ja, Sir, ich verstehe.«

Dumaresqs Blick entspannte sich, als vorn im Schiff die Glocke zweimal angeschlagen wurde.

»Gehen Sie jetzt zum Essen. Ich bin sicher, daß Sie Hunger haben. Mr. Pallisers schlaue Methoden, zu neuen Leuten zu kommen, produzieren gewöhnlich Appetit, wenn schon nicht mehr.«

Als Bolitho aufstand, fügte Dumaresq ruhig hinzu: »Diese Reise ist für viele Leute sehr wichtig. Unsere Kadetten haben meist einflußreiche Eltern, die wünschen, daß ihre Sprößlinge sich auszeichnen und vorwärtskommen – in einer Zeit, da der größte Teil der Flotte aufgelegt ist und langsam vermodert. Unsere Fachkräfte, die Deckoffiziere, sind ausgezeichnet, und wir haben einen guten Stamm erstklassiger Seeleute. Die Neuen müssen sich anstrengen, da mitzuhalten . . . Ein letzter Punkt, Mr. Bolitho, und ich hoffe, mich hierin nicht wiederholen zu müssen: Auf der *Destiny* steht Loyalität obenan. Loyalität mir gegenüber, Treue zum Schiff und zu Seiner Britischen Majestät. In dieser Reihenfolge!«

Bolitho fand sich – noch immer verwirrt von dem kurzen Gespräch – außerhalb des Türvorhangs wieder.

Poad tauchte auf und fragte aufgeregt: »Alles erledigt, Sir? Ich habe Ihre Sachen an einem sicheren Platz verstaut, wie befohlen.« Er lief ihm zur Offiziersmesse voran. »Den Beginn der Mahlzeit habe ich so lange hinausgeschoben, bis Sie fertig waren, Sir.«

Bolitho betrat die Messe, die – im Gegensatz zum letztenmal – voller Männner war, die sich laut unterhielten.

Palliser stand auf und sagte in den Lärm hinein: »Meine Herren, unser neuer Kamerad.«

Bolitho sah, daß Rhodes ihn anlächelte, und war froh über dieses freundliche Gesicht. Er schüttelte Hände und murmelte etwas, das ihm angebracht schien. Obersteuermann Julius Gulliver war genauso, wie ihn Rhodes beschrieben hatte: unfrei, gezwungen, irgendwie hinterhältig. Leutnant John Colpoys, der die Seesoldaten an Bord befehligte, errötete leicht, als er Bolitho die Hand schüttelte und etwas affektiert sagte: »Sehr erfreut, mein Lieber.«

Der Schiffsarzt wirkte rund und gemütlich wie eine aufgeplusterte Eule und roch nach Schnaps und Tabak. Und da war noch Samuel Codd, der Zahlmeister, ein – wie Bolitho schien – ungewöhnlich heiterer Vertreter seines Berufsstandes. Schönheit zeichnete ihn nicht aus, denn er hatte sehr große Schneidezähne im Oberkiefer und ein so kleines, fliehendes Kinn, daß die obere Hälfte seines Gesichts ständig die untere zu vertilgen schien.

Colpoys sagte: »Hoffentlich können Sie Karten spielen.«

Rhodes lächelte. »Probieren Sie's doch mal mit ihm.« Zu Bolitho sagte er: »Er wird Ihnen das Fell über die Ohren ziehen, wenn Sie sich mit ihm einlassen.«

Bolitho setzte sich neben dem Arzt an den Tisch. Dieser holte einen goldgefaßten Kneifer heraus, der zu seinen roten Pausbacken wenig paßte, und stellte fest: »Pastete vom Schwein. Ein sicheres Zeichen dafür, daß wir bald auslaufen. Danach«, er warf dem Zahlmeister einen Blick zu, »sind wir wieder auf Samuels Vorräte angewiesen, von denen die meisten schon vor zwanzig Jahren als ungenießbar erklärt wurden.«

Gläser klirrten, und die Luft wurde schwer von Dampf und Essensdüften. Bolitho musterte die Tischrunde. So also sahen Offiziere aus, wenn sie sich außer Sichtweite ihrer Untergebenen befanden.

Rhodes flüsterte: »Was halten Sie von ihm?«

»Vom Kommandanten?« Bolitho versuchte, seine Gedanken zu ordnen. »Ich bin beeindruckt. Er ist so, so . . .«

Rhodes winkte Poad, ihm die Karaffe mit Wein zu bringen. »Gefährlich?«

Bolitho lächelte. »Anders. Aber etwas Angst macht er einem schon.«

Palliser unterbrach ihre Unterhaltung. »Wenn Sie gegessen haben, machen Sie sich mit dem Schiff vertraut, Richard. Vom Kiel bis zum Flaggenknopf, vom Klüverbaum bis zur Hecklaterne. Wenn Ihnen etwas unklar ist, fragen Sie mich. Machen Sie sich möglichst schon mit den Deckoffizieren und den jungen Unteroffizieren bekannt, und prägen Sie sich die Namen Ihrer eigenen Division ein.« Er zwinkerte dem Leutnant der Seesoldaten zu, aber nicht schnell genug, so daß Bolitho es noch bemerkte. »Ich bin sicher, Mr. Bolitho wird alles daransetzen, daß seine Leute es bald mit denen aufnehmen können, die er uns heute so erfolgreich an Bord gebracht hat.«

Bolitho sah auf den Teller nieder, den ein Steward vor ihn hingestellt hatte. Das heißt: Von dem Teller war wenig zu sehen, da er bis zum Rand mit Essen überhäuft war. Palliser hatte ihn also mit seinem Vornamen angesprochen und sogar einen Witz über seine Freiwilligen gemacht. Demnach waren das die wirklichen Menschen hinter der starren Haltung und den Fesseln der Rangordnung draußen an Deck. Er hob den Blick und ließ ihn über den Tisch wandern. Wenn man ihm Zeit ließ, würde er sich unter ihnen wohlfühlen, dachte er.

Rhodes sagte zwischen zwei Bissen: »Ich habe gehört, daß wir mit der Montagstide auslaufen. Ein Bursche der Admiralität war gestern an Bord. Er weiß gewöhnlich Bescheid.«

Bolitho versuchte sich zu erinnern, was der Kommandant gesagt hatte: Loyalität steht obenan. Dumaresq hatte fast die letzten Worte seiner Mutter wiederholt: Die See ist kein Ort für Träumer.

Füße trappelten über ihren Köpfen. Bolitho hörte, wie weitere schwere Netze mit Vorräten zum Gezwitscher einer Bootsmannsmaatenpfeife an Bord gehievt wurden.

Bald würden sie weit weg vom Land sein, weg von den schmerzlichen Erinnerungen, den Gedanken an das, was er verloren hatte. Ja, es war gut, wieder unterwegs zu sein.

Wie Leutnant Rhodes vorausgesagt hatte, machte Seiner Majestät Fregatte *Destiny* am Morgen des nächsten Montag klar zum Ankerlichten. Die letzten Tage waren für Bolitho so schnell vergangen, daß er hoffte, auf See würde es an Bord etwas ruhiger zugehen als zuletzt im Hafen. Palliser hatte ihn jede Wache in Trab gehalten. Der Erste Offizier gab sich nie mit dem äußeren Schein zufrieden, sondern legte Wert darauf, daß Bolitho ihm den Sinn seiner Arbeit erklärte, seine Meinung äußerte und Vorschläge – zum Beispiel über den Austausch von Leuten seiner Wache – machte. So schnell er mit sarkastischen Bemerkungen zur Hand war, so flink war Palliser auch darin, die Gedanken eines Untergebenen in die Tat umzusetzen.

Bolitho dachte oft daran, was Rhodes über den Ersten Offizier gesagt hatte: »Hinter einem eigenen Kommando her.« Palliser würde bestimmt sein Bestes für das Schiff geben und ebenso entschieden jedes Versagen bekämpfen, dessen Folgen ihm angelastet werden könnten.

Bolitho hatte sich eifrig bemüht, die Männer, mit denen er direkt zusammenarbeiten mußte, kennenzulernen. Anders als auf den gewaltigen Linienschiffen, hing das Überleben einer Fregatte nicht von der Dicke ihrer hölzernen Bordwände, sondern von ihrer Beweglichkeit ab. Die Besatzung war in Divisionen eingeteilt, weil sie so am besten eingesetzt werden konnte.

Der Fockmast mit seinen Rahsegeln – zuunterst Fock, darüber Mars, Bram und Royal; dazu die Stagsegel: Klüver und Außenklüver – war entscheidend für schnelle Halsemanöver, aber auch bei der Wende, wenn das Schiff mit dem Bug durch den Wind ging. Wichtig war er auch im Gefecht, wenn der Kommandant plötzlich abfallen wollte, um das empfindliche Heck des Gegners mit einer Breitseite zu beharken. Am achteren Ende des Schiffes standen Steuermann und Rudergänger und nutzten jeden Mast, jeden Zoll Segel, um das Schiff mit den sparsamsten Kommandos auf Kurs zu halten.

Bolitho hatte die Aufsicht am Großmast. Als höchster der drei

Masten war er in Abschnitte unterteilt, ebenso die Männer, die an ihm aufenterten, ohne Rücksicht darauf, was sie bei schlechtem Wetter dort oben erwartete.

Diese flinken Toppsgasten waren die Elite der Mannschaft, während an Deck zur Bedienung der Fallen, Schoten, Halsen und Brassen die weniger gewandten Leute abgestellt waren, die neu rekrutierten oder älteren Matrosen, denen man die Arbeit mit der vom Salzwasser steifen Leinwand, einhundert Fuß und mehr über Deck, noch nicht oder nicht mehr zumuten konnte.

Rhodes befehligte am Fockmast, während ein Steuermannsmaat den Besanmast unter sich hatte, der wegen seiner geringeren Segelzahl am leichtesten zu bedienen war und zur Handhabung seines Gaffelsegels vor allem Körperkräfte brauchte. Die Wache der Seesoldaten auf dem Achterdeck und eine Handvoll Matrosen genügten, um mit dem Besan fertig zu werden.

Bolitho gab sich große Mühe, mit dem Oberbootsmann, einem furchterregenden Mann namens Timbrell, gut auszukommen. Timbrell hatte ein von Wind und Wetter gezeichnetes Gesicht und war wie ein antiker Krieger über und über mit Narben bedeckt. Er war der Erste unter den Seeleuten. Sobald sie frei von Land waren, trat Timbrell nach Anweisung des Ersten Offiziers in Aktion. Er beseitigte Sturmschäden, besserte Stengen und Rahen aus, erneuerte – wo es erforderlich war – den Farbanstrich und sorgte dafür, daß alle Fugen dicht, das stehende und laufende Gut in Ordnung waren, und hatte noch ein Auge auf die Fachleute, die sich mit diesen verschiedenen Arbeiten beschäftigten: Schiffszimmermann, Segelmacher und viele andere.

Timbrell war Seemann bis in die Fingerspitzen und konnte für einen jungen Offizier ein guter Freund sein, aber auch ein schlimmer Feind, wenn er falsch behandelt wurde.

An diesem speziellen Montagmorgen ging der Betrieb auf der *Destiny* noch vor dem ersten Tageslicht los. Der Koch hatte eine schnelle Mahlzeit bereitet, als ob er dafür verantwortlich sei, daß sie bald in Fahrt kamen.

Listen wurden noch einmal überprüft, Namen aufgerufen, Männer auf ihre Plätze geschickt. Für eine Landratte hätte alles wie ein wildes Durcheinander ausgesehen: das viele Tauwerk, das sich an Deck schlängelte, die Männer auf den großen Rahen, welche die Segel, die über Nacht durch unerwarteten Frost hartgefroren waren, losmachten.

Bolitho hatte den Kommandanten mehrmals an Deck kommen sehen. Er redete mit Palliser oder besprach etwas mit Gulliver, dem Obersteuermann. Falls er erregt war, so zeigte er es jedenfalls nicht, sondern marschierte in seiner festen Gangart über das Achterdeck, als denke er an ganz etwas anderes als an sein Schiff.

Die Offiziere und Deckoffiziere hatten ihre schon etwas abgetragenen See-Uniformen angezogen, wogegen sich Bolitho und die meisten jungen Kadetten in ihren neuen Jacken mit den blitzenden Knöpfen ganz fremd vorkamen.

Bolitho hatte mit der Post aus Falmouth zwei Briefe von seiner Mutter bekommen. Sie stand vor seinem geistigen Auge, wie er sie zuletzt gesehen hatte: zart und liebreizend, »eine Lady, die nie alt wird«, sagten einige Leute von ihr; das Mädchen aus Schottland, das Kapitän James Bolitho seit ihrem ersten Zusammentreffen bezaubert hatte. Sie war eigentlich zu schwach, um die Last der Bewirtschaftung des großen Hauses und des Gutes allein zu tragen. Seit Richards älterer Bruder Hugh wieder an Bord einer Fregatte diente, weit weg auf See, nachdem er einige Zeit den Zollkutter *Avenger* in Falmouth geführt hatte*, und so lange sein Vater noch nicht wieder zu Hause war, würde ihr die Last doppelt schwer werden. Richards inzwischen erwachsene Schwester Felicity hatte ihr Elternhaus verlassen, um einen Armeeoffizier zu heiraten, während auch die Jüngste der Familie, Nancy, wohl bald ans Heiraten denken würde.

Bolitho ging zur Laufbrücke, wo die Männer ihre Hängematten, die sie von unten heraufgebracht hatten, in die Finknetze verstauten. Arme Nancy, sie würde Bolithos toten Freund sehr vermissen und mußte nun ganz allein mit ihren enttäuschten Hoffnungen fertig werden.

Jemand stand neben ihm: der Schiffsarzt, der zum Ufer blickte. Jedesmal, wenn sich Bolitho bisher mit dem rundlichen Doktor unterhalten hatte, war es ein Gewinn für ihn gewesen. Bulkley war ein wunderliches Mitglied ihrer Gemeinschaft. Schiffsärzte waren – soweit Bolitho bisher erfahren hatte – geringe Vertreter ihres Berufsstandes, meist nichts anderes als Schlächter; ihre blutige Kunst mit Messer und Säge wurde von den Seeleuten mehr gefürchtet als eine Breitseite des Gegners.

Aber Henry Bulkley war eine Ausnahme. Er hatte in London ein angenehmes Leben geführt, hatte eine Praxis in einer vornehmen

* siehe Kent: *Strandwölfe*

Gegend besessen und Patienten, die reich, aber auch anspruchsvoll waren.

Bulkley hatte es Bolitho in der Stille einer Nachtwache erklärt: »Ich begann, die Tyrannei der Kranken zu hassen, die Selbstsucht von Leuten, die nur zufrieden sind, wenn man sie verwöhnt. Ich bin zur See gegangen, um dem zu entkommen. Hier habe ich eine Aufgabe und brauche nicht Zeit an Leute zu vergeuden, die zu reich sind, um sich die Mühe zu machen, ihren Körper kennenzulernen. Hier bin ich genauso ein Spezialist wie Mr. Vallance, unser Oberstückmeister, oder wie der Zimmermeister, und leiste den gleichen Dienst wie sie. Oder wie der arme Mr. Codd, der Zahl- und Proviantmeister, der sich über jede zurückgelegte Meile grämt und errechnet, wieviel Käse, Salzfleisch, Kerzen und Leinwand sie ihn gekostet hat.« Er hatte zufrieden gelächelt. »Und ich genieße das Vergnügen, andere Länder zu sehen. Jetzt bin ich drei Jahre bei Kapitän Dumaresq, und es mögen noch zwei oder drei hinzukommen. Er selber ist natürlich niemals krank. Er würde es einfach nicht erlauben, daß so etwas passiert.«

Bolitho sagte: »Es ist ein seltsames Gefühl, so fortzusegeln zu einem Ziel, das nur der Kommandant und vielleicht zwei oder drei weitere Personen kennen. Wir haben keinen Krieg, aber trotzdem Gefechtsbereitschaft.«

Er sah den großen Menschen, der sich Stockdale nannte, mit den anderen Matrosen am Fuß des Großmastes antreten.

Der Arzt folgte seinem Blick. »Ich habe gehört, was an Land geschehen ist. Sie haben an ihm einen treuen Gefolgsmann. Mein Gott, ein Kerl wie ein Eichbaum! Ich glaube, Little muß ihm ein Bein gestellt haben, um die Guinee zu gewinnen.« Er warf einen Blick auf Bolithos Profil. »Es sei denn, er wollte von vornherein mit Ihnen kommen – um vor irgend etwas zu fliehen wie die meisten von uns.«

Bolitho lächelte. Bulkley kannte nur die Hälfte der Geschichte. Stockdale war für Segelmanöver dem Besanmast zugeteilt worden und für den Gefechtsfall den Sechspfündern auf dem Achterdeck. So war es schriftlich festgelegt und mit Pallisers schwungvollem Namenszug gegengezeichnet worden. Aber irgendwie hatte es Stockdale geschafft, diese Dinge zu ändern. Jetzt gehörte er zu Bolithos Division am Großmast und zu den Zwölfpfündern der Steuerbord-Batterie, die Bolithos Kommando unterstand.

Eines ihrer Beiboote näherte sich mit kräftigem Ruderschlag vom Ufer, alle anderen waren schon vor dem ersten Hahnenschrei in ihren Halterungen an Deck eingesetzt und festgelascht worden.

Das Beiboot war ihre letzte Verbindung mit dem Land und hatte Dumaresqs abschließende Briefe und Berichte zum Kurier nach London gebracht. Am Ende würden sie auf irgendeinem Schreibtisch in der Admiralität landen, eine Notiz würde dem Ersten Seelord zugehen, dort würde ein Kreuzzeichen auf einer der großen Seekarten eingezeichnet werden: Ein kleines Schiff war mit versiegelten Befehlen in See gegangen. Nichts Neues, nur die Zeiten hatten sich geändert.

Palliser schlenderte zur Querreling, das Megaphon unter dem Arm; sein Blick kreiste wie der eines Raubvogels und spähte nach einem neuen Opfer aus.

Bolitho schaute am Großmast empor und konnte gerade noch den langen roten Wimpel hoch oben erkennen, der in einer Bö achtern auswehte. Nordwestwind. Dumaresq würde ihn auch brauchen, um vom Ankerplatz freizukommen. Das war immer schwierig, aber jetzt – nach dreimonatiger Liegezeit – genügte es, daß ein unaufmerksamer Matrose oder Maat einen Befehl falsch weitergab, um ein stolzes Ablegen innerhalb von Minuten in ein Desaster zu verwandeln.

Palliser rief: »Alle Offiziere bitte nach achtern!« Es klang gereizt, er war sich der Bedeutung des Augenblicks offenbar bewußt.

Bolitho trat zu Rhodes und Colpoys auf das Achterdeck, während Steuermann und Schiffsarzt sich wie Eindringlinge im Hintergrund hielten.

Palliser sagte: »In einer halben Stunde lichten wir Anker. Gehen Sie auf Ihre Station und behalten Sie jeden Mann im Auge. Sagen Sie Ihren Bootsmannsmaaten, daß sie den Leuten Beine machen und jeden zur Bestrafung notieren sollen, der nicht richtig zufaßt.« Er warf Bolitho einen merkwürdigen Blick zu. »Ich habe diesen Stockdale Ihnen zugeteilt. Mit ist selber nicht klar, warum, aber er meinte, da sei sein Platz. Sie müssen eine besondere Anziehungskraft haben, Mr. Bolitho, obwohl ich bei Gott nicht ahne, worin die bestehen sollte.«

Sie legten die Hand grüßend an ihre Hüte und begaben sich auf ihre verschiedenen Stationen. Pallisers Stimme folgte ihnen, durch das Megaphon hohl und eindringlich: »Mr. Timbrell! Noch zehn Männer ans Ankerspill! Wo ist der verdammte Vorsänger?« Das Sprachrohr schwenkte herum wie die Peitsche eines Kutschers. »Zum Teufel, Mr. Rhodes, ich möchte den Anker noch heute kurzstag gehievt haben, nicht erst nächste Woche.«

Klink, klink, klink – das Spill drehte sich widerwillig, als die Männer sich kräftig in die Spillspaken warfen. Kopfschläge und aufgeschossene Buchten der Fallen und Schoten wurden von ihren Belegnägeln gelöst, und während Offiziere und Kadetten in der bewegten Flut der an Deck aufgereihten Matrosen wie blau-weiße Inseln wirkten, schien es, als erwache das Schiff selber zum Leben.

Bolitho warf einen Blick hinüber zum Land. Noch immer keine Sonne; ein leichter Regenschauer malte Kräuselmuster aufs Wasser, die sich dem Schiff näherten. Die wartenden Männer zitterten vor Kälte und trampelten mit nackten Füßen aufs Deck.

Little sprach leise, aber eindringlich auf zwei neue Leute ein, wobei seine großen Hände wie Spaten durch die Luft fuhren, um seine Erklärungen zu verdeutlichen. Er bemerkte Bolitho und stöhnte: »Großer Gott, Sir, die sind wie Holzklötze!«

Bolitho beobachtete seine beiden Kadetten und überlegte, wie er die Mauer durchbrechen könne, die zwischen ihm und den beiden stand. Er hatte erst am Tag zuvor kurz mit ihnen gesprochen. Die *Destiny* war ihr erstes Bordkommando, was auch – mit zwei Ausnahmen – für die übrigen Kadetten galt. Peter Merrett war so klein, daß man ihn kaum zwischen den Taurollen und den hin und her eilenden Seeleuten wiederfand. Er war zwölf Jahre alt, Sohn eines prominenten Anwalts aus Exeter, der wiederum einen Admiral zum Bruder hatte: eine furchteinflößende Kombination. Eines schönen Tages – wenn er ihn erlebte – konnte der kleine Merrett sie zu seinem Vorteil nutzen, wahrscheinlich auf Kosten anderer. Aber jetzt, wie er so zitternd vor Kälte und ziemlich verängstigt dastand, sah er nur wie ein Häufchen Unglück aus. Der andere hieß Jan Jury, war vierzehn Jahre alt und kam aus Weymouth. Sein Vater, ein verdienter Seeoffizier, war bei einem Schiffsunglück ums Leben gekommen. Den Verwandten des toten Kapitäns mußte die Marine als der geeignete Platz für den jungen Jury erschienen sein. Jedenfalls waren sie damit alle Sorgen um ihn los.

Bolitho nickte ihm zu.

Jury war groß für sein Alter, hatte ein freundliches Gesicht, einen blonden Haarschopf, und konnte seine Aufregung kaum beherrschen. Er sprach auch als erster. »Wissen wir eigentlich, wohin die Fahrt geht, Sir?«

Bolitho sah ihn ernst an. Nur vier Jahre trennten sie. Jury ähnelte zwar nicht seinem toten Freund, doch er hatte die gleiche Haarfarbe.

Er tadelte sich selber für seine Gedanken und antwortete: »Das werden wir früh genug erfahren.« Seine Worte kamen schärfer heraus, als er beabsichtigt hatte, darum fügte er hinzu: »Es ist ein gut gehütetes Geheimnis, jedenfalls soweit es mich betrifft.«

Jury beobachtete ihn neugierig. Bolitho wußte, was er dachte, kannte die vielen Fragen, die er gern gestellt hätte, um diese neue, so vieles von ihm fordernde Welt zu entdecken. Genauso war er selber einmal gewesen.

Bolitho sagte: »Ich möchte, daß Sie im Großmast aufentern, Mr. Jury, und die Arbeit der Leute oben beaufsichtigen. Sie, Mr. Merrett, bleiben bei mir, um Meldungen nach vorn oder achtern zu überbringen, wenn nötig.«

Er lächelte, als ihre Blicke über die Wanten zum drohenden Gewirr der Takelage emporwanderten, zur riesigen Großrah und den kleineren Rahen darüber, die nach jeder Seite wie Bogenenden weit über Bord ragten.

Die beiden älteren Offiziersanwärter, die Fähnriche Henderson und Cowdroy, hatten ihre Posten achtern am Besanmast, während die restlichen beiden zu Rhodes am Fockmast gehörten.

Stockdale stand wie zufällig in Bolithos Nähe und schnaufte: »Guten Morgen auch, Sir!«

Bolitho lächelte ihn an. »Nichts bereut, Stockdale?«

Der riesige Mann schüttelte den Kopf. »Nein, Sir. Brauchte 'ne Veränderung. Wird mir guttun.«

Little grinste über das Rohr eines Zwölfpfünders hinweg. »Ich wette, er könnte die Großbrasse allein bedienen!«

Einige Matrosen tuschelten miteinander und zeigten, als das Tageslicht zunahm, auf Gebäude an Land.

Vom Achterdeck kam prompt die Rüge: »Mr. Bolitho, sorgen Sie bitte für Ordnung bei Ihren Leuten! Das sieht mehr nach einer Hammelherde aus als nach einer Kriegsschiffsbesatzung!«

Bolitho grinste. »Aye, aye, Sir!« Und für Little fügte er hinzu: »Schreiben Sie jeden Mann auf, der . . .«

Er konnte den Satz nicht beenden, denn Kapitun Dumaresqs Hut tauchte am achteren Niedergang auf und darunter seine massige Gestalt, die sich mit offensichtlichem Gleichmut auf die Luvseite des Achterdecks begab.

Bolitho gab den beiden Kadetten noch einmal leise Instruktionen. »Hört zu, ihr beiden: Geschwindigkeit ist wichtig, aber nur insoweit, als Befehle trotzdem korrekt ausgeführt werden. Hetzen Sie die

Leute nicht unnötig, die meisten von ihnen sind alte Hasen und schon seit Jahren auf See. Beobachten Sie, lernen Sie, aber packen Sie zu, wenn einer der neuen Leute Mist macht.«

Beide nickten eifrig, als hätten sie eben fundamentale Weisheiten vernommen.

»Vorn alles klar, Sir!«

Das war Timbrell, der Oberbootsmann. Er schien überall zugleich zu sein. Mal war er hier, um die Finger eines Mannes richtig um eine Brasse zu legen und sie davor zu bewahren, daß sie in einen Block gerieten und zerquetscht wurden; mal war er da, um seinen Rohrstock auf die Schultern eines anderen niedersausen zu lassen, der sich blöde anstellte. Die Wirkung war meist ein kurzer Aufschrei des Betroffenen und schadenfrohes Grinsen der anderen.

Bolitho hörte den Kommandanten etwas sagen; Sekunden später stieg die rote Nationalflagge zur Mastspitze empor und stand so steif im Wind wie eine bemalte Metallplatte.

Wieder Timbrells Stimme: »Anker ist kurzstag, Sir!« Er beugte sich über die Backsreling vorn und beobachtete aufmerksam die Strömung unter dem Bugspriet.

»Am Ankerspill – Achtung!«

Bolitho warf noch einen schnellen Blick nach achtern: auf den Kommandostand, auf Gulliver mit seinen drei Rudergängern am großen Doppelrad; auf Colpoys mit seinen Seesoldaten an den Kreuzbrassen, den Fähnrich der Wache und Henderson, den Signalfähnrich, der immer noch zur wild killenden Flagge emporschaute, weil er fürchtete, daß sie sich in ihrer Leine vertörnen könnte. Im Augenblick war ihm das wichtiger als sein Leben.

An der Querreling stand Palliser mit einem Steuermannsmaaten und – etwas abseits – der Kommandant auf fest verwurzelten, stämmigen Beinen, die Hände unter den Rockschößen, mit einem Blick seinen gesamten Befehlsbereich umfassend. Zu seinem Erstaunen sah Bolitho, daß Dumaresq unterm Rock eine scharlachrote Weste trug.

»Vorsegel los!«

Die Männer auf der Back vorn erwachten zum Leben. Ein verträumter Neuling wäre fast von ihnen niedergetrampelt worden, als die großen Leinwandflächen der vorderen Stagsegel in plötzlicher Freiheit flatterten und schlugen.

Palliser warf dem Kommandanten einen Blick zu und erntete ein fast unmerkliches Nicken. Darauf hob der Erste Offizier das Megaphon und rief: »Enter auf! Marssegel los!«

Die Webeleinen über beiden Laufbrücken hingen plötzlich voller Matrosen, die wie Affen zu ihren Rahen aufenterten, während die fixesten Burschen noch höher hinaufkletterten, um etwas später, wenn das Schiff in Fahrt war, dort ihren Teil der Arbeit zu leisten.

Bolitho verbarg seine Besorgnis unter einem Lächeln, als Jury hinter den sicher zupackenden und wieselschnellen Matrosen aufenterte.

Neben ihm krächzte Merrett: »Mir wird übel, Sir.«

Slade, der älteste Steuermannsmaat, der gerade vorbeieilte, knurrte: »Dann schluck's runter! Wenn du hier spuckst, Bürschchen, lege ich dich übers Kanonenrohr und verpaße dir sechs Schläge, damit du's lernst!« Er eilte weiter, gab Befehle, schubste Männer auf ihre Station und hatte den kleinen Kadetten schon wieder vergessen.

Merrett schluchzte: »Mir ist wirklich furchtbar schlecht!«

Bolitho sagte: »Gehen Sie nach Lee hinüber.«

Er schaute nach Pallisers Megaphon aus und dann hinauf zu seinen Männern auf den Rahen und in die wogende Leinwand des Großmarssegels, in die der Wind schon hier und da hineingefaßt hatte und die sich nun vollends zu befreien suchte.

»An die Brassen! Alle Mann – Achtung!«

»Anker ist los, Sir!«

Wie ein befreites Tier schüttelte sich die *Destiny* und trieb zunächst achteraus, bis die wild schlagenden Vorsegel dichtgeholt, die Marsegel angebraßt waren und sich mit Wind füllten. Da gehorchte das Schiff endlich dem hart gelegten Ruder und nahm Fahrt voraus auf.

Bolitho erschrak, als ein Mann auf der Großrah ausrutschte, aber seine Kameraden packten ihn und zogen ihn in Sicherheit.

Das Schiff drehte weiter, bis die Küste wie in einem wilden Reigen am Bugspriet und der grazilen Galionsfigur vorbeizutanzen schien.

»Mehr Leute an die Luv-Fockbrassen! Schreiben Sie den Mann auf, Mr. Slade! Lassen Sie den Anker festzurren – Beeilung jetzt!«

Pallisers Stimme war überall. Als der Anker tropfend unter dem Kranbalken hing und schnell beigeholt und festgezurrt wurde, damit er nicht gegen die Bordwand schlug, wurden die damit beschäftigten Leute von Pallisers alles übertönendem Sprachrohr schon wieder anderswohin kommandiert.

»Setzt Fock und Großsegel!«

Die beiden größten Segel des Schiffes entfalteten sich an ihren Rahen und blähten sich in dem frischen Wind wie eiserne Brustpanzer. Bolitho machte eine kleine Pause, um Atem zu holen und seinen Hut zurechtzurücken. Die Landschaft, durch die er auf der Suche nach Freiwilligen gestreift war, lag querab in Lee, während der Bug der *Destiny* auf die enge Ausfahrt wies, hinter der die offene See wie ein riesiges graues Feld auf sie wartete.

Männer kämpften mit verheddertem Tauwerk, über sich das Quietschen der Blöcke, als Brassen und Schoten statt der Muskeln nun den Kampf gegen Wind, Seegang und die wachsende Pyramide aus Leinwand aufnahmen.

Dumaresq hatte sich anscheinend überhaupt nicht bewegt. Das Kinn im Halstuch vergraben, beobachtete er das Ufer, das an ihnen vorbeiglitt.

Bolitho wischte sich ein paar Wassertropfen – war es Regen oder salzige Gischt? – aus den Augen. Er war aufgeregt und freute sich plötzlich, daß er dazu noch fähig war.

Durch die enge Ausfahrt ging es in den Sund hinaus, wo Drake einmal der spanischen Armada aufgelauert hatte, wo schon hundert Admiräle Pläne geschmiedet hatten, die über ihre nächste Zukunft entscheiden sollten. Wohin hatte das alles geführt?

»Lotgast in die Luv-Rüsten, Mr. Slade!«

Bolitho merkte jetzt, daß er auf einer Fregatte war. Hier gab es kein vorsichtiges Abwägen, keine behäbigen Manöver. Dumaresq wußte, daß viele Augen an Land sie selbst zu dieser frühen Stunde beobachteten. Er würde so nahe an die Landzunge herangehen wie möglich, mit nur knapp einem Faden Wasser zwischen Kiel und Katastrophe. Er hatte den richtigen Wind und das Schiff, mit dem er dies riskieren konnte.

Hinter sich hörte Bolitho, wie Merrett sich übergab, und hoffte, Palliser würde es nicht bemerken.

Stockdale schoß die Leine um Handballen und Ellenbogen auf, als sei er es von jung auf nicht anders gewohnt. Gegen seine kräftigen Unterarme wirkte die dicke Leine wie Kabelgarn. Er brummte mit seiner heiseren Stimme: »Jetzt bin ich frei, so frei, wie ich's mir wünsche.«

Bolitho antwortete nicht, denn er erkannte, daß der in vielen Kämpfen ausgelaugte Boxer zu sich selber gesprochen hatte.

Pallisers Stimme weckte ihn wie ein Peitschenhieb. »Mr. Bolitho! Ich sage Ihnen schon jetzt, daß ich die Bramsegel gesetzt haben möchte, sowie wir durch die Enge sind. Damit haben Sie Zeit, Ihren Traum zu beenden und sich wieder um Ihren Dienst zu kümmern, mein Herr!«

Bolitho berührte seinen Hut und nickte seinen Unteroffizieren zu. Palliser war in Ordnung, so lange sie sich in der Messe befanden. Aber an Deck war er ein Tyrann.

Merrett hatte sich über die Kanone gebeugt und erbrach sich in den Wassergang.

»Verdammt noch mal, Mr. Merrett! Machen Sie das bloß schön sauber, bevor Sie abtreten. Und reißen Sie sich zusammen!« Bolitho wandte sich ab, aufgebracht und gleichzeitig über sich selber erstaunt. Pallisers Art war offenbar ansteckend.

III Jäher Tod

Die Woche nach dem Auslaufen der *Destiny* aus Plymouth wurde die arbeitsreichste und anstrengendste in Bolithos jungem Leben.

Sobald sie frei von Land waren, ließ Dumaresq so viele Segel setzen, wie sein Schiff bei dem ständig zunehmenden Wind ohne Gefahr tragen konnte. Das Leben war nun begrenzt auf einen Alptraum aus beißendem, eiskaltem Sprühwasser, das sich in wilden Kaskaden immer dann über sie ergoß, wenn die Fregatte, aus einem Wellental auftauchend, den nächsten haushohen Wellenberg anschnitt. Es schien niemals zu enden. Seit Tagen steckten sie in nassen Kleidern, die zu trocknen keine Gelegenheit war, und aßen das, was der Smutje bei dem Wetter mit Mühe zustande und heil nach achtern brachte, wo sie es möglichst schnell hinunterschlangen.

Einmal, als Rhodes Bolitho auf Wache ablöste, schrie er ihm über das Getöse wild schlagender Leinwand und tobender See ins Ohr: »Das ist typisch für unseren ›Herrn und Meister‹: Er treibt das Schiff bis an die Grenze und prüft dabei jeden Mann auf Herz und Nieren.« Er duckte sich, als ein neuer Schauer eiskalten Sprühwassers über sie hinwegzog. »Die Offiziere prüft er dabei natürlich auch, das wollen wir nicht vergessen.«

Die Stimmung an Bord war gereizt, und ein- oder zweimal flackerte Ungehorsam auf, der aber durch die kräftigen Fäuste eines Maates oder die Drohung mit offizieller Meldung und Auspeitschen unterdrückt wurde.

Der Kommandant war viel an Deck und ging ruhelos zwischen Kompaß und Kartenraum hin und her, wobei er ihr Vorankommen mit Gulliver, dem Master, oder mit dem Ersten Offizier besprach.

Nachts war es noch schlimmer. Bolitho kam es vor, als wäre es ihm noch kein einziges Mal gelungen, den Kopf während der Freiwache in sein muffiges Kopfkissen zu vergraben, bevor ihn nicht ein heiserer »Alle-Mann«-Ruf wieder aufstörte.

»Alle Mann! Ein Reff ins Marssegel!«

In solchen Augenblicken erkannte Bolitho den Unterschied: Auf einem Linienschiff hatte er sich mit den übrigen nach einem solchen Kommando in die Masten arbeiten und seine Schwindelanfälle niederkämpfen müssen, ohne die anderen etwas von seiner Angst merken zu lassen. Aber wenn er es dann geschafft hatte, war es vorbei. Jetzt, als Offizier, kam dagegen alles so, wie Dumaresq vorausgesagt hatte,

Mitten im heftigsten Sturm, gegen den die *Destiny* in der Biskaya ankreuzte, kam der Befehl, ein weiteres Reff einzustekken. Es war eine Nacht ohne Mond und Sterne, sie sahen lediglich eine sich immer neu auftürmende, weißgekrönte Wasserwand. Sie brachte ihnen zu Bewußtsein, wie winzig ihr Schiff in Wirklichkeit war.

Die Männer taumelten auf ihre Stationen, benommen von der nicht endenwollenden, harten Arbeit und halb blind vom Salzwasser, das sie unaufhörlich übergoß. Zögernd arbeiteten sie sich die vibrierenden Webeleinen hinauf und legten auf den Marsrahen aus. Die *Destiny* lag so stark nach Lee über, daß es schien, als tauche sie mit der Nock ihrer Großrah in die brechenden Wellenkämme ein.

Forster, befehlshabender Deckoffizier am Großmast und Bolithos rechte Hand, hatte ihm zugerufen: »Dieser Mann hier will nicht nach oben, ums Verrecken nicht!«

Bolitho, der sich an einem Stag festhielt, um nicht weggerissen zu werden, schrie zurück: »Dann gehen Sie, um Himmel willen, selber, Forster! Wenn Sie nicht oben sind, passiert Gott weiß was!« Dabei schaute er zu den übrigen Leuten hinauf, während der Sturm unaufhörlich jaulte und schrie wie ein Lebewesen, das sich an ihrer Qual weidete.

Jury war mit oben gewesen und beim Hinabklettern von der Macht des Windes an die Wanten gepreßt worden. Am Fockmast hatten sie die gleichen Probleme mit Menschen und Tauwerk, Segeln und Rahen, während das Schiff sein Möglichstes tat, sie alle in die tobende See zu schleudern.

Da erinnerte sich Bolitho, was Forster ihm zugerufen hatte. Der Befehlsverweigerer starrte ihn trotzig an, eine magere Gestalt in halb zerrissenem kariertem Hemd und Seemannshose.

»Was ist los mit Ihnen?« Bolitho mußte schreien, um sich in dem Getöse verständlich zu machen.

»Ich kann nicht!« schrie der Mann zurück und schüttelte wild den Kopf. »Kann nicht!«

Gerade kämpfte sich Little fluchend vorbei und schleppte mit dem Bootsmann neues Tauwerk als Reserve für den Großmast heran. Er brüllte: »Ich hieve ihn persönlich nach oben, Sir!« Bolitho aber rief dem Matrosen zu: »Helfen Sie unter Deck an den Pumpen!«

Zwei Tage danach wurde der Mann als verschwunden gemeldet. Eine sorgfältige Durchsuchung des Schiffes blieb ergebnislos.

Little hatte seine Ansicht zu erläutern versucht. »Die Sache ist so, Sir: Sie hätten ihn zum Aufentern zwingen sollen, selbst wenn er dann abgestürzt wäre und sich die Knochen gebrochen hätte. Oder Sie hätten ihn zur Bestrafung melden müssen. Er hätte drei Dutzend Schläge bekommen, aber das hätte ihn zum Mann gemacht.«

Zögernd mußte Bolitho Little recht geben. Er hatte den Stolz des Mannes verletzt. Seine Kameraden hätten mit ihm gefühlt, wenn er auf der Gräting festgebunden und ausgepeitscht worden wäre. So aber traf ihn nur Verachtung, und das war mehr, als dieser eigenbrötlerische und halsstarrige Matrose ertragen konnte.

Auch am sechsten Tag hielt der Sturm noch an und machte sie durch seine Heftigkeit mutlos und benommen. Zerrissene Segel wurden ausgetauscht, und das Reparieren von Schäden und immer wieder nötige Aufklaren an Deck verhinderten jeden Gedanken an eine Verschnaufpause.

Inzwischen wußte jedermann an Bord, wohin die Reise zunächst ging: zur portugiesischen Insel Madeira. Aber der Anlaß blieb weiterhin ein Geheimnis. Außer für Rhodes, der streng vertraulich mitteilte, daß sie dort lediglich einen ordentlichen Vorrat Wein für den persönlichen Bedarf des Schiffsarztes übernehmen wollten.

Dumaresq hatte den Bericht über den Tod des Matrosen offenbar im Logbuch gelesen, aber Bolitho nicht daraufhin angesprochen. Auf See kamen mehr Männer durch Unfälle um als durch Kugeln und Enterbeile.

Doch Bolitho fühlte sich schuldig. Little und Forster, ihm an Lebensjahren und Erfahrung weit voraus, hielten seiner Meinung nach nur zu ihm, weil er ihr Vorgesetzter war.

Forster hatte lediglich bemerkt: »Tja, wir waren in dem Augenblick vielleicht nicht ganz auf Draht, Sir.«

Und alles, was Little dazu sagte, war: »Hätte schlimmer kommen können, Sir.«

Es war erstaunlich, welche Wandlung die schließliche Wetterbesserung brachte. Das Schiff erwachte wieder zum Leben, und die Männer packten zu, ohne sich erst ängstlich umzuschauen oder sich mit beiden Händen an den Wanten festzuklammern, wenn sie aufentern sollten.

Am Morgen des siebten Tages, als die Düfte aus der Kombüse zu ersten Wetten verführten, was es wohl zu essen gab, rief plötzlich der Ausguck im Vortopp: »An Deck! Land in Sicht! Land voraus in Lee!«

Bolitho hatte gerade Wache und bat Merrett, ihm ein Fernrohr zu bringen. Der Midshipman sah nach dem Sturm und einer Woche härtester Anstrengungen aus wie ein geschrumpfter alter Mann, aber er war noch ganz munter und kam beim Wachwechsel nie zu spät.

»Lassen Sie mich sehen.« Bolitho richtete das Fernrohr durch eine Lücke in den schwarzen Wanten in die vom Ausguck gemeldete Richtung.

Dumaresq Stimme ließ ihn zusammenfahren. »Das ist Madeira, Mr. Bolitho. Eine zauberhafte Insel.«

Bolitho tippte an seinen Hut. Für einen Mann seiner Statur bewegte der Kommandant sich erstaunlich geräuschlos.

»Es – hm – entschuldigen Sie, Sir.«

Dumaresq lächelte und nahm das Teleskop aus Bolithos Händen. Während er es auf die ferne Insel richtete, sagte er: »Als ich Wachoffizier war, habe ich immer dafür gesorgt, daß ein Mann meiner Wache aufpaßte und mich warnte, wenn der Kommandant auftauchte.«

Er sah Bolitho an, wobei seine weit auseinanderstehenden, durchdringenden Augen irgend etwas in ihm zu suchen schienen. »Aber Sie machen so etwas natürlich nicht, nehme ich an. Noch nicht.«

Er übergab Merrett das Glas und setzte hinzu: »Schließen Sie sich mir an. Etwas Bewegung ist gut für das innere Gleichgewicht.«

So marschierten Kommandant und jüngster Offizier der *Destiny* gemeinsam auf der Luvseite des Achterdecks auf und ab, wobei sie automatisch den Ringbolzen im Deck und den Taljen der Kanonen auswichen.

Dumaresq erzählte von seiner Heimat in Norfolk, aber nur von den Örtlichkeiten; von den Menschen dort erwähnte er nichts, sprach weder über Freunde noch über eine Frau. Bolitho versuchte, sich an Dumaresqs Stelle zu versetzen. Hier ging dieser lässig spazieren und unterhielt sich über unwichtige Dinge, während sein Schiff mit sauber getrimmten Segeln von einer gleichmäßigen Brise vorangetrieben wurde. Er trug die Verantwortung für alle, Offiziere, Matrosen und Seesoldaten, und für all das, was ihnen bevorstand, ob sie nun segelten oder kämpften. In diesem Augenblick steuerten sie eine fremde Insel an, und danach würde die Reise sie sehr viel weiter führen. »Verantwortung kennt keine Grenzen«, hatte Bolithos Vater einmal gesagt. Und: »Für jeden Kommandanten gibt es nur ein Gesetz: Wenn er Erfolg hat, werden andere die Früchte ernten. Bleibt der Erfolg aus, fällt alle Schuld auf ihn.«

Dumaresq fragte plötzlich: »Haben Sie sich eingelebt?«

»Ich denke schon.«

»Gut. Falls Sie immer noch über den Tod des Matrosen grübeln, muß ich Ihnen sagen: Hören Sie auf damit. Das Leben ist Gottes größte Gabe. Es aufs Spiel zu setzen, ist eine Sache; aber es wegzuwerfen, ist Betrug. Der Mann hatte kein Recht dazu. Wir vergessen es am besten.«

Als Palliser an Deck erschien, wandte sich Dumaresq diesem zu.

Palliser lüpfte seinen Hut vor dem Kommandanten, doch sein Blick war auf Bolitho gerichtet.

»Zwei Männer zur Bestrafung, Sir.« Er hielt ihm sein Notizbuch hin. »Sie kennen beide.«

Dumaresq verlagerte sein Gewicht auf die Fußspitzen, bis es schien, als würde sein schwerer Körper gleich die Balance verlieren.

»Erledigen Sie das bis zwei Glasen, Mr. Palliser. Wir wollen es hinter uns bringen, die Leute brauchen deswegen nicht ihre Mahlzeit aufzuschieben.« Er schlenderte nach achtern und nickte dabei dem Steuermannsmaat der Wache zu wie ein Gutsherr seinem Wildhüter.

Palliser schloß sein Notizbuch mit einem Knall. »Empfehlung an Mr. Timbrell, und sagen Sie ihm, er möchte eine Gräting zur Bestrafung vorbereiten.« Dann kam er auf Bolithos Seite herüber. »Nun, was gab es?«

Bolitho berichtete: »Der Kommandant hat mir von seinem Heim in Norfolk erzählt, Sir.«

Palliser schien irgendwie enttäuscht. »Verstehe.«

»Warum trägt er eigentlich eine rote Weste, Sir?«

Palliser bemerkte, daß der Wachtmeister mit dem Bootsmann zurückkam. »Ich bin überrascht, daß er Sie nicht auch in diesem Punkt ins Vertrauen gezogen hat.«

Bolitho verbarg ein Lächeln, als Palliser sich entfernte. Also wußte der's offenbar auch nicht. Nach drei Jahren gemeinsamer Seefahrt war das immerhin erstaunlich.

Bolitho stand neben Rhodes an der Heckreling und betrachtete das farbenfrohe Bild im Hafen und an der Pier von Funchal. Die *Destiny* lag vor Anker, nur die Gig des Kommandanten und ein Kutter waren bisher ausgesetzt und schaukelten an der Backspier. Es sah nicht so aus, als ob es Landurlaub für alle geben würde, dachte Bolitho.

Einheimische Boote mit seltsam geschwungenen Vor- und Achtersteven umruderten die Fregatte, und die Insassen hielten Früchte und bunte Schals, große Weinflaschen und viele andere Dinge hoch, um die Seeleute, die auf den Laufbrücken oder in den Wanten herumlungerten, zum Kauf zu animieren.

Die *Destiny* hatte sich am frühen Nachmittag ihrem Ankerplatz genähert, und alle Leute waren an Deck, um sich nichts von dem Anblick der Insel, die Dumaresq mit Recht »zauberhaft« genannt hatte, entgehen zu lassen. Die Hügel hinter den weißen Häusern bedeckten wunderschöne Blumen und Büsche, ein Anblick, der nach der wilden Fahrt durch die Biskaya den Augen besonders wohl tat. Diese Strapazen waren nun ebenso wie die beiden Auspeitschungen auf dem letzten Schlag vor dem Einlaufen vergessen.

Rhodes zeigte lächelnd auf ein Boot mit drei dunkelhaarigen Mädchen, die sich in ihre Kissen zurücklehnten und auffordernd zu den jungen Offizieren hinaufschauten. Es war klar, was sie zum Verkauf boten.

Kapitän Dumaresq war an Land gegangen, kaum daß sich der Pulverqualm ihrer Salutschüsse für den portugiesischen Gouverneur verzogen hatte. Palliser gegenüber hatte er geäußert, daß er zum Gouverneur gehe, um den üblichen Höflichkeitsbesuch abzustatten: aber Rhodes sagte später: »Für einen rein gesellschaftlichen Besuch war er viel zu aufgeregt, Dick. Da lag Verschwörung in der Luft oder ähnliches.«

Die Gig war mit dem Befehl zurückgekehrt, daß Lockyer, der Schreiber des Kommandanten, mit einigen Papieren aus dem Safe nachkommen solle. Jetzt stand er am Schanzkleid und machte sich mit seiner Dokumententasche wichtig, während die Fallreepsgasten einen Bootsmannsstuhl an der Nock der Großrah befestigten, mit dem sie ihn in die Gig hinunterlassen wollten.

Palliser trat zu ihnen und sagte verächtlich: »Schaut euch den alten Narren an. Geht nie an Land, aber wenn doch, dann muß erst ein Fahrstuhl für ihn aufgeriggt werden, damit er nicht vom Fallreep fällt und ertrinkt.«

Rhodes grinste, als es endlich gelungen war, den Schreiber ins Boot zu fieren. »Er ist offenbar der Älteste an Bord.«

Über den Satz dachte Bolitho nach. Das war nämlich eine der Entdeckungen, die er gemacht hatte: Sie waren eine sehr junge Besatzung, mit nur wenigen von den älteren Leuten dazwischen, wie er sie auf den großen Linienschiffen gewohnt gewesen war. Der Sailing Master eines Linienschiffs zum Beispiel war üblicherweise schon bejahrt, wenn er solch einen verantwortungsvollen Posten erreichte; aber ihr Gulliver war noch keine dreißig.

Die meisten Männer, die an den Netzen lehnten oder an Deck herumlungerten, sahen gesund aus: hauptsächlich ein Verdienst ihres Schiffsarztes, hatte Rhodes behauptet. Darin zeigte sich der Wert eines Arztes, der sich um die Leute kümmerte und wußte, wie man dem gefürchteten Skorbut und anderen Krankheiten vorbeugte, die ein ganzes Schiff lähmen konnten.

Bulkley war einer der wenigen Bevorzugten, die an Land gehen durften. Der Kommandant hatte ihm befohlen, so viel frisches Obst und Fruchtsäfte einzukaufen, wie er für erforderlich hielt; Codd, der Zahlmeister, hatte ähnliche Anweisungen für alles erreichbare Gemüse.

Bolitho nahm den Hut ab und ließ die Sonne sein Gesicht wärmen. Es wäre schön gewesen, Funchal zu durchstreifen und dann in einer der schattigen Tavernen auszuruhen, von denen ihm Bulkley und andere erzählt hatten.

Die Gig hatte jetzt die Landungsbrücke erreicht, und einige Seesoldaten der *Destiny* bahnten dem alten Lockyer einen Weg durch die gaffende Menge.

Palliser sagte: »Wie ich sehe, ist Ihr Schatten nicht fern.«

Bolitho wandte den Kopf und sah Stockdale auf dem Batteriedeck neben einem Zwölfpfünder knien. Er hörte Vallance, dem Oberfeuerwerker, aufmerksam zu und zeigte dann auf die Lafette. Bolitho sah, daß Vallance nickte und dann Stockdale anerkennend auf die Schulter klopfte.

Das war ungewöhnlich. Bolitho hatte schon mitbekommen, daß Vallance nicht gerade der umgänglichste Deckoffizier an Bord war. Er wachte eifersüchtig über seinen Bereich, der von der Pulverkammer bis zur Geschützbedienung reichte. Jetzt kam er nach achtern und tippte vor Palliser grüßend an den Hut.

»Dieser neue Mann Stockdale, Sir, hat ein Problem an der Kanone gelöst, mit dem ich mich schon seit Monaten herumschlug. Es handelte sich um eine Neuerung, mit der ich bisher nicht glücklich war.« Er lächelte, was bei ihm selten vorkam. »Stockdale meint, wir könnten die Lafette so umsetzen, daß . . .«

Palliser hob beide Hände. »Sie überraschen mich, Mr. Vallance. Aber tun Sie, was Sie für richtig halten.« Er warf Bolitho einen Blick zu. »Ihr Stockdale ist zwar ziemlich schweigsam, scheint sich aber hier an Bord wohl zu fühlen.«

Bolitho bemerkte, daß Stockdale vom Batteriedeck zu ihm heraufschaute. Als er ihm zunickte, leuchtete das zerschlagene Gesicht des Mannes im Sonnenlicht auf und warf ein Lächeln zurück.

Jury, der Midshipman der Wache, rief: »Gig stößt von Land ab, Sir!«

»Das ging aber schnell.« Rhodes griff nach einem Fernrohr. »Wenn der Kommandant schon zurückkommt, lasse ich am besten . . .« Er schnappte nach Luft und setzte schnell hinzu: »Sir, sie bringen Lockyer zurück!«

Palliser nahm ein zweites Glas und richtete es auf die grüngestrichene Gig. Dann sagte er ruhig: »Der Schreiber ist tot. Sergeant Barmouth hält ihn.«

Bolitho ließ sich das Teleskop von Rhodes geben. Im ersten Augenblick bemerkte er nichts Ungewöhnliches. Die schlanke Gig näherte sich schnell, die weißen Riemenblätter hoben und senkten sich in flottem Takt, denn die Männer in ihren rot-weiß-karierten Hemden und mit den geteerten Hüten legten sich kräftig ins Zeug.

Als die Gig einen Bogen fuhr, um einem treibenden Baumstamm auszuweichen, sah Bolitho, daß Barmouth, der Sergeant der Seesoldaten, den spärlich behaarten Kopf des Schreibers so hielt, daß er nicht auf die Kissen des Hecksitzes fiel. Eine schreckliche Wunde lief quer über Lockyers Kehle; im Sonnenlicht hatte sie die gleiche rote Farbe wie der Waffenrock des Soldaten.

Rhodes murmelte: »Ausgerechnet jetzt ist der Schiffsarzt an Land. Mein Gott, das wird eine schöne Bescherung!«

Palliser schnippte mit den Fingern. »Wo ist dieser Mann, den Sie mit den anderen Neuen an Bord brachten? Dieser Apothekergehilfe, Mr. Bolitho!«

Rhodes antwortete schnell: »Ich hole ihn, Sir. Er hat schon Aushilfsdienst im Krankenrevier gemacht.«

Palliser sah Jury an. »Sagen Sie dem Bootsmannsmaat der Wache, er soll Leute zum Bootsheißen holen!« Er rieb sich das Kinn. »Das war kein Unfall.«

Die Boote der Einheimischen machten Platz, damit die Gig an den Großrüsten anlegen konnte.

Als die schlanke, unaufgeklarte Gig hochgeheißt und über die Laufbrücke eingeschwungen wurde, ging es wie ein Aufstöhnen durchs Schiff. Blut rann aus dem Boot an Deck, und Bolitho sah, wie der Apothekergehilfe mit Rhodes herbeieilte, um den leblosen Körper in Empfang zu nehmen.

Der Name des Apothekergehilfen war Spillane: ein stets ordentlich gekleideter, aber verschlossener Mann, eigentlich nicht der Typ, der eine sichere Stellung an Land einem Abenteuer zuliebe oder »um Erfahrungen zu sammeln« verließ, dachte Bolitho. Aber jetzt schien er sich kompetent zu fühlen; als Bolitho sah, wie er den Matrosen Anweisungen gab, war er froh, daß sie ihn an Bord hatten.

Sergeant Barmouth berichtete: »Also, Sir, ich hatte dafür gesorgt, daß der Schreiber sicher durch die Menge kam, und wollte gerade meinen Platz an der Landungsbrücke wieder einnehmen, als ich einen Schrei hörte. Gleich darauf brüllten alle durcheinander – Sie wissen ja, wie das in dieser Weltgegend üblich ist, Sir.«

Palliser nickte. »Verstehe, Sergeant. Und was geschah dann?«

»Ich fand Lockyer in einer Gasse, Sir. Mit durchgeschnittener Kehle.« Barmouth wurde blaß, als er seinen eigenen Vorgesetzten über das Achterdeck auf sich zukommen sah. Nun würde er alles noch einmal für Colpoys wiederholen müssen. Der Leutnant der Seesoldaten liebte es nicht – wie die meisten seiner Zunft –, wenn die Marineoffiziere sich in seine Angelegenheiten mischten, egal, wie dringend sie waren.

Palliser fragte kühl: »Lockyers Tasche fehlte?«

»Jawohl, Sir!«

Palliser kam zu einem Entschluß. »Mr. Bolitho, nehmen Sie den Kutter, einen Midshipman und sechs Mann. Ich gebe Ihnen die Adresse, wo Sie den Kommandanten finden. Melden Sie ihm, was geschehen ist. Keine Dramatisierung, nur die Tatsachen, soweit

Sie sie kennen.«

Bolitho berührte kurz seinen Hut. Er war überrascht, obwohl er noch unter dem Schock des plötzlichen Todes von Lockyer stand. Also wußte Palliser doch mehr von der Mission des Kommandanten, als er bisher zugegeben hatte. Und als Bolitho den Zettel mit dem Straßennamen und einer kleinen Kartenskizze musterte, den Palliser ihm in die Hand drückte, wußte er, daß dies weder die Residenz des Gouverneurs war noch irgendein anderes offizielles Gebäude.

»Nehmen Sie Mr. Jury, und suchen Sie sich selber die sechs Männer zusammen. Ich möchte aber, daß sie anständig aussehen.«

Bolitho nickte Jury zu und hörte noch, wie Palliser zu Rhodes sagte: »Ich hätte Sie schicken können, aber Bolitho und Jury haben noch nagelneue Uniformen und bringen damit unser Schiff weniger in Mißkredit.«

In kürzester Zeit saßen sie im Kutter und pullten zum Ufer. Bolitho war erst eine Woche auf See, aber die Zeit schien ihm viel länger, so stark war der Wechsel seiner Umgebung.

Jury sagte: »Vielen Dank, daß Sie mich mitgenommen haben, Sir.«

Bolitho dachte an Pallisers letzten Satz; dieser konnte es einfach nicht lassen, einen sarkastischen Hieb auszuteilen. Und doch war er es gewesen, der an Spillane gedacht und außerdem gesehen hatte, was Stockdale mit der Kanone anfing. Ein Mann mit vielen Gesichtern, dachte Bolitho.

Er antwortete: »Achten Sie darauf, daß die Männer sich nachher nicht zerstreuen.« Er brach ab, als er Stockdale entdeckte, der – halb von den Ruderern verdeckt – vorn im Boot saß. Irgendwie hatte er es geschafft, sich schnell in ein kariertes Hemd und eine weiße Hose zu werfen und mit einem Entermesser zu bewaffnen.

Stockdale tat, als bemerke er Bolithos Verwunderung nicht.

Bolitho schüttelte den Kopf. »Vergessen Sie, was ich gesagt habe. Ich glaube nicht, daß Sie Ärger mit den Leuten haben werden.«

Was hatte der große Boxer gesagt? »Ich werde Sie nicht verlassen. Niemals.«

Der Bootssteurer schätzte den Abstand zur Landungsbrücke, legte dann hart Ruder und befahl: »Riemen ein!«

Der Kutter kam an ein paar Steinstufen zum Stehen, der Bugmann piekte den Bootshaken in einen rostigen Eisenring. Bolitho zog sein Säbelgehänge zurecht und schaute zu der neugierigen Menge auf. Sie schien freundlich gesonnen; doch wenige Meter entfernt war ein Mann ermordet worden.

Er befahl: »Auf der Pier antreten!«

Am Kopf der Treppe grüßte er Colpoys' Wachtposten. Die Seesoldaten machten einen recht fröhlichen Eindruck und rochen trotz ihrer strammen Haltung stark nach Alkohol. Einer von ihnen trug sogar eine Blume am Kragen.

Bolitho schaute sich um und steuerte mit so viel Selbstvertrauen, wie er aufbringen konnte, auf die nächste Straße zu. Die sechs Matrosen marschierten hinter ihm her und tauschten dabei Blicke und Winke mit der auf Balkons und in Fenstern ausliegenden Weiblichkeit.

Jury fragte: »Wer konnte ein Interesse daran haben, den armen Lockyer zu ermorden, Sir?«

»Das frage ich mich auch.« Er zögerte einen Augenblick und wandte sich dann in eine enge Gasse, über der sich die Dächer der anliegenden Häuser so nahe kamen, als wollten sie den Himmel ganz ausschließen. Es duftete intensiv nach Blumen, und in einem der Häuser spielte jemand auf einem Saiteninstrument.

Bolitho studierte noch einmal seinen Zettel und musterte dann ein schmiedeeisernes Tor, das auf einen Hof führte, in dessen Mitte ein Brunnen plätscherte. Sie waren da.

Er sah, wie Jury mit großen Augen all die fremden Dinge betrachtete, und erinnerte sich, wie er selber einst bei ähnlicher Gelegenheit gestaunt hatte.

Leise sagte er: »Sie kommen mit.« Dann hob er die Stimme. »Stockdale, Sie haben hier die Aufsicht. Niemand entfernt sich ohne meinen ausdrücklichen Befehl. Verstanden?«

Stockdale nickte grimmig. Er plante sicherlich, jeden, der gegen den Befehl verstieß, zusammenzuschlagen.

Ein Diener führte Bolitho in einen kühlen Raum über dem Hof, wo Dumaresq und ein älterer Herr mit weißem Spitzbart und einer Haut, die wie weiches Wildleder aussah, saßen und Wein tranken.

Dumaresq stand nicht auf. »Nun, Mr. Bolitho?« Wenn er über ihr unerwartetes Kommen beunruhigt war, so verbarg er es gut. »Was gibt es?«

Bolitho warf einen zweifelnden Blick auf den alten Herrn, doch Dumaresq sagte kurz: »Wir sind unter Freunden.«

Bolitho erzählte, was von dem Augenblick an geschehen war, als der Schreiber das Schiff mit seiner Tasche verlassen hatte.

Dumaresq stellte fest: »Sergeant Barmouth ist kein Dummkopf. Wenn die Tasche noch da gewesen wäre, hätte er sie gefunden.« Er wandte sich um und sagte etwas zu seinem Gastgeber. Dieser schien zu erschrecken, bevor er seine ursprüngliche Haltung zurückgewann.

Bolitho spitzte die Ohren. Dumaresqs Gastgeber lebte zwar auf dem portugiesischen Madeira, doch der Kommandant hatte offenbar mit ihm spanisch gesprochen.

Dumaresq befahl: »Gehen Sie zurück an Bord, Mr. Bolitho. Eine Empfehlung an den Ersten Offizier, und melden Sie ihm, er soll den Schiffsarzt und alle anderen Leute an Land sofort zurückrufen. Ich beabsichtige, noch vor Anbruch der Nacht Anker zu lichten.«

Bolitho dachte jetzt nicht an die Schwierigkeiten, ja an das offensichtliche Risiko, den Hafen bei Dunkelheit zu verlassen. Er verstand die plötzliche Eile und die Dringlichkeit, die durch die Ermordung Lockyers ausgelöst worden war.

Er machte eine Verbeugung vor dem alten Herrn und sagte: »Ein wunderschönes Haus, Sir.«

Der alte Herr lächelte und verneigte sich leicht.

Bolitho ging die Treppe hinunter, Jury immer hinter sich, und überlegte, daß sein Gastgeber offensichtlich verstand, was er über das schöne Haus gesagt hatte. Wenn Dumaresq also mit ihm spanisch und nicht englisch gesprochen hatte, dann nur, damit er und Jury ihn nicht verstanden.

Er beschloß, diese Erkenntnis als einen Teil des Rätsels für sich zu behalten.

Noch in derselben Nacht führte Dumaresq sein Schiff wie angekündigt wieder auf See. Bei leichtem Wind lediglich unter Marssegeln und Klüver, wand sich die *Destiny* – geführt von einem Kutter mit einer Laterne am Heck, die ihr wie ein Glühwürmchen den Weg wies – zwischen den anderen vor Anker liegenden Schiffen hindurch.

Bei Tagesanbruch lag Madeira schon wie ein purpurfarbener Höcker weit achteraus am Horizont. Aber Bolitho war gar nicht sicher, daß das Geheimnis mit der Gasse hinter ihnen zurückbleiben würde, in der Lockyer seinen letzten Atemzug getan hatte.

IV Spanisches Gold

Leutnant Charles Palliser schloß die beiden äußeren Lamellentüren von Dumaresqs Kajüte und meldete: »Alle versammelt, Sir.«

Offiziere und ältere Deckoffiziere der *Destiny* schauten in unterschiedlicher Haltung Dumaresq erwartungsvoll entgegen. Es war zwei Tage nach ihrem Auslaufen von Madeira, am späten Nachmittag. Auf dem Schiff war eine Art lässiger Ruhe eingekehrt. Ein leichter Nordostwind trieb es auf Backbordbug stetig in die Weite des Atlantiks hinaus.

Dumaresq warf einen Blick zum Oberlicht hinauf, auf das ein Schatten gefallen war, wahrscheinlich vom Steuermannsmaat der Wache.

»Schließen Sie auch das!«

Bolitho musterte seine Gefährten und fragte sich, ob sie seine wachsende Neugierde teilten.

Diese Zusammenkunft war unvermeidbar gewesen, aber Dumaresq hatte es große Mühe gekostet, ihnen mitzuteilen, daß sie einberufen würde, sobald das Schiff frei von Land sei.

Dumaresq wartete, bis Palliser sich wieder gesetzt hatte. Dann sah er sie der Reihe nach an. Sein Blick wanderte vom Offizier der Seesoldaten über den Arzt, den Master und den Zahlmeister schließlich zu seinen drei Seeoffizieren.

Er sagte: »Sie alle sind über den Tod meines Schreibers informiert. Ein zuverlässiger Mann, auch wenn er einige sonderbare Gewohnheiten hatte. Es wird schwer sein, ihn zu ersetzen. Indessen bedeutet seine Ermordung durch unbekannte Täter mehr als nur den Verlust eines Gefährten. Ich habe einige Geheimbefehle, über die ich Sie nun, da die Zeit dafür gekommen ist, in groben Zügen ins Bild setzen muß. Es heißt zwar, wenn zwei Leute von einer Sache wissen, ist sie nicht länger ein Geheimnis. Doch ein sehr viel ärgerer Feind auf einem kleinen Schiff sind Gerüchte und das, was sie anrichten können.«

Bolitho zuckte zusammen, als der fordernde Blick des Kommandanten einen Augenblick auf ihm ruhte, bevor er weiter in der Kajüte herumwanderte.

Dumaresq sagte: »Vor dreißig Jahren, also bevor die meisten in unserer Mannschaft ihren ersten Atemzug taten, führte ein Kommodore Anson eine Expedition um Kap Hoorn in die Große Südsee. Seine Aufgabe war es, spanische Niederlassungen zu beunruhigen, denn – wie Sie wissen sollten – wir standen damals im Krieg mit den Dons.« Er nickte grimmig. »Wieder einmal.«

Bolitho dachte an den vornehmen Spanier in dem Haus hinter dem Hafen von Funchal, an die Geheimnistuerei und an die verschwundene Dokumententasche, für die ein Mann hatte sterben müssen.

Dumaresq fuhr fort: »Eines ist sicher: Kommodore Anson mag ein mutiger Mann gewesen sein, aber was ihm für die Gesunderhaltung seiner Besatzungen einfiel, war mehr als bescheiden.« Er schaute seinen rundlichen Schiffsarzt an und erlaubte seinen Zügen, sich zu entspannen. »Anders als bei uns. Aber vielleicht hatte er keine erfahrenen Ärzte, die ihn beraten konnten.«

Einige kicherten, und Bolitho nahm an, die Bemerkung war zur allgemeinen Entspannung eingeflochten worden.

Dumaresq fuhr fort: »Mag dem gewesen sein, wie es will, jedenfalls hatte Anson innerhalb von drei Jahren alle Schiffe seines Geschwaders außer der *Centurion* eingebüßt und dreizehnhundert seiner Leute auf See bestattet. Die meisten starben an Seuchen, Skorbut und schlechter Ernährung. Es ist anzunehmen, daß man Anson vor ein Kriegsgericht gestellt hätte, auch wenn er ohne weitere Zwischenfälle heimgekommen wäre.«

Rhodes rutschte auf seinem Stuhl, und seine Augen glänzten, als er Bolitho zuflüsterte: »So etwas habe ich mir doch gedacht, Dick.«

Ein Blick von Dumaresq unterband, was Rhodes sonst noch hatte mitteilen wollen.

Der Kommandant schnippte unsichtbaren Staub von seiner Weste. »Anson stieß auf ein spanisches Schatzschiff, das mit Goldbarren im Schätzwert von über einer Million Guineen heimwärts segelte.«

Bolitho erinnerte sich dunkel, daß er etwas von dem Vorfall gelesen hatte. Anson hatte das Schiff nach kurzem Gefecht genommen. Er hatte seine Aktion zeitweise sogar unterbrochen, damit die Spanier ein Feuer, das in ihrer Takelage ausgebrochen war, löschen konnten. Er war nämlich erpicht darauf gewesen, das Schatzschiff – die *Nuestra Senora de Covadonga* – intakt in die Hand zu bekommen. Prisengerichte und die Gewaltigen der Admiralität hatten seit langem auf solch einen Erfolg gewartet, der ihnen wichtiger war als die Menschenleben, die seinetwegen verloren wurden.

Dumaresq hob den Kopf und gab seine entspannte Haltung einen Augenblick auf. Auch Bolitho hörte den Ruf vom Ausguck im Masttopp, der ein entferntes Segel in Richtung Nord meldete. Sie hatten es schon zweimal an diesem Tag gesichtet, denn es war unwahrscheinlich, daß sich mehr als ein fremdes Schiff auf diesem abgelegenen Kurs befand.

Der Kommandant zuckte mit den Schultern. »Später.« Er verbreitete sich nicht weiter darüber, sondern fuhr fort: »Bis vor kurzem war nicht bekannt, daß damals ein zweites Schatzschiff nach Spanien unterwegs war. Es war die *Asturias*, und sie war größer als Ansons Prise und schwerer beladen.« Er warf dem Arzt einen Blick zu. »Ich sehe, Sie haben davon gehört?«

Bulkley lehnte sich zurück und verschränkte die Hände über seinem ansehnlichen Bauch. »Das habe ich, Sir. Die *Asturias* wurde von einem britischen Freibeuter unter dem Kommando eines jungen Mannes aus Dorset, Kapitän Piers Garrick, angegriffen. Sein königlicher Kaperbrief rettete ihn mehrmals vor dem Galgen, an dem er als gemeiner Pirat gelandet wäre, und heute ist er Sir Piers Garrick, ein hochangesehener Mann und bis vor kurzem Inhaber mehrerer Regierungsämter in der Karibik.«

Dumaresq lächelte ingrimmig. »Das ist wahr, aber ich empfehle, daß Sie Ihre sonstigen Vermutungen auf den Bereich der Offiziersmesse beschränken. Die *Asturias* wurde nie gefunden, und Garricks Freibeuter wurde bei der Auseinandersetzung so schwer beschädigt, daß er ebenfalls aufgegeben werden mußte.«

Er schaute irritiert in die Runde, als der Posten vor der Kajüte durch die Tür rief: »Midshipman der Wache, Sir!«

Bolitho konnte sich die Aufregung auf dem Achterdeck vorstellen: Sollten sie die Zusammenkunft unter ihren Füßen stören und Dumaresqs Unwillen in Kauf nehmen? Oder sollten sie das Verhalten des fremden Schiffes einfach in die Logkladde eintragen und das Beste hoffen?

Dumaresq sagte: »Soll hereinkommen!« Er schien seine Stimme nicht ein bißchen zu heben, und doch drang sie mühelos bis zum vorderen Teil der Kajüte.

Es war Midshipman Cowdroy, ein sechzehn Jahre alter Bursche, den Dumaresq schon einmal wegen unnötiger Strenge gegen Leute seiner Wache bestraft hatte.

Er sagte: »Meldung von Mr. Slade, Sir: Der Ausguck hat das fremde Segel wieder in nördlicher Richtung gesichtet.« Er schluckte vor Aufregung und schien unter dem Blick des Kommandanten zusammenzuschrumpfen.

Dumaresq sagte schließlich: »Verstanden. Aber wir werden nichts unternehmen.« Als die Tür sich hinter Cowdroy geschlossen hatte, setzte er hinzu: »Obwohl ich annehme, daß der Fremde nicht rein zufällig hinter uns hersegelt.«

Auf der Back wurde die Schiffsglocke angeschlagen. Dumaresq fuhr unbeirrt fort: »Nach neuesten, zuverlässigen Informationen ist der größte Teil des Schatzes noch vorhanden: eineinhalb Millionen in Goldbarren.«

Sie starrten ihn an, als hätte er eine ungeheuerliche Obszönität von sich gegeben.

Rhodes faßte sich als erster. »Und wir sollen ihn finden, Sir?«

Dumaresq lächelte ihn an. »Wie Sie es ausdrücken, klingt es sehr einfach, Mr. Rhodes, und vielleicht finden wir ihn auch einfach so. Aber solch ein riesiger Schatz hat sicherlich bereits einiges Aufsehen erregt. Die Dons werden ihn als rechtmäßiges Eigentum reklamieren. Ein Prisengericht wird dagegen vielleicht argumentieren, daß das Schiff bereits von Garrick erobert war, bevor es flüchten und sich verbergen konnte. Der Goldschatz sei damit Eigentum Seiner Britischen Majestät.« Er senkte die Stimme. »Und dann gibt es noch andere, die gern die Hand darauf legen und einen Fall daraus machen würden, der uns nichts als Unheil bringen dürfte. So, meine Herren, jetzt wissen Sie Bescheid. Unser Auftrag heißt nach außen hin, daß wir einen Auftrag des Königs erledigen. Aber wenn die Nachricht von dem Schatz sich plötzlich überall herumgesprochen hat, möchte ich wissen, wer dahintersteckt.«

Palliser erhob sich, vergaß dabei aber nicht, den Kopf einzuziehen, der sonst an die Decksbalken gestoßen wäre. Die übrigen taten es ihm nach.

Dumaresq wandte sich um und schaute auf die glitzernde See, die sich achteraus bis zum Horizont erstreckte.

»Wir segeln zunächst nach Rio. Dort hoffe ich, mehr zu erfahren.«

Bolitho hielt den Atem an. Südamerika, Rio de Janeiro, das lag über fünftausend Meilen von Falmouth entfernt. So weit weg von zu Hause war er noch nie gewesen.

Als sie Anstalten machten zu gehen, sagte Dumaresq: »Mr. Palliser und Mr. Gulliver bleiben noch hier.«

Palliser rief Bolitho nach: »Übernehmen Sie bitte meine Wache, bis ich Sie ablöse!«

Sie verließen die Kajüte, jeder mit seinen Gedanken beschäftigt. Ihr ferner Bestimmungsort würde den Matrosen ziemlich gleichgültig sein. Ob nah oder fern, überall war Ozean, immer blieb das Schiff sich gleich. Da mußten Segel gesetzt, getrimmt, geborgen werden – was auch geschah, am harten Leben des Seemanns änderte sich nicht viel, ob nun England oder die Arktis ihr Ziel war. Aber wenn erst das

Gerücht über einen Goldschatz im Schiff herum war, mochte sich manches ändern.

Als er zum Achterdeck hinaufstieg, bemerkte Bolitho, daß die Leute, die sich zur Wachablösung versammelten, ihn neugierig anschauten, aber wegsahen, wenn sein Blick auf sie fiel. Es hatte den Anschein, daß sie schon alles wußten.

Slade berührte seinen Hut: »Die Wache ist angetreten, Sir.«

Er war ein harter Steuermannsmaat und bei vielen Leuten unbeliebt, besonders bei denen, die seinen hohen Anforderungen an seemännisches Können nicht gerecht wurden.

Bolitho wartete, daß die Leute am Ruderrad abgelöst wurden, der übliche Vorgang bei Übergabe einer Wache. Ein Blick dann nach oben zum Stand der Segel und Rahen, Überprüfung des Kompasses und der Notizen, die der Midshipman der Wache mit Kreide auf eine Schiefertafel geschrieben hatte.

Gulliver kam an Deck und preßte die Handflächen zusammen wie immer, wenn er nervös war.

Slade fragte: »Schwierigkeiten, Sir?«

Gulliver sah ihn nachdenklich an. Es war zu kurze Zeit her, daß er selber sich noch in Slades Stellung befunden hatte, um die Bemerkung als harmlos anzusehen. Wollte Slade sich damit beliebt machen? Oder sollte anklingen, daß er sich schon den Offizieren der Messe zugehörig fühlte?

Er befahl kurz: »Beim nächsten Wechsel des Halbstundenglases werden wir Kurs ändern.« Er warf einen Blick auf den kardanisch aufgehängten Kompaß. »Neuer Kurs dann Südwest zu West. Der Kommandant beabsichtigt, die Bramsegel zu setzen, obwohl ich bezweifle, daß wir ihr bei diesem leichten Wind damit auch nur einen weiteren Knoten herauskitzeln können.«

Slade schielte zum Ausguck im Vortopp hinauf. »Das fremde Segel hat also doch etwas zu bedeuten.«

Pallisers Stimme eilte ihm beim Hochkommen auf dem Niedergang voraus: »Es bedeutet, Mr. Slade, daß – wenn das Segel morgen früh immer noch da ist – es uns tatsächlich verfolgt.«

Bolitho bemerkte Besorgnis in Gullivers Blick und erriet, was Dumaresq ihm und Palliser gesagt haben mochte.

»Ich nehme an, wir können nichts dagegen unternehmen, Sir. Wir sind nicht im Krieg.«

Palliser sah ihn ruhig an. »Wir können eine ganze Menge dagegen tun.« Er nickte, um diese Feststellung zu bekräftigen. »Seien Sie also auf alles gefaßt.«

Als Bolitho sich anschickte, das Achterdeck Pallisers Aufsicht zu überlassen, rief dieser ihm nach: »Und ich werde genau darauf achten, wie lange Ihre Bummelanten brauchen, wenn ich alle Mann zum Bramsegelsetzen rufen lasse!«

Bolitho deutete eine Verbeugung an. »Es wird mir eine Ehre sein, Sir.«

Rhodes erwartete ihn unten auf dem Batteriedeck. »Gut gemacht, Dick. Er wird Sie respektieren, wenn Sie ihm kontra geben.«

Sie gingen nach achtern zur Messe, und Rhodes sagte: »Sie wissen, daß unser ›Herr und Meister‹ beabsichtigt, das andere Schiff aufzubringen, nicht wahr, Dick?«

Bolitho warf seinen Hut auf eine der Kanonen und ließ sich am Tisch nieder.

»Ich nehme es an.« Seine Gedanken wanderten wieder zurück zu den Klippen und Buchten von Cornwall. »Voriges Jahr, Stephen, machte ich Vertretungsdienst auf einem Zollkutter.«

Rhodes wollte gerade eine witzige Bemerkung dazu machen, als er in Bolithos Augen aufsteigenden Kummer gewahrte.

Bolitho sagte: »Es gab da einen Mann, einen großen und angesehenen Gutsbesitzer. Er starb bei dem Versuch, aus dem Lande zu flüchten. Ihm war nachgewiesen worden, daß er Waffen für den Aufstand in Amerika geschmuggelt hatte. Vielleicht denkt der fremde Kommandant, hier liege ein ähnlicher Fall vor, und all die Jahre habe das Gold nur auf die richtige Verwendung gewartet.« Überrascht von seinem eigenen Ernst, zog Bolitho ein Gesicht. »Aber lassen Sie uns über Rio sprechen. Ich freue mich schon darauf.«

Colpoys schenderte herein und ließ sich umständlich auf einem Stuhl nieder.

Er sagte zu Rhodes: »Der Erste Offizier läßt Ihnen sagen, Sie möchten einen Midshipman zur Schreibarbeit in der Kajüte abstellen.« Er schlug die Beine übereinander und bemerkte spöttisch: »Wußte gar nicht, daß unsere jungen Herren des Lesens und Schreibens kundig sind.«

Ihr Gelächter erstarrte, als der Schiffsarzt mit ungewöhnlich ernster Miene eintrat und nach einem prüfenden Blick in die Runde sagte: »Der Oberfeuerwerker hat mir gerade interessante Dinge erzählt. Einer seine Maate hat ihn gefragt, ob sie die Kugeln der Zwölfpfünder umstauen sollten, um Platz für die Goldbarren zu schaffen.« Er ließ seine Worte einsickern. »Wie lange ist es her? Fünfzehn Minuten, zehn? Es wird das am kürzesten bewahrte Geheimnis aller Zeiten gewesen sein.«

Bolitho lauschte dem regelmäßigen Knarren und Quietschen der Takelage und den Schritten der Wache auf dem Deck über ihnen.

»Seien Sie auf alles gefaßt«, hatte Palliser gesagt. Der Satz hatte plötzlich noch eine andere Bedeutung bekommen.

Am Morgen nach Dumaresqs Enthüllungen über das Schatzschiff stand das fremde Segel noch immer weit achteraus.

Bolitho hatte die Morgenwache und spürte die wachsende Spannung, als das Licht über dem östlichen Horizont zunahm und die Gesichter um ihn herum Form und persönliche Züge gewannen.

Dann kam der Ruf: »An Deck! Segel in Nordost!«

Dumaresq schien darauf gewartet zu haben. Innerhalb weniger Minuten erschien er an Deck, und nach einem flüchtigen Blick auf den Kompaß und die lose killenden Segel bemerkte er: »Der Wind hat abgeflaut.« Er schaute Bolitho an. »Das ist ein mieses Geschäft!« Er riß sich sofort wieder zusammen und sagte: »Ich werde jetzt erst einmal frühstücken. Schicken Sie Mr. Slade nach oben, sobald er auf Wache kommt. Er hat ein Auge für Schiffe aller Art. Er soll sich den Fremdling anschauen, der – weiß Gott, wie er es macht – gewitzt genug ist, Fühlung zu halten, ohne uns aus den Augen zu verlieren.«

Bolitho sah Dumaresq nach, bis er nach unten verschwunden war, und blickte dann über die ganze Länge der *Destiny*. Es war die geschäftigste Zeit an Bord. Matrosen schrubbten kniend mit Sandsteinen –»Gebetbuch« genannt – die Decksplanken, andere reinigten Kanonen oder überholten unter Timbrells kritischen Blicken das stehende und laufende Gut der Masten. Die Seesoldaten übten sich im komplizierten Exerzieren mit Musketen und aufgepflanzten Bajonetten, wobei Colpoys sich im Hintergrund hielt und die Arbeit seinem Sergeanten überließ.

Beckett, der Schiffszimmermann, reparierte mit einigen Leuten die Backbord-Laufbrücke, die beschädigt worden war, als bei der Proviantübernahme ein Hilfskran über ihr zusammengebrochen war. Das Oberdeck mit seiner doppelten Reihe von Zwölfpfündern wirkte wie Geschäftsstraße und Marktplatz in einem, wo hart gearbeitet, aber auch munter geklatscht wurde; wo der einzelne sich drücken, aber auch seinen Vorgesetzten angenehm auffallen konnte.

Später, als die Decks aufgeklart waren, wurden die Männer zum Segelexerzieren gerufen, wobei Palliser seinen Stammplatz auf dem Achterdeck einnahm und ihre verzweifelten Bemühungen überwachte, ein Segel noch ein paar Sekunden schneller als das letztemal zu reffen oder neu zu setzen.

Und während der ganzen Zeit, in der sie den Alltagsdienst auf einem Kriegsschiff erledigten, blieb das fremde Schiff stets hinter ihnen. Wie eine kleine Motte am Horizont war es immer da. Wenn die *Destiny* Segel wegnahm und dadurch ihr Fahrt verringerte, machte der Fremdling es ihr nach. Wurde mehr Leinwand gesetzt, meldete der Ausguck sofort das gleiche Manöver bei dem Fremden.

Dumaresq kam an Deck, als Gulliver gerade die Bemühungen des Midshipman der Wache beaufsichtigte, die Mittagshöhe der Sonne zu messen und damit ihren Standort zu bestimmen. Bolitho stand nahe genug, um seine Frage zu hören: »Nun, Mr. Gulliver, wie wird das Wetter heute nacht?« Er schien ungeduldig, ja ärgerlich darüber zu sein, daß Gulliver seinen normalen Dienstobliegenheiten nachging.

Der Master warf einen Blick zum Himmel und dann auf den roten Wimpel an der Mastspitze. »Der Wind hat etwas geraumt, Sir, aber seine Stärke ist unverändert. Wir werden heute nacht keine Sterne haben, zu viele Wolken über der Kimm.«

Dumaresq biß sich auf die Unterlippe. »Gut. Dann soll's geschehen.« Er wandte sich um und rief: »Holen Sie Mr. Palliser!« Er sah Bolitho. »Sie haben heute nachmittag die Hundewache. Sorgen Sie dafür, daß ein paar Lampen am Besanmast bereitgestellt werden. Ich möchte, daß unser Freund ständig unsere Lichter sieht, es wird ihn beruhigen.«

Bolitho bemerkte die Veränderung in dem Mann, die Kraft, die ihn wie eine Woge durchlief und seinen Verfolger zu vernichten drohte.

Palliser kam nach achtern geeilt und blickte vorwurfsvoll drein, als er den Kommandanten wieder mit dem jüngsten Offizier sprechen sah.

»Ah, Mr. Palliser, ich habe Arbeit für Sie.«

Dumaresq lächelte; aber an der Art, wie seine Gesichtsmuskeln zuckten und Rücken und Schultern sich strafften, konnte Bolitho erkennen, daß er nicht so gelassen war, wie er sich gab.

Dumaresq machte eine weit ausholende Gebärde. »Ich möchte, daß die Barkasse bei Anbruch der Dunkelheit, bei schlechtem Licht noch früher, bereit zum Aussetzen ist. Geben Sie bitte einem guten

Mann das Kommando, und teilen Sie einige zusätzliche Leute ein, die den Mast in der Barkasse aufrichten und Segel setzen, sobald sie abgelegt hat.« Er beobachtete Pallisers undurchdringliche Miene und setzte hinzu: »Ich möchte, daß sie einige große Lampen mitnehmen. Wir werden unsere eigenen löschen und das ganze Schiff verdunkeln, sobald die Barkasse von uns frei ist. Danach beabsichtige ich, einen Schlag nach Luv zu machen, dann zu wenden und abzuwarten.«

Bolitho wandte sich um und schaute Palliser an. Ein anderes Schiff bei Dunkelheit anzugreifen, war nicht auf die leichte Schulter zu nehmen.

Dumaresq fügte hinzu: »Ich lasse jeden Mann an Bord auspeitschen, der auch nur so viel Licht zeigt wie ein Glühwürmchen.«

Palliser berührte seinen Hut. »Ich kümmere mich darum, Sir. Und das Kommando im Boot kann Mr. Slade übernehmen. Er ist so scharf auf Beförderung, daß er sich darüber freuen wird.«

Bolitho bemerkte mit Staunen, daß Dumaresq und der Erste Offizier einander anlachten wie zwei Schuljungen nach einem gelungenen Streich.

Dumaresq schaute zum Himmel auf und wandte den Blick dann nach achtern. Nur vom Masttopp aus konnte man das andere Schiff sehen, aber es hatte den Anschein, als könne Dumaresq bis hinter den Horizont blicken. Er war jetzt wieder ganz ruhig und Herr seiner Gefühle.

Er sagte: »Davon werden Sie Ihrem Vater erzählen können, Mr. Bolitho. Es würde ihm gefallen.«

Ein Matrose mit einem Bunsch Tauwerk wie einem Bündel toter Schlangen über der Schulter schlenderte vorbei: Stockdale. Als der Kommandant nach unten verschwand, flüsterte er: »Greifen wir den da hinten an, Sir?«

Bolitho zuckte die Achseln. »Ich – hm – ich glaube, ja.«

Stockdale nickte kräftig. »Dann schleife ich mal mein Entermesser.« Und damit war der Fall für ihn zunächst klar.

Wieder allein mit seinen Gedanken, ging Bolitho zur Querreling und schaute hinab auf die Männer, die damit beschäftigt waren, die Barkasse aus der Reihe der übrigen Boote freizulegen. Ob Slade wußte, überlegte er, wie gefährlich sein Auftrag war? Wenn nun der Wind zunahm, nachdem die Barkasse losgeworfen hatte? Slade konnte Meilen von ihrem Kurs abgetrieben werden. Ihn wiederzufinden, würde dann so schwer sein wie die Suche nach der berühmten

Stecknadel im Heuhaufen.

Jury kam an Deck und trat nach einigem Zögern zu ihm an die Reling. Bolitho sah ihn erstaunt an. »Ich dachte, Sie wären achtern für den armen Lockyer eingesprungen?«

Jury hielt seinem Blick stand. »Ich habe den Ersten Offizier gefragt, ob er an meiner Stelle nicht Midshipman Ingrave einteilen könne.« Unter dem prüfenden Blick Bolithos verlor er etwas von seiner gespielten Gelassenheit. »Ich wollte lieber in Ihrer Wache bleiben, Sir.«

Bolitho klopfte ihm auf die Schulter. »Auf Ihre eigene Verantwortung.« Aber er fühlte sich trotzdem etwas geschmeichelt.

Die Bootsmannsmaaten eilten von Luk zu Luk, ließen ihre Silberpfeifen trillern und riefen dazwischen mit heiseren Stimmen die Wache nach oben, um die Barkasse auszusetzen.

Jury lauschte dem Trillern und sagte: »Die Nachtigallen von Spithead sind heute abend mal wieder groß in Form, Sir.«

Bolitho verbarg ein Lächeln. Jury drückte sich wie ein Matrose aus, wie ein alter Seebär. Er sah ihn ernst an. »Sie setzen sich besser in Bewegung und schauen nach, ob mit den Lampen alles klappt. Anderenfalls wird Mr. Palliser uns beide in Stücke reißen, fürchte ich.«

Als sich die Dämmerung herabsenkte und ihre Vorbereitungen verhüllte, meldete der Ausguck im Mast, daß das andere Segel noch immer in Sicht sei.

Palliser tippte an seinen Hut, als der Kommandant an Deck kam. »Alles klar, Sir.«

»Sehr gut.« Dumaresqs Augen blitzten im Widerschein der aufgereihten Lampen. »Nehmen Sie ein paar Segel weg, und dann klar zum Aussetzen des Bootes!« Er schaute hinauf, als das Großmarssegel aufgegeit wurde und träge an seiner Rah schlug. »Danach setzen wir sofort wieder jeden Fetzen, den wir haben. Wenn das Frettchen hinter uns ein Freund ist und sich nur bei uns angehängt hat, um unseren Schutz zu genießen, werden wir es bald erfahren. Wenn nicht, Mr. Palliser, wird *er* einiges erfahren, das verspreche ich Ihnen.«

Eine anonyme Stimme flüsterte: »Kommandant kommt, Sir.«

Palliser drehte sich um und wartete, daß Dumaresq zu ihm an die Reling trat.

Schattenhaft schob sich Gulliver durch das Dunkel. »Kurs Ost zu

Süd, Sir, voll und bei.*«

Dumaresqs Antwort war ein kurzes Grunzen. »Sie hatten recht mit der sternenlosen Nacht, Mr. Gulliver, obwohl der Wind frischer ist als erwartet.«

Bolitho stand mit Rhodes und drei Midshipmen auf der Leeseite des Achterdecks bereit, jeden plötzlich gegebenen Befehl auszuführen. Und natürlich waren sie damit auch nahe genug, um an der weiteren Entwicklung und wachsenden Spannung teilzunehmen. Dumaresqs Bemerkung hatte geklungen, als mache er den Master für den Wind veranwortlich.

Bolitho schaute hinauf, und es überlief ihn ein Schauer. Nachdem die *Destiny* sich mühsam ein gutes Stück nach Luv hochgearbeitet hatte, war sie, wie von Dumaresq geplant, durch den Wind gegangen und stürzte sich nun mit einer steifen Brise von Backbord gegen die anstürmenden Seen, die an der Luvseite Gischt bis zur Takelage hinaufschickten und die an Deck hockenden Seeleute wie mit einem Tropenregen übergossen.

Die Segel der *Destiny* waren bis auf Marssegel und Klüver weggenommen; in die große Breitfock jedoch waren nur zwei Reffs eingesteckt, für den Fall, daß sie bei einer plötzlichen Kursänderung gesetzt werden mußte.

Rhodes murmelte: »Irgendwo da vorn ist das andere Schiff, Dick.«

Bolitho nickte und versuchte, nicht an die Barkasse zu denken, die in der zunehmenden Dunkelheit bis auf ihre Lichter, die sich lebhaft im Wasser spiegelten, verschwunden war.

Es war unheimlich, dieses totenstille, dunkle Schiff. Niemand sagte etwas, und die stark eingefetteten Blöcke und Taljen ließen ihr sonstiges Knarren und Quietschen vermissen. Zu hören waren nur die vorbeirauschenden Seen und das Gurgeln des durch die Speigatten ablaufenden Wassers, wenn die *Destiny* den Bug wieder einmal tief in ein Wellental gesteckt hatte.

Bolitho versuchte, sich auf das zu konzentrieren, was vor ihnen lag. Palliser hatte die besten Seeleute als Enterkommando ausgesucht, falls es dazu kam. Doch der auffrischende Wind konnte Dumaresqs Pläne durchkreuzt haben, dachte Bolitho. Er hörte Jury, der ruhelos an den Netzen hin und her ging, und Cowdroy, Rhodes' Midshipman, der schon zwei Jahre an Bord war: ein mürrischer und

* Ausdruck für ein hoch am Wind segelndes Schiff, dessen Segel trotzdem vollstehen.

überheblicher Bursche von sechzehn Jahren, als Offizier ungeeignet. Rhodes hatte mehr als einmal Anlaß gehabt, ihn beim Kommandanten zu melden, und das letztemal war er vom Bootsmann schändlich über einen Sechspfünder gelegt und mit dem Stock gezüchtigt worden. Das schien ihn aber nicht geändert zu haben. Als dritter vervollständigte der kleine Merrett, der sich wie üblich möglichst außer Sichtweite hielt, das Trio.

Rhodes sagte leise: »Jetzt ist es bald soweit, Dick.« Er lockerte den Säbel an seinem Gürtel. »Könnte ein Sklavenhändler sein, wer weiß?«

Yeames, Steuermannsmaat der Wache, sagte heiter: »Wohl kaum, Sir. Ein Schiff voll Sklaven würden Sie jetzt schon riechen.«

Palliser brummte ärgerlich: »Haltet den Mund!«

Bolitho beobachtete, wie die See weiß schäumend über die Leereling schlug. Dahinter sah er nichts als eine tiefschwarze Wand, nach oben durch eine gezackte Linie abgeschlossen. Schwarz wie Stiefelwichse, hatte Colpoys bemerkt. Seine Scharfschützen hockten schon oben in den Masten, bemühten sich, ihre Musketen trocken und gleichzeitig nach dem Fremdling Ausschau zu halten.

Wenn der Kommandant und Gulliver die Zeit richtig berechnet hatten, mußte der Fremde jetzt an Steuerbord voraus in Sicht kommen. Die *Destiny* würde die bessere Position zum Wind haben und dadurch verhindern können, daß das andere Schiff ausriß. Die Männer der Steuerbordbatterie standen bereit, die Geschützführer knieten hinter den Rohren, um sie gleich nach dem Ausrennen auf den Feind richten zu können.

Einer Zivilperson, die daheim in England am Kamin saß, mochte das alles verrückt erscheinen. Aber für Kapitän Dumaresq war es etwas ganz anderes, und darauf kam es an. Das andere Schiff, wer es auch sein mochte, mischte sich in Angelegenheiten des Königs. Und das machte es zu seiner persönlichen Angelegenheit, die nicht auf die leichte Schulter zu nehmen war.

Bolitho überlief ein neuer Schauer, als er an seine erste Begegnung mit dem Kommandanten dachte: »Loyalität für mich, das Schiff und seine Britannische Majestät, in dieser Reihenfolge.«

Die *Destiny* hob ihren bebenden Klüverbaum wie eine Lanze und schien einen Augenblick bewegungslos über dem nächsten Wellental zu schweben, bevor sie hinabfiel und mit ihrem Bug den nächsten Wasserberg teilte, wodurch eine Flut von Gischt über der Back zusammenschlug.

Aus dem Augenwinkel sah Bolitho, daß etwas von oben herunterfiel. Es schlug an Deck auf und explodierte mit lautem Knall.

Rhodes duckte sich, als eine Kugel gefährlich nahe an seinem Gesicht vorbeipfiff. Er schnappte nach Luft. »Da hat doch so ein verdammter Ochse seine Muskete fallen lassen!«

Erschreckte Stimmen und wilde Flüche klangen vom Batteriedeck hoch, und Leutnant Colpoys rannte zum Hüttenaufgang, um sich den Sünder zu kaufen.

Das alles ereignete sich in schneller Folge. Die Explosion lenkte die Aufmerksamkeit der Offiziere und Seeleute nur wenige Augenblicke ab, während sich die *Destiny* unbeirrt den nächsten Wellenbergen entgegenwarf.

Palliser sagte ärgerlich: »Ruhe da, verdammt noch mal!«

Bolitho wandte sich um und erstarrte, als aus der Finsternis, vor dem Winde herlaufend, das andere Schiff auftauchte, und zwar nicht in sicherem Abstand an Steuerbord, sondern ganz nahe an Backbord, wie ein Phantom über ihrer Reling.

»Ruder hart Steuerbord!« Dumaresqs mächtige Stimme brachte die verschreckten Leute wieder zu Besinnung. »An die Schoten, Halsen und Brassen! Soldaten auf dem Achterdeck – Achtung!«

Sich aufbäumend und wieder tief eintauchend, mit donnernd schlagenden Segeln, drehte die *Destiny* von dem auf sie zukommenden Schiff weg. Geschützbedienungen, die noch vor wenigen Minuten ihre Waffen für das bevorstehende Gefecht klariert hatten, stürzten nach der ersten Überraschung auf die andere Seite, um ihren Kameraden zu helfen, deren Zwölfpfünder noch festgezurrt hinter dichtverschlossenen Stückpforten standen.

Ein Brecher ergoß sich über das Achterdeck und durchnäßte alle dort Stehenden bis auf die Haut. Die Ordnung war jedoch schnell wiederhergestellt, und Bolitho sah Matrosen, die sich so stark in die Brassen legten, daß sie mit ihren Rücken fast das Deck berührten.

Er brüllte: »Achtung, Leute!«, und griff nach seinem Säbel, während Rhodes und seine Midshipmen zum Vorschiff rannten. »Sie steuern direkt auf uns zu!«

Ein Schuß warf sein Echo über das Getöse von See und Wind, doch ob er versehentlich oder gezielt abgefeuert worden war, interessierte Bolitho jetzt nicht.

Er spürte Jury an seiner Seite.

»Was sollen wir tun, Sir?«

Es klang verängstigt. Mit gutem Recht, dachte Bolitho. Merrett hatte sich an die Netze geklammert, als wolle er sie nie wieder loslassen.

Bolitho kostete es große Anstrengung, seine jagenden Gedanken unter Kontrolle zu bekommen. Er mußte handeln. Niemand war da, der ihm Ratschläge oder Befehle gab. Jedermann auf dem Achterdeck war voll von seinen eigenen Aufgaben in Anspruch genommen.

Er brachte es fertig zu sagen: »Bleiben Sie bei mir!« Dann rief er einem vorbeirennenden Mann zu: »Sie da, holen Sie die Leute von der Steuerbord-Batterie nach oben, wir müssen Enterer zurückschlagen!«

Während Männer fluchend und schreiend in alle Richtungen rannten, hörte Bolitho die Stimme Dumaresqs. Er stand auf der entgegengesetzten Seite des Achterdecks, aber es hörte sich an, als spräche er direkt an Bolithos Ohr.

»Klar zum Entern, Mr. Bolitho!« Er wandte sich um, als Palliser weitere Leute an die Fallen, Geitaue und Gordings schickte, um durch Abdrehen die Gewalt des Zusammenstoßes zu mildern. »Er darf uns nicht entwischen!«

Bolitho starrte ihn entschlossen an. »Aye, Sir!« Er war gerade dabei, seinen Säbel zu ziehen, als das andere Schiff mit einem splitternden Dröhnen breitseits gegen ihre Bordwand stieß. Wenn Dumaresq nicht so schnell gehandelt hätte, wäre es mit dem Bug in sie hineingefahren und hätte sie wie mit einer gewaltigen Axt in zwei Teile gespalten.

Schreie verwandelten sich in Hilferufe, als eine wild durcheinandergeratene Masse von Tauwerk und gebrochenen Spieren auf Deck und zwischen die beiden Schiffsrümpfe prasselte. Männer wurden von den Füßen gerissen, als die See die Schiffe anhob und noch einmal gegeneinanderwarf, wobei ein weiteres Gewirr von Takelageteilen und Blöcken von oben kam. Einige Männer lagen darunter, aber Bolitho zog Jury am Arm und schrie: »Komm mit!« Er schwang seinen Säbel und schaute krampfhaft nicht auf das Wasser nieder, das zwischen den beiden Schiffen hochbrodelte. Ein Fehltritt, und alles war vorbei. Er sah Little ein Enterbeil schwingen und Stockdale, der sein Entermesser wie einen Dolch vor die breite Brust hielt.

Bolitho biß die Zähne zusammen und machte einen Satz in die Wanten des anderen Schiffes. Seine Füße traten ins Leere, als sie nach einem Halt suchten. Sein Säbel war seiner Hand, die ein Stag gefaßt hatte, entglitten und schaukelte am Riemen bedrohlich von seinem

Handgelenk, während er keuchend um Halt kämpfte. Andere Männer, die ebenfalls den Sprung gewagt hatten, tauchten neben ihm auf, doch einer hatte es nicht geschafft und war zwischen die beiden Schiffsrümpfe gefallen. Es würgte Bolitho im Hals, als der Schrei des Mannes plötzlich abbrach wie eine Tür, die zugeschlagen wurde.

Als er auf das fremde Deck hinuntersprang, hörte er andere Stimmen und sah vage Gestalten sich durch heruntergefallene Takelage arbeiten, während achtern eine Pistole knallte.

Er griff nach seinem Säbel und schrie: »Werft die Waffen weg! Im Namen des Königs!«

Das wilde Geschrei, das seiner kläglichen Aufforderung folgte, war fast schlimmer als die Gefahr, in der er sich befand. Vielleicht hatte er geglaubt, Spanier oder Franzosen vor sich zu haben. Aber die Stimmen, die seinem hocherhobenen Säbel entgegenbrüllten, waren so englisch wie seine eigene.

Eine Stenge fiel krachend aufs Deck, zerschmetterte eine der Gestalten zu Brei und trennte die Gegner einen Augenblick. Mit einem letzten Zittern lösten sich die beiden Schiffe voneinander. In diesem Augenblick, als eine Säbelklinge aus dem Dunkel auf ihn zustieß, erkannte Bolitho, daß die *Destiny* fort war und er nun um sein Leben kämpfen mußte.

V Klinge gegen Klinge

Das kleine Enterkommando der *Destiny* rückte, sich gegenseitig im Dunkeln rufend und Flüche mit den Gegnern tauschend, von allen Seiten zusammen. Dabei wurde das Deck ständig von Brechern überspült und jede Bewegung durch herabgefallene Takelageteile und wild durcheinanderliegendes Tauwerk erschwert. Auch hingen Wrackteile über die Bordwand ins Wasser und zogen das Schiff wie Seeanker in die Wellentäler hinab.

Bolitho hieb nach irgendeinem Gegenüber, wobei seine Klinge auf harten Stahl traf, während er gleichzeitig einen anderen Angriff abwehrte. Bolitho war ein guter Fechter, aber sein leichter Marinesäbel war eine ärmliche Waffe gegen ein hartgeschmiedetes Enterbeil. Um ihn herum brüllten und keuchten ineinanderverschlungene Männer, die sich mit Dolchen, Entermessern oder anderen Waffen fanatisch bekämpften.

Little schrie: »Nach achtern, Männer, nach achtern!« Er bahnte sich einen Weg durch das trümmerübersäte Deck, schlug im Lauf einen Gegner mit seinem Enterbeil nieder und zog die Hälfte seiner Leute hinter sich her.

In Bolithos Nähe rutschte ein Mann aus und rollte sich im Fallen herum, um sein Gesicht vor dem Mann, der mit erhobenem Entermesser über ihm stand, zu schützen. Bolitho hörte das Sausen des Stahls und den ekelerregenden, dumpfen Ton, mit dem er Knochen spaltete. Als er sich umwandte, sah er, daß es Stockdale war, der die Klinge seines langen Entermessers herausriß und den toten Gegener ohne Umstände über Bord stieß.

Es war ein wildes Durcheinander, ein entfesselter Alptraum fern aller Wirklichkeit. Bolitho wehrte einen weiteren Gegner ab, der sich wie ein Kletteraffe an einem Stag hatte heruntergleiten lassen. Er duckte sich, als er den Mann über seinem Kopf spürte, und hörte ihn ausatmen, als er seinen Schwung abbremste. Bolitho stieß ihm den Griff seines Säbels in die Magengrube, und als er sich wegduckte, schlug er ihm den Säbel mit aller Kraft über den Nacken. Dabei fühlte er einen Schmerz im Arm, als ob er selber niedergehauen worden wäre.

Ungeachtet all des Schrecklichen um ihn herum, blieben Bolithos Sinne hellwach, aber eher wie die eines Zuschauers, der an dem blutigen Massaker völlig unbeteiligt war. Das Schiff war eine Brigantine. Ihre Rahen standen kreuz und quer durcheinander, so daß sie hilflos nach Lee abtrieb. Alles auf diesem Schiff roch neu, es mußte gerade erst gebaut worden sein. Seine Besatzung schien völlig überrascht, als die Segel der *Destiny* vor ihrem Bug auftauchten, und dieser Schreck wirkte bis jetzt nach und hatte das kleine Enterkommando bisher vor Schlimmerem bewahrt.

Ein Mann bahnte sich den Weg nach vorn, ungeachtet der wimmernden und zerfetzten Gestalten, auf die er dabei trat. Bolitho, durch dessen Kopf viele Überlegungen jagten, war es sofort klar, daß diese hagere Gestalt im blauen Rock der Kapitän des Schiffes sein mußte.

Die Brigantine war zur Zeit außer Kontrolle, aber das ließ sich in wenigen Sekunden ändern. Doch die *Destiny* war nirgends zu sehen. Vielleicht waren ihre Beschädigungen schlimmer, als er vermutet hatte. Man glaubte ja nie, daß auch dem eigenen Schiff passieren konnte, was man dem Gegner wünschte.

Bolitho sah den matten Schimmer von Stahl und schloß daraus, daß die Morgendämmerung nicht mehr fern war. Überraschenderweise mußte er plötzlich an seine Mutter denken. Er war froh, daß sie es nicht mit ansehen mußte, wenn er fiel.

Der hagere Mann schrie: »Weg mit der Waffe, Stinktier!«

Bolitho versuchte, zurückzubrüllen, seine Männer um sich zu sammeln und sich selber zum äußersten Widerstand anzuspornen.

Dann trafen die Klingen aufeinander. Bolitho fühlte die Stärke des Mannes durch die Waffe, als wäre sie die Verlängerung seines Armes.

Die Säbel klirrten, Bolitho parierte und schlug nach dem anderen Mann, der nach jedem Ausfall zurückschlug und vorwärtsdrängte.

Plötzlich ein scharfes Klingen. Bolitho fühlte, daß ihm der Säbel aus der Hand geglitten und auch die Schlaufe ums Gelenk durch die Gewalt des Schlages gerissen war.

Er hörte eine gellende Stimme schreien: »Hier, Sir!« Es war Jury, der ihm mit dem Griff voran einen Degen zuwarf.

Wut kam Bolitho zu Hilfe. Irgendwie fing er die Waffe auf und bekam sie in den Griff, wobei er sich ihres Gewichts und ihrer Länge bewußt wurde. Nebelhafte Bilder schossen ihm durch den Kopf: sein Vater, der ihm und seinem Bruder Hugh im Küchengarten von Falmouth ersten Fechtunterricht gab; der ihm später beibrachte, jede Bewegung sorgfältig abzuwägen.

Er zuckte zusammen, als der Säbel des anderen seinen Ärmel dicht unterhalb der Achselhöhle durchschnitt. Ein paar Zoll weiter und . . . Er fühlte, wie Wut alle anderen Empfindungen hinwegschwemmte: ein Zustand des Wahnsinns, der ihm Kraft und Selbstvertrauen zurückgab.

Bolitho parierte einen neuen Hieb und spürte dabei die Kraft und den Haß seines Gegners, roch seinen Schweiß. Er hörte Stockdales heisere Stimme und wußte, daß dieser zu hart bedrängt war, um ihm beistehen zu können. Andere hatten aufgehört zu kämpfen und starrten, als wäre ihre eigene Wut verraucht, gebannt auf die beiden Fechter in ihrer Mitte.

Wie in einer anderen Welt fiel ein Kanonenschuß. Eine Kugel pfiff über das Deck und schlug wie eine eiserne Faust durch ein killendes Segel. Die *Destiny* war also nahe, und Dumaresq hatte das Risiko gewagt, möglicherweise einige seiner eigenen Leute zu töten, um seine Gegenwart fühlbar zu machen.

Einige Leute der Brigantine warfen sofort ihre Waffen weg. Andere waren weniger glücklich und wurden von den mit neuem Mut erfülltern Enterern niedergemacht, bevor sie begriffen hatten, was vorging.

Bolithos Gegner brüllte: »Zu spät für Sie, Sir!« Er stieß Bolitho mit der Faust zurück, schätzte den Abstand und machte einen Ausfall.

Bolitho hörte Jury aufschreien, sah Little mit gefletschten Zähnen auf sich zurennen.

Nach so viel Haß und Todesangst war es fast zu einfach und ohne Würde: Er behielt sein Gleichgewicht und brauchte seinen Füßen und Armen nicht einmal zu kommandieren, als er geschickt auswich und die Wucht des gegnerischen Angriffs dazu nutzte, seine eigene Waffe mit einer Drehbewegung freizubekommen und sie ihm in die Brust zu stoßen.

Little zog den Mann beiseite und hob sein blutiges Beil, als er sich loszureißen versuchte.

Bolitho rief: »Halt! Laß ihn leben!«

Er sah sich benommen und angewidert um, während einige seiner Männer ihm lauthals zujubelten.

Little ließ den verwundeten Mann aufs Deck fallen und wischte sich das Gesicht mit dem Handrücken, als entweiche auch aus ihm langsam der Wahnsinn der Kampfeswut. Bis zum nächstenmal.

Bolitho sah, daß Jury mit dem Rücken an einer gebrochenen Spier lehnte und beide Hände in den Bauch preßte. Er kniete neben ihm nieder und versuchte, Jurys Finger wegzuziehen. Nicht er, dachte er, nicht so früh!

Ein Matrose, den Bolitho als einen seiner besten Leute vom Großmast erkannte, bückte sich und zog die Hände des Midshipman mit einem Ruck auseinander.

Bolitho schluckte, riß das Hemd auf und erinnerte sich dabei an Jurys Heldentat und an sein Vertrauen im Augenblick des Enterns. Bolitho war selber noch jung, aber er hatte solche Aktionen immerhin schon mitgemacht.

Er schaute auf die Wunde herab und hätte gern gebetet. Die Spitze der Klinge mußte durch das große, vergoldete Schloß an Jurys Gürtel abgelenkt worden sein. Bolitho konnte selbst bei diesem schwachen Licht erkennen, daß vor allem das Metall getroffen worden war. Es hatte die Wucht des Stoßes aufgefangen, und der Angreifer hatte dadurch den Bauch des Jungen nur geritzt.

Der Matrose grinste und riß ein Stück von Jurys Hemd als Notverband ab. »Nur ein Kratzer, Sir. Das kommt wieder in Ordnung.«

Noch zitternd richtete Bolitho sich auf und stützte sich dabei mit einer Hand auf die Schulter des Mannes.

»Danke, Murray.«

Der Mann schaute zu ihm auf. »Ich sah, wie er Ihnen den Degen zuwarf, Sir. Im selben Augenblick hat irgendein anderer Kerl zugestoßen.« Er wischte sein Entermesser gedankenlos an einem Stück Segeltuch ab. »Das war aber der verdammt letzte Streich, den er auf dieser Erde tat.«

Bolitho kämpfte sich zu dem verlassenen Ruder durch. Stimmen aus der Vergangenheit schienen ihm zu folgen und ihn zu ermahnen: »Sie werden jetzt auf dich schauen, jetzt, da der Kampfgeist und die Raserei aus ihnen entwichen sind.«

Er wandte sich um und befahl energisch: »Bringt die Gefangenen nach unten und bewacht sie gut.« Er suchte nach einem bekannten Gesicht unter den Leuten, die ihm blindlings gefolgt waren, ohne daß sie wirklich wußten, was sie taten.

»Sie, Southmead, übernehmen das Ruder. Die übrigen helfen Maat Little, die über Bord hängende Takelage zu klarieren.«

Er warf einen schnellen Blick auf Jury. Die Augen des Jungen standen weit offen, als ob er sich Mühe gäbe, nicht vor Schmerzen zu weinen. Bolitho zwang sich zu einem Lächeln, das etwas schief ausfiel. »Wir haben ein Prise erobert, Mr. Jury. Vielen Dank für Ihren Degen. Das war sehr mutig von Ihnen.« Jury wollte antworten, aber er verlor das Bewußtsein. Durch das Getöse von Wind und See hörte Bolitho die mächtige, durch ein Megaphon verstärkte Stimme von Kapitän Dumaresq.

Bolitho rief Stockdale zu: »Antworten Sie für mich, ich bin zu erschöpft.«

Als die beiden Schiffe, deren schöne Linien durch gebrochene Rahen und herunterhängendes Tauwerk verunziert wurden, einander wieder näher kamen, hob Stockdale seine riesigen Hände an den Mund und rief: »Das Schiff ist unser, Sir!«

Man hörte rauhe Hurrarufe von der Fregatte herüberschallen. Offensichtlich hatte Dumaresq nicht erwartet, noch einen einzigen von ihnen lebend wiederzusehen.

Pallisers scharfe Befehle traten an die Stelle der sonoren Stimme des Kommandanten: »Bleiben Sie beigedreht liegen, wenn Sie können! Wir müssen erst Mr. Slade und sein Boot suchen!«

War es Einbildung, als Bolitho meinte, jemanden lachen zu hören? Er hob die Hand, als die Fregatte sich langsam und schwerfällig entfernte, während schon Männer auf ihren Rahen dabei waren, neue Segel anzuschlagen und Tauwerk durch Ersatzblöcke zu scheren.

Dann schaute er über das Deck der Brigantine, auf die verwundeten Männer, die leise stöhnten oder wie kranke Tiere wegzukriechen versuchten.

Einige würden sich nie mehr bewegen.

Als das Tageslicht weiter zunahm, prüfte Bolitho den Degen, den Jury ihm zu seiner Rettung zugeworfen hatte. In dem schwachen Licht sah das Blut auf dem Griff und auf seinem Handgelenk wie schwarze Farbe aus.

Little kam wieder nach achtern. Der neue Dritte Offizier schien ihm noch sehr jung. Im nächsten Augenblick würde er die Waffe in einer Aufwallung des Ekels darüber, was er mit ihr angerichtet hatte, über Bord werfen. Das wäre ein Jammer. Später würde ihm einfallen, daß er sie seinem Vater oder seiner Braut hätte schenken sollen.

Little sagte: »Geben Sie her, Sir, ich werde sie für Sie reinigen.« Er sah, daß Bolitho zögerte, und fügte warm hinzu: »Sie war ein guter Kamerad für Sie, und zu seinen Kameraden soll man halten, das sagt Ihnen Josh Little, Sir.«

Bolitho gab ihm die Waffe. »Ich glaube, Sie haben recht.« Er richtete sich straff auf, obwohl ihn jeder Muskel und jede Sehne schmerzten.

»Lebhaft, Leute! Wir haben noch viel zu tun.« Er rief sich die Worte des Kommandanten in Erinnerung: »Nichts geschieht von allein.«

Vom Fuß des Fockmastes aus, neben dem ein Haufen herabgefallener Takelage lag, beobachtete ihn Stockdale. Er nickte befriedigt. Wieder war ein Kampf vorüber.

Bolitho wartete müde neben Dumaresqs Tisch in der Kajüte der *Destiny*. Er war so erschöpft, daß seine Glieder nicht mehr automatisch die Schlingerbewegungen der Fregatte auffingen. Im trüben Morgenlicht hatten sie lesen können, daß die Brigantine *Heloise* hieß, von Bridport in der Grafschaft Dorset kam und in die Karibik kommandiert war. Unterwegs hatte sie in Madeira eine Ladung Wein übernehmen sollen.

Als Dumaresq das Logbuch der Brigantine durchgeblättert hatte, warf er Bolitho eine Blick zu.

»Setzen Sie sich, Mr. Bolitho, bevor Sie umfallen!«

Er erhob sich und ging zu den achteren Seitenfenstern, preßte sein Gesicht gegen das dicke Glas und schaute auf die Brigantine, die in Lee der *Destiny* lag. Palliser und ein frisches Prisenkommando hatten vor einiger Zeit übergesetzt, und die Erfahrung des Ersten Offiziers war jetzt auch nötig, um die Schäden auszubessern und das Schiff baldmöglichst wieder flott zu machen.

Dumaresq sagte: »Sie haben sich gut gehalten. Außerordentlich gut. Für einen so jungen Offizier mit so geringer Erfahrung in der Führung von Leuten haben Sie mehr erreicht, als ich zu hoffen wagte.« Er verschränkte die Hände unter den Rockschößen, als müsse er Ärger unterdrücken. »Aber sieben unserer Leute sind tot, weitere schwer verwundet.« Er griff nach oben und drückte mit dem Handrücken das Oberlicht auf. »Mr. Rhodes, versuchen Sie, herauszufinden, wo sich der verdammte Doktor herumtreibt!«

Bolitho vergaß seine Müdigkeit, seine Enttäuschung darüber, daß er das Kommando über die Prise an den Ersten Offizier hatte abgeben müssen. Es faszinierte ihn zu beobachten, wie der Zorn in Dumaresq hochstieg: wie eine glimmende Zündschnur, deren Feuer sich dem Pulverfaß näherte. Sie hatte bewirkt, daß der arme Rhodes oben, als er die Stimme seines Kommandanten unter seinen Füßen hörte, aufsprang.

Dumaresq wandte sich wieder Bolitho zu. »Gute Männer haben ihr Leben verloren – durch Piraten und Mörder, niemand anderen!« Von der falschen Berechnung, die beide Schiffe fast zu Wracks gemacht, auf jeden Fall aber schwer beschädigt hatte, kein Wort. Dagegen: »Ich wußte, daß sie etwas vorhatten. Es wurde mir in Funchal klar, daß es daheim zu viele Augen und Ohren gegeben hatte.« Er zählte die Argumente an seinen dicken Fingern ab: »Erst mein Schreiber, nur wegen des Inhalts der Tasche. Dann die Brigantine, die England zur gleichen Zeit verließ, als wir aus Plymouth ausliefen, und die dann ›zufällig‹ zur gleichen Zeit mit uns in Madeira lag. Ihr Kapitän muß gewußt haben, daß ich nicht gegen den Wind aufkreuzen und ihn jagen konnte. So lange er sich in gebührender Entfernung hielt, war er sicher.«

Bolitho verstand. Hätte die *Destiny* ihren Vorstoß bei Tageslicht unternommen, hätte die *Heloise* den Vorteil ihrer Position nutzen können. Die Fregatte hätte sie zwar in jedem fairen Wettkampf ausgesegelt, doch bevor sie sie erreicht hätte, wäre es dunkel geworden, und im Schutz der Dunkelheit konnte die Brigantine, wenn sie gut geführt wurde, mühelos entwischen. Bolitho dachte an den hageren Mann, den er im Kampf niedergestochen hatte. Er tat ihm jetzt beinahe leid. Dumaresq hatte befohlen, daß er herübergebracht wurde, damit Bulkley, der Schiffsarzt, sein Leben rettete, wenn es möglich war.

Dumaresq fügte hinzu: »Wahrhaftig, es paßt alles zusammen. Wir sind auf der richtigen Fährte.«

Der Posten draußen rief: »Der Schiffsarzt, Sir!«

Dumaresq warf dem schwitzenden Doktor einen kurzen Blick zu. »Es wird auch verdammt Zeit, Mann!«

Bulkley zuckte die Achseln, entweder weil ihn Dumaresqs explosives Temperament kalt ließ, oder weil er so daran gewöhnt war, daß es ihm nichts mehr ausmachte.

»Der Mann lebt, Sir. Eine schlimme Wunde, aber ohne Verunreinigungen.« Er warf Bolitho einen neugierigen Blick zu. »Außerdem ist er ein kräftiger Bursche. Ich bin überrascht und befriedigt, Sie noch in einem Stück vorzufinden, junger Mann.«

Dumaresq fuhr ungeduldig dazwischen: »Lassen wir das jetzt. Wie darf der Schurke es wagen, ein Schiff des Königs herauszufordern! Er hat von mir keine Milde zu erwarten, dessen seien Sie sicher.«

Langsam beruhigte er sich. Es war wie nachlassender Seegang, dachte Bolitho.

»Ich muß so viel wie möglich aus ihm herausholen. Mr. Palliser durchsucht inzwischen die *Heloise,* aber in Anbetracht dessen, was Mr. Bolitho schon tat, um etwas zu finden, habe ich wenig Hoffnung auf Erfolg. Aus ihrem Logbuch ist zu entnehmen, daß die *Heloise* im vorigen Jahr von Stapel gelaufen ist und erst vor einem knappen Monat fertiggestellt wurde. Für ein Handelsschiff, das Gewinn einfahren soll, ist sie aber kaum groß genug.«

Der Doktor bemerkte: »Mr. Jury geht's leidlich. Ein häßlicher Schnitt, aber er ist ein gesunder Junge. Es wird sicher nichts davon bleiben.«

Dumaresq mußte lächeln. »Ich habe mit ihm gesprochen, als er vom Kutter hochgetragen wurde. Da spielt wohl etwas Heldenverehrung mit, nicht wahr, Mr. Bolitho?«

»Er hat mir das Leben gerettet, Sir. Er hätte also keinen Grund, mich zu rühmen.«

Dumaresq nickte. »Hm, wir werden sehen.« Er wechselte das Thema. »Wir wollen noch vor Anbruch der Dunkelheit gemeinsam lossegeln. Bis dahin müssen alle Mann kräftig zupacken. Mr. Palliser wird auf dem verdammten Piraten einen Ersatzmast aufriggen müssen.« Er schaute Bolitho an. »Informieren Sie das Achterdeck: Der Ausguck im Mast soll stündlich wechseln. Wir werden wegen der uns aufgezwungenen Verzögerung die Augen besonders offenhalten müssen, ob weitere Verfolger hinter uns her sind. Wie die Dinge liegen, haben wir eine nette kleine Prise, und niemand weiß etwas von dem Zwischenfall. Das mag uns in gewisser Weise sogar helfen.«

Bolitho stand mit schweren Beinen auf. Es würde also keine Ruhepause geben.

Dumaresq sagte: »Lassen Sie die Leute um zwölf Uhr zur Beisetzungsfeier antreten, Mr. Bolitho. Wir werden die armen Burschen auf ihre letzte Reise schicken, solange wir noch beigedreht liegen.« Er zerstreute aufkommende Gefühle durch den Nachsatz: »Es hat keinen Sinn, damit Zeit zu vertrödeln, wenn wir erst wieder in Fahrt sind.«

Bulkley folgte Bolitho am Posten draußen vorbei und bis zum Niedergang, der ins Hauptdeck hinunterführte.

Der Arzt seufzte. »Er muß den Bissen erst verdauen.«

Bolitho sah ihn an und versuchte, seine Gedanken zu lesen. Aber zwischen den Decks war es zu dunkel, man konnte lediglich die Geräusche und Gerüche des Schiffes wahrnehmen.

»Sind es die Goldbarren?«

Bulkley hob den Kopf, um die gedämpften Rufe von einem längseits kommenden Boot, das von der Dünung gegen die Bordwand gedrückt wurde, zu verstehen.

»Sie sind noch zu jung, um alles zu begreifen, Richard.« Er legte seine rundliche Hand auf Bolithos Arm. »Und das soll keine Kritik sein, glauben Sie mir. Aber ich habe andere Männer wie unseren Kommandanten kennengelernt, und ihn kenne ich besser als manche anderen. Er ist in vieler Hinsicht ein makelloser Offizier, wenn auch etwas starrsinnig. Aber er lechzt nach Taten wie ein Trinker nach der Flasche. Er befehligt diese schöne Fregatte, aber insgeheim fühlt er, daß er zu früh oder zu spät geboren ist. In einem England, das sich im Friedenszustand befindet, sind die Aussichten gering, sich hervorzutun. Das paßt mir zwar sehr gut, aber . . .« Er schüttelte den Kopf. »Ich habe genug gesagt. Aber ich weiß, Sie werden mein Vertrauen nicht mißbrauchen.«

Er ging gemächlich Richtung Niedergang und hinterließ ein Aroma von Schnaps und Tabak, das sich mit den anderen im Raum schwebenden Gerüchen mischte.

Bolitho trat hinaus ins Tageslicht und kletterte schnell die Leiter zum Achterdeck hoch. Er wußte, daß er sofort stehend einschlafen würde, wenn er nicht in Bewegung blieb.

Das Batteriedeck der *Destiny* war übersät mit heruntergekommenen Teilen der Takelage. Mittendrin standen Bootsmann und Segelmacher und berieten, was davon noch zu gebrauchen war. Oben waren Matrosen dabei, Tauwerk zu spleißen und zerrissene Segel herunterzuholen, damit sie geflickt und für spätere Notfälle verstaut werden konnten. Ein Kriegsschiff war völlig autark, nichts wurde daher verschwendet oder weggeworfen. Teile dieser Leinwand würden bald, beschwert mit einer Kanonenkugel, ins Meer gleiten und die Toten, die sie umhüllten, hinabziehen an einen Ort, an dem es nur Dunkel und Stille gab.

Rhodes trat an seine Seite. »Gut, daß Sie wieder da sind, Dick.« Er senkte die Stimme, als sie sich zu der neben ihnen treibenden Brigantine umwandten. »Der ›Herr und Meister‹ rannte herum wie ein rasender Löwe, als Sie sich von unserer Bordwand gelöst hatten. Ich würde ihn eine Woche lang lieber mit äußerster Vorsicht behandeln.«

Bolitho betrachtete aufmerksam das andere Schiff. Es kam ihm jetzt mehr denn je wie ein Traum vor. Kaum zu glauben, daß er es geschafft hatte, seine Leute zu sammeln und die *Heloise* zu nehmen, nachdem es anfangs so kritisch ausgesehen hatte. Männer waren gefallen, zumindest einen davon hatte er selber getötet. Aber was bedeutete das jetzt noch? So gut wie nichts.

Er ging zur Querreling und sah, wie sich mehrere Gesichter ihm auf dem Hauptdeck unten zuwandten. Was mochten sie jetzt denken? Rhodes war ehrlich begeistert, aber es gab sicher auch Neider. Andere würden meinen, er habe eben Glück gehabt oder auch zuviel Erfolg für einen so jungen Offizier.

Spillane, der neue Assistent des Schiffsarztes, erschien auf der Lee-Laufbrücke und warf ein Paket über Bord. Bolitho wurde es übel. Was war darin, ein Bein oder ein Arm? Es hätte von ihm stammen können.

Er hörte Slade, den Steuermannsmaat, irgendeinen unglücklichen Matrosen lauthals beschimpfen. Daß die *Destiny* seine Barkasse wiedergefunden hatte, schien ihn ebensowenig milder gestimmt zu haben wie die dankbaren Rufe seiner erschöpften Leute, als man sie zurück an Bord holte.

Zur befohlenen Zeit wurden die Toten beigesetzt, während die Lebenden mit entblößten Häuptern dastanden und der Kommandant einige Worte aus dem Gebetbuch verlas.

Dann, nach einer schnell eingenommenen Mahlzeit mit einer Extraportion Rum, war die Luft wieder erfüllt vom Lärm der Hämmer und Sägen und dem durchdringenden Geruch nach Farbe und Teer, mit dem die Fugen kalfatert wurden.

Dumaresq kam zum Ende der Nachmittagswache für einige Minuten an Deck, musterte sein Schiff und dann den aufklarenden Himmel, der ihm mehr verriet als jedes Instrument. Zu Bolitho, der wieder einmal Wache hatte, sagte er: »Schauen Sie sich unsere Leute bei der Arbeit an. Zu Hause werden sie als Raufbolde und nichtsnutzige Säufer gebrandmarkt, aber geben Sie ihnen ein Tauende und ein Stück Holz, und Sie werden staunen, was sie daraus machen.«

Er sprach mit so viel Gefühl, daß Bolitho zu fragen wagte: »Glauben Sie, daß es bald wieder Krieg gibt, Sir?«

Einen Augenblick dachte er, er wäre zu weit gegangen. Dumaresq fuhr schnell auf seinen kräftigen Beinen herum, und sein Blick war hart, als er sagte: »Sie haben mit dem verdammten Knochensäbler gesprochen, nicht wahr?« Dann lachte er in sich hinein. »Auf diese Frage gibt es keine Antwort. Sie haben noch keine Ränke kennengelernt.« Er ging für seinen gewohnten Spaziergang auf die andere Seite und sagte nur noch: »Krieg? Ich verlasse mich darauf!«

Bevor die Dunkelheit einbrach und die beiden Schiffe voreinander verbarg, meldete Palliser, daß er auf der Brigantine soweit sei. Die weniger starken Beschädigungen konnten während der Weiterfahrt nach Rio beseitigt werden.

Slade war zur *Heloise* hinübergerudert worden, um das Kommando auf der Prise zu übernehmen, und Palliser kehrte in der Jolle zurück, als die Nacht sich gerade wie ein Vorhang zum Horizont herabsenkte.

Bolitho staunte über Pallisers Ausdauer. Er zeigte keinerlei Ermüdung und schonte sich nicht, als er mit einer Laterne bewaffnet eifrig im Schiff herumstöberte und die Ausführung der Reparaturen überprüfte. Wenn er etwas entdeckte, das er für schlampige Arbeit hielt, setzte es harte Worte für den Schuldigen.

Dankbar kletterte Bolitho in seine Koje und ließ seine Sachen liegen, wo sie hingefallen waren. Um ihn herum vibrierte und knarrte die *Destiny* vor einer achterlichen See, als sei auch sie dankbar für die Ruhepause.

Den Menschen an Bord ging es nicht anders. Bulkley saß in seinem Krankenrevier, sog an einer langen Tonpfeife und teilte einiges von seinen Alkoholvorräten mit Codd, dem Zahlmeister.

Nebenan, vom Orlopdeck aus kaum sichtbar, schliefen die Verwundeten oder wimmerten leise in der Finsternis.

In der Kajüte saß Dumaresq in Hemdsärmeln und bis zur Taille aufgeknöpft und schrieb eifrig in sein privates Tagebuch. Von Zeit zu Zeit sah er scharf zur Tür, als wolle er sie mit Blicken durchbohren und die ganze Länge seines Schiffes kontrollieren. Manchmal sah er auch zu den Decksbalken über sich auf, weil Gullivers Schritte auf dem Achterdeck ihm sagten, daß der Master noch immer über die Ursachen der Kollision grübelte und befürchtete, daß die Schuld daran ihm in die Schuhe geschoben werden könnte.

Im Hauptdeck, das kaum Stehhöhe bot, schaukelte die Mehrzahl der Besatzung in ihren Hängematten, die im Takt der Schiffsbewegungen hin und her pendelten: wie sauber aufgereihte Erbsenhülsen, die darauf warteten, sich im Nu zu öffnen und ihren Inhalt freizugeben, wenn die Wetterlage es verlangte oder die Trommeln zum Gefecht riefen.

Nur einige der Männer, die entweder Wache an Deck gingen oder keinen Schlaf finden konnten, dachten noch an den kurzen, erbitterten Kampf und an die Augenblicke, in denen sie Todesangst kennengelernt hatten; an vertraute Gesichter, die nun ausgelöscht waren, oder an das Prisengeld, das die hübsche Brigantine ihnen einbringen würde.

Auch Midshipman Jury, der sich in seiner Koje im Krankenrevier hin und her warf, durchlebte den Kampf noch einmal. Er dachte an den schrecklichen Augenblick, als Leutnant Bolithos Säbel weggeschlagen worden war, an sein verzweifeltes Bemühen, ihm zu helfen, und an den plötzlichen Schmerz in der Magengrube, als hätte ihn heißes Eisen versengt. Er dachte an seinen toten Vater, an den er sich kaum erinnern konnte, von dem er aber annahm, daß er jetzt stolz auf ihn gewesen wäre.

Die *Destiny* trug alle unterschiedslos: den finsterblickenden Palliser, der Colpoys in der sonst leeren Messe gegenübersaß, vor sich auf dem Tisch die Karten, die ihn zu verhöhnen schienen, bis zu Steward Poad, der in seiner Hängematte schnarchte. Sie alle waren auf Gnade oder Ungnade dem Schiff ausgeliefert, dessen

Galionsfigur nach dem Horizont zu greifen schien und ihm doch nie näherkam.

Zwei Wochen nach Eroberung der Brigantine kreuzte die *Destiny* mit Südkurs den Äquator. Sogar der Master schien über ihr flottes Vorankommen und die zurückgelegte Strecke erfreut. Der ihnen günstige Passat und die milde, warme Luft trugen dazu bei, die Stimmung der Leute zu heben und Krankheiten fernzuhalten.

Über ein Drittel der Besatzung überquerte den Äquator zum erstenmal. Allerlei Ulk und rauhe Scherze, welche die traditionelle Zeremonie begleiteten, wurden beflügelt durch eine Viertageration Rum und Wein für alle Mann.

Little, der Stückmeistersmaat, gab einen majestätischen Neptun mit goldgemalter Papierkrone und einem Vollbart aus Schiemannsgarn ab. Als verschämte Königin an seiner Seite posierte ein entsprechend ausgestopfter Schiffsjunge. Alle Neuankömmlinge in Neptuns Königreich wurden gründlich abgeseift und untergetaucht.

Hinterher kam Dumaresq zu seinen Offizieren in die Messe und drückte ihnen seine Zufriedenheit mit Schiff und Besatzung und ihrer flotten Reise aus. Die *Heloise* war weit zurückgefallen, da sie immer noch mit der Reparatur ihrer Schäden beschäftigt war. Dumaresq hatte offenbar nicht die Absicht, deshalb seinen eigenen Landfall hinauszuschieben. Slade hatte Befehl, so schnell wie möglich in Rio zu ihm zu stoßen.

An den meisten Tagen zog die *Destiny* unter sämtlichen Segeln ihre Bahn und hätte ein prächtiges Bild für ein anderes Schiff, das mit ihnen den Ozean teilte, abgegeben. Die neuen Leute, die hoch über Deck bei der Arbeit waren oder am regelmäßigen Segel- und Geschützexerzieren teilnahmen, begannen sich mehr und mehr einzuleben, und Bolitho beobachtete, wie die bleiche Haut derjenigen, die aus dem Schuldturm oder noch Schlimmerem kamen, in der täglich stärker brennenden Sonne eine dunklere Tönung annahm.

Ein weiterer Mann, der in dem Gefecht verwundet worden war, starb und erhöhte ihre Verluste damit auf acht. Der Kapitän der *Heloise,* der Tag und Nacht von einem Seesoldaten bewacht wurde, kam langsam wieder zu Kräften. Bolitho nahm an, daß Dumaresq ihn nur darum unbedingt am Leben erhalten wollte, damit er ihn später wegen Piraterie aufknüpfen lassen konnte.

Midshipman Jury durfte wieder Dienst tun, allerdings nur an Deck oder auf Wache achtern. Seltsamerweise schien die Erinnerung an die gemeinsam geteilte Gefahr ihn und Bolitho eher voneinander fernzuhalten; obwohl sie einander täglich mehrmals begegneten, spürte Bolitho ein gewisses Unbehagen zwischen ihnen.

Möglicherweise hatte der Kommandant recht. Vielleicht hatte Jurys »Heldenverehrung«, wie er es bezeichnet hatte, eher eine Verlegenheit als eine Bindung zwischen ihnen geschaffen. Der kleine Merrett dagegen schien mehr Selbstvertrauen gewonnen zu haben. Es war, als ob er mit seinem sicheren Tod gerechnet hätte und nun überzeugt sei, ihm könne nichts Schlimmeres mehr passieren. Er enterte mit den anderen Midships in den Wanten auf, und während der Hundewachen hörte man seine helle Stimme oft mit seinen Kameraden diskutieren oder streiten.

Eines Abends, als die *Destiny* unter Mars- und Untersegeln ihre Bahn zog und Bolitho die erste Wache von Leutnant Rhodes übernahm, sah er, wie Jury die anderen Midshipmen auf den Gefechtsständen in den Marsen beobachtete, die dort allerlei Unsinn trieben. Sicherlich wünschte er sich, bei ihnen oben zu sein.

Bolitho wartete, bis der Rudergänger rief: »Ruder übernommen, Kurs Süd-Süd-West liegt an!« Danach ging er hinüber auf die andere Seite, wo Jury stand, und fragte: »Was macht die Wunde?«

Jury sah ihn an und lächelte. »Tut nicht mehr weh, Sir. Ich hatte Glück.« Seine Finger strichen über den Ledergürtel und berührten den Kratzer auf dem Metallschloß. »Waren es wirklich Piraten?«

Bolitho zuckte die Schulter. »Jedenfalls waren sie darauf aus, uns zu verfolgen. Spione vielleicht, doch nach den Buchstaben des Gesetzes gelten sie als Piraten.«

Darüber hatte er nach jener schrecklichen Nacht viel nachgedacht. Er vermutete, daß Dumaresq und Palliser mehr wußten, als sie sagten, und daß die eroberte Brigantine irgendwie mit Dumaresqs geheimer Mission und ihrem kurzen Aufenthalt in Funchal zu tun hatte.

Er sagte: »Wenn wir dieses Tempo beibehalten, sind wir in einer Woche in Rio. Dann werden wir sicherlich die Wahrheit erfahren.«

Gulliver erschien auf dem Achterdeck und schaute lange schweigend zu der steifer werdenden Leinwand hinauf. Schließlich meinte er: »Der Wind wird stärker. Ich glaube, wir sollten einige Segel wegnehmen.« Er zögerte und sah Bolitho an. »Wollen Sie es dem Kommandanten melden, oder soll ich es tun?«

Bolitho sah, wie die Marssegel sich im Wind blähten. Im scheidenden Sonnenlicht wirkten sie wie große, rosafarbene Muscheln. Aber

Gulliver hatte recht, und er hätte es selbst erkennen müssen.

»Ich werde es ihm melden.«

Gulliver ging zum Kompaß hinüber, als sei er von einer inneren Unruhe getrieben. »Das Wetter ist zu schön, um sich zu halten. Ich kenne das.«

Bolitho winkte Midshipman Cowdroy heran, der zur Zeit – bis Jury ganz wiederhergestellt war – die Wache mit ihm teilte. »Meine Empfehlung an den Kommandanten, und ich lasse ihm melden, daß der Nordost auffrischt.«

Cowdroy tippte an seinen Hut und eilte zum Niedergang. Bolitho schluckte seine Abneigung gegen ihn herunter; ein arroganter, intoleranter Geselle. Er wunderte sich, daß Rhodes mit ihm zurechtkam.

Jury fragte leise: »Bekommen wir Sturm, Sir?«

»Kaum. Aber es ist gut, wenn wir darauf vorbereitet sind.« Er sah etwas in Jurys Hand glitzern und sagte: »Das ist aber eine schöne Uhr.«

Jury hielt sie ihm hin, sein Gesicht strahlte. »Sie gehörte meinem Vater.«

Bolitho öffnete vorsichtig den Deckel und entdeckte darin das winzige, aber ausgezeichnete Porträt eines Seeoffiziers, dem Jury sehr ähnlich sah. Es war eine wunderschöne Uhr, von einem der besten Handwerker Londons hergestellt.

Bolitho gab sie Jury zurück und sagte: »Gehen Sie sorgsam mit ihr um. Sie muß sehr wertvoll sein.«

Jury steckte sie wieder in die Hosentasche. »Sie ist das einzige, was ich von meinem Vater besitze.«

Irgend etwas in seinem Ton berührte Bolitho tief und bewirkte, daß er sich unbeholfen vorkam. Es ärgerte ihn, daß er Jurys Bemühen, ihm zu gefallen, nicht eher durchschaut hatte. Der Junge hatte sonst niemand in der Welt, der sich um ihn kümmerte.

Er sagte: »Schön, Mr. Jury, wenn Sie auf dieser Reise gut aufpassen, wird es Ihnen später sicher zustatten kommen.« Er lächelte. »Wer hat vor ein paar Jahren von James Cook gewußt, möchte ich wissen. Nun ist er ein Volksheld, und wenn er von seiner letzten Reise zurückkommt, wird er zweifellos wieder befördert werden.«

Die Stimme Dumaresqs ließ ihn herumfahren. »Machen Sie mir den Jungen nicht verrückt, Mr. Bolitho. In Kürze wird er noch meinen Posten verlangen.«

Bolitho wartete auf Dumaresqs Entscheidung wegen der Segel. Man wußte nie genau, woran man mit ihm war.

»Wir werden beizeiten Segel wegnehmen, Mr. Bolitho.« Er wippte auf den Fersen und prüfte ein Segel nach dem anderen. »Aber wir wollen rennen, so lange wir können.«

Als er im Niedergang verschwunden war, rief der Steuermannsmaat der Wache: »Der Kutter hat sich aus der Halterung gelöst. Sir.«

»Danke.« Bolitho sah sich wieder nach Midshipman Cowdroy um. »Nehmen Sie ein paar Leute und sichern Sie den Kutter, bitte.« Er spürte den Widerstand des Kadetten und wußte auch den Grund: Cowdroy mußte es merken, daß er froh war, ihn während der Wache los zu sein.

Jury hatte erraten, was vorging. »Ich mache das, Sir. So etwas ist mir vom Arzt erlaubt.«

Cowdroy wandte sich um und fuhr ihn an: »Sie sind krank, Mr. Jury. Sie brauchen sich meinetwegen nicht zu bemühen.« Er ging weg und rief nach einem Bootsmannsmaat.

Wie Gulliver prophezeit hatte, nahm der Wind weiter zu; die See veränderte ihr Gesicht und setzte weiße Schaumkronen auf. Bolitho vergaß den kleinen Streit zwischen den beiden Midshipmen, den er verursacht hatte.

Erst wurde ein Segel weggenommen, dann ein anderes, aber als das Schiff im zunehmenden Seegang immer stärker stampfte, schickte Dumaresq alle Mann nach oben und ließ sämtliches Tuch außer dem Großmarssegel bergen, damit die *Destiny* den Sturm beigedreht abreiten konnte.

Dann – wie um zu beweisen, daß er ebenso freundlich wie böse sein konnte – flaute der Wind ab, und als das Tageslicht zurückkehrte, war es bald so warm, daß das Schiff im Sonnenschein trocknete und Dampfwolken von den Decks aufstiegen.

Bolitho exerzierte mit der Steuerbordbatterie von Zwölfpfündern, als Jury meldete, daß er wieder voll dienstfähig erklärt worden sei und nicht mehr im Krankenrevier schlafen müsse.

Bolitho hatte das Gefühl, daß etwas mit ihm nicht stimmte, war aber entschlossen, sich nicht einzumischen. Er sagte: »Der Kommandant erwartet, daß unser Salut der beste sein wird, den sie in Rio je gehört haben.« Er sah einige der halbnackten Seeleute grinsen und sich die Hände reiben. »Deshalb veranstalten wir jetzt einen kleinen Wettbewerb: erste Division gegen die zweite. Für die Sieger gibt's eine Extraration Wein.« Er hatte sich dafür schon die Zustimmung des Zahlmeisters geholt.

Codd stieß seine großen Schneidezähne wie den Schnabel einer Galeere vor und stimmte fröhlich zu: »Wenn Sie bezahlen, Mr. Bolitho? Alles, wenn Sie zahlen!«

Little rief: »Wir sind bereit, Sir.«

Bolitho wandte sich zu Jury um. »Sie können die Zeit nehmen. Die Division, die ihre Kanonen als erste ausgerannt hat, und zwar zweimal bei drei Durchgängen, bekommt den Preis.«

Er wußte, daß die Männer schon ungeduldig wurden und mit Handspaken und Taljen hantierten, als bereiteten sie sich auf ein Gefecht vor.

Jury versuchte, Bolithos Blick aufzufangen. »Ich habe keine Uhr, Sir.«

Bolitho starrte ihn an und bemerkte gleichzeitig, daß der Kommandant und Palliser an der Achterdecksreling standen, um dem Wettkampf der Leute zuzuschauen.

»Sie haben sie verloren? Die Uhr Ihres Vaters?« Er erinnerte sich, wie stolz Jury auf sie gewesen war und wie traurig, als er sie ihm am vorherigen Abend gezeigt hatte. »Erzählen Sie, wie das kam.«

Jury schüttelte unglücklich den Kopf. »Sie ist weg, Sir. Mehr weiß ich nicht.«

Bolitho legte Jury die Hand auf die Schulter. »Warten Sie ab, ich werde mich der Sache annehmen.« Er zog seine eigene Uhr, ein Geschenk seines Vaters. »Nehmen Sie meine.«

Stockdale, der an einer der Kanonen kauerte, hatte alles mitangehört und dabei die Gesichter ringsum studiert. Er hatte noch nie eine Uhr besessen und würde auch kaum je eine besitzen, aber irgendwie begriff er, daß es mit dieser etwas Besonderes auf sich hatte. In der engen Gemeinschaft einer Schiffsbesatzung war ein Dieb gefährlich. Seeleute besaßen zu wenig, um ein solches Verbrechen ungestraft zu lassen. Am besten fing man den Dieb, bevor Schlimmeres passierte, seinetwegen und im Interesse aller.

Bolitho schwenkte den Arm. »Rennt aus!«

Die zweite Division gewann spielend. Das war zu erwarten gewesen, schimpften die Verlierer, denn ihr gehörten Little und Stockdale an, die beiden stärksten Männer an Bord.

Aber als der Wein ausgeteilt war und sie sich mit ihren Bechern im Schatten des Großsegels ausruhten, wußte Bolitho, daß zumindest für Jury der Spaß verdorben war.

Er sagte zu Little: »Lassen Sie die Kanonen wieder festzurren.« Er ging nach achtern. Einige Leute nickten ihm zu, als er an ihnen vorbeikam.

Dumaresq wartete, bis er das Achterdeck erreicht hatte. »Das haben Sie gut gemacht!«

Palliser lächelte bittersüß. »Wenn wir unsere Leute immer mit Wein bestechen müssen, bevor sie die Kanonen bedienen, sind wir bald ein ›trockenes‹ Schiff.«

Bolitho stieß hervor: »Mr. Jurys Uhr ist gestohlen worden, Sir.«

Dumaresq sah ihn ruhig an. »Na und? Was soll ich tun, Mr. Bolitho?«

Bolitho bekam einen roten Kopf. »Tut mir leid, Sir. Ich – ich dachte . . .«

Dumaresq beschattete seine Augen, um drei kleine Vögel zu beobachten, die dicht über der Wasseroberfläche dahinjagten. »Ich kann das Land fast schon riechen.« Er wandte sich wieder Bolitho zu. »Es ist Ihnen gemeldet worden, also kümmern Sie sich darum.«

Bolitho berührte seinen Hut, als der Kommandant und der Erste Offizier ihren Spaziergang auf der Luvseite des Decks wieder aufnahmen.

Er hatte noch eine Menge zu lernen.

VI Eine Frage der Disziplin

Lediglich unter Marssegeln und Klüver – alle anderen Segel waren aufgegeit – glitt die *Destiny* langsam über das tiefblaue Wasser von Rios äußerer Reede. Es war drückend heiß und kaum genug Wind, um mehr als ein leichtes Kräuseln unter dem Bug hervorzurufen, doch Bolitho spürte die Aufregung und Neugier an Bord, als sie sich den geschützten Ankerplätzen näherten.

Selbst der abgebrühteste Seemann konnte nicht abstreiten, daß der Anblick, der sich ihnen bot, majestätisch war. Sie hatten die Küste aus dem Morgennebel emporwachsen sehen, und nun lag sie ausgebreitet zu beiden Seiten vor ihnen, als wolle sie das Schiff umarmen. So etwas wie Rios großen Bergkegel hatte Bolitho noch nie gesehen. Er machte alle anderen zu Zwergen. Und dahinter gab es – verstreut zwischen üppig grünen Wäldern – weitere Hügel, die mit ihren steilen Gipfeln wie zu Stein erstarrte Wellen aussahen. Helle Strände, schäumende Brandung, und eingebettet zwischen

Hügeln und Meer die Stadt; weiße Häuser, kantige Türme und nickende Palmen – welch ein Gegensatz zum Englischen Kanal!

An Backbord entdeckte Bolitho die erste Festungsbatterie unter der portugiesischen Flagge, die nur gelegentlich etwas auswehte und dann im harten Sonnenlicht zu erkennen war. Rio war gut befestigt und besaß genügend Batterien, um auch die kühnsten Angreifer abzuschrecken.

Dumaresq musterte die Stadt und die vor Anker liegenden Schiffe durch ein Fernglas. Er sagte: »Fallen Sie einen Strich ab.«

»Kurs West-Nord-West, Sir!«

Palliser schaute auf seinen Kommandanten. »Ein Wachboot nähert sich.«

Dumaresq lächelte knapp. »Der fragt sich bestimmt, was, zum Teufel, wir hier wollen.«

Bolitho zupfte sein Hemd von der schweißnassen Haut ab und beneidete die halbnackten Matrosen, die nicht wie die Offiziere in Gala-Uniformen schwitzen mußten.

Mr. Vallance, der Oberfeuerwerker, musterte bereits die ausgesuchten Geschützbedienungen, um sicherzustellen, daß beim Flaggensalut nichts schiefging.

Bolitho fragte sich, wie viele unsichtbare Augen wohl die langsame Annäherung der englischen Fregatte beobachteten. Ein Kriegsschiff! Was wollte es? Kam es in friedlicher Absicht oder mit Nachrichten über einen weiteren Vertragsbruch in Europa?

»Fangen Sie an mit dem Salut!«

Geschütz für Geschütz krachten die Salutschüsse. In der drückenden Luft blieb der Pulverqualm auf dem Wasser liegen und nahm ihnen die Sicht auf das Land.

Das portugiesische Wachboot hatte mit einigen kräftigen Ruderschlägen um seine ganze Länge gedreht. Es sah aus wie ein großer Wasserkäfer.

Jemand bemerkte: »Er will uns hineinlotsen.«

Die letzte Kanone rollte beim Abschuß zurück, und die Bedienungen beeilten sich mit dem Auswischen der noch rauchenden Rohre und dem Festzurren jeder Waffe, als endgültiges Zeichen ihrer friedlichen Absicht.

Eine Gestalt auf dem Wachboot schwenkte eine Flagge, und als sich die langen Riemen tropfend aus dem Wasser hoben und so verharrten, bemerkte Dumaresq trocken: »Nicht zu weit hinein, Mr. Palliser. Sie trauen uns noch nicht ganz.«

Palliser hob das Sprachrohr an den Mund: »Klar zum Ankern! An die Brassen, Fallen und Schoten!«

Nach festgelegtem Plan eilten die Matrosen und Maaten auf ihre Stationen.

»Los die Schoten!« Pallisers Stimme scheuchte die Möwen auf, die sich nach den Salutschüssen gerade wieder auf dem Wasser niedergelassen hatten. »Gei auf die Marssegel! Laß fallen Klüver!«

Dumaresq sagte: »Es ist soweit, Mr. Palliser. Ankern!«

»Ruder nach Luv*!«

Langsam drehte die *Destiny* in den Wind und verlor dabei an Fahrt.

»Laß fallen Anker!«

Das Wasser spritzte auf, als der große Anker fiel, während oben auf den Marsrahen die Matrosen auslegten und die Segel aufholten und festbanden, als ob eine unsichtbare Hand sie wie Marionettenfiguren bewegte.

»Klar zum Aussetzen der Gig und des Kutters!«

Nackte Füße stampften über die heißen Decks, während die *Destiny* sich, jetzt an ihrer Ankertrosse hängend, in der Dünung des Ozeans wiegte.

Dumaresq verschränkte die Hände hinter dem Rücken. »Rufen Sie bitte das Wachboot längsseit. Ich werde an Land gehen und dem Vizekönig einen Höflichkeitsbesuch abstatten. Am besten erledigt man solch unangenehme Dinge möglichst bald.« Er nickte Gulliver und seinen Leuten am Ruder zu. »Gut gemacht!«

Gulliver suchte im Gesicht des Kommandanten nach einem Hintergedanken. Als er nichts dergleichen fand, antwortete er dankbar: »Es ist das erstemal, daß ich hier als Master einlaufe, Sir.«

Ihre Blicke trafen sich. Wäre der Zusammenstoß nicht so glimpflich ausgegangen, wäre es für beide das letztemal gewesen.

Bolitho war mit seinen Leuten bei der Arbeit und hatte keine Zeit zu beobachten, wie die portugiesischen Offiziere an Bord kamen. Sie sahen in ihren stolzen Uniformen prachtvoll aus und litten offenbar nicht unter der Hitze. Die Stadt lag nun fast verborgen in Dunst und flimmerndem Licht, was ihr zusätzlichen Zauber verlieh.

* Im Englischen: »Helm a'lee!« – »Hart nach Lee!«, weil zu der Zeit Ruderkommandos noch auf eine Pinne bezogen wurden, die nach Lee gelegt werden mußte, wenn das Ruderblatt nach Luv weisen sollte (indirektes Ruderkommando). Um den deutschen Leser nicht zu verwirren, ist hier stets das »direkte« Ruderkommando angegeben (Anm. d. Übers.).

Dazu trugen auch die hell gestrichenen Häuser und die malerischen Boote bei, die wie arabische Handelsschiffe getakelt waren, wie Bolitho sie oft an der Küste Afrikas gesehen hatte.

»Lassen Sie die Wache wegtreten, Mr. Bolitho.« Pallisers scharfe Stimme holte Bolitho in diese Welt zurück. »Und dann halten Sie sich mit dem Kommando der Seesoldaten bereit, den Kommandanten an Land zu begleiten.«

Dankbar verschwand Bolitho unter Deck und begab sich nach achtern. Im Gegensatz zum Oberdeck war es hier fast kühl.

Im Halbdunkel stieß er beinahe mit dem Schiffsarzt zusammen, der gerade vom Hauptdeck hochkam. Er schien ungewöhnlich erregt und sagte: »Ich muß den Kommandanten sprechen. Ich fürchte, der Kapitän der Brigantine stirbt.«

Bolitho ging durch die Messe in seine Kammer, um seinen Säbel und seinen besten Hut für den Landgang zu holen.

Sie hatten bisher wenig über den Kapitän der *Heloise* erfahren, außer daß er Jacob Triscott hieß und aus Dorset stammte. Wie Bulkley schon festgestellt hatte, bot es keinen besonderen Anreiz, am Leben zu bleiben, daß der Strick des Henkers auf einen wartete. Bolitho merkte, wie die Neuigkeit ihn berührte. Daß man einen Mann in Notwehr oder in Erfüllung seines dienstlichen Auftrags tötete, damit mußte man rechnen. Aber nun sollte der Mann, der versucht hatte, ihn niederzustechen, nach längerem Krankenlager sterben. Die Verzögerung schien ihm würdelos und unfair.

Rhodes stürzte hinter ihm in die Messe. »Ich bin am Verdursten! All diese Besucher an Bord, ich bin völlig geschafft!«

Als Bolitho aus seiner Kammer trat, rief Rhodes aus: »Was ist mit Ihnen los?«

»Der Kapitän der Brigantine stirbt.«

»Ich weiß.« Er zuckte die Achseln. »Er oder Sie. Nur so sollten Sie es betrachten.« Er fügte hinzu: »Der ›Herr und Meister‹ ist davon am meisten betroffen. Er hatte auf die Information gesetzt, die er von dem Schurken bekommen wollte, bevor er den letzten Atemzug tat. So oder so.«

Er folgte Bolitho durch den Türvorhang, und zusammen schauten sie nach vorn in das flirrende Licht auf dem Oberdeck.

Rhodes fragte: »Hat sich schon etwas mit Jurys Uhr ergeben?«

Bolitho lächelte grimmig. »Der Kommandant hat befohlen, daß ich mich darum kümmere.«

»Das habe ich erwartet.«

»Ich nehme an, er hat es inzwischen vergessen, aber ich muß etwas unternehmen. Jury hat schon Pech genug gehabt.«

Johns, der Bootssteurer des Kommandanten, ging in seinem besten blauen Jackett mit vergoldeten Knöpfen vorbei. Er sah Bolitho und sagte: »Die Gig liegt längsseit, Sir. Sie sollten einsteigen.«

Rhodes klopfte Bolitho auf die Schulter. »Unser Kommandant hat es nicht gern, wenn man ihn warten läßt.«

Als Bolitho sich anschickte, dem Bootssteurer zu folgen, sagte Rhodes leise: »Hören Sie, Dick, wenn es Ihnen recht ist, daß ich etwas wegen dieser verdammten Uhr unternehme, während Sie an Land . . .«

Bolitho schüttelte den Kopf. »Nein, aber vielen Dank. Der Dieb gehört sicherlich zu meiner Division. Doch jeden Mann zu durchsuchen und seine Habseligkeiten an Deck auszubreiten, würde das Vertrauen und die Loyalität ruinieren, die ich in dieser kurzen Zeit gewinnen konnte. Ich muß mir etwas anderes ausdenken.«

Rhodes sagte: »Ich hoffe, der junge Jury hat seinen Zeitmesser nur verloren. Ein Verlust wäre besser als ein Diebstahl.«

Sie verstummten, als sie sich auf der Steuerbord-Laufbrücke dem Fallreep näherten, wo eine Korporalschaft der Seesoldaten und die Fallreepsgasten angetreten waren, um ihrem Kommandanten die traditionellen Ehren beim Vonbordgehen zu erweisen.

Aber Dumaresq stand breitbeinig da, den Kopf vorgestreckt, und schrie den Schiffsarzt an: »Nein, mein Herr, er darf nicht sterben! Nicht bevor ich die Information habe!«

Bulkley hob hilflos die Hände. »Aber der Mann ist schon halb hinüber, Sir. Ich kann nichts mehr machen.«

Dumaresq schaute auf die wartende Gig und den Kutter hinunter, der mit Colpoys' Begleitkommando beladen war. Er wurde in der Residenz des Vizekönigs erwartet. Eine Verspätung würde Verstimmungen zur Folge haben, die er gerade jetzt vermeiden mußte, weil er das Entgegenkommen der Portugiesen brauchte.

Er wandte sich abrupt zu Palliser um. »Verdammt, machen Sie das. Sagen Sie diesem Halunken Triscott, daß ich – wenn er Einzelheiten über seine Mission und seinen Bestimmungsort preisgibt – einen Brief an seine Heimatgemeide in Dorset schicken werde. Ich will dafür sorgen, daß er als ehrenwerter Mann in Erinnerung bleibt. Machen Sie ihm klar, was das für seine Familie und seine Freunde bedeutet.« Er bemerkte Pallisers zweifelnde Miene. »Herrgott noch mal, Mr. Palliser, denken Sie sich was aus. Verstanden?«

Palliser fragte sanft: »Und wenn er mir ins Gesicht spuckt?«

»Dann lasse ich ihn hier in aller Öffentlichkeit aufknüpfen. Mal sehen, was seine Familie *dazu* sagt.«

Bulkley trat vor. »Langsam, meine Herren. Der Mann liegt im Sterben und kann keinem mehr schaden.«

»Gehen Sie hinunter und tun Sie, was ich gesagt habe. Das ist ein Befehl.« Dumaresq drehte sich zu Palliser um. »Lassen Sie von Mr. Timbrell ein Jolltau an der Nock der Großrah anschlagen. Ich werde den Schurken persönlich daran hängen, ob er im Sterben liegt oder nicht, wenn er sich weigert, uns zu helfen.«

Palliser folgte dem Kommandanten zum Fallreep. »Es muß eine unterschriebene Erklärung sein, Sir.« Er nickte, wie um es zu bestätigen. »Ich werde einen Zeugen hinzuziehen, der seine Worte protokolliert.«

Dumaresq lächelte verkniffen. »Guter Mann! Sie machen das schon.« Er sah Bolitho und fuhr ihn an: »In die Gig mit Ihnen! Jetzt wollen wir den Vizekönig besuchen.«

Als das Boot frei von der Bordwand war, drehte Dumaresq sich um und musterte sein Schiff, wozu er die Augen wegen der starken Sonnenspiegelung zukneifen mußte.

»Bulkley ist ein guter Arzt, aber manchmal benimmt er sich wie ein altes Weib. Wir sind nicht zur Erholung hier, sondern um einen verschollenen Schatz zu bergen.«

Bolitho versuchte, seine Haltung zu ändern, da die Ducht, auf die er sich seinem Kommandanten gegenüber gesetzt hatte, kochend heiß war.

Der vertrauliche Ton Dumaresqs ermutigte ihn zu der Frage: »Gibt es wirklich einen Schatz, Sir?« Er sprach dabei so leise, daß der Schlagmann ihn nicht verstehen konnte.

Dumaresq packte seinen Säbelgriff fester und starrte auf das Land.

»Es gibt ihn irgendwo, das weiß ich. In welcher Form, bleibt herauszufinden. Aber dafür sind wir hier. Aus diesem Grund besuchte ich auch meinen alten Freund auf Madeira. Aber irgend etwas Unfaßbares geht im Hintergrund vor sich. Deshalb wurde mein Schreiber ermordet. Deswegen trieb die *Heloise* ihr gefährliches Spiel und versuchte, uns zu folgen. Und nun erwartet der arme Bulkley von mir, daß ich ein Gebet für einen Schurken lese, der vielleicht den Schlüssel zu allem besitzt; für einen Mann, der beinahe meinen jungen, sentimentalen Dritten Offizier getötet hätte.« Er wandte sich Bolitho zu und sah ihn merkwürdig an. »Sind Sie immer noch aufgebracht wegen Jurys Uhr?«

Bolitho schluckte. Der Kommandant hatte es tatsächlich nicht vergessen.

»Sobald wir zurück sind, werde ich die Sache in die Hand nehmen, Sir.«

»Hm. Machen Sie keine zu große Affäre daraus. Wenn ein Verbrechen geschehen ist, muß der Schuldige bestraft werden – streng. Aber diese armen Burschen besitzen kaum einen Heller. Ich möchte sie nicht alle gedemütigt sehen wegen eines gemeines Diebes, obwohl Gott weiß, daß viele von ihnen auf die Weise begannen.« Dumaresq hob weder die Stimme, noch schaute er seinen Bootssteurer an. »Sehen Sie mal zu, was Sie da machen können, Johns.«

Mehr sagte er nicht, doch Bolitho spürte, daß es ein starkes Band zwischen dem Kommandanten und seinem Bootssteurer gab.

Dumaresq schaute zur Landungsbrücke. Da standen weitere Uniformierte und einige Pferde. Auch eine Kutsche wartete, um die Besucher zur Residenz zu bringen.

Dumaresq spitzte die Lippen. »Sie werden mich begleiten, Mr. Bolitho. Dabei können Sie etwas lernen.« Er kicherte in sich hinein. »Als das Schatzschiff, die *Asturias*, vor dreißig Jahren das Gefecht abbrach, soll sie hinterher in Rio eingelaufen sein. Es wurde außerdem behauptet, daß die portugiesischen Behörden eine Hand mit im Spiel hatten, als die Goldbarren verschwanden.« Jetzt setzte er ein breites Lächeln auf. »Sicherlich sind einige Leute auf der Pier besorgter, als ich es im Augenblick bin.«

Der Bugmann hob seinen Bootshaken, und bei »Riemen hoch!« legte die Gig ohne den leisesten Stoß an der Landungstreppe an.

Dumaresqs Lächeln war verschwunden. »So, nun wollen wir sehen. Ich möchte so bald wie möglich zurückfahren und hören, welchen Erfolg Mr. Pallisers Überredungskünste gehabt haben.«

Oberhalb der Treppe nahm die in einer Reihe angetretene Gruppe von Colpoys' Seesoldaten Haltung an; ihre Gesichter hatten durch die brennende Sonne die rote Farbe ihrer Röcke angenommen. Ihnen gegenüber, in weißen Waffenröcken mit leuchtend gelben Aufschlägen, stand eine Korporalschaft portugiesischer Soldaten.

Dumaresq grüßte mit dem Hut und schüttelte die Hände verschiedener Würdenträger, während Begrüßungsfloskeln getauscht und übersetzt wurden. Bolitho war überrascht über die große Zahl schwarzer Gesichter in der Zuschauermenge. Sicher waren das Sklaven und Bedienstete von den großen Besitzungen und Plantagen, über Tausende von Meilen verschleppt, um, wenn sie Glück hatten, von einem freundlichen Dienstherrn gekauft zu werden. Wenn sie Pech hatten, lebten sie nicht mehr sehr lange.

Schließlich kletterte Dumaresq mit drei Portugiesen in die Kutsche, während die anderen Herren ihre Pferde bestiegen.

Colpoys steckte seinen Säbel in die Scheide, warf einen Blick auf die Residenz des Vizekönigs am Hang eines üppig bewachsenen Hügels und stöhnte: »Wir müssen marschieren, verflixt noch mal. Ich bin aber Seesoldat und kein dämlicher Infanterist.«

Bis sie das prächtig aussehende Gebäude erreicht hatten, war Bolitho völlig durchgeschwitzt. Während die Seesoldaten von einem Diener hinter das Gebäude geführt wurden, durften Bolitho und Colpoys in einen hohen Raum treten, dessen eine Seite sich zur See und zu einem Garten mit leuchtenden Blumen und schattenspendenden Palmen öffnete.

Weitere Diener brachten auf leisen Sohlen unauffällig Stühle und Wein für die beiden Offiziere, und über ihren Köpfen begann ein großer Fächer hin und her zu wedeln. Colpoys streckte die Beine von sich und trank genüßlich den Wein. »Süß wie das Halleluja in der Kirche.«

Bolitho lächelte. Die portugiesischen Beamten, Militärs und Kaufleute lebten offenbar gut. Sie mußten sich lediglich an die Hitze gewöhnen und gegen das Fieber und sonstige Krankheiten widerstandsfähig werden. Aber die Reichtümer des wachsenden Imperiums waren so groß, daß man sie nicht einmal schätzen konnte: Silber, Edelsteine, seltene Metalle und riesige Flächen mit gut gedeihenden Zuckerrohrplantagen, die wiederum ganze Armeen von Sklaven benötigten, um die Forderungen des fernen Lissabon zu erfüllen.

Colpoys setzte sein Glas ab und stand auf. In der Zeit, die sie für ihren Marsch von der Pier hierher benötigt hatten, war Dumaresq offenbar mit seinen Geschäften fertig geworden. Doch als er aus einem Bogengang erschien, entnahm Bolitho seinem Gesichtsausdruck, daß er alles andere als zufrieden war.

Dumaresq sagte: »Wir wollen zurück zum Schiff.«

Die Verabschiedungszeremonie fand gleich in der Residenz statt. Bolitho erfuhr, daß der Vizekönig nicht in Rio war, aber zurückkehren würde, sobald ihn die Nachricht vom Besuch der *Destiny* erreichte.

Dumaresq erklärte das Notwendigste, als sie hinaus ins Sonnenlicht traten, wobei er als Antwort für die salutierende Wache die Hand an den Hut legte. Mit seiner sonoren Stimme knurrte er: »Er besteht darauf, daß ich seine Rückkehr abwarte. Aber ich bin doch nicht von gestern, Bolitho. Diese Leute sind zwar unsere ältesten Verbündeten, aber einige davon sind halbe Piraten. Also, ob der Vizekönig nun kommt oder nicht: wenn die *Heloise* erst zu uns gestoßen ist, werde ich schleunigst Anker lichten.«

Zu Colpoys sagte er: »Führen Sie Ihre Leute zurück.« Als die scharlachroten Röcke in einer Staubwolke abmarschierten, kletterte Dumaresq in die Kutsche. »Sie kommen mit mir, Mr. Bolitho. Wenn wir die Pier erreichen, möchte ich, daß Sie eine Nachricht für mich überbringen.« Er zog einen schmalen Briefumschlag aus seinem Rock. »Ich rechne immer mit dem Schlimmsten und habe deshalb dies hier vorbereitet. Der Kutscher wird Sie hinfahren, und ich zweifle nicht daran, daß die Nachricht von Ihrem Besuch innerhalb einer Stunde in der ganzen Stadt herum ist.« Er lächelte grimmig. »Der Vizekönig ist nicht der einzige Schlaukopf.«

Als sie mit klappernden Hufen hinter Colpoys und seinen schwitzenden Seesoldaten herfuhren, ergänzte Dumaresq noch: »Nehmen Sie einen Mann mit, als persönlichen Schutz. Ich sah diesen ehemaligen Preisboxer im Kutter. Stockdale heißt er wohl. Nehmen Sie den mit.«

Bolitho wunderte sich. Wie war es möglich, daß Dumaresq so viele Dinge auf einmal im Kopf behielt? Da draußen lag ein Mann im Sterben, und auch Pallisers Leben war vielleicht bald nicht mehr lebenswert, wenn es ihm nicht gelang, die Informationen zu bekommen. Dann war da irgendwo in Rio jemand, der mit den verschwundenen Goldbarren in Verbindung stand, aber nicht der, zu dem Bolitho Dumaresqs Brief bringen sollte. Schließlich waren da das Schiff, seine Besatzung und die gekaperte *Heloise*, dazu Tausende von Meilen Fahrt, ehe sie wissen konnten, ob sie Erfolg hatten oder nicht. Für einen Kapitän von achtundzwanzig Jahren trug Dumaresq wahrlich eine große Bürde. Im Vergleich dazu war die Angelegenheit von Jurys verschwundener Uhr recht unbedeutend.

Ein schlankes, schwarzhaariges Halbblutmädchen mit einem Korb voller Früchte auf dem Kopf blieb stehen und schaute ihnen nach, als die Kutsche vorbeifuhr. Ihre nackten Schultern hatten die

Farbe von Honig, und sie warf ihnen einen kecken Blick zu, als sie merkte, daß die beiden Offiziere sie bewundernd ansahen.

Dumaresq sagte: »Ein schönes Mädchen. Und eine schönere Bugverzierung habe ich noch nie gesehen. Es würde das Risiko lohnen, sie umzulegen.«

Bolitho wußte nicht, was er sagen sollte. Er war derbe Kommentare von Matrosen gewöhnt, aber aus Dumaresqs Mund klang es vulgär und seiner nicht würdig.

Dumaresq sagte nichts mehr, bis die Kutsche hielt. Dann: »Machen Sie, so schnell Sie können. Ich beabsichtige, morgen Trinkwasser zu übernehmen, und bis dahin ist noch eine Menge zu erledigen.« Er verschwand in der Gig.

Bolitho dirigierte den Kutscher zu der auf dem Umschlag stehenden Adresse. Stockdale saß ihm gegenüber und füllte die halbe Kutsche aus.

Dumaresq hatte an alles gedacht. Bolitho oder ein anderer Fremder hätten angehalten und ausgefragt werden können, aber die Kutsche mit dem Wappen des Vizekönigs auf der Tür hatte überall freie Fahrt.

Das Haus, vor dem die Kutsche schließlich hielt, war ein niedriges Gebäude, von einer dicken Mauer umgeben. Bolitho hielt es für eines der ältesten Häuser Rios. Es besaß den zusätzlichen Luxus eines großen Gartens und einer gepflegten Auffahrt.

Ein farbiger Diener empfing Bolitho ohne das geringste Zeichen von Überraschung und führte ihn in eine große, kreisrunde Eingangshalle, in der Marmorvasen voll Blumen standen, wie Bolitho sie auch im Garten gesehen hatte, und einige Plastiken, die in ihren Nischen wie verliebte Wachtposten in Schilderhäuschen wirkten.

Bolitho blieb in der Mitte der Halle zögernd stehen, ungewiß, was er als nächstes tun solle. Ein weiterer Diener ging vorbei, schaute auf irgendeinen fernen Punkt und ignorierte den Brief in Bolithos Hand.

Stockdale grollte. »Ich werde die Burschen auf Trab bringen, Sir!«

Eine Tür öffnete sich geräuschlos, und Bolitho bemerkte einen schmächtig gebauten Mann in weißer Kniehose und plissiertem Hemd, der ihn musterte.

Er fragte: »Sind Sie vom Schiff?«

Bolitho staunte, denn der Mann war Engländer. »Ja, Sir. Ich bin Leutnant Richard Bolitho von Seiner Britannischen . . .«

Der Mann trat mit ausgestreckter Hand näher und begrüßte ihn.

»Ich kenne den Names des Schiffes, Leutnant. Ganz Rio kennt ihn inzwischen.«

Er führte ihn zu einem von Bücherregalen umsäumten Raum und bot ihm einen Stuhl an. Als die Tür von einem unsichtbaren Bediensteten geschlossen wurde, sah Bolitho, daß Stockdale auf dem gleichen Platz stand, wo er ihn verlassen hatte, bereit, ihn zu beschützen und – wenn er irgendeinen Verdacht schöpfte – das Haus Stein für Stein niederzureißen.

»Mein Name ist Jonathan Egmont.« Der Hausherr lächelte höflich. »Das wird Ihnen nichts sagen, denn Sie sind noch sehr jung für Ihren Rang.«

Bolitho ließ die Arme auf den Stuhllehnen ruhen. Es war ein schön geschnitzter Lehnstuhl, er mußte hier – wie das ganze Haus – schon lange stehen.

Eine weitere Tür öffnete sich, und ein Diener wartete darauf, daß Egmont ihn bemerkte.

»Etwas Wein, Leutnant?«

Bolithos Mund war wie ausgedörrt. »Ein Glas würde ich gern annehmen, Sir.«

»Ruhen Sie sich aus, während ich lese, was Ihr Kommandant mir mitzuteilen hat.«

Bolitho sah sich im Raum um, als Egmont zu einem Tisch hinüberging und Dumaresqs Brief mit einem goldenen Stilett aufschlitzte. Rundherum Bücher über Bücher, und auf dem Boden einige wertvolle Teppiche. Es war schwierig, Einzelheiten zu erkennen, weil seine Augen noch vom Sonnenlicht geblendet waren; außerdem waren die Fenster so dicht verhängt, daß es fast zu dunkel war, um den Gastgeber näher zu betrachten. Ein intelligentes Gesicht, dachte Bolitho. Der Mann schien um die Sechzig zu sein, aber die Menschen in diesem Klima alterten schneller. Es war schwierig zu erraten, was Egmont hier tat und wie Dumaresq ihn entdeckt hatte.

Egmont legte den Brief sorgsam auf den Tisch und schaute zu Bolitho hinüber.

»Ihr Kommandant hat Ihnen nichts über den Inhalt erzählt?«Er sah Bolithos Gesichtsausdruck und schüttelte den Kopf. »Nein, natürlich nicht. Es war falsch, Sie danach zu fragen.« Bolitho sagte: »Er befahl mir, den Brief unverzüglich zu überbringen. Das ist alles.«

»Verstehe.« Einen Augenblick schien er unsicher, sogar besorgt. Dann sagte er: »Ich werde tun, was ich kann. Es wird selbstverständlich einige Zeit dauern, aber da der Vizekönig nicht in der Residenz ist, wird Ihr Kommandant sicherlich noch bleiben .«

Bolitho öffnete den Mund, schloß ihn aber wieder, als die Tür sich öffnete und eine Frau mit einem Tablett eintrat. Er sprang auf und schämte sich sogleich seines zerknitterten Hemdes und seiner schweißverklebten Haare. Denn er kam sich wie ein Vagabund vor im Vergleich zu dieser Gestalt; sie war das schönste Wesen, das er je gesehen hatte.

Ganz in Weiß gehalten war ihr Gewand, in der Taille durch einen schmalen goldenen Gürtel zusammengerafft. Ihr Haar glänzte pechschwarz wie seines und fiel, obwohl im Nacken durch ein Band gebändigt, üppig auf ihre Schultern, deren Haut wie Seide glänzte.

Sie musterte ihn vom Scheitel bis zur Sohle, wobei sie den Kopf leicht auf die Schulter neigte.

Egmont war aufgestanden und sagte förmlich: »Das ist meine Frau, Leutnant Bolitho.«

Bolitho verbeugte sich. »Es ist mir eine Ehre, Madam.« Er wußte nicht, was er weiter sagen sollte. Ihre Erscheinung bewirkte, daß er sich unbeholfen vorkam und unfähig, auch nur einen Satz herauszubringen; aber auch sie hatte noch nichts zu ihm gesagt.

Sie setzte das Tablett auf einen Tisch und hielt ihm die Hand entgegen.

»Seien Sie uns willkommen hier, Leutnant. Sie dürfen meine Hand küssen.«

Bolitho ergriff die Hand, fühlte ihre weiche Haut und roch ihr Parfüm, das ihm vollends den Kopf verdrehte.

Ihre Schultern waren nackt, und trotz des Zwielichts im Raum sah er, daß sie violette Augen hatte. Sie war schön, ja, mehr als das. Auch ihre Stimme, als sie ihm die Hand geboten hatte, war aufregend. Wie kam es, daß sie Egmonts Frau war? Sie mußte beträchtlich jünger sein, Spanierin oder Portugiesin, gewiß keine Engländerin. Bolitho hätte sich nicht gewundert, wenn sie direkt vom Mond heruntergestiegen wäre.

Er stammelte: »Richard Bolitho, Madam.«

Sie trat einen Schritt zurück und hielt eine Hand vor den Mund. Dann lachte sie. »Bo-li-tho! Ich glaube, es ist leichter für mich, wenn ich Sie nur mit ›Leutnant‹ anrede.« Ihr Gewand schwang herum, als sie sich ihrem Mann zuwandte. »Später, denke ich, darf ich Sie einfach Richard nennen.«

Egmont sagte: »Ich werde einen Brief schreiben, den Sie mitnehmen können, Leutnant.« Er schien hinter seine Frau, ja, durch sie hindurchzuschauen, als ob sie nicht da wäre. »Ich werde tun, was ich kann.«

Sie wandte sich wieder Bolitho zu. »Bitte kommen Sie uns besuchen, so lange Sie in Rio sind.« Sie deutete einen kleinen Knicks an, und ihre Augen ruhten dabei auf seinem Gesicht. Dann sagte sie mit weicher Stimme: »Ich habe mich gefreut, Sie kennenzulernen.«

Dann war sie verschwunden, und Bolitho sank in seinen Stuhl, als ob ihm die Beine weggezogen worden wären.

Egmont sagte: »Es wird einen Augenblick dauern. Genießen Sie den Wein, während ich Tinte und Papier hole.«

Schließlich war es geschafft, und als Egmont den Umschlag mit feuerrotem Siegellack verschloß, bemerkte er kühl: »Erinnerungen wirken lange nach. Ich lebe hier nun schon viele Jahre und war nur selten – außer in geschäftlichen Angelegenheiten – verreist. Und dann kommt eines Tages ein Schiff des Königs, befehligt von dem Sohn eines Mannes, der mir einst sehr nahestand, und plötzlich ist alles verändert.« Er hielt ihm den Brief hin. »Ich wünsche Ihnen einen guten Tag.«

Stockdale betrachtete Bolitho neugierig, als er die Bibliothek verließ. »Alles erledigt, Sir?«

Bolitho hielt inne, weil sich eine andere Tür öffnete und er Mrs. Egmont dastehen sah. Sie sagte nichts und lächelte nicht einmal, sondern schaute ihn lediglich an – als ob sie sich etwas Unbekanntem ausliefere, dachte Bolitho. Dann bewegte sich ihre Hand und hob sich einen Augenblick an ihre Brust. Bolitho fühlte, daß sein Herz so heftig schlug, als wollte es sich zu ihrer Hand drängen.

Die Tür schloß sich, und Bolitho glaubte fast, er habe sich alles nur eingebildet oder der Wein sei zu stark gewesen. Als er aber Stockdales Gesicht sah, wußte er, daß es kein Trugbild gewesen war.

»Wir kehren besser zum Schiff zurück, Stockdale.«

Stockdale folgte ihm hinaus ins Sonnenlicht. Keinen Augenblick zu früh, dachte er.

Es war Dämmerung, als das Boot, das sie von der Landungsbrücke abgeholt hatte, an den Rüsteisen festmachte. Bolitho kletterte zur Fallreepspforte hinauf, mit seinen Gedanken noch bei der wunderschönen Frau im weißen Gewand.

Rhodes wartete auf ihn mit den Fallreepsgasten und flüsterte ihm schnell zu: »Der Erste Offizier erwartet Sie, Dick.«

»Kommen Sie nach achtern, Mr. Bolitho!« Pallisers brüsker Ton brachte Rhodes zum Schweigen, bevor er mehr sagen konnte.

Bolitho kletterte zum Achterdeck hinauf und berührte seinen Hut. »Sir?«

Palliser fuhr ihn an: »Ich warte schon eine Ewigkeit auf Sie!«

»Ja, Sir. Aber ich hatte einen Auftrag des Kommandanten.«

»Das hat ja lange Zeit in Anspruch genommen!«

Bolitho unterdrückte mit Mühe seinen aufsteigenden Ärger. Was er auch tat oder zu tun versuchte, Palliser war nie zufrieden.

Er sagte ruhig: »Gewiß, Sir. Und jetzt bin ich hier.«

Palliser starrte ihn an, als vermute er hinter seinen Worten eine Unverschämtheit. Dann sagte er: »Während Ihrer Abwesenheit hat der Wachtmeister auf meine Anordnung hin einige Wohnräume der Mannschaft durchsucht.« Er wartete auf eine Reaktion Bolithos. »Ich weiß zwar nicht, welche Art Disziplin Sie in Ihrer Division einzuführen versuchen, aber lassen Sie mich Ihnen versichern, daß es mehr als der Bestechung mit Schnaps und Wein bedarf, um etwas zu erreichen. Mr. Jurys Uhr wurde im Besitz eines Ihrer Männer vom Großmast gefunden. Murray heißt der Mann. Was sagen Sie nun?«

Bolitho sah Palliser ungläubig an. Murray hatte Jury das Leben gerettet. Ohne sein schnelles Handeln in jener Nacht an Deck der *Heloise* wäre der Midshipman jetzt tot gewesen. Und wenn Jury nicht ihm, Bolitho, den Degen zugeworfen hätte, um seinen verlorenen Säbel zu ersetzen, wäre auch er selbst jetzt eine Leiche. Das hatte sie miteinander verbunden, ohne daß einer davon gesprochen hätte.

Er protestierte: »Murray ist ein guter Mann, Sir. Ich kann nicht glauben, daß er ein Dieb sein soll.«

»Ich bin mir aber ganz sicher. Sie müssen eben noch eine Menge lernen, Mr. Bolitho. Männer wie Murray würden niemals einen Kameraden bestehlen, aber ein Offizier, selbst ein kleiner Kadett, ist für sie Freiwild.« Mit einiger Anstrengung dämpfte er seine Stimme. »Aber das ist noch nicht das Schlimmste. Mr. Jury hatte die Kühnheit, die unglaubliche Frechheit, mir zu sagen, er habe die Uhr Murray gegeben, als Geschenk! Das können doch selbst Sie nicht glauben!«

»Ich glaube, er sagte das, um Murray zu retten, Sir. Es war falsch, aber ich kann es verstehen.«

»Das habe ich mir gedacht.« Palliser beugte sich vor. »Ich werde dafür sorgen, daß Mr. Jury ausgeschifft wird und eine Rückfahrkarte nach England bekommt, sobald wir mit einer höheren Autorität zusammentreffen. Was halten Sie davon?«

Bolitho antwortete hitzig: »Ich glaube, da handeln Sie unfair.« Er fühlte, wie sein Ärger verzweifeltem Zorn Platz machte. Palliser hatte mehrfach versucht, ihn zu provozieren, aber diesmal war er zu weit gegangen. Er sagte: »Wenn Sie versuchen, über Mr. Jury mich zu treffen, werden Sie sicherlich Erfolg haben. Aber das zu erwägen, obwohl Sie genau wissen, daß er keine Familie hat und mit ganzem Herzen der Marine gehört – das ist gemein. An Ihrer Stelle, Sir, würde ich mich schämen.«

Palliser starrte ihn an, als wäre er geschlagen worden. »*Was* würden Sie tun?«

Eine kleine Gestalt trat aus dem Schatten hervor: Macmillan, der Kommandantensteward. Er sagte: »Verzeihung, meine Herren, aber der Kommandant bittet Sie sofort in seine Kajüte.«

Dumaresq stand breitbeinig in der Tageskajüte, die Hände in die Hüften gestemmt, und blickte seinen beiden Offizieren entgegen.

»Ich verbitte mir, daß Sie auf meinem Achterdeck wie zwei Straßenlümmel streiten! Was, zum Teufel, ist in Sie gefahren?«

Palliser sah empört, ja blaß aus, als er sagte: »Wenn Sie gehört haben, was Mr. Bolitho gesagt hat, Sir . . .«

»Gehört? Gehört?« Dumaresq stieß eine Faust in Richtung des Oberlichtfensters. »Ich glaube, das ganze Schiff hat es gehört.« Er schaute Bolitho an. »Wie können Sie sich eine solche Insubordination gegenüber dem Ersten Offizier erlauben? Sie haben ihm ohne Gegenrede zu gehorchen. Disziplin hat den Vorrang, wenn wir nicht zu einem Sauhaufen herabsinken wollen. Ich erwarte, nein: ich verlange, daß das Schiff jederzeit auf ein Wort von mir einsatzbereit ist. Über unwichtige Dinge in Hörweite aller Leute zu streiten, ist ein Wahnsinn, den ich nicht dulde.« Er prüfte Bolithos Gesicht und fügte milder hinzu: »Es darf nicht wieder vorkommen.«

Palliser versuchte es noch einmal. »Ich habe ihm gesagt, Sir . . .« Er verstummte, als sich ein Blitzstrahl aus den unwiderstehlichen Augen auf ihn richtete.

»Sie sind mein Erster Offizier, und ich stelle mich hinter alles, was Sie unter meinem Kommando tun. Aber ich möchte nicht, daß Sie Ihren Zorn an Kameraden auslassen, die zu jung sind, um sich gegen Sie zu wehren. Sie sind ein erfahrener und bewährter Offizier, während Mr. Bolitho ein Neuling in der Messe ist. Was Mr. Jury betrifft, so weiß er nicht mehr von den Bräuchen auf See als das, was er seit Plymouth gelernt hat. Können Sie diese Feststellung akzeptieren?«

Palliser schluckte, den Kopf unter die Decksbalken geneigt. »Jawohl, Sir.«

»Gut, darin stimmen wir also überein.«

Dumaresq ging zu den Heckfenstern und blickte auf die vom Wasser reflektierten Lichter.

»Mr. Palliser, Sie werden den Diebstahl weiter verfolgen. Ich möchte nicht, daß ein guter Mann wie Murray bestraft wird, wenn er nichts von der Sache weiß. Andererseits wird er der Strafe nicht entgehen, wenn er schuldig ist. Das ganze Schiff weiß inzwischen, was passiert ist. Wenn er wegen unserer Unfähigkeit, die Wahrheit herauszufinden, straflos ausginge, beraubten wir uns der Möglichkeit, die wirklichen Unruhestifter und selbsternannten Richter zu maßregeln.« Er streckte Bolitho die Hand entgegen. »Sie haben sicherlich einen Brief für mich.« Als er ihn an sich nahm, setzte er langsam hinzu: »Kümmern Sie sich um Mr. Jury. Sie haben es in der Hand, ihn fair, aber streng zu behandeln. Es wird ebenso eine Prüfung für Sie sein wie für ihn.« Er nickte ihm zu. »Abtreten!«

Als Bolitho die Tür hinter sich schloß, hörte er Dumaresq sagen: »Das war eine gute Aussage, die Sie von Triscott bekommen haben. Sie macht die vorangegangenen Fehlschläge wieder wett.«

Palliser murmelte etwas, und Dumaresq antwortete: »Noch ein Steinchen, und das Puzzlespiel könnte schneller aufgehen, als ich dachte.«

Bolitho machte sich unter den Blicken des Wachtpostens, die ihm bis in die Schattenzone folgten, davon. Er betrat die Messe und ließ sich so vorsichtig wie jemand, der gerade vom Pferd gefallen war, nieder.

Poad fragte: »Etwas zu trinken, Sir?«

Bolitho nickte, obwohl er kaum hingehört hatte. Er sah Bulkley an einem der dicken Holzbalken lehnen und fragte: »Ist der Kapitän der *Heloise* tot?«

Bulkley blickte müde auf und wartete, bis sein Blick Bolitho erfaßt hatte.

»Aye. Minuten, nachdem er seinen Namen unter die Aussage geschrieben hatte, starb er.« Der Arzt war kaum zu verstehen. »Ich hoffe nur, die Sache war es wert.«

Colpoys kam aus seiner Kammer und schwang ein elegantes, weiß gekleidetes Bein über einen Stuhl.

»Langsam werde ich verrückt. Man liegt hier draußen vor Anker und hat nichts zu tun . . .« Er blickte von Bolitho zu Bulkley und zog eine Grimasse. »Es scheint, ich hatte unrecht. Hier herrscht der reinste Frohsinn!«

Bulkley seufzte. »Ich habe das meiste mit angehört. Triscott sollte nur diese eine Reise als Kapitän machen. Es scheint, er hatte Befehl, uns in Funchal zu treffen und herauszufinden, was wir vorhatten.« Der Arzt stieß versehentlich ein Glas Branntwein um, schien es aber nicht zu bemerken. »Sobald er unser Ziel wußte, sollte er in die Karibik segeln und das Schiff seinem Besitzer, der den Bau bezahlt hatte, übergeben.« Er hüstelte und tupfte sich das Kinn mit einem roten Taschentuch ab. »Statt dessen wurde Triscott neugierig und versuchte, uns zu folgen.« Er schaute prüfend nach achtern, als suche er Dumaresq durch das Schott hindurch. »Stellen Sie sich vor: eine Maus, die den Tiger jagen wollte! Nun, dafür hat er bezahlt.«

Colpoys fragte ungeduldig: »Schon, aber wer ist dieser mysteriöse Käufer von Brigantinen?«

Bulkley drehte sich so langsam zu dem Leutnant um, als täte es ihm weh, sich zu bewegen. »Ich hätte Sie für schlauer gehalten. Sir Piers Garrick natürlich! Ehemals Freibeuter im Namen des Königs und jetzt ein verdammter Seeräuber auf eigene Faust!«

Rhodes betrat die Messe. »Ich habe das eben mitgehört. Wir hätten es wissen müssen, nachdem unser Kommandant schon seinen Namen genannt hatte. Nach so vielen Jahren! Der Mann muß jetzt über sechzig sein. Glauben Sie wirklich, daß er weiß, was aus den Goldbarren der *Asturias* wurde?«

Colpoys sagte gelangweilt: »Der Knochensäbler ist eingeschlafen, Stephen.«

Poad, der sich in der Nähe aufgehalten hatte, sagte: »Es gibt heute frisches Schweinefleisch, meine Herren. Eine Aufmerksamkeit, die uns ein Mr. Egmont mit besten Empfehlungen geschickt hat.« Er wartete auf den richtigen Augenblick, um fortzufahren: »Der Überbringer sagte, als Erinnerung an den Besuch Mr. Bolithos in seinem Haus.«

Bolitho errötete, als alle ihn anschauten.

Colpoys schüttelte bedauernd den Kopf. »Mein Gott, wir sind kaum angekommen, und schon hat eine Frau die Hand im Spiel.«

Als Gulliver sich zu Colpoys und dem Zahlmeister an den Tisch setzte, nahm Rhodes Bolitho beiseite.

»Hat er Ihnen hart zugesetzt, Dick?«

»Ich habe meine Selbstbeherrschung verloren.« Bolitho lächelte reuig.

»Lassen Sie sich nichts gefallen! Vergessen Sie nicht, was ich Ihnen gesagt habe.« Rhodes vergewisserte sich, daß niemand zuhörte. »Ich habe Jury gesagt, daß er im Kartenraum auf Sie warten soll. Sie werden dort einige Zeit ungestört sein, bringen Sie es hinter sich. Ich habe so etwas auch schon durchgemacht.« Er schnupperte und rief: »Ich rieche Schweinebraten, Dick. Sie müssen an Land tatsächlich großen Eindruck gemacht haben.«

Bolitho arbeitete sich zu dem kleinen Kartenraum durch, der neben dem Niedergang lag, und sah Jury neben dem leeren Kartentisch stehen. Wahrscheinlich glaubte er seine Karriere ebenso vom Tisch gewischt wie Gullivers Berechnungen.

Bolitho sagte: »Man hat mir berichtet, was Sie getan haben. Der Fall Murray wird untersucht, darauf hat der Kommandant mir sein Wort gegeben. Sie werden nicht ausgeschifft, wenn wir auf das karibische Geschwader stoßen, sondern bleiben auf der *Destiny*.« Er hörte, wie Jury aufatmete, und sagte: »Es liegt jetzt also an Ihnen.«

»Ich – ich weiß nicht, was ich sagen soll, Sir.«

Bolitho spürte seine innere Entschlossenheit wanken. Er war selbst einmal so unerfahren wie Jury gewesen und wußte, was es bedeutete, einer offensichtlichen Katastrophe entgegenzusehen.

Er zwang sich zu sagen: »Sie haben falsch gehandelt, indem Sie logen, um einen Mann zu schützen, der wahrscheinlich schuldig ist.« Er unterband Jurys Protestversuch. »Es war nicht richtig, so stark für einen Mann einzutreten, wie Sie es für einen anderen kaum getan hätten. Ich habe den gleichen Fehler begangen. Wenn ich gefragt worden wäre, ob ich mich so für Murray eingesetzt hätte, wenn er eine Niete wäre, oder für Sie, wenn Sie mich nicht gerettet hätten, hätte ich zugeben müssen, daß ich zu Ihren Gunsten voreingenommen war.«

Jury sagte gepreßt: »Ich bedaure den Ärger, den ich verursacht habe. Besonders Ihnen.«

Bolitho sah ihn zum erstenmal voll an und bemerkte den inneren Kampf, den er durchmachte. »Ich weiß. Wir haben beide aus all dem gelernt.« Er fiel in einen härteren Tonfall: »Andernfalls wären wir beide es nicht wert, des Königs Rock zu tragen. Und nun gehen Sie bitte wieder in Ihr Quartier.«

Er hörte Jury den Kartenraum verlassen und wartete einige Minuten, um sich zu sammeln.

Er hatte korrekt gehandelt, auch wenn es jetzt schon etwas spät dafür war. In Zukunft würde Jury sich in acht nehmen und weniger willig sein, sich an andere zu hängen. »Heldenverehrung« hatte der Kommandant es genannt.

Bolitho seufzte und begab sich in die Messe. Als er eintrat, schaute Rhodes ihn fragend an.

Bolitho zuckte die Schultern. »Es war nicht leicht.«

»Das ist es nie.« Rhodes grinste und schnupperte wieder. »Wir werden etwas später essen, aber mir scheint, das Warten lohnt.«

Bolitho nahm Poad ein Glas Wein ab und setzte sich in einen Armstuhl. Rhodes' Rezept war einfacher, dachte er: Lebe für das Heute und sorge dich nicht um das Morgen, auf diese Weise kann dich nichts verletzen. Aber dann dachte er an Jurys verzagtes Gesicht und wußte, daß das nicht stimmte.

VII Im Zwiespalt

Zwei weitere Tage vergingen ohne ein Anzeichen, daß der portugiesische Vizekönig zurückgekehrt war oder beabsichtigte, Dumaresq zu empfangen.

Unter der unbarmherzigen Sonne fast zerfließend, erledigten die Seeleute ihre tägliche Arbeit recht unlustig. Die Stimmung war allgemein gereizt, Streitigkeiten flammten leicht auf, und bei verschiedenen Anlässen wurden Leute nach achtern zur Bestrafung gebracht.

Wenn Dumaresq an Deck kam, schien er mit jedem von der Schiffsglocke angezeigten Wachwechsel ärgerlicher und unduldsamer zu werden. Ein Matrose bekam Strafarbeiten allein deshalb, weil er ihn angestarrt hatte, und Midshipman Ingrave, der als sein Schreiber eingesprungen war, wurde mit der Bemerkung: »Zu dämlich, um eine Feder zu halten«, die noch lange in seinen Ohren nachklang, zurück zu seinem normalen Dienst an Deck geschickt.

Selbst Bolitho, der wenig Erfahrung mit den Gepflogenheiten in ausländischen Häfen hatte, fiel die der *Destiny* aufgezwungene Isolierung auf. Ein paar Boote mit allerlei Handelswaren lungerten zwar voller Hoffnung auf Geschäfte um das Schiff herum, wurden aber von den aufmerksamen Wachbooten am Herankommen gehindert. Und ganz gewiß war, daß keine Nachricht von dem Mann namens Egmont kam.

Samuel Codd, der Zahlmeister, war nach achtern marschiert, um sich darüber zu beklagen, daß es ihm unmöglich sei, seine Vorräte an frischem Obst zu ergänzen. Das halbe Schiff mußte mit angehört haben, wie Dumaresqs Zorn sich sturzbachartig über ihn ergoß.

»Für was halten Sie mich eigentlich, Sie Geizkragen? Glauben Sie, ich habe nichts anderes zu tun als zu kaufen und zu verkaufen wie ein ambulanter Gemüsehändler? Nehmen Sie ein Boot und gehen Sie selber an Land, aber sagen Sie dem Kaufmann diesmal, die Vorräte seien für mich bestimmt!« Seine mächtige Stimme folgte Codd noch, als der längst die Kajüte verlassen hatte: »Und kommen Sie mir nicht mit leeren Händen zurück!«

Nur in der Offiziersmesse war die Stimmung kaum verändert. Es gab den üblichen Klatsch und aufgebauschte Berichte über die Ereignisse während der Tagesarbeit. Nur wenn Palliser erschien, wurde das Klima förmlich, fast frostig.

Bolitho hatte sich Murray kommen lassen und ihm die Beschuldigung, ein Dieb zu sein, eindringlich vor Augen gehalten. Murray hatte entschlossen verneint, irgend etwas mit der Angelegenheit zu tun zu haben, und Bolitho gebeten, für ihn einzutreten. Bolitho war von dem Ernst des Mannes beeindruckt. Murray war über die Aussicht auf eine zu unrecht erlassene Prügelstrafe weniger verängstigt als empört. Aber die Strafe war nicht mehr abzuwenden, wenn der wahre Dieb nicht gefunden werden konnte.

Poynter, der Oberwachtmeister, blieb unerbittlich. Er hatte die Uhr in Murrays Utensilienkasten bei einer kurzen Durchsuchung entdeckt. Jeder konnte sie da versteckt haben, aber aus welchem Grund? Es hatte festgestanden, daß etwas unternommen werden würde, um die verschwundene Uhr wiederzufinden. Ein vorsichtiger Dieb hätte hundert Möglichkeiten gehabt, sie an einem sicheren Ort zu verstecken. Aber so? Die Sache ergab keinen Sinn.

Am Abend des zweiten Tages kam die *Heloise* in Sicht. Sie näherte sich langsam der Küste. Ihre Segel schimmerten im scheidenden Sonnenlicht, als sie einen letzten Schlag in Richtung Hafeneinfahrt machte.

Dumaresq beobachtete sie durch sein Teleskop und brummte: »Braucht ja endlos! Da muß er sich schon etwas mehr anstrengen, wenn er befördert werden will!«

Rhodes sagte: »Haben Sie es bemerkt, Dick? Die Trinkwasserprähme sind nicht wie versprochen gekommen. Unser Vorrat muß ziemlich zu Ende sein. Kein Wunder, daß unser ›Herr und Meister‹ vor Zorn rot anläuft.«

Bolitho erinnerte sich an Dumaresqs Worte, daß die *Destiny* am Tag nach ihrer Ankunft Frischwasser übernehmen wolle. Das hatte er über all dem, was seine Gedanken inzwischen gefangennahm, vergessen.

»Mr. Rhodes!« Dumaresq trat an die Querreling des Achterdecks. »Signalisieren Sie der *Heloise*, daß sie auf der äußeren Reede ankern soll. Mr. Slade soll nicht versuchen, bei Dunkelheit näher ans Land heranzusegeln. Um ganz sicherzugehen, schicken Sie ihm ein Boot mit dem Befehl, daß er frei von der Landzunge vor Anker gehen soll.«

Das Trillern der Bootsmannsmaatenpfeife brachte die Bootscrew im Laufschritt nach achtern. Einige stöhnten, als sie sahen, wie weit die Brigantine entfernt war. Das gab eine lange Strecke zu pullen, und zwar hin und zurück.

Rhodes suchte den Midshipman der Wache. »Mr. Lovelace, Sie fahren mit!« Er ließ sich nichts anmerken, als er Bolitho zuzwinkerte. »Verdammte Kadetten, was, Dick? Müssen ein bißchen beschäftigt werden.«

»Mr. Bolitho!« Dumaresq hatte ihn beobachtet. »Kommen Sie bitte zu mir.«

Bolitho eilte nach achtern, bis sie beide außer Hörweite der anderen an der Heckreling standen.

»Ich muß Ihnen mitteilen, daß Mr. Palliser keinen anderen Schuldigen gefunden hat.« Dumaresq musterte Bolitho eindringlich. »Das beunruhigt Sie, wie ich sehe.«

»Ja, Sir. Ich habe keinen Gegenbeweis, aber ich bin überzeugt, daß Murray unschuldig ist.«

»Ich werde warten, bis wir wieder auf See sind. Aber dann muß die Bestrafung vollzogen werden. Jedoch empfiehlt es sich nicht, Leute vor den Augen Fremder auszupeitschen.«

Bolitho wartete ab, da er ahnte, daß noch mehr kommen würde.

Dumaresq beschattete seine Augen, als er zum Wimpel an der Mastspitze emporschaute. »Eine schöne Brise.« Dann sagte er: »Ich brauche einen neuen Schreiber. Auf einem Kriegsschiff gibt es mehr Schriftstücke und Listen als Pulver und Blei.« Sein Tonfall wurde schärfer. »Oder Trinkwasser, was das betrifft!«

Bolitho straffte sich, als Palliser nach achtern kam und wie vor einer unsichtbaren Linie stehenblieb.

Dumaresq sagte: »Wir sind fertig. Was ist, Mr. Palliser?«

»Ein Boot nähert sich, Sir.« Er beachtete Bolitho nicht. »Das gleiche, welches Schweinefleisch für die Messe gebracht hat.«

Dumaresq hob die Brauen. »Wirklich? Das interessiert mich.« Er machte abrupt kehrt und sagte: »Ich bin in meinen Räumen. Und was den Schreiber betrifft, so habe ich mich entschieden, den neuen Gehilfen des Schiffsarztes, Spillane, mit der Aufgabe zu betrauen. Er scheint ein gebildeteter Mann zu sein und weiß, wie man sich Vorgesetzten gegenüber benimmt; außerdem will ich den guten Doktor nicht verwöhnen, er hat genügend andere Hilfskräfte, die sein Krankenrevier versorgen können.«

Palliser tippte an seinen Hut. »Zu Befehl, Sir.«

Bolitho ging zur Backbord-Laufbrücke, um das näherkommende Boot zu betrachten. Ohne Glas konnte er erkennen, daß niemand darin saß, den er kannte. Fast hätte er über sich selber gelacht, daß er so dumm sein konnte. Was hatte er erwartet? Daß Jonathan Egmont selbst herauskam, um den Kommandanten zu besuchen? Oder daß seine reizende Frau die unbequeme und anstrengende Fahrt unternahm, um ihm zuzuzwinkern? Er wurde offenbar schon kindisch. Vielleicht war er zu lange auf See gewesen, oder sein letzter Heimaturlaub in Falmouth, der so viel Unglück nach sich zog, hatte ihn anfällig für Phantastereien und unerfüllbare Träume gemacht?

Das Boot kam an die Großrüsten, und nach einer längeren Diskussion in Zeichensprache zwischen den Ruderern und dem Bootsmannsmaat der Wache wurde ein Briefumschlag zu Rhodes hinaufgereicht, den er sofort nach achtern zur Kajüte trug. Das Boot wartete ein paar Yards vom Schiff entfernt; seine dunkelhäutigen Insassen beobachteten die geschäftigen Matrosen und Seesoldaten und schätzten wahrscheinlich die Stärke einer Breitseite der *Destiny* ab.

Schließlich kam Rhodes zurück, rief das Boot heran und reichte dem Bootssteurer einen anderen Umschlag hinunter. Er sah, daß Bolitho zuschaute, und kam zu ihm an die Hängemattsnetze.

»Ich weiß, daß Sie es nicht gern hören werden, Dick«, und dabei konnte er ein inneres Lachen nicht ganz unterdrücken, »aber wir sind heute abend zum Essen eingeladen. Ich glaube, Sie kennen das Haus bereits.«

»Wer wird hingehen?« Bolitho bemühte sich, seine plötzliche Besorgnis nicht zu zeigen.

Rhodes grinste. »Der ›Herr und Meister‹, alle Offiziere und – als höfliche Geste – der Schiffsarzt.«

»Das kann ich nicht glauben! Der Kommandant würde das Schiff doch niemals verlassen, wenn nicht wenigstens ein Offizier an Bord bliebe.« Bolitho schaute nach achtern, wo Dumaresq gerade an Deck erschien. »Bestimmt nicht!«

Dumaresq rief: »Holen Sie Macmillan und meinen neuen Schreiber Spillane!« Sein Ton war frohlockend, anders als in den letzten Tagen. »In einer halben Stunde brauche ich meine Gig.«

Rhodes eilte schon davon, als Dumaresq ihm laut nachrief: »Ich möchte, daß Sie, Mr. Bolitho und unser tapferer Rotrock bis dahin anständig angezogen sind.« Er lächelte. »Der Doktor ebenfalls.« Er ging mit langen Schritten davon, während sein Steward wie ein Terrier hinterhertrippelte.

Bolitho schaute auf seine Hände. Sie wirkten ruhig, aber er hatte das Gefühl, als habe er die Herrschaft über sie – genau wie über sein Herz – verloren.

In der Messe herrschte wüstes Tohuwabohu. Poad und seine Gehilfen suchten nach sauberen Hemden und gebügelten Uniformröcken, um ihre Schützlinge aus wetterharten Seeoffizieren in geschniegelte Gentlemen zu verwandeln.

Colpoys verfluchte seinen Burschen wie ein Kavallerist, während der Mann seine Stiefel auf Hochglanz brachte und er sich selber im Handspiegel betrachtete.

Bulkley, zerknittert und eulenhaft wie immer, brummte: »Er nimmt mich nur mit, um das Unrecht, das er mir mit meinem Gehilfen angetan hat, wiedergutzumachen.«

Palliser hakte ein. »Ach du lieber Himmel! Wahrscheinlich will er nur nicht riskieren, Sie allein an Bord zurückzulassen.«

Gulliver war offensichtlich entzückt, daß er als zeitweilig Verantwortlicher für das Schiff fungieren sollte. Auf der langen Überfahrt von Funchal hierher hatte er sichtlich an Selbstvertrauen gewonnen, und außerdem haßte er die Gepflogenheiten der vornehmen Gesellschaft, wie er Codd einmal anvertraut hatte.

Bolitho war als erster am Fallreep. Er sah, daß Jury gerade die Wache auf dem Achterdeck übernahm. Ihre Blicke trafen sich und wanderten dann weiter. Es würde anders werden, wenn das Schiff erst wieder in See war. Dann konnten gemeinsame Aufgaben die

Spannung zwischen ihnen beseitigen, nur: Murrays Schicksal war auch dann noch nicht entschieden.

Dumaresq erschien an Deck und musterte seine Offiziere. »Gut! Recht gut!« Er musterte die längsseits liegende Gig unten, die Mannschaft in den karierten Hemden und mit den geteerten Hüten und den Bootssteurer, der zum Ablegen bereit wartete.

»Gut gemacht, Johns!«

Bolitho dachte daran, wie er das letztemal mit Dumaresq an Land gefahren war, der so nebenbei zu Johns gesagt hatte, er solle sich um die Angelegenheit mit Jurys verschwundender Uhr kümmern. Johns war als Bootssteurer des Kommandanten bei den Unteroffizieren und dienstälteren Leuten sehr angesehen. Ein Wort zur rechten Zeit, ein Wink an den Wachtmeister, der keines großen Anstoßes bedurfte, wenn es darauf ankam, die Leute unter Druck zu setzen, und eine schnelle Durchsuchung hätten das übrige getan.

»Ins Boot!«

In genauer Beachtung des Dienstalters und von einigen wachfreien Leuten auf der Laufbrücke beobachtet, kletterten die Offiziere der *Destiny* in die Gig hinunter.

Als letzter nahm Dumaresq in seinem goldbetreßten Rock mit den weißen Aufschlägen auf dem Hecksitz Platz.

Als das Boot vorsichtig von der Bordwand absetzte, sagte Rhodes: »Erlauben Sie mir zu sagen, Sir, daß wir Ihnen sehr dankbar für diese Einladung sind.«

Dumaresqs Zähne leuchteten sehr weiß in der Dunkelheit. »Ich habe alle meine Offiziere gebeten, mitzukommen, Mr. Rhodes, weil wir eines Geistes sind.« Sein Lächeln breitete sich über das ganze Gesicht aus. »Außerdem möchte ich die Leute an Land wissen lassen, daß wir alle anwesend sind.«

Rhodes erwiderte etwas lahm: »Verstehe, Sir«, aber es war klar, daß er nichts verstanden hatte.

Trotz seiner kürzlichen Mißerfolge und Sorgen hatte Bolitho sich wieder beruhigt. Er beobachtete die Lichter an Land und war entschlossen, sich gut zu amüsieren. Schließlich waren sie in einem fremden, exotischen Land, von dem er zu Hause in Falmouth nach seiner Rückkehr erzählen wollte.

Kein anderer Gedanke sollte ihm heute abend dazwischenkommen. Dann fiel ihm ein, wie sie ihn angeschaut hatte, als er das Haus verließ, und er fühlte seinen festen Vorsatz dahinschwinden. Es war lächerlich, aber mit diesem Blick hatte sie bewirkt, daß er sich wie ein erwachsener Mann vorkam.

Bolitho musterte die übervolle Tafel und fragte sich, wie er es schaffen sollte, all diesen Köstlichkeiten Gerechtigkeit widerfahren zu lassen. Schon wünschte er, Pallisers knappen Ratschlag beachtet zu haben, den dieser seinen jungen Kameraden kurz vor dem Verlassen der Gig gegeben hatte: »Man wird versuchen, Sie betrunken zu machen. Passen Sie also auf!« Das war vor fast zwei Stunden gewesen, aber es schien Bolitho viel länger her.

Sie saßen in einem Saal mit gewölbter Decke, an den Wänden hingen farbenfrohe Gobelins, deren Pracht noch verstärkt wurde durch Hunderte von Kerzen in den glitzernden Kristall-Lüstern über ihnen und auf den mehrarmigen Leuchtern, die in regelmäßigen Abständen auf der Tafel standen und aus purem Gold sein mußten.

Die Offiziere der *Destiny* waren sorgsam am Tisch verteilt und bildeten blau-weiße Flecken zwischen den prächtiger gekleideten übrigen Gästen, alles Portugiesen. Die meisten sprachen kaum englisch und riefen einander mit erhöhter Lautstärke zu, wenn sie sich etwas übersetzen lassen oder ihrem Tischnachbarn etwas erklären wollten. Der Kommandeur der Küstenbatterien, ein Faß von einem Mann, wurde an Lautstärke und Appetit nur von Dumaresq übertroffen. Gelegentlich neigte er sich einer der Damen zu, brüllte vor Lachen oder schlug mit der Faust auf den Tisch, um seine Bemerkungen zu unterstreichen.

Eine kleine Armee von Dienern trug eine nicht endenwollende Folge von Gerichten auf: von gekochtem, köstlich schmeckendem Fisch bis zu riesigen Platten mit geschmortem Rindfleisch. Und während der ganzen Zeit floß der Wein immer wieder wie von selbst in ihre Gläser, roter Wein aus Portugal oder Spanien, herber Weißwein aus Deutschland und milde Sorten aus Frankreich. Egmont war sehr großzügig. Bolitho hatte den Eindruck, daß er selber wenig trank und seine Gäste mit einem ironischen Lächeln beobachtete.

Es tat fast weh, Egmonts Frau am gegenüberliegenden Ende der Tafel anzuschauen. Sie hatte Bolitho kurz zugenickt, als er ankam, weiter nichts. Und jetzt fühlte er sich zwischen einem portugiesischen Schiffshändler und einer runzligen Dame, die unaufhörlich aß, unbeachtet und irgendwie verloren.

Mrs. Egmonts Anblick war atemberaubend. Sie hatte sich wieder in Weiß gekleidet, das ihre Haut golden schimmern ließ. Das Kleid war vorne tief ausgeschnitten, und um den Hals trug sie ein Geschmeide, das einen doppelköpfigen aztekischen Vogel darstellte, dessen lange Schwanzfedern mit Rubinen besetzt waren, wie Rhodes sachkundig festgestellt hatte.

Wenn sie den Kopf wandte, um mit einem Gast zu sprechen, tanzten die rubinbesetzten Schwanzfedern zwischen ihren Brüsten, und Bolitho stürzte ein weiteres Glas Rotwein hinunter, ohne zu bemerken, was er tat.

Colpoys war bereits halb betrunken und schilderte seiner Tischnachbarin ausführlich, wie er einmal im Schlafzimmer einer Dame von ihrem Ehemann überrascht worden war.

Palliser hingegen schien unverändert. Er aß bedächtig und hielt sein Glas immer halb gefüllt, während Rhodes seiner selbst nicht mehr ganz sicher schien. Seine Zunge war schwer, seine Bewegungen wirkten fahriger als zu Beginn des Mahls. Nur der Schiffsarzt genoß Essen und Trinken, ohne daß es ihm etwas antat.

Dumaresq war unglaublich in Form. Er wies kein Gericht zurück und schien völlig gelöst. Seine starke Stimme reichte über den ganzen Tisch, hielt hier eine einschlafende Konversation in Gang oder rief dort einen seiner Offiziere zur Ordnung.

Einmal rutschten Bolithos Ellenbogen vom Tisch, so daß er beinahe nach vorn zwischen die Teller gefallen wäre. Der Schock half ihm, sich zusammenzureißen und zu erkennen, wie stark die Getränke wirkten. Nie wieder!

Er hörte Egmont sagen: »Ich glaube, meine Herren, wenn die Damen sich jetzt zurückziehen, sollten wir in einen kühleren Raum überwechseln.«

Irgendwie schaffte es Bolitho, rechtzeitig auf die Füße zu kommen und der runzligen Dame aus ihrem Stuhl zu helfen. Als sie den anderen Damen zur Tür folgte, welche die Männer sich selber überließen, kaute sie immer noch.

Ein Diener öffnete eine andere Tür und wartete, daß Egmont seine Gäste in einen Raum mit Ausblick zur See führte. Dankbar trat Bolitho hinaus auf die Terrasse und lehnte sich an die Steinbrüstung. Nach der Hitze der Kerzen und dem vielen Wein wirkte die Luft hier rein wie ein Bergquell.

Er schaute zum Mond auf und dann hinüber zum Ankerplatz der *Destiny*, aus deren offenen Stückpforten Licht fiel und sich im

Wasser spiegelte, als ob das Schiff brenne.

Der Schiffsarzt trat zu Bolitho an die Brüstung und holte tief Luft. »Das war ein richtiges Gastmahl, mein Junge!« Er stieß kräftig auf. »Es hätte ausgereicht, ein ganzes Dorf einen Monat lang zu sättigen. Stellen Sie sich vor: Das alles muß aus Frankreich und Spanien herübergebracht werden – ohne Rücksicht auf die Kosten. Wenn man bedenkt, daß viele Menschen froh wären, wenn sie nur einen Laib Brot hätten, wird man ziemlich nachdenklich.«

Bolitho sah ihn an. Auch er hatte schon daran gedacht, allerdings nicht in Zusammenhang mit der Ungerechtigkeit. Er fragte sich, wie Egmont, ein Fremder in diesem Land, so reich hatte werden können. Reich genug, um sich alle Wünsche zu erfüllen, sogar den nach einer schönen Frau, die halb so alt war wie er. Der doppelköpfige Vogel an Mrs. Egmonts Hals war aus purem Gold gewesen und ein Vermögen wert. Gehörte er zum Schatz der *Asturias*? Egmont hatte Dumaresqs Vater gekannt, aber dessen Sohn offenbar bisher nicht kennengelernt. Die beiden hatten – soweit Bolitho beobachten konnte – kaum miteinander gesprochen oder höchstens in Gegenwart anderer und im üblichen leichten Plauderton.

Bulkley lehnte sich vor und rückte seine Brille zurecht. »Da fährt ein übereifriger Kapitän, der nicht bis zur Morgentide warten kann.«

Bolitho wandte sich um und schaute seewärts. Sein geübtes Auge entdeckte schnell ein Schiff, das gerade die Reede verließ.

Bulkley sagte beiläufig: »Muß ein Einheimischer sein. Jeder Fremde würde hier auf Grund laufen.«

Palliser rief aus der offenen Tür: »Kommen Sie herein, und leisten Sie uns Gesellschaft!«

Bulkley lachte in sich hinein. »Immer großzügig, wenn's nicht auf seine Kosten geht.«

Aber Bolitho blieb, wo er war. Aus dem Raum drang schon Lärm genug, Gelächter und Geklirr von Gläsern, dazu Colpoys' Stimme, die sich immer höher über die anderen erhob. Bolithos Abwesenheit schien gar nicht aufzufallen.

Er spazierte auf der mondbeschienenen Terrasse auf und ab und ließ den Seewind sein Gesicht kühlen. Als er an einem abgelegenen Raum vorbeikam, hörte er Dumaresq Stimme, sehr nahe, sehr eindringlich:

»Ich bin nicht so weit hergekommen, um mich mit Ausreden abspeisen zu lassen. Sie steckten von Anfang an bis zum Hals in der Sache drin. So viel hat mir mein Vater immerhin erzählt, bevor er starb.« Die Verachtung in seiner Stimme war schneidend wie ein Peitschenhieb. »Meines Vaters ›tapferer‹ Erster Offizier, der sich zurückzog, als er dringend gebraucht wurde!«

Bolitho wußte, daß er hätte weitergehen sollen, aber er konnte sich nicht bewegen. Dumaresqs Ton schien seine Beine zu lähmen. Es lag etwas darin, das sich in Jahren aufgestaut hatte und nicht länger zurückhalten ließ.

Egmont protestierte lahm: »Ich habe es nicht gewußt. Sie müssen mir glauben. Ich mochte Ihren Vater. Ich habe ihm treu gedient und ihn immer bewundert.«

Dumaresqs Stimme klang jetzt gedämpft. Er mußte sich ungeduldig abgewandt haben.

»Aber mein Vater, den Sie so bewundert haben, starb als armer Mann – das übliche Schicksal eines abgehalfterten Schiffskommandanten, der nur noch einen Arm und ein Bein besaß. Dennoch bewahrte er Ihr Geheimnis, Egmont, *er* zumindest hielt sich an das, was wir Loyalität nennen! Jetzt könnte das Ende für alles gekommen sein, was Ihnen lieb ist.«

»Wollen Sie mir drohen, Sir, in meinem eigenen Haus? Der Vizekönig schätzt mich. Er wird sich sehr schnell äußern, wenn ich mich bei ihm beschwere.«

»Wirklich?« Dumaresqs Stimme wurde gefährlich ruhig. »Piers Garrick war ein Pirat, vielleicht von vornehmer Herkunft, aber seinem Wesen nach ein verdammter Pirat. Wenn die Wahrheit über die *Asturias* herausgekommen wäre, hätte ihn selbst sein Kaperbrief nicht vor dem Galgen retten können. Das Schatzschiff hat sich tapfer gewehrt, und Garricks Kaperschiff wurde schwer beschädigt. Der Don strich die Flagge, weil er wahrscheinlich nicht erkannt hatte, daß Garricks Schiff völlig durchlöchert war. Das war das Dümmste, was er tun konnte.«

Bolitho wartete mit angehaltenem Atem und fürchtete, die plötzliche Stille könnte bedeuten, daß seine Anwesenheit bemerkt worden war.

Doch Dumaresq sagte unvermittelt: »Garrick versenkte sein eigenes Schiff und übernahm die *Asturias*. Wahrscheinlich tötete er die meisten Spanier oder ließ sie da, wo niemand sie finden konnte, verhungern. Es war ja alles so einfach für ihn. Unter irgendeinem Vorwand führte er das Schatzschiff in diesen Hafen. England und Spanien lagen im Krieg miteinander, so durfte die *Asturias* kurze Zeit bleiben, um – offiziell – Reparaturen auszuführen; in Wirklichkeit aber, um zu beweisen, daß sie nach dem Gefecht mit Garrick noch schwamm.«

Egmont sagte unsicher: »Das ist eine Vermutung.«

»Wirklich? Lassen Sie mich fortfahren, dann können Sie entscheiden, ob Sie immer noch den Vizekönig um Hilfe bitten wollen.« Seine Stimme war so schneidend, daß Bolitho fast Mitleid für Egmont empfand.

Dumaresq fuhr fort: »Ein englisches Kriegsschiff wurde ausgesandt, um den Verlust von Garricks Schiff und das Verschwinden des Schatzes, der eine rechtmäßige Prise des Königs gewesen wäre, zu untersuchen. Dieses Schiff wurde von meinem Vater geführt. Sie, sein Erster Offizier, wurden losgeschickt, um eine Erklärung von Garrick einzuholen; er muß erkannt haben, daß er reif für den Galgen war, wenn er Sie nicht auf seine Seite zog. Mit Ihrer Hilfe wurde er rehabilitiert. Und während er sein Gold aus dem Versteck holte, wo er es nach Versenkung der *Asturias* verborgen hatte, quittierten Sie den Dienst in der Marine und tauchten seltsamerweise ausgerechnet hier in Rio auf, wo alles begonnen hatte. Aber diesmal als reicher Mann, als sehr reicher Mann. Mein Vater hingegen diente weiter. Dann, im Jahr 1762, als er mit Admiral Rodney von Martinique aus die Franzosen von den Karibischen Inseln vertrieb, wurde er schwer verwundet, was ihm den Lebensnerv zerschnitt. Welche Folgerungen sind aus dieser Geschichte zu ziehen?«

»Was wünschen Sie von mir?« Egmont wirkte benommen, überwältigt von Dumaresqs totalem Sieg.

»Ich verlange eine beschworene Erklärung, die bestätigt, was ich soeben gesagt habe. Notfalls werde ich die Hilfe des Vizekönigs in Anspruch nehmen, sobald der Haftbefehl aus England eintrifft. Den Rest können Sie sich denken. Mit Ihrer Erklärung und der Vollmacht, die Seine Majestät und die Lords der Admiralität mir erteilt haben, beabsichtige ich, Sir Piers Garrick festzunehmen und nach England vor Gericht zu bringen. Außerdem will ich den Goldschatz oder vielmehr das, was noch davon übrig ist. Aber in erster Linie will ich Garrick!«

»Warum behandeln Sie mich dann so schlecht? Ich hatte nichts mit dem zu tun, was Ihrem Vater bei Martinique passierte. Damals war ich nicht mehr in der Marine, das wissen Sie doch!«

»Piers Garrick lieferte Waffen und sonstiges militärisches Material an die französischen Garnisonen in Martinique und Guadeloupe. Ohne ihn – und Sie – wäre mein Vater vielleicht unverwundet geblieben. Und Garrick hätte nicht ein zweites Mal Gelegenheit gehabt, sein Vaterland zu verraten.«

»Ich – weiß . . . Ich brauche Zeit, um darüber nachzudenken.«

»Ihre Zeit ist abgelaufen, Egmont. Sie hatten volle dreißig Jahre Frist. Ich verlange, daß Sie mir Garricks Schlupfwinkel nennen, mir sagen, was er tut, und alles, was Sie über den Goldschatz wissen. Alles! Wenn Sie meine Forderung erfüllen, segle ich weiter, und Sie sehen mich nicht wieder. Wenn nicht . . .« Dumaresq ließ den Rest ungesagt.

Egmont sagte: »Kann ich Ihnen trauen?«

»Mein Vater traute Ihnen.« Dumaresq stieß ein kurzes Lachen aus. »Wählen Sie.«

Bolitho preßte sich mit dem Rücken an die Wand und blickte zu den Sternen auf. Dumaresq wurde offenbar nicht nur von Pflichtgefühl und Tatkraft getrieben, sondern auch von Haß. Haß hatte ihn vage Informationen sammeln und nach dem Schlüssel suchen lassen, der die Tür zu dem Geheimnis um Garrick öffnen konnte. Kein Wunder, daß die Admiralität gerade ihn mit diesem Auftrag betraut hatte: Der zusätzliche Ansporn der Rachsucht gab Dumaresq einen meilenweiten Vorsprung vor jedem anderen Kommandanten.

Eine Tür flog krachend auf, und Bolitho hörte Rhodes singen und dann protestieren, als er von anderen in den Raum zurückgezogen wurde.

Er ging langsam über die Terrasse davon, verwirrt von dem eben Gehörten. Wie konnte er wieder Dienst tun, ohne sein Wissen preiszugeben? Dumaresq würde ihn in Sekunden durchschauen.

Plötzlich war Bolitho völlig nüchtern. Was würde aus Mrs. Egmont werden, wenn Dumaresq seine Drohung wahr machte?

Er drehte sich heftig um und ging auf die offenen Türen zu. Als er eintrat, bemerkte er, daß einige Gäste schon gegangen waren. Der Kommandeur der Festungsbatterien verneigte sich tief und schwenkte dabei den Hut vor seinem stattlichen Bauch.

Egmont stand neben seiner Frau, das Gesicht bleich, aber ausdruckslos. Dumaresq gab sich gewandt wie zu Beginn des Festes; er nickte den scheidenden Portugiesen freundlich zu und küßte behandschuhte Damenhände zum Abschied. Beide schienen von den Menschen, die Bolitho soeben ungewollt hatte streiten hören, himmelweit verschieden zu sein.

Dumaresq sagte: »Ich glaube, meine Offiziere sind mit mir einig in der Begeisterung für diese Festtafel, Mr. Egmont!« Sein Blick haftete nur einen Augenblick auf Bolitho, aber dieser spürte die Frage, als wäre sie laut hinausgeschrien worden. »Ich hoffe, wir können Ihre Freundlichkeit erwidern. Doch Dienst ist Dienst, wie Sie aus eigener Erfahrung wissen.«

Bolitho schaute in die Runde, aber niemand schien die Spannung zwischen Egmont und dem Kommandanten bemerkt zu haben.

Egmont wandte sich ab und sagte: »Wir wollen uns allen eine gute Nacht wünschen, meine Herren.«

Seine Frau trat vor, doch ihre Augen lagen im Schatten, als sie Dumaresq die Hand hinhielt. »Man könnte auch schon ›Guten Morgen‹ sagen, nicht wahr?« Dumaresq lächelte und küßte ihre Hand. »Sie zu sehen, ist zu jeder Tageszeit ein Genuß, Madam.«

Sein Blick blieb an ihrem halb entblößten Busen haften, und Bolitho lief rot an, als ihm einfiel, was Dumaresq über das Mädchen gesagt hatte, dem sie mit ihrer Kutsche begegnet waren.

Mrs. Egmont schenkte dem Kapitän ein Lächeln, ihre Augen strahlten jetzt im Widerschein des Kerzenlichts. »Dann haben Sie für einen Tag sicher genug gesehen, Sir!«

Dumaresq lachte und nahm seinen Hut von einem Diener in Empfang, während die anderen sich verabschiedeten.

Rhodes wurde gemeinsam aus dem Hause getragen und in eine der wartenden Kutschen gelegt, wo er selig lächelnd weiterschlief.

Palliser murmelte: »Elende Schande!«

Colpoys, den nur seine Eitelkeit davor bewahrt hatte, wie Rhodes zusammenzuklappen, lallte mit schwerer Zunge: »Wunderbarer Abend, Madam.« Als er sich über Mrs. Egmonts Hand beugte, fiel er beinahe vornüber.

Egmont sagte scharf: »Du gehst besser hinein, Aurora, es wird schon feucht und kühl.«

Bolitho sah sie an. Aurora – welch wunderbarer Name. Er holte seinen Hut und machte Anstalten, den anderen zu folgen.

»Nun, Leutnant, haben *Sie* mir gar nichts zu sagen?«

Sie sah ihn an, wie sie es bei ihrer ersten Begegnung getan hatte, den Kopf leicht zur Seite geneigt.

»Verzeihung, Madam.«

Sie streckte ihm die Hand hin. »Entschuldigen Sie sich nicht so oft. Ich wollte, wir hätten mehr Zeit gehabt, miteinander zu reden, aber es waren zu viele Leute da.« Sie warf den Kopf zurück, und die rubinenbesetzten Schwanzfedern des Schmuckvogels tanzten über ihrem Busen. »Hoffentlich haben Sie sich nicht zu sehr gelangweilt.«

Bolitho bemerkte, daß sie den langen weißen Handschuh ausgezogen hatte, bevor sie ihm die Rechte bot.

Er hielt ihre Finger und sagte: »Ich habe mich nicht gelangweilt, ich war unglücklich. Das ist ein Unterschied.«

Sie zog die Hand zurück; Bolitho fürchtete, er hätte durch seine Plumpheit alles zerstört. Aber Mrs. Egmont warf nur einen Blick auf ihren Mann, der Bulkleys Abschiedsworten zuhörte: dann sagte sie mit weicher Stimme: »Wir dürfen Sie nicht unglücklich sein lassen, Leutnant, nicht wahr?« Sie sah ihn an, und ihre Augen strahlten. »Das würde ich nie tun.«

Bolitho verbeugte sich und murmelte: »Wann darf ich Sie wiedersehen?«

Egmont rief ihm zu: »Kommen Sie, die anderen sind schon gegangen!«

Er schüttelte Bolithos Hand. »Halten Sie Ihren Kommandanten nicht auf, das lohnt sich nicht.«

Bolitho ging zu einer der wartenden Kutschen und kletterte hinein. Aurora wußte also Bescheid und verstand ihn. Nach allem, was er mit angehört hatte, würde sie einen Freund brauchen. Er starrte blicklos in die Dunkelheit, hörte noch ihre Stimme, fühlte wieder den warmen Druck ihrer Finger. »Aurora . . .« Erschrocken fuhr er hoch, als er merkte, daß er ihren Namen laut ausgesprochen hatte.

Aber er brauchte sich nicht zu beunruhigen. Alle seine Gefährten waren fest eingeschlafen.

Sie wand sich in seinen Armen, lachend und zugleich aufreizend, als er sie festzuhalten, ihre nackten Schultern mit Küssen zu bedecken versuchte.

Bolitho fuhr keuchend und mit jagendem Puls in seiner Koje hoch, weil ihm eine Laterne direkt ins Gesicht leuchtete. Es war Yeames, der Steuermannsmaat, der die Verwirrung des Leutnants und sein langsames Erwachen neugierig beobachtete.

Bolitho fragte: »Welche Zeit haben wir?«

Yeames grinste mitleidlos. »Es ist früher Morgen, Sir. Die Männer haben gerade die Sandsteine zum Deckschrubben geholt.« Wie nebenbei setzte er hinzu: »Der Kommandant wünscht Sie zu sehen.«

Bolitho rollte sich aus der Koje und sprang beidbeinig auf, damit er nicht etwa umfiel. Die kurze Erfrischung auf Egmonts Terrasse war vergessen; sein Kopf kam ihm vor wie ein Amboß, auf dem eifrig herumgehämmert wurde, außerdem hatte er einen scheußlichen Geschmack im Mund.

Früher Morgen, hatte Yeames gesagt. Also hatte er nur zwei Stunden in seiner Koje gelegen.

In der Nachbarkammer hörte er Rhodes ächzen und stöhnen und dann aufschreien, als ein unbekannter Matrose etwas Schweres auf das Achterdeck über seinem Kopf fallenließ.

Yeames drängte Bolitho: »Sie sollten sich beeilen, Sir!«

Bolitho zog die Kniehose an und griff nach seinem Hemd, das irgendwo in einer Ecke des kleinen Raumes lag. »Gibt's Ärger?«

Yeames zuckte die Schultern. »Hängt davon ab, was Sie als Ärger bezeichnen, Sir.«

Für ihn war Bolitho immer noch eine unbekannte Größe. Sein Wissen mit ihm zu teilen, nur weil Bolitho beunruhigt war, mußte ihm töricht vorkommen.

Bolitho fand seinen Hut und eilte, während er noch seinen Rock anzog, durch die Messe nach achtern zur Kapitänskajüte.

Der Posten davor rief: »Der Dritte Offizier, Sir!« Macmillan, der Kommandantensteward, riß die Lamellentür auf, als ob er dahinter schon gewartet hätte.

Bolitho ging zum achteren Teil der Kajüte durch und sah Dumaresq an den Heckfenstern stehen: das Haar wirr und seine Kleider so unordentlich, als hätte er keine Zeit gehabt, sich nach der Rückkehr aus Egmonts Haus umzuziehen. In einer Ecke neben den Seitenfenstern kratzte Spillane, der neuernannte Schreiber, mit seiner Feder und tat, als wundere es ihn nicht, zu so früher Stunde gerufen worden zu sein. Die beiden anderen Anwesenden waren Gulliver, der Master, und Midshipman Jury.

Dumaresq warf Bolitho einen Blick zu. »Sie sollten *sofort* kommen. Ich verlange nicht, daß meine Offiziere sich wie für einen Ball herausputzen, wenn ich sie brauche!«

Bolitho schaute auf sein zerknautschtes Hemd und die verdrehten Strümpfe hinunter. Da er den Hut unter den Arm geklemmt trug, hingen ihm die Haare so ins Gesicht, wie sie zuvor auf dem Kopfkissen gelegen hatten. Er sah wohl kaum aus wie für einen

Ball herausgeputzt.

Dumaresq sagte: »Während meiner Abwesenheit an Land ist Ihr Matrose Murray desertiert. Er war nicht in seiner Zelle, sondern auf dem Weg zum Krankenrevier, weil er über starke Magenschmerzen klagte.« Er verlagerte seinen Zorn auf den Master. »Gott verdammmich, Mr. Gulliver, es war doch klar, was Murray vorhatte!«

Gulliver feuchtete seine Lippen an. »Ich hatte das Kommando über das Schiff, Sir, und sah keinen Grund, Murray leiden zu lassen, zumal der Mann noch nicht schuldig befunden war.«

Midshipman Jury sagte: »Die Meldung ist von mir nach achtern gebracht worden, Sir. Es war meine Schuld.«

Dumaresq fuhr ihm brüsk über den Mund: »Sie reden nur, wenn Sie gefragt werden! Sie hatten keine Schuld, denn Kadetten tragen noch keine Verantwortung. Dazu besitzen Sie weder den Verstand noch die Erfahrung.« Sein Blick kehrte zu Gulliver zurück. »Erzählen Sie Mr. Bolitho den Rest.«

Gullivers Stimme klang belegt. »Der Schiffskorporal begleitete Murray und wurde von ihm niedergeschlagen. Murray sprang über Bord und schwamm an Land, bevor Alarm geschlagen werden konnte.« Er schien beleidigt, weil er seine Erklärung für einen so jungen Leutnant wiederholen mußte.

Dumaresq sagte: »So ist das also. Ihr Vertrauen in den Mann war ungerechtfertigt. Er floh vor der Prügelstrafe. Aber wenn wir ihn jetzt fangen, muß er hängen.« Er schaute Spillane an. »Schreiben Sie ins Logbuch: ›Desertiert‹!«

Bolitho bemerkte Jurys bekümmerte Miene. Es gab nur drei Möglichkeiten für einen Mann, die Marine zu verlassen: R, D oder DD im Logbuch. R bedeutete *Run* (desertiert), D stand für *Discharged* (gestrichen wegen Untauglichkeit), DD für *Discharged-Dead* (gestrichen – tot). Murrays nächste Eintragung würde die letzte für ihn sein: DD, also gestrichen – tot.

Und alles wegen einer Uhr. Aber trotz seiner Enttäuschung über Murray war Bolitho seltsam erleichtert. Es drohte keine Auspeitschung des Mannes mehr, den er mochte und der Jury das Leben gerettet hatte. Und auch was hinterherkam, dieses Nachspiel von Bitterkeit und Mißtrauen, war vermieden, wenn die Flucht gelang.

Dumaresq sagte langsam: »Genug davon. Mr. Bolitho, Sie bleiben bitte noch. Die anderen können weitermachen.«

Macmillan schloß die Tür hinter Jury und Gulliver. Die steifen

Schultern des Masters drückten seine Empörung aus.

Dumaresq fragte: »Sie meinen, ich sei zu hart? Aber nur so kann verhängnisvolle Weichheit später vermieden werden.« Er hatte sich so schnell beruhigt, wie nur er es konnte. Ohne sichtbare Anstrengung schüttelte er den Zorn von sich ab. »Ich bin erfreut, daß Sie gestern abend eine gute Figur gemacht haben, Mr. Bolitho. Ich hoffe, Sie haben Augen und Ohren offengehalten.«

In diesem Augenblick stampfte die Muskete des Kajütpostens draußen wieder auf. »Der Erste Offizier, Sir!«

Bolitho beobachtete, wie Palliser die Kajüte betrat, den Tagesdienstplan unter dem Arm. Er sah hagerer aus als sonst, als er sagte: »Die Wasserprähme sollen heute endlich kommen, Sir. Ich werde Mr. Timbrell sagen, daß er sich entsprechend vorbereitet. Ferner stehen zwei Leute zur Beförderung an, und dann ist da noch die Frage, wie der Korporal bestraft werden soll, der Murray entkommen ließ.« Sein Blick wanderte zu Bolitho, dem er ein kurzes Nicken gönnte.

Bolitho fragte sich, ob es Zufall war, daß Palliser sich immer in der Nähe aufhielt, wenn er selbst mit dem Kommandanten sprach.

»Sehr gut, Mr. Palliser, obwohl ich erst an diese Wasserprähme glaube, wenn ich sie sehe.« Dumaresq schaute Bolitho an. »Bringen Sie Ihren Aufzug in Ordnung und fahren Sie dann an Land. Ich glaube, Mr. Egmont hat einen Brief für mich.« Er lächelte flüchtig. »Halten Sie sich nicht zu lange auf, denn ich weiß, daß es viele Ablenkungen in Rio gibt.«

Bolitho spürte, wie er rot anlief. »Aye, Sir. Ich werde mich sofort auf den Weg machen.« Er eilte aus der Kajüte und hörte noch Dumaresq »junger Teufel« sagen, aber ohne Bosheit in der Stimme.

Zwanzig Minuten später saß Bolitho in der Jolle und wurde an Land gepullt. Er sah, daß Stockdale als Bootssteurer fungierte, befragte ihn aber nicht deswegen. Stockdale schien schnell Freunde zu gewinnen, obwohl sicher auch seine furchterregende Erscheinung damit zu tun hatte, daß man ihm so viel Bewegungsfreiheit ließ.

Stockdale befahl plötzlich: »Auf Riemen!«

Die Riemen ruhten tropfend in den Rundseln, und Bolitho bemerkte, daß die Jolle Fahrt verlor und damit vermied, daß sie von einem anderen Schiff über den Haufen gesegelt wurde. Es war eine Brigg, ein kräftiges, aber offenbar nicht mehr neues Schiff mit geflickten Segeln und manchen Schrammen am Rumpf, die auf harte Kämpfe mit Wellen und Wind hinwiesen.

Die Brigg hatte schon Marssegel gesetzt, und Leute kletterten gerade an den Stagen herunter, um auch die Breitfock loszumachen, noch bevor sie frei waren von den vor Anker liegenden Schiffen.

Langsam glitt sie zwischen der Jolle der *Destiny* und einigen einlaufenden Fischerbooten hindurch, dabei fiel ihr Schatten auf die Ruderer, die vor sich hinträumten und darauf warteten, daß es weiterging.

Bolitho las den Namen über ihrem Heck: *Rosario*. Eines von Hunderten ähnlicher Fahrzeuge, die täglich Stürmen und anderen Gefahren trotzten, um Handel zu treiben und die Grenzen des wachsenden Kolonialreiches weiter vorzuschieben.

Stockdale befahl: »Rudert an!«

Bolitho wollte seine Aufmerksamkeit gerade auf das Ufer richten, als er eine Bewegung am Heckfenster der *Rosario* bemerkte. Im ersten Augenblick dachte er, es sei ein Irrtum, aber das war es nicht: Das schwarze Haar und ovale Gesicht waren unverkennbar. Sie war zu weit weg, als daß er das Violett ihrer Augen erkennen konnte, doch sah er, daß sie zu ihm herüberschaute, bevor die Brigg Kurs änderte und das Sonnenlicht die Heckfenster in feurige Spiegel verwandelte.

Mit bangem Herzen erreichte Bolitho das Haus hinter der uralten Mauer. Egmonts Diener erklärte ihm kühl, daß die Herrschaften abgereist seien. Er wüßte nicht, wohin.

Bolitho kehrte an Bord zurück, um Dumaresq zu berichten. Er erwartete einen neuerlichen Zornesausbruch wegen des abermaligen Rückschlags.

Palliser stand dabei, als Bolitho mit dem herausplatzte, was er erfahren hatte, obwohl er nicht erwähnte, daß er Egmonts Frau auf der *Rosario* gesehen hatte. Das war auch nicht nötig, denn Dumaresq sagte: »Das einzige Schiff, das inzwischen ausgelaufen ist, war die Brigg. Er muß an Bord sein. Wer einmal ein verdammter Verräter war, der bleibt es auch. Schön, er soll uns diesmal nicht entwischen, bei Gott nicht!«

Palliser sagte ernst: »Das also war der Grund für all die Verzögerungen. Kein Trinkwasser, keine Audienz beim Vizekönig. Sie wollten uns hier festhalten.« Sein Ton klang plötzlich bitter. »Wir haben keine Bewegungsfreiheit, und sie wissen das.«

Überraschenderweise zeigte Dumaresq ein breites Lächeln. Dann rief er: »Macmillan, ich möchte eine Rasur und ein Bad! Spillane, halten Sie sich bereit, einige Befehle für Mr. Palliser niederzuschreiben.« Er ging zu den Heckfenstern und beugte sich über das Süll, den

Kopf zum Ruder gesenkt. »Suchen Sie sich ein paar gute Leute aus, Mr. Palliser, und schiffen Sie sich mit ihnen auf der *Heloise* ein. Treiben Sie möglichst wenig Aufwand, damit das Wachboot nicht aufmerksam wird. Nehmen Sie deshalb auch keine Seesoldaten mit. Gehen Sie Anker auf, und jagen Sie der verdammten Brigg nach. Verlieren Sie sie nicht aus den Augen!«

Bolitho beobachtete die Veränderung, die in Dumaresq vorging. Nun wurde auch klar, warum er Slade daran gehindert hatte, bis in die Innenreede zu segeln. Er hatte eine ähnliche Entwicklung vorausgesehen und nun einen Trumpf in der Hand – wie immer.

Pallisers Hirn arbeitet bereits auf vollen Touren. »Und Sie, Sir?«

Dumaresq beobachtete seinen Steward, der Seifennapf und Rasiermesser neben seinem Lieblingsstuhl bereitlegte.

»Mit oder ohne Trinkwasser, Mr. Palliser, ich werde heute nacht Anker lichten und Ihnen folgen.«

Palliser sah ihn zweifelnd an. »Die Batterie könnte das Feuer eröffnen, Sir!«

»Bei Tageslicht vielleicht. Aber es geht hier um sehr viel, auch um das, was man ›Ehre‹ nennen könnte. Ich beabsichtige, das auszuloten.« Er wandte sich ab und entließ sie damit, fügte dann aber noch hinzu: »Nehmen Sie den Dritten Offizier hier mit. Rhodes brauche ich, auch wenn sein Kopf von der Sauferei zu platzen droht, damit er Ihre Aufgaben hier an Bord übernimmt.«

Zu anderer Zeit hätte Bolitho den Auftrag freudig begrüßt, aber er hatte den Ausdruck in Pallisers Augen bemerkt und erinnerte sich an das Gesicht hinter den Kajütfenstern der Brigg. Aurora würde ihn nun verachten. Es war vorbei, genau wie sein schöner Traum von ihr.

VIII Verfolgungsjagd

Leutnant Charles Palliser ging mit langen Schritten zum Kompaß der *Heloise* und schaute dann zum Wimpel an der Mastspitze hinauf.

Wie um seine Befürchtungen zu bekräftigen, sagte Slade, der amtierende Master: »Der Wind hat etwas gekrimpt und flaut außerdem ab.«

Bolitho beobachtete Pallisers Reaktion und verglich sie mit der von Dumaresq. Ihr Kommandant lag mit der *Destiny* noch in Rio und beschäftigte sich zum Schein mit Routineangelegenheiten; so hatte er sogar zwei Matrosen zur Beförderungszeremonie vor versammelter Mannschaft auf dem Achterdeck empfangen. Den meisten Leuten der Besatzung war es völlig gleichgültig, ob die Trinkwasserprähme kamen oder ihr Kommandant vom Vizekönig empfangen wurde. Doch Bolitho wußte, was in Dumaresqs Überlegungen an vorderster Stelle stand: Egmonts Weigerung nachzugeben und seine plötzliche Abreise mit der Brigg *Rosario*. Ohne Egmonts Mitwirkung hatte Dumaresq keine andere Wahl, als weitere Weisungen von vorgesetzter Stelle abzuwarten. Inzwischen mußte sich die heiße Spur zu Garrick verlieren.

Slade hatte beobachtet, daß die Brigg auf Nordnordost-Kurs gegangen war. Egmont versuchte also, an der Küste entlang in die Karibik zu segeln. Auf einem solch kleinen Handelsschiff konnte es für seine junge Frau sicher recht ungemütlich werden.

Palliser kam zu Bolitho herüber. Auf dem beengten Deck der Brigantine wirkte er wie ein Riese, war jedoch ungewöhnlich zufrieden, stellte Bolitho fest. Palliser konnte hier als sein eigener Herr handeln, wie es ihm richtig schien. Immer vorausgesetzt, daß er die Fühlung zur *Rosario* nicht verlor. Aber da der Wind nun so rapide nachließ, bestand immerhin die Gefahr.

»Sie erwarten nicht, daß sie verfolgt werden. Das ist unser einziger Vorteil.« Palliser schaute beunruhigt auf, als die Breitfock kraftlos hin- und herflappte, weil der Wind sie nicht mehr füllte. Jetzt fiel auch kein Schatten mehr auf die an Deck schwitzenden Männer. »Verdammt!« Dann: »Mr. Slade behauptet, die Brigg würde unter Land bleiben. Wenn der Wind nicht umschlägt, kann er recht behalten. Wir laufen daher weiter auf diesem Kurs. Wechseln Sie die Ausguckposten so oft, wie Sie es für erforderlich halten, und lassen Sie alle Waffen an Bord überholen.« Er verschränkte die Hände auf dem Rücken. »Strengen Sie die Leute nicht zu sehr an!« Er sah Bolithos Überraschung und beantwortete sie mit leichtem Lächeln. »Sie werden bald zu den Riemen greifen müssen. Ich beabsichtige, die *Heloise* von ihren Beibooten schleppen zu lassen. Da werden die Männer noch alle Kraft brauchen.«

Bolitho tippte an seinen Hut und ging nach vorn. Das hätte er sich denken können. Aber er mußte sich eingestehen, daß er Pallisers Entscheidung bewunderte. Der Mann dachte an alles.

Er sah Jury und Midshipman Ingrave am Fockmast auf ihn warten.

Jury wirkte sehr ernst, während Ingrave, der ein Jahr älter war, kaum seine Freude darüber verbergen konnte, daß er vom Posten des stellvertretenden Schreibers beim Kommandanten abgelöst war.

Hinter ihnen entdeckte Bolitho unter den in aller Eile ausgewählten Leuten weitere Bekannte: Josh Little, den Feuerwerksmaat, dessen Bauch fett wie eh und je über den Hosengurt hing; Ellis Pearse, der Bootsmannsmaat, ein Mann mit buschigen Augenbrauen, der die gleiche Genugtuung über Murrays Flucht verraten hatte wie Bolitho. Pearses Aufgabe wäre es gewesen, Murray – den er immer gemocht hatte – auszupeitschen. Und selbstverständlich war auch Stockdale dabei. Er stand da, die kräftigen Arme vor der Brust verschränkt, und musterte das Deck der Brigantine. Vielleicht erinnerte er sich an den wilden, verzweifelten Kampf, den Bolitho mit dem jetzt toten Kapitän des Schiffes ausgetragen hatte.

Da war auch Dutchy Vorbink, ein Holländer vom Vortoppp, der den geregelten und bezahlten Dienst bei der Ostindischen Handelsgesellschaft einem Kriegsschiff zuliebe verlassen hatte. Er sprach schlecht englisch und auch das nur, wenn er Lust hatte. So kannte bisher noch niemand den Grund, warum er sich freiwillig zur britischen Marine gemeldet hatte.

Es gab noch andere Gesichter, die Bolitho inzwischen vertraut waren, einige grob und seelenlos, andere aggressiv. Die Leute stritten sich gern mit ihren Kameraden, solidarisierten sich aber ebenso schnell wieder, wenn ein Angriff von dritter Seite kam.

Bolitho sagte: »Mr. Spillane, inspizieren Sie die Waffenkiste und machen Sie eine Bestandsliste. Mr. Little, Sie sollten sich die Pulverkammer anschauen.« Er warf einen Blick auf ihre wenigen Drehbassen, von denen zwei sogar noch von der *Destiny* stammten. »Etwas wenig für einen Krieg.«

Das brachte ihm einige Lacher ein; Stockdale murmelte: »Unten sind immer noch ein paar Gefangene eingeschlossen, Sir.«

Bolitho sah Little an. Er hatte ganz vergessen, daß es ja noch die Originalbesatzung der *Heloise* gab. Wer nicht getötet oder verwundet worden war, war unten eingesperrt. An sich waren sie dort gut verwahrt, aber wenn es zum Kampf kam, mußten sie bewacht werden.

Little grinste mit seinen lückenreichen Zähnen. »Für die ist gesorgt, Sir. Ich habe Olsson als Posten eingeteilt, vor ihm haben sie solche Angst, daß sie ihn bestimmt nicht angreifen.«

Bolitho stimmte ihm zu. Olsson war Schwede und – wie es hieß –

halb verrückt. Seine Augen, die wie blaues Milchglas aussahen, bestätigten das. Aber er war ein guter Seemann, der Segel reffen, das Ruder bedienen und jede andere Handarbeit erledigen konnte. Nur – als sie diese Brigantine geentert hatten, war es Bolitho kalt über den Rücken gelaufen, als Olsson sich mit schrillen Schreien und dem Beil einen Weg durch seine Gegner bahnte.

Er zwang sich zu einem Lächeln. »Bei dem würde auch ich es mir zweimal überlegen.«

Pearse brummte, als die Segel immer wieder schlaff gegen Tauwerk und Rahen schlugen. »Weg ist er, der verdammte Wind!«

Bolitho beugte sich über das Schanzkleid und schaute ins tiefblaue Wasser. Er sah weit vor dem Bug leichte Kräuselspuren wie von einem Fischschwarm, mit denen sich der letzte Windhauch verabschiedete.

Die Brigantine hob und senkte sich in der Dünung, Blöcke und Segel quietschten in gemeinsamem Protest, als der Segeldruck ausblieb.

»In die Boote!« Palliser stand neben den Rudergängern.

Nackte Füße trappelten über die vor Hitze weichen Decksfugen, als die Besatzungen von Bord hasteten und das Beiboot der *Heloise* und den Kutter der *Destiny*, die sie am Heck nachgezogen hatten, bemannten.

Es dauerte eine gewisse Zeit, bis die Schleppleinen klariert und von der Back an die Boote hinuntergereicht waren. Dann endlich begann das mühsame, langwierige Pullern, ohne daß das Schiff dadurch viel Fahrt machte. Aber es bewirkte wenigstens, daß die *Heloise* nicht völlig steuerlos herumdümpelte und gleich auf dem richtigen Kurs liegen würde, wenn wieder Wind aufkam.

Bolitho stand über dem Backbordanker und beobachtete die Schleppleinen, die abwechselnd steifkamen und dann wieder bis unter die glitzernde Wasseroberfläche durchhingen, je nachdem, wie die Ruderer sich einsetzten.

Little schüttelte den Kopf, »Mr. Jury taugt für so etwas nicht, Sir. Er müßte seine Crew mit der Peitsche antreiben.«

Bolitho sah den Unterschied zwischen den beiden schleppenden Booten. Jurys Boot schlingerte heftig, und nur einige Ruderblätter tauchten ins Wasser. Das andere Boot unter Midshipman Ingraves Kommando hatte mehr Erfolg, und Bolitho wußte, warum. Ingrave war kein Leuteschinder, wußte aber, daß seine Vorgesetzten ihn von der Brigantine aus beobachteten. Er schwang ein Tauende und ließ es auf die Rücken jener Leute niedersausen, die sich nicht gehörig in die Riemen legten.

Bolitho ging nach achtern und meldete Palliser: »Ich werde die Bootsbesatzungen in einer Stunde ablösen, Sir.«

»Gut.« Palliser beobachtete abwechselnd Segel und Kompaß. »Wir haben wenigstens wieder Ruderwirkung. Aber das verdanken wir nicht dem Boot an Backbord.«

Bolitho sagte nichts. Er wußte nur zu gut, was es für einen Midshipman bedeutete, plötzlich vor eine solch unpopuläre Aufgabe gestellt zu sein. Immerhin ritt Palliser nicht länger auf der Angelegenheit herum. Bolitho dachte daran, wie er selber sich in seine neue Rolle gefügt hatte. Er hatte Palliser nicht gefragt, ob er die Bootsmannschaften ablösen lassen sollte, sondern hatte ihm seine Absicht einfach gemeldet, und der Erste Offizier hatte sie ohne Gegenfrage akzeptiert. Palliser war genauso klug wie Dumaresq. Jeder verstand es auf seine Weise, das Nötige aus seinen Untergebenen herauszuholen.

Die unbarmherzige Plackerei ging den ganzen Tag weiter, weil auch nicht die kleinste Brise aufkam, um die Segel zu füllen. Sie hingen schlaff und nutzlos von den Rahen, so schlapp wie die Männer, die nach der Ablösung aus den Booten taumelten. Sie waren so erschöpft, daß sie gerade noch eine doppelte Ration Wein, den Slade in der Last entdeckt hatte, herunterstürzen konnten, bevor sie wie tot hinfielen und einschliefen.

Achtern in der Kajüte, die zwar klein war, aber ausreichend, wenn man sie mit den übrigen Räumen unter Deck verglich, versuchten die abgelösten Kadetten und ihre Offiziere, der Hitze und dem gefährlichen Durst zu entfliehen.

Während Palliser schlief und Slade die Wache hatte, saß Bolitho an dem kleinen Tisch und versuchte, wach zu bleiben, obwohl sein Kopf immer wieder auf die Tischplatte zu sinken drohte. Im gegenüber starrte Jury ins Leere, die Lippen von der Sonnenglut aufgesprungen.

Ingrave saß wieder in einem der Boote, doch sein Eifer wirkte sich auf Jury eher lähmend aus.

Bolitho fragte: »Wie fühlen Sie sich?«

Jury grinste schmerzlich. »Scheußlich, Sir.« Er versuchte, sich gerade aufzurichten, und zupfte sich sein durchschwitztes Hemd von der Brust.

Bolitho schob ihm eine Flasche zu. »Trinken Sie.« Er sah, daß der

Junge zögerte. »Ich kann Ihren Job im Boot übernehmen, wenn Sie wollen. Das ist immer noch besser, als hier zu sitzen und zu warten.«

Der Junge goß sich ein Glas Wein ein. »Nein, Sir, aber vielen Dank. Ich gehe, wenn man mich ruft.«

Bolitho lächelte. Er hatte mit dem Gedanken gespielt, Stockdale mit dem Kadetten ins Boot zu schicken. Sein Anblick würde Faulheit und Ungehorsam sofort unterbinden. Aber Jury hatte recht. Es ihm leichtzumachen, obwohl er doch Selbstvertrauen nur durch Erfahrung gewinnen konnte, hätte ihm für seine weitere Laufbahn höchstens geschadet.

»Ich - hm – ich denke gerade nach, Sir.« Jury schaute sich vorsichtig um. »Über Murray. Glauben Sie, daß er durchkommt?«

Bolitho dachte darüber nach; schon das war eine Anstrengung. »Kann sein. Vorausgesetzt, er hält sich von der See fern. Ich kannte Leute, die aus der Marine desertiert waren und unter einem anderen Namen auf einem anderen Schiff Unterschlupf fanden. Aber das kann gefährlich werden. Die Marine ist wie eine große Familie: Immer ist jemand da, der sich an ein Gesicht erinnert.« Er dachte an Dumaresq und Egmont, miteinander verbunden durch Dumaresqs Vater, genau wie er jetzt mit ihnen verbunden war, was sie auch unternahmen.

Jury sagte: »Ich denke oft über Murray nach und über das, was hier geschah.« Er blickte zu den niedrigen Decksbalken hoch, als erwarte er, das Geklirr aufeinandertreffenden Stahls und den verzweifelten Tanz von Männern zu hören, die einander vor dem tödlichen Stoß umkreisten. Dann sah er Bolitho an. »Tut mir leid, Sir. Sie haben mir geraten, nicht mehr daran zu denken.«

Eine Pfeife schrillte, und eine Stimme schrie: »Ablösung für die Boote antreten! Lebhaft, Leute!«

Jury stand auf, sein blondes Haar streifte die Decke.

Bolitho sagte ruhig: »Mir hat man fast das gleiche geraten, als ich auf die *Destiny* kam. Und ich habe genau wie Sie noch immer die gleichen Schwierigkeiten mit dem Vergessen.«

Er blieb am Tisch sitzen, lauschte auf die Boote, die längsseits kamen, das Klappern der Riemen, als die Besatzungen bei der Ablösung darüber hinwegkletterten.

Die Tür ging auf. Palliser, tief gebückt wie einer der erschöpften Matrosen, tastete nach einem Sessel und ließ sich erleichtert nieder. Sie hörten beide, wie die Boote von der Bordwand absetzten und das

Rudergeschirr der Brigantine unter ihnen auf das neu einsetzende Schleppen reagierte.

Dann sagte Palliser nüchtern: »Mir scheint, daß ich diese verteufelte Brigg verliere. Nachdem ich immerhin so weit gekommen bin, wird mir nun das Heft aus der Hand geschlagen.«

Bolitho konnte Pallisers Enttäuschung wie einen körperlichen Schmerz mitempfinden: die Tatsache, daß dieser seine Verzweiflung nicht verbarg, machte die Sache doppelt schlimm.

Er schob Flasche und Glas über den Tisch. »Warum trinken Sie nicht einen Schluck, Sir?«

Palliser fuhr aus seinen Gedanken hoch, und seine Augen leuchteten kurz auf. Matt lächelnd nahm er das Glas und goß den Wein achtlos ein, bis er über den Rand lief. »Ja, warum eigentlich nicht?«

Während die Sonne sich langsam dem Horizont näherte, saßen die beiden Offiziere einander schweigend gegenüber. Gelegentlich nahmen sie einen Schluck Wein, der inzwischen warm wie frisch gemolkene Milch geworden war.

Schließlich zog Bolitho seine Uhr heraus. »Noch eine Stunde im Schlepp, dann sollten wir alles für die Nacht festzurren, Sir.«

Palliser war tief in Gedanken gewesen, es dauerte einige Sekunden, ehe er antwortete: »Wir können nichts anderes tun.«

Bolitho war über die Veränderung in Palliser betroffen, aber er wußte, daß ihre augenblickliche Vertrautheit erschüttert worden wäre, wenn er den Versuch gemacht hätte, ihn aufzuheitern.

Vom Hauptdeck näherten sich Schritte, und Littles großer Kopf schaute herein. »Verzeihung, Sir, aber Mr. Slade hört Kanonendonner in nördlicher Richtung!«

Eine leere Flasche fiel zu Boden, rollte vor die Füße der Offiziere und dann gegen die Bordwand, als der Kajütboden sich plötzlich schräglegte.

Palliser starrte auf die Flasche. Er saß immer noch, aber sein Kopf berührte fast den Decksbalken über ihm.

»Wind!« rief er schließlich. »Verdammter, wunderbarer Wind!« Er hangelte sich zur Tür. »Und nicht einen Augenblick zu früh!«

Bolitho fühlte, wie das Schiff zitterte, als erwache es aus tiefem Schlaf. Dann eilte er mit einem Sprung hinter dem langen Palliser her und schrie vor Schmerz auf, als sein Schädel Bekanntschaft mit einem vorstehenden Bolzen machte.

An Deck schauten die Männer ungläubig auf die große Breitfock, die sich unter ihrer Rah mit lautem Knall füllte.

Palliser schrie: »Ruft die Boote zurück! Klar zum Abfallen!« Er schaute abwechselnd auf den Kompaß und auf den Wimpel im Masttopp, der vor den ersten Sternen gerade noch zu erkennen war.

Slade meldete: »Der Wind hat gedreht, Sir, kommt jetzt aus Südwest.«

Palliser rieb sich das Kinn. »Kanonendonner, sagten Sie?«

Slade nickte. »Unzweifelhaft. Kleines Kaliber vermutlich.«

»Gut. Sobald die Boote festgemacht sind, nehmen wir Fahrt über Steuerbordbug auf und steuern Nordwest zu Nord.« Er trat beiseite, als die Männer durch die länger werdendenSchatten auf ihre Stationen rannten.

Bolitho testete sein neues Verhältnis zum Ersten Offizier. »Wollen Sie nicht auf die *Destiny* warten, Sir?«

Palliser hob Schweigen gebietend die Hand. Beide hörten jetzt gedämpft Kanonendonner. Dann sagte er entschlossen: »Nein, Mr. Bolitho, das will ich nicht. Selbst wenn unser Kommandant gut aus dem Hafen gekommen ist und günstigeren Wind angetroffen hat als wir, wird er es mir nicht danken, wenn ich zulasse, daß die Beweise, die er so dringend braucht, vernichtet werden.«

Pearse rief: »Boote achtern festgemacht, Sir!«

»An die Schoten und Brassen! Abfallen!«

Eine Bö zischte über das Wasser heran, warf sich mit Kraft in die Segel und schob die Brigantine so heftig voran, daß sich weißer Gischt über ihren Vorsteven ergoß.

Palliser befahl: »Verdunkeln Sie das Schiff, Pearse! Ich möchte, daß nichts unsere Gegenwart verrät.«

Slade sagte: »Das Gefecht kann noch vor Morgengrauen vorbei sein, Sir.«

Aber Palliser fuhr ihn an: »Unsinn! Das Schiff, das wir verfolgen, wird angegriffen, wahrscheinlich von Seeräubern. Die werden in der Dunkelheit nicht eine Kollision riskieren.« Er wandte sich nach Bolitho um. »Im Gegensatz zu uns, wie?«

Little schüttelte den Kopf und atmete geräuschvoll aus. Bolitho roch Alkohol in dem Luftzug, der so stark war, als käme er aus einer offenen Kellertür.

»Tja, Mr. Bolitho, nun ist er endlich wieder zufrieden.«

Bolitho dachte plötzlich an ihr Gesicht auf dem Schiff, das jetzt angegriffen wurde. »Bitten Sie Gott, daß wir noch rechtzeitig kommen.«

Little, der ihn nicht verstand, schlenderte für ein neues Schlückchen zu seinem Freund Pearse. Der neue Dritte Offizier war also genauso scharf auf Prisengeld wie der Kommandant, dachte er. Immerhin ein Vorteil für sie alle.

Palliser marschierte auf dem Achterdeck auf und ab wie ein eingesperrtes Raubtier.

»Nehmen Sie Segel weg, Mr. Bolitho, und zwar Bram- und Stagsegeln zuerst. Etwas munter, bitte!«

Männer bahnten sich ihren Weg zu Fallen und Belegnägeln, während andere flink die Webeleinen hinaufkletterten und auf der Bramrah auslegten.

Bolitho staunte immer wieder, wie schnell die Matrosen sich auf einem fremden Schiff selbst bei Dunkelheit zurechtfanden. Bald würde der Morgen dämmern, aber er spürte noch die Anstrengungen des vergangenen Tages und die vielen schlaflosen Stunden, die an seiner Widerstandskraft zerrten. Palliser hatte die kleine Besatzung über Nacht in Trab gehalten: mit Kursänderungen, Segelmanövern und neuen Versuchen, den Standort der anderen Schiffe zu peilen und anzusteuern. Mehr als einmal hatten sie kurzes Kanonenfeuer gehört, doch Palliser meinte, es deute mehr auf Verhinderung eines Fluchtversuches als auf ein Nachtgefecht hin. Eines aber ging klar aus dem gelegentlichen Kanonendonner hervor: Da vorn waren mindestens drei Schiffe. Zwei davon umkreisten offenbar das dritte wie Wölfe ein verwundetes Stück Wild und warteten darauf, daß es einen verhängnisvollen Fehler machte.

Little rief: »Alle Kanonen geladen, Sir!«

»Sehr gut!« Mit geringerer Lautstärke fügte Palliser für Bolitho hinzu: »Alle Kanonen? Ein paar Drehbassen und gerade genug Kartuschen, um einen Schwarm Krähen zu verjagen!«

Midshipman Ingrave fragte: »Erlaubnis, die Flagge zu setzen, Sir?«

Palliser nickte. »Ja. Dies ist zur Zeit ein Schiff des Königs. Und es besteht wenig Aussicht, daß wir noch ein zweites treffen.«

Bolitho erinnerte sich an einige Gesprächsfetzen, die er während der Nacht aufgeschnappt hatte. Es gab Leute, welche die Aussicht beunruhigte, mit Piraten bei solch kläglicher eigener Bewaffnung ins Gefecht zu kommen.

Bolitho warf einen schnellen Blick nach Steuerbord. Hellte sich der Horizont dort schon leicht auf? Sie hatten einen guten

Ausguck im Mastkorb, und er war ihre einzige Hoffnung, das andere Schiff zu überraschen. Denn es war kaum anzunehmen, daß Seeräuber, die kurz davor standen, ein Handelsschiff zu kapern, sich die Mühe machten, auch in andere Richtungen Ausschau zu halten.

Er hörte Slade Palliser etwas zuflüstern. Slade war einer von denen, die sich auf die bevorstehende Auseinandersetzung nicht gerade freuten.

Palliser sagte zornig: »Achten Sie auf den Kurs, und halten Sie sich für ein Segelmanöver bereit, wenn wir auf den Feind stoßen. Den Rest überlassen Sie mir, verstanden?«

Bolitho fühlte, daß seine Glieder zitterten. »Der Feind« ... Palliser zweifelte also nicht daran.

Stockdale trat aus dem Dunkel hervor. Seine kräftige Gestalt war gegen das Deck geneigt, das durch den Wind in Schräglage gehalten wurde.

»Die Schurken schießen mit Kettenkugeln*, Sir. Als ich oben war, habe ich es zwei-oder dreimal gehört.«

Bolitho biß sich auf die Lippen. Sie wollten also die *Rosario* entmasten, um sie dann mit geringerem Risiko zur Übergabe zu zwingen. Wenn sie erkannten, daß die *Heloise* auf sie zuhielt, würde ihnen das einen Schock versetzen, aber sicher nur für einen Augenblick.

Er sagte: »Vielleicht eilt die *Destiny* schon hinter uns her.«

»Mag sein.«

Bolitho wandte sich Jury zu, der an ihn herantrat. Stockdale glaubte also nicht an das rechtzeitige Auftauchen des Mutterschiffs, jedenfalls nicht mehr als er selber.

Jury fragte: »Dauert es noch lange, Sir?«

»Es wird schnell heller. Wir müßten ihre Marssegel oder die obersten Stengen jeden Augenblick sichten. Wenn eines der Schiffe wieder feuert, können wir den Standort peilen.«

Jury beobachtete ihn im Dämmerlicht. »Beunruhigt es Sie gar nicht, Sir?«

Bolitho zuckte die Schultern. »Noch nicht. Vielleicht später. Wir tun unsere Pflicht, darauf kommt es an.« Er legte dem Jungen eine

* Zwei durch eine kurze Kette verbundene Halbkugeln, die verschossen wurden, um vor allem die Takelage des Gegners zu beschädigen.

Hand auf die Schulter. »Merken Sie sich eines: Mr. Palliser hat für diese Aufgabe sehr erfahrene Leute ausgesucht. Nur seine Offiziere sind noch ziemlich jung.« Jury nickte. »Also reißen Sie sich zusammen, und bleiben Sie, wo man Sie sehen kann. Die Wundertaten überlassen Sie Mr. Palliser.«

Jury lächelte, zuckte aber zusammen, als seine aufgesprungenen Lippen ihn an die Schinderei vom Vortag erinnerte. »Ich werde in Ihrer Nähe bleiben.«

Stockdale kicherte. »Verzeihung, junger Herr, aber kommen Sie mir dabei nicht in die Quere.« Er schwang sein langes Entermesser durch die Luft. »Ich möchte nicht, daß Sie den Kopf einbüßen.«

Palliser rief: »Klar zum Bergen der Breitfock! Aber leise!«

Der Bootsmannsmaat zeigte nach Steuerbord. »Morgendämmerung, Sir.«

Palliser fuhr ihn an: »Verdammt noch mal, Pearse, wir sind weder blind, noch schwerhörig.«

Pearse grinste hinter Pallisers Rücken, war aber sehr darauf bedacht, daß dieser ihn nicht dabei ertappte.

»An Deck! Segel an Steuerbord voraus! Und noch eins an Backbord!«

Palliser klatschte in die Hände. »Wir haben's geschafft! Verflucht, wir haben sie!«

In diesem Augenblick feuerte drüben ein Geschütz und warf einen orangefarbenen Lichtblitz auf das dunkle Wasser.

Slade sagte beklommen: »Drittes Schiff in Luv, Sir!«

Bolitho packte seinen Säbel und drückte die Scheide gegen seine Hüfte, um sich zu beruhigen. Also drei Schiffe, und das in der Mitte war zweifellos die *Rosario*. Ihre beiden Angreifer hielten etwas ab und bildeten mit ihr ein großes Dreieck. Er hörte ein Pfeifen über sich und dann einen Krach wie von splitterndem Holz. In der Dunkelheit sah er Gischt querab aufspritzen, als Teile von Stengen und Tauwerk aufs Wasser schlugen.

Stockdale nickte. »Kettenkugeln, wie ich schon sagte. Die Banditen!«

»Geschütze, Achtung! Zündet die Lunten!«

Jetzt bestand keine Notwendigkeit mehr, heimlich zu tun. Bolitho hörte einen schrillen Pfiff vom nächststehenden Schiff und dann den Knall einer abgefeuerten Pistole. Sie war entweder aus Versehen losgegangen oder sollte die Gefährten warnen.

Die Matrosen der *Heloise* starrten mit schußbereiten Musketen, die Entermesser und Enterhaken in greifbarer Nähe, nach vorn in die Dunkelheit.

»Gei auf die Breitfock!«

Männer rannten, den Befehl auszuführen; als das große Segel zur Rah aufgeholt war, enthüllte es wie ein Theatervorhang die im zunehmenden Licht hinter ihren leichten Kanonen kauernden Matrosen.

Es folgte eine Reihe von Schüssen, und Bolitho hörte über sich das Kreischen einer Kettenkugel, das ihm wie Geschrei gequälter Seelen vorkam.

Little sagte durch die Zähne: »Zu hoch – Gott sei Dank.«

Das tödliche Kettengeschoß klatschte weit achteraus mit einer Gischtfontäne ins Wasser, aber genau in Verlängerung ihrer beiden Masten.

»Anluven!« Palliser hatte ein Backstag gepackt und studierte den Umriß des Gegners. »So hoch an den Wind wie möglich!«

»An die Schoten, Halsen und Brassen!«

Die Brigantine luvte an, bis die verbliebenen Segel protestierend zu killen begannen.

»Kurs Nordwest zu West. Voll und bei!«

Das andere Schiff feuerte wieder, und eine Kugel schlug zwanzig Fuß vor dem Bug der *Heloise* ein; sie warf Spritzwasser hoch über ihre Back.

Dann begann die ernsthafte Beschießung, aber die Kugeln lagen zu weit und ungenau, weil die feindlichen Geschützbedienungen erst zu erraten versuchten, was das Manöver des Neuankömmlings bedeutete.

Eine weitere Kugel durchschlug das Besansegel und hinterließ ein Loch, groß genug, um den Kopf hindurchzustecken.

Palliser explodierte: »Diese idiotische Brigg schießt auf uns!«

Little grinste. »Hält uns wohl auch für Piraten.«

»Ich werde ihnen Piraten geben!« Palliser zeigte auf das Schiff, das an Backbord aus der Dunkelheit auftauchte und seine Silhouette verkürzte, als es Kurs änderte, um die intervenierende *Heloise* zurückzuschlagen.

»Zuerst auf den Schoner!«

Little legte die Hände um den Mund. »In der Aufwärtsbewegung*, Jungs – klar zum Feuern!«

Einige Leute waren noch dabei, eine Drehbasse auf die höher liegende Luvseite zu schleppen, und schimpften auf Little, er solle ihnen mehr Zeit lassen.

Aber Little verstand sein Handwerk.

»Ruhig, Jungs!« Es klang, als spräche ein Dompteur mit seinen Raubkatzen. »*Feuer*!«

Die Lunten flogen wie Glühwürmchen nach unten, und die Drehbassen bellten giftig das auf sie zukommende Schiff an. Ein mörderischer Hagel aus dicht gestopfter Kartätsche ergoß sich über das gegnerische Vorschiff, und Bolitho meinte, vielstimmiges Geschrei zu hören, als die Ladung drüben einschlug.

»Klar zur Wende!« Pallisers Stimme drang auch ohne Megaphon durch. »An die Brassen, Schoten und Halsen!«

Palliser hangelte sich auf dem schräg liegenden Deck zu Slade am Ruder hinunter. »Wir nehmen einen neuen Anlauf. Legen Sie Ruder.«

Stark überliegend, bis die Matrosen die Rahen rundgeholt hatten, lief die Brigantine nach Lee ab. Das zweite Schiff schien unter ihrem Klüverbaum vorbeizuwandern, bis es an Backbord querab lag und der angreifenden *Heloise* sein Heck zeigte.

Palliser schrie: »Schießen Sie auf das Achterschiff, Little!« Er drehte sich abrupt zu Slade und seinen keuchenden Rudergängern um. »Stütz! Stützruder, Idiot!«

Bolitho fand Zeit, Slade zu bedauern. Die *Heloise* brauste auf das Heck des anderen Schiffes zu, als wolle sie wie ein Beil hineinfahren.

»Feuer!«

Die Decks beider Schiffe wurden blitzartig hell, als ihre Kanonen orangefarbene Zungen vorstreckten, denen kurz darauf der Krach einschlagenden Eisens folgte. Die Kartätschenladungen der *Heloise* mußten das Achterschiff des Gegners leergefegt haben. Rudergänger und Geschützbedienungen fanden keine Deckung vor der flach kommenden Ladung dicht gepackter Eisenstücke. Das Schiff begann, aus dem Ruder zu laufen, und wurde erneut von Littles Drehbassen beharkt.

»Breitfock setzen!« Pallisers Augen waren überall.

* Da zwischen Feuerbefehl und Zündung immer einige Sekunden verstrichen, bewirkte das Abfeuern bei Aufwärtsbewegung des Schiffes, daß die Kugel oberhalb der Wasserlinie Deck oder Takelage des Feindes traf.

Bolitho sah ihn jetzt deutlich auf dem Achterdeck, seine drahtige Gestalt hob sich wie ein Racheengel vom heller werdenden Hintergrund ab.

»*Feuer*!«

Weitere Kugeln sausten über sie hinweg, und Bolitho bemerkte, daß das erste Schiff offenbar Mut gefaßt hatte und herankam, um seinem Gefährten zu helfen.

Zum erstenmal sah er jetzt auch klar die *Rosario,* und bei dem Anblick tat ihm das Herz weh. Ihr vorderer Mast war völlig verschwunden, und vom Großmast stand nur noch die Hälfte. Trümmer und heruntergefallene Takelage trieben um ihren Rumpf, und als die Sonne über den Horizont stieg, sah Bolitho, daß dünne rote Rinnsale aus den Speigatten flossen. Es schien, als blute das Schiff selbst.

»Klar zur Halse!«

Bolitho gab einem Matrosen einen Stoß und schrie: »Zu den anderen!« Der Mann machte einen erschrockenen Satz und lief dann eifrig los, um sich mit vollem Gewicht an die Brassen zu hängen. Er hatte wohl geglaubt, es sei heißes Eisen und nicht eine Hand, die ihn stieß.

In dem Augenblick gab es einen fürchterlichen Krach. Bolitho fiel fast auf die Knie, als zwei Volltreffer in die Bordwand der *Heloise* schlugen. Er bemerkte, daß Ingrave mit weit aufgerissenen Augen und wie gelähmt das nächstliegende Schiff anstarrte.

Er rief: »Gehen Sie nach unten und kümmern Sie sich um die Schäden!« Er lief zu dem Midshipman hinüber, packte ihn am Arm und schüttelte ihn wie eine Puppe. »Los, Mr. Ingrave! Bringen Sie die Pumpen in Gang!«

Ingrave starrte ihn zunächst mit leerem Blick an, dann rannte er mit unerwarteter Entschlußkraft zum Niedergang.

Stockdale riß Bolitho plötzlich respektlos zur Seite, als ein schwerer Block von oben kam und allerlei Tauwerk hinter sich herzog. Der Block prallte aufs Schanzkleid und schlug dann ins Wasser.

Palliser schrie: »Achtung!« Er hatte seinen Degen gezogen. »An die Backbordgeschütze!«

Gegen die relativ leichten Kanonen des Schoners wirkten ihre Drehbassen zwar harmlos. Aber Bolitho sah, wie ihre Kartätschenladungen das Vorsegel drüben durchsiebten und zwei Männer als blutige Bündel vom Mast fegten, bevor weitere Kugeln ins Unterwasserschiff der *Heloise* schlugen. Er hörte Holz krachen und

Stützbalken zwischen den Decks brechen und wußte, daß sie schwer getroffen waren.

Jemand hatte es geschafft, die Pumpen in Gang zu bringen, doch Bolitho sah zwei Leute stark blutend zusammenbrechen und einen dritten von der Marsrah mühsam herabklettern. Sein eines Bein baumelte kraftlos und wohl nur noch durch einen Muskel gehalten herunter.

Palliser rief: »Kommen Sie nach achtern!« Als Bolitho zu ihm eilte, sagte er: »Es steht nicht gut mit uns. Gehen Sie selber nach unten und melden Sie mir, wie schwer die Schäden sind.« Er zuckte zusammen, als weitere Treffer den bereits schwer mitgenommenen Schiffsrumpf erschütterten. Irgendwo schrie ein Mann verzweifelt: »Wir sinken!«

Bolitho starrte Palliser an. Er hatte recht. Die Beweglichkeit der *Heloise* war plumper Reaktion auf Wind und Ruder gewichen. Unglaublich, daß sie die Rollen mit der *Rosario* so plötzlich getauscht hatten. Und nirgends war Hilfe in Sicht. Ihre Feinde würden ihnen keinen leichten Tod gönnen.

Palliser rüttelte ihn auf. »Ich halte auf die *Rosario* zu. Mit unseren Leuten und ihren Kanonen haben wir noch eine Chance.« Er sah Bolitho ruhig an. »Seien Sie ein braver Junge und gehen Sie nach unten.«

Bolitho eilte zum Niedergang. Mit einem schnellen Blick nahm er die Schäden auf dem zersplitterten Deck und die alten Blutspuren wahr. Hier hatten sie schon einmal gekämpft. War das nicht genug gewesen? Wollte es das Schicksal, daß sie so endeten?

Er rief Jury zu: »Kommen Sie mit!« Er blickte in die Finsternis hinunter. Der Gedanke, dort unten eingeschlossen zu sein, wenn das Schiff unterging, bedrückte ihn. Zögernd sagte er, um seine Besorgnis zu verbergen: »Wir wollen die Schäden gemeinsam feststellen. Denn wenn mir etwas passiert . . .« Er sah Jury nach Luft schnappen; der hatte also noch nicht an das Ende gedacht. »Wenn mir etwas zustößt, können Sie Mr. Palliser Einzelheiten berichten.«

Unter Deck zündete er eine Laterne an und ging vorneweg, wobei er den gefährlichen Spitzen der gesplitterten Holzbacken auszuweichen versuchte. Die Geräusche vom Oberdeck klangen nur gedämpft herunter, es hörte sich aber bedrohlich an, als das Schiff sich unter den Einschlägen immer wieder aufbäumte und schüttelte.

Die beiden Angreifer standen nun an Backbord und Steuerbord querab von der *Heloise* und feuerten ohne Rücksicht darauf, daß sie in ihrem Eifer, das kleine Schiff mit der roten Nationalflagge Englands zu vernichten, sich gegenseitig treffen konnten.

Bolitho zog ein Luk auf und sagte: »Ich höre eindringendes Wasser.«

Jury wisperte: »Großer Gott, wir sinken!«

Bolitho legte sich auf den Bauch und hielt die Laterne durch das Luk in den Raum. Er sah nur Chaos. Zerbrochene Fässer und Leinwandfetzen schwammen zwischen zersplitterten Hölzern, und selbst während er noch hinsah, schien das Wasser zu steigen.

Er sagte: »Melden Sie dem Ersten Offizier, daß keine Hoffnung besteht.« Er beruhigte Jury, der furchtsam zusammengezuckt war, weil weitere Kugeln in den Schiffsrumpf schlugen. »Gehen Sie und erinnern Sie sich an das, was ich Ihnen gesagt habe: Alle sehen auf Sie!« Er versuchte zu lächeln, als ob alles nicht so wichtig sei. »In Ordnung?«

Jury wich schrittweise zurück, während sein Blick zwischen Bolitho und dem offenen Luk hin- und herwanderte. »Und was tun Sie?«

Bolitho wandte den Kopf, als ein neuer Laut wie Hammerschläge durch das stark krängende Schiff dröhnte. Einer der Anker hatte sich aus seiner Zurring gerissen und schlug nun bei jedem Überholen der Brigantine gegen die Bordwand. Das würde ihr Ende beschleunigen.

»Ich gehe zu Olsson. Wir müssen die Gefangenen freilassen.«

Endlich war Bolitho allein. Er atmete tief durch und bemühte sich, das Zittern seiner Glieder zu unterdrücken. Dann arbeitete er sich langsam weiter nach achtern, wobei die regelmäßigen Ankerschläge ihm wie Trommelschlag bei einer Hinrichtung folgten.

Eine neue Erschütterung der Bordwand, der unmittelbar lautes Krachen folgte. Einer der Masten – oder Teile davon – kam von oben. Bolitho wappnete sich für den endgültigen Aufprall.

Im nächsten Augenblick lag er ausgestreckt in der Dunkelheit. Die Laterne war seinen Händen entglitten, und obwohl er überhaupt nichts fühlte, konnte er sich nicht an den Augenblick des Falls erinnern.

Er wußte nur, daß er unter einem Trümmerhaufen wie festgenagelt lag und sich nicht bewegen konnte.

Er preßte ein Ohr an eine Lüftungsgräting und hörte das Wasser aus der Bilge in die unteren Räume dringen. Am Rande der Panik begriff er, daß er in Sekunden sinnlos schreiend um sich treten würde.

Viele Gedanken schossen durch sein Gehirn. Er sah seine Mutter, wie sie von ihm Abschied nahm. Sah die See unter dem Vorland von Falmouth, wo er mit seinem Bruder Hugh in einem Fischerboot das erste Abenteuer erlebt hatte, und hörte den Zornausbruch ihres Vaters darüber.

Seine Augen brannten. Doch als er versuchte, die Hand zum Gesicht zu heben, hielten die heruntergefallenen Trümmer sie in einer grausamen Falle fest.

Der Anker schlug nicht mehr gegen die Bordwand, was wohl bedeutete, daß er jetzt schon unter Wasser war.

Bolitho schloß die Augen und wartete. Er stieß ein Stoßgebet aus, daß er vor dem Ende nicht die Nerven verlieren möge.

IX Pallisers List

Bolitho fühlte, daß der Druck auf sein Rückgrat zunahm, da sich das Gewicht der Trümmer durch die Schiffsbewegung verlagert hatte. Irgendwo oben hörte er Metall über Holz scheuern, als hätte sich eine Kanone losgerissen und rutsche auf dem Deck herum. Die Schlagseite hatte zugenommen, und das Wasser schlug immer höher gegen die Bordwand, weil das Schiff tiefer und tiefer sackte.

Oben fielen nur noch gelegentlich Schüsse; es schien, als hielten die Gegner sich fern und warteten ab, bis die See ihr Werk vollendet hatte.

Langsam, aber mit wachsender Verzweiflung versuchte Bolitho, sich aus dem Trümmerhaufen zu befreien. Er hörte sich ächzen und stöhnen und sinnlose Worte ausstoßen, als er mit allen Gliedmaßen zerrte und strampelte, um der Falle zu entkommen.

Es war nutzlos. Er erreichte nur, daß die abgebrochenen Spieren verrutschten und eine fast seinen Kopf aufgespießt hätte.

Panik ergriff ihn, als er außer weiteren Musketenschüssen hörte, wie ein Boot bemannt und heisere Befehle gegeben wurden. Er ballte die Fäuste und drückte das Gesicht gegen die Decksbalken, um zu verhindern, daß er verzweifelte Schreie ausstieß. Das Schiff sank nun schnell, und Palliser hatte offenbar befohlen, es zu verlassen.

Bolitho versuchte, klar zu denken und sich damit abzufinden, daß seine Kameraden nur taten, was getan werden mußte. Jetzt blieb keine Zeit mehr für Gefühle oder eine nutzlose Geste. Er war ebenso tot wie die anderen, die in der Hitze des Gefechts gefallen waren.

Doch plötzlich hörte er Stimmen. Jemand rief seinen Namen. Schmale Lichtkegel drangen durch das Gewirr der Trümmer, und als es einen neuen Ruck darin gab, schrie Bolitho: »Zurück! Rettet euch lieber!«

Er war über seine Worte und die Kraft seiner Stimme selber erschrocken. Mehr als alles andere hatte er überleben wollen – bis zu dem Augenblick, da jemand anderer sein Leben für ihn riskierte.

Stockdales heisere Stimme befahl: »Hier, hebt diese Spiere an!«

Jemand anderer sagte zweifelnd: »Zu spät, wie's scheint, Kamerad. Wir gehen am besten zurück.«

Stockdale krächzte: »Hebt an, wie ich's gesagt habe! Nun zusammen, Jungs, zu-gleich!«

Bolitho schrie auf, als der Schmerz in seinem Rücken stärker wurde. Er erkannte Füße, die sich auf der anderen Seite des Trümmerbergs bewegten, und sah Jury auf dem Boden knien und durch eine Lücke nach ihm ausspähen.

»Nicht mehr lange, Sir.« Jury zitterte vor Angst, versuchte aber, gleichzeitig zu lächeln. »Halten Sie aus!«

So plötzlich, wie sie ihn niedergeschlagen hatte, wurde die ganze Last aus zerbrochenen Stengen und gesplitterten Decksbalken angehoben. Ein Mann ergriff Bolithos Fußknöchel und zog ihn energisch das schräge Deck hinauf. Stockdale schien mittlerweile den ganzen Berg von Trümmern allein hochzuhalten.

Jury keuchte: »Schnell!« Er wäre gestürzt, wenn ein Matrose ihn nicht mit schnellem Zugriff gehalten hätte. Dann schwankten sie alle wie Betrunkene zum nächsten Luk und nach oben.

Als sie schließlich das Oberdeck erreichten, vergaß Bolitho seine Schmerzen und die Augenblicke nackter Verzweiflung. Im zunehmenden Tageslicht sah er, daß die *Heloise* ein hilfloses Wrack war; ihr vorderer Mast war verschwunden, der hintere nur noch ein gezackter Stumpf. Gebrochene Stengen, zerrissene Segel und ein wirres Durcheinander herabgefallenen Tauwerks vervollständigten die totale Verwüstung.

Und wie zur Bestätigung bemerkte Bolitho, daß beide Boote schon bemannt waren und sich von dem sinkenden Schiff freihielten. Das nähere lag schon höher als die Leeseite der *Heloise*.

Palliser stand im Kutter und wies einige seiner Leute an, ihre Musketen auf einen der beiden Schoner zu richten. Die sinkende

Brigantine wirkte als Barrikade, sie stand als einziger Schutz zwischen ihnen und dem Feind und verhinderte, daß er direkt auf sie losfuhr und den einseitigen Kampf beendete.

Stockdale grunzte: »Über Bord, Jungs!«

Noch leicht benommen sah Bolitho, daß unter den Leuten, die zurückgekommen waren, um ihn zu retten, auch Olsson war, der verrückte Schwede, und einer der Landarbeiter, die sich bei seinem Rekrutierungskommando in Plymouth freiwillig gemeldet hatten.

Jury zog sich die Schuhe aus und steckte sie unter sein Hemd. Er schaute ins Wasser, das schon über das Schanzkleid schlug, und sagte: »Wir haben ein schönes Stück zu schwimmen.«

Bolitho zuckte zusammen, als eine Musketenkugel neben ihm ins Deck schlug und einen Splitter von der Größe eines Federkiels ablöste.

»Jetzt oder nie!« Er sah, wie die See in einen Niedergang schlug und einen der Leichname in wildem Tanz herumwirbelte. Der Vorsteven war bereits unter die Wasseroberfläche gesackt. Den schnaufenden und taumelnden Stockdale zwischen sich, sprangen Bolitho und Jury ins Wasser. Es schien Ewigkeiten zu dauern, bis sie das nächste Boot erreichten; dort durften sie sich neben einigen anderen Leuten ans Dollbord hängen, da das Boot voll besetzt war. Dabei mußten sie versuchen, die Männer an den Riemen nicht zu behindern, die zur entmasteten *Rosario* pullten.

Die meisten Leute um ihn herum waren Bolitho fremd; er nahm an, daß es freigelassene Gefangene waren. Ein Wunder, daß Olsson, der so brutal aussah, sie nicht ihrem Schicksal auf dem sinkenden Schiff überlassen hatte.

Dann plötzlich erhob sich die Bordwand der Brigg über ihnen. Es war nur ein kleines Schiff, aber vom Wasser aus schien sie Bolitho, der sich an eine ihm zugeworfene Leine klammerte, so groß wie eine Fregatte.

Schließlich waren sie alle an Deck geklettert, gezogen oder geschoben und standen der Besatzung der Brigg gegenüber, die sie anstarrte, als seien sie dem Meer selbst entstiegen.

Palliser ließ niemanden im Zweifel, wer das Kommando führte: »Little, bringen Sie die Gefangen nach unten und schließen Sie sie ein. Pearse, Sie schauen nach, ob sich ein Notmast aufriggen läßt, jedenfalls irgend etwas, das uns wieder Ruderwirkung geben kann.« Er ging an einigen verschreckten und blutenden Leuten entlang und fuhr sie an: »Ladet sofort die Kanonen, hört ihr! Ihr kommt mir vor wie ein Haufen alter Weiber, verdammt noch mal!«

Ein Mann, der offenbar etwas zu sagen hatte, drängte sich durch die Seeleute und sagte: »Ich bin Kapitän John Mason. Ich weiß, warum Sie hier sind, aber ich danke Gott für Ihr Kommen, Sir, obwohl ich befürchte, daß wir den Piraten auch jetzt nicht gewachsen sind.«

Palliser betrachtete ihn kühl. »Das werden wir sehen. Aber jetzt tun Sie, was ich befehle. Wie Sie und Ihre Leute sich heute aufführen, wird darüber entscheiden, was mit Ihnen geschieht.«

Der Mann schnappte nach Luft. »Ich verstehe nicht, Sir.«

»Haben Sie einen Passagier namens Jonathan Egmont?«

Bolitho lehnte am Schanzkleid und holte in tiefen Atemzügen Luft, während Wasser aus seiner Kleidung rann und sich mit Blut unter der nächsten Kanone mischte.

»Aye, Sir, aber . . .«

»Lebt er?«

»Ja. Wenigstens lebte er noch, als ich ihn zuletzt sah. Ich habe meine Passagiere nach unten geschickt, als der Angriff begann.«

Palliser lächelte grimmig. »Ihr Glück. Und auch meines, denke ich.« Er sah Bolitho und setzte scharf hinzu: »Sorgen Sie für die Sicherheit Egmonts. Aber sagen Sie ihm nichts.« Er wollte sich einem der beiden Schoner zuwenden, bemerkte aber gerade den letzten Augenblick der *Heloise*. Mit Gischtfontänen aus ihren Luken sackte sie unter die Wasseroberfläche. Palliser sagte: »Bin froh, daß Sie uns erhalten blieben, Mr. Bolitho. Ich hatte schon befohlen, das Schiff zu verlassen.« Sein Blick ruhte einen Augenblick auf Jury und Stockdale. »Indessen . . .«

Bolitho wankte einem offenen Luk zu. Seine benommenen Sinne waren noch immer von dem Anblick der hilflos in der Dünung rollenden *Rosario* gefangen. Die Brigg war schrecklich zugerichtet. Umgestürzte Kanonen, Leichen und Gliedmaßen lagen mit den übrigen Trümmern in wildem Durcheinander herum und zeugten von den verzweifelten Anstrengungen, die Angreifer vom Entern abzuhalten.

Ein Matrose – in der einen Hand eine Pistole, um die andere einen behelfsmäßigen Verband – rief: »Hier geht's runter, Sir!«

Bolitho kletterte eine Leiter hinab. Sein Magen rebellierte beim Anblick von so viel Leid und Schmerz. Drei Männer lagen besinnungslos oder tot vor ihm, ein vierter kroch, so gut er konnte, an seine Gefechtstation zurück.

Egmont stand an einem Tisch und trocknete sich die Hände an einem Fetzen Stoff, während ein Matrose eine Lampe für ihn putzte.

Er erkannte Bolitho und bedachte ihn mit müdem Schulterzukken. »Ein unerwartetes Zusammentreffen, Leutnant.«

Bolitho fragte: »Haben Sie die Verwundeten versorgt?«

»Sie kennen die Marine, Leutnant. Es ist sehr lange her, seit ich unter dem Vater Ihres Kommandanten diente, aber was man einmal gelernt hat, vergißt man nie.«

Bolitho hörte das eifrige Schnaufen der Pumpen und das Scharren von Blöcken und Taljen, die geschäftig über das Oberdeck gezogen wurden. Die Matrosen der *Destiny* waren wieder an der Arbeit, und er wurde gebraucht, um Palliser zu helfen und die Leute – notfalls mit Gewalt – anzutreiben.

Sie waren in einem wilden Gefecht gewesen, und einige hatten dabei ihr Leben verloren. Nun mußten sie abermals heran. Ließ man sie verschnaufen, würden sie sich fallen lassen. Erlaubte man ihnen, den Verlust eines guten Freundes zu beklagen, würden sie ihren Kampfgeist verlieren.

Bolitho fragte: »Ihre Frau – ist sie in Sicherheit?«

Egmont wies auf ein Schott. »Da drin.«

Bolitho warf sich mit der Schulter dagegen, wobei ihn die Angst, wieder unter Deck eingeklemmt zu werden, packte.

Im schwachen Lampenlicht sah er drei Frauen in einer fenster- und luftlosen Kammer: Aurora Egmont, ihre Zofe und eine füllige Dame, in der er die Frau des Kapitäns vermutete.

Er sagte: »Gott sei Dank, Sie sind unversehrt.«

Aurora kam auf ihn zu, und da ihre Füße in dem Dämmerlicht der Kammer unsichtbar waren, schien es, als ob sie auf ihn zuschwebe. Sie hob eine Hand, strich ihm über das Gesicht und sein nasses Haar und sagte leise: »Ich dachte, Sie wären noch in Rio.« Ihre Hände berührten seine Brust und seine herabhängenden Arme. »Mein armer Leutnant, was hat man Ihnen angetan?«

Bolitho meinte, den Verstand zu verlieren. Selbst hier, in den Ausdünstungen der Bilge und des Todes, roch er ihr Parfüm; er spürte den leichten Druck ihrer Finger auf seinem Gesicht und hätte sie gern umarmt, ihren Körper an sich gepreßt wie in seinem Traum, die Sorgen mit ihr geteilt, ihr sein Verlangen offenbart.

»Bitte . . .« Er versuchte, zurückzutreten. »Ich bin naß und schmutzig. Ich wollte mich nur vergewissern, daß Sie unverletzt sind.«

Sie wischte seinen Protest beiseite und legte ihm die Hände auf die

Schultern. »Mein tapferer Leutnant!« Dann wandte sie sich zu ihrer Zofe um und sagte scharf: »Hör auf zu heulen, du dummes Mädchen. Wo ist dein Stolz?«

In diesen Sekunden fühlte Bolitho, daß sich ihre Brust gegen sein nasses Hemd preßte, als sei kein Stoff mehr zwischen ihren Körpern.

Er murmelte: »Ich muß gehen!«

Sie sah ihn so eindringlich an, als suche sie sich jeden Zug einzuprägen. »Wollen Sie wieder kämpfen? Müssen Sie?«

Bolitho fühlte neue Kraft in seinen Körper strömen. Er vermochte sogar zu lächeln, als er sagte: »Ich habe jetzt jemanden, für den ich kämpfe, Aurora.«

»Sie wissen noch meinen Namen?«

Dann zog sie seinen Kopf herunter und küßte ihn fest auf den Mund. Dabei zitterte sie genau wie er. Die Beschimpfung der Zofe war nur eine Ablenkung gewesen. Sie flüsterte: »Nimm dich in acht, Richard.«

Als Bolitho zurückeilte und die Leiter hochkletterte, hörte er schon von fern Pallisers Stimme.

Palliser beobachtete die beiden großen Schoner durch ein Fernrohr; ohne es zu senken, sagte er trocken: »Darf ich annehmen, daß unten alles wohlauf ist?«

Bolitho wollte an seinen Hut tippen, erinnerte sich aber, daß er ihn schon vor langer Zeit verloren hatte.

»Aye, Sir. Egmont hilft den Verwundeten.«

»Tatsächlich?« Palliser schob das Teleskop mit einem Knall zusammen. »Hören Sie gut zu: Die Teufel werden versuchen, unsere Kräfte zu zersplittern. Einer wird etwas abhalten, während der andere anläuft, um uns zu entern.« Er dachte laut. »Wir haben einen Kampf überlebt, nun wollen sie den völligen Sieg. Sie werden kein Pardon geben.«

Bolitho nickte. »Wir könnten sie uns vom Leibe halten, wenn jede Kanone voll bemannt wäre, Sir.«

Palliser schüttelte den Kopf. »Nein. Wir treiben steuerlos und können nicht verhindern, daß einer oder beide hinter uns vorbeisegeln und unser wehrloses Heck unter Feuer nehmen.« Er beobachtete einige Matrosen der Brigg, die vorbeischlurften. »Diese Leute sind erledigt, haben keinen Kampfgeist mehr. Alles hängt von uns ab.« Er nickte kräftig, sein Entschluß stand fest. »Wir werden einen der Schurken herankommen lassen und sie voneinander trennen. Mal sehen, wie ihnen das gefällt.«

Bolitho musterte die abgebrochenen Masten und herumliegenden Toten, zwischen denen die Männer der *Destiny* sich wie Leichenfledderer auf einem Schlachtfeld bewegten. Er strich sich mit seinen Fingern über den Mund, als könne er die Stelle spüren, wo sie ihn mit solcher Leidenschaft geküßt hatte.

Er sagte: »Ich werde es den anderen ausrichten, Sir.«

Palliser sah ihn düster an. »Ja, tun Sie das. Erklärungen können später gegeben werden, wenn wir gewonnen haben. Wenn nicht, kommt's darauf auch nicht mehr an.«

Palliser senkte sein Teleskop und sagte bitter: »Sie haben mehr Leute, als ich dachte.«

Bolitho beschattete seine Augen und beobachtete die beiden Schoner. Ihre großen Gaffelsegel am vorderen und achteren Mast standen wie Vogelschwingen vor dem hellen Himmel. Langsam arbeiteten sie sich nach Luv von der hilflosen Brigg.

Das größere der beiden Schiffe, dessen Segel von den Kartätschenladungen während des abenteuerlichen Gefechts wie mit Pokkennarben übersät waren, war ein Toppsegelschoner*. Er rief eine Erinnerung in Bolitho wach. »Ich glaube, dies ist das Fahrzeug, das den Hafen verließ, als wir bei Egmont zu Besuch waren, Sir. Ich erinnere mich an das Rigg.«

»Stimmt wahrscheinlich. Es gibt nur wenige davon in diesen Gewässern.«

Palliser beobachtete die methodische Annäherung der Schoner. Einer hielt sich weit in Luv, der andere manövrierte von Backbord aus auf den Bug der *Rosario* zu, wo er von deren übriggebliebenen Kanonen am schlechtesten zu bestreichen war. Immerhin waren es solide Sechspfünder, die unter Littles erfahrener Leitung jedem gefährlich werden konnten, der ihnen zu nahe kam.

Palliser reichte Bolitho das Glas. »Sehen Sie selbst.« Er ging zum Kompaß hinüber und sprach mit Slade und dem Kapitän der Brigg.

Bolitho richtete das Glas mit angehaltenem Atem auf den näherstehenden Schoner. Er wirkte von Wind und Wetter zerzaust und wenig gepflegt. Viele Männer schauten zur trotzigen, wenn auch machtlosen Brigg herüber. Ihre herausfordernden und höhnischen

* Zweimaster, beide Masten mit Gaffelsegeln, am vorderen darüber auch Rahsegel und eine Breitfock, die bei Rückenwind gesetzt werden konnte.

Rufe waren auf die Entfernung schwach zu hören.

Bolitho dachte an die Frau in der Kammer und an das, was diese Kerle mit ihr machen würden, und packte seinen Säbel so fest, daß ihm die Handfläche wehtat. Er hörte den Kapitän der Brigg sagen: »Ich will nicht mit einem Offizier des Königs streiten, aber machen Sie mich nicht für das verantwortlich, was kommt.«

Slade fügte leise hinzu: »Sie können es nicht mit ihnen aufnehmen, Sir. Es ist nicht richtig, es darauf ankommen zu lassen.«

Pallisers Stimme war hart und kompromißlos: »Was empfehlen Sie? Daß wir auf ein Wunder warten? Beten, daß die *Destiny* aus der Weite des Meeres auftaucht und unsere armen Seelen rettet?« Er gab sich keine Mühe, Sarkasmus und Verachtung zu verbergen. »Verdammt, Slade, ich hätte mehr von Ihnen erwartet.«

Er wandte sich um und sah, daß Bolitho die diskutierende kleine Gruppe beobachtete. »In etwa fünfzehn Minuten wird der Halsabschneider versuchen, uns zu entern. Wenn wir ihn zurückschlagen, wird er wieder auf Abstand gehen; beide werden uns dann eine Weile beschießen. Dann werden sie es wieder versuchen. Und später noch einmal.« Er wies mit einer weitausholenden Armbewegung auf das zerfurchte Deck und die müden Matrosen. »Glauben Sie, daß die Leute das durchstehen werden?«

Bolitho schüttelte den Kopf. »Nein, Sir.«

Palliser wandte sich ab. »Gut.«

Aber Bolitho hatte den Ausdruck in seinem Gesicht gesehen. Er verriet trotz ihrer schrecklichen Lage Erleichterung oder auch Überraschung, daß jemand ihm zustimmte.

Palliser sagte: »Ich gehe nach unten; muß mit den Gefangenen von der *Heloise* sprechen.«

Little sagte leise zu seinem Freund, dem Bootsmannsmaaten: »Die blöden Hunde wissen nicht, auf welcher Seite sie eigentlich stehen, was, Ellis?« Beide brüllten vor Lachen, als ob es ein prächtiger Witz wäre.

Jury fragte: »Was werden wir als nächstes tun?«

Ingrave schlug unsicher vor: »Verhandeln, Sir?«

Bolitho beobachtete den näherkommenden Schoner und die geschickte Art, wie er sein Großsegel bediente, um im gewünschten Winkel auf die Brigg zu stoßen.

»Wenn sie zu entern versuchen, werden wir sie warm empfangen!«

Daß seine Worte auf dem trümmerübersäten Deck von Mund zu Mund weitergegeben wurden, erkannte er an der Art, wie die

Matrosen Entermesser und Beile fester faßten und ihre Muskeln spielen ließen, als stünden sie schon im Kampf. Die Männer der Brigg waren keine disziplinierten Berufsseeleute wie die von der *Destiny,* aber letztere waren erschöpft und viel zu wenige im Vergleich zu der Meute an Bord des Schoners. Bolitho konnte sie jetzt hören: Ihre Schimpfworte und höhnischen Schreie klangen zusammen wie das Gebrüll wilder Tiere.

Wenn es ein einzelnes Schiff gewesen wäre, hätten sie es schaffen können. Vielleicht wäre es besser gewesen, mit der *Heloise* unterzugehen, als den Todeskampf noch einmal hinauszuschieben.

Palliser kam zurück und sagte: »Little, bleiben Sie an den vorderen Geschützen. Wenn ich ›Feuer‹ befehle, feuern Sie nach Gutdünken, aber so, daß die Kugeln keinen großen Schaden anrichten.« Er übersah Littles ungläubige Miene. »Danach laden Sie die Kanonen mit einer doppelten Kartätschenfüllung. In dem Augenblick, wenn die Bastarde längsseits kommen, möchte ich, daß sie damit weggefegt werden.« Er wartete, bis seine Worte einwirkten. »Und wenn Sie alle Leute dabei verlieren: Diese Kanonen müssen abgefeuert werden!«

Little klopfte sich bestätigend an die Stirn, und über seine groben Züge ging ein begreifendes Lächeln. Das Schanzkleid der Brigg bot wenig Schutz; wenn das andere Schiff längsseits kam und sich an seinen Enterhaken heranzog, konnten die Geschützbedienungen wie Schilfrohr umgemäht werden.

Palliser löste seine Säbelscheide und warf sie beiseite. Er machte mit dem Säbel ein paar Schläge durch die Luft und beobachtete, wie das Sonnenlicht die Klinge aufblitzen ließ, als sei sie aus purem Gold.

»Uns wird heute warm werden.«

Bolitho schluckte, sein Mund war schrecklich trocken. Er zog ebenfalls seinen Säbel und entfernte die lederne Scheide, wie er es von Palliser gesehen hatte. Einen Kampf zu verlieren, war schlimm, aber zu sterben, weil man über seine eigene Säbelscheide stolperte, war unausdenkbar.

Musketen feuerten über den schmaler werdenden Wasserstreifen zwischen den beiden Schiffen, und verschiedene Leute duckten sich, als die Kugeln ins Holz des Schanzkleids schlugen oder über ihre Köpfe hinwegzischten.

Palliser ließ seine Waffe auf einen unsichtbaren Gegner niedersausen und befahl laut: »Feuer!«

Die vorderen Geschütze rollten nach dem Abschuß binnenbords, soweit es die Brocktaue zuließen, der Pulverqualm quoll durch die Stückpforten zurück und hüllte die Männer ein, die nun Littles Befehle ausführten, so gut es ging.

Im großen Vorsegel des Schoners erschien ein Loch, aber die anderen Geschosse fielen zu weit und warfen Wasserfontänen auf, die näher beim zweiten Schiff lagen als bei dem, das auf sie zukam.

Bolitho hörte wildes Hohngeschrei und weitere Schüsse. Er biß sich auf die Lippen, als ein Matrose mit zerschmettertem Kiefer vom Schanzkleid zurückgeschleudert wurde.

Palliser rief: »Achtung! Bereithalten zur Abwehr von Enterern!«

Plötzlich lag ihnen der Schoner Seite an Seite gegenüber, und Bolitho konnte seinen und seiner Kameraden Schatten auf dessen Bordwand sehen.

Musketenkugeln peitschten ihm um die Ohren. Er hörte einen seiner Leute aufschreien, als eine Kugel ihn voll traf, und sah, wie Ingrave sein Gesicht mit den Händen bedeckte, als könne er so einem gleichen Schicksal entgehen.

Die Gaffelsegel drüben fielen. Als die erste Welle der Enterer über das Deck des Schoners eilte, flogen Enterhaken an Leinen herüber und bissen sich mit eisernen Zähnen im Schanzkleid der *Rosario* fest.

Doch irgend jemand an Bord des Schoners mußte geahnt haben, daß von Männern, die wie diese kämpften, noch eine letzte Kriegslist zu erwarten war. Mehrere gezielte Schüsse trafen die hinter ihren Kanonen kauernden Engländer, von denen zwei schreiend und zuckend zusammenbrachen, während ihr Blut das Deck rot färbte.

Bolitho warf einen Blick auf Jury. Er hielt seinen Dolch in der einen Hand, eine Pistole in der anderen.

Durch die Zähne sagte Bolitho: »Bleiben Sie bei mir. Verlieren Sie nicht den Halt, und tun Sie, was Sie mir unlängst geraten haben.« Er sah den wilden Ausdruck in Jurys Augen und fügte hinzu: »Halten Sie sich fest!«

Es gab einen heftigen Ruck, als der Schoner – von den Enterhaken herangezogen – breitseits gegen die Bordwand der Brigg stieß.

»Jetzt!« Palliser schwenkte seinen Säbel. »Feuer!«

Eine Kanone spuckte Flammen und Rauch, und ihre volle Ladung explodierte genau in der Mitte der zum Entern bereitstehenden Gegner. Blut spritzte auf, Gliedmaßen flogen in gräßlichem Reigen durch die Luft. Doch das kurze Erschrecken verwandelte sich in wildes Wutgeheul, als die Angreifer sich erneut formierten und auf breiter Front aufs Deck der Brigg sprangen.

Stahl traf auf Stahl. Während einige Männer versuchten, ihre Musketen neu zu laden und abzufeuern, stießen andere mit Bajonetten und Pieken nach laut aufschreienden Gegnern im Augenblick ihres Absprungs, sodaß sie als blutige Fender zwischen die beiden Bordwände fielen.

Palliser schrie: »Noch eine Ladung!«

Aber Little und seine Männer waren auf der Back von den anderen Kanonen durch eine wilde Horde Kämpfender abgeschnitten. Die eigene Bedienung lag tot oder sterbend an Deck. Und ohne die letzte Salve aus Schrapnells und Eisenstücken waren sie verloren.

Ein Matrose kroch zur Kanone, eine brennende Lunte in der Faust, aber er sackte sterbend auf das Gesicht, als ein Angreifer über das Schanzkleid sprang und ihm sein Enterbeil in den Nacken schlug. Durch die Wucht seines Schlags verlor er selber das Gleichgewicht und rutschte im Blut seines Opfers aus. Dutchy Verbink schob Jury mit der Schulter zur Seite und stürzte – einen tonlosen Fluch auf dem weit aufgerissenen Mund – nach vorn und schlug dem sich mühsam aufrichtenden Gegner sein Entermesser über den Kopf. Die Klinge glitt vom Schädelknochen ab und durchtrennte ein Ohr, während Verbink schon mit einem zweiten, sorgsam gezielten Schlag den Mann erledigte.

Als Bolitho wieder hochschaute, stand Stockdale an der verlassenen Kanone. Seine Schulter blutete aus einer tiefen Wunde, aber ohne darauf zu achten, schwenkte er die Lunte und hielt sie ans Zündloch.

Die Explosion war so gewaltig, daß Bolitho glaubte, das Rohr sei geplatzt. Ein breites Stück vom Schanzkleid des Schoners war verschwunden, und inmitten der zertrümmerten Holzplanken und abgerissenen Takelage wanden sich Männer, die auf die nächste Gelegenheit zum Sprung gewartet hatten, in einem unentwirrbaren, blutigen Knäuel.

Palliser schrie: »Auf sie, Jungs!« Er schlug einen anstürmenden Kerl nieder und feuerte seine Pistole in die Menge derer, die schon auf dem Deck der *Rosario* waren und denen sich nun die dünne Linie der Verteidiger mit neuem Mut entgegenstellte.

Bolitho wurde mitgerissen, sein Säbel traf auf ein Entermesser, er parierte einen Schlag und traf einen wild blickenden Mann mit einem Hieb quer über die Brust. Eine Pistole explodierte fast an seinem

Ohr, und er hörte Jury jemandem zurufen, er solle ihnen den Rücken decken, wo zwei um sich schlagende und schießende Enterer durch die erschöpften Matrosen drängten.

Eine Pieke stieß an Bolithos Hüfte vorbei und spießte einen Mann auf, der versucht hatte, seinen beiden Kameraden durch die Gasse zu folgen. Er schrie auf und versuchte, sich die Pieke mit blutenden Fingern aus dem Leib zu ziehen, bis Stockdale aus dem Gedränge auftauchte und ihm mit seinem Entermesser den Garaus machte.

Midshipman Ingrave war zu Boden gegangen und hielt sich mit beiden Händen den Kopf, während die kampfbesessenen Männer haßerfüllt über ihn hinwegtorkelten.

Über allem Kampfeslärm hörte Bolitho Pallisers Stimme: »Zu mir, Jungs!« Dem folgte wildes Geschrei, und mit Staunen sah Bolitho eine dichte Menge den Niedergang und das vordere Luk hochquellen, um mittschiffs zu Palliser zu stoßen. Auf dem Weg dorthin klatschten ihre nackten Klingen bereits auf die überraschten Enterer nieder.

»Treibt sie zurück!« Palliser bahnte sich einen Weg durch seine Leute und schien sie zu neuer Anstrengung zu beflügeln.

Bolitho sah schattenhaft eine Gestalt auf sich zuspringen und schlug mit aller Kraft zu. Der Mann stöhnte auf, als die Säbelklinge ihn quer über dem Leib traf. Er fiel auf die Knie und preßte beide Hände auf die schreckliche Wunde, während jubelnde Matrosen über ihn hinwegstolperten.

Es konnte nicht wahr sein und stimmte doch: Aus der sicheren Niederlage war ein Gegenangriff geworden, und die Feinde zogen sich bereits unter den Schlägen von Pallisers Leuten in wilder Flucht zurück.

Bolitho hatte erkannt, daß es die Gefangenen waren, die ursprüngliche Besatzung der *Heloise*, die Palliser freigelassen und für seine Ziele gewonnen hatte. In seinem Kopf wirbelte es jedoch wild durcheinander, als er mit den übrigen weiterkämpfte, mit schmerzender Schulter und einem bleischweren säbelführenden Arm. Palliser mußte ihnen eine Gegenleistung für ihre Hilfe versprochen haben. Einige von ihnen waren schon gefallen, aber ihr plötzliches Eingreifen hatte die Männer von der *Destiny* mit neuem Mut erfüllt.

Außerdem bemerkte Bolitho, daß einige Piraten auf ihr Schiff zurückgeklettert waren. Als er sich zum erstenmal wieder umschauen konnte, sah er, daß die Leinen mit den Enterhaken durchtrennt waren und der Schoner sich bereits von ihnen gelöst hatte.

Bolitho ließ den Arm sinken und blickte zum zweiten Schoner, der seine Segel dichtholte und den Wind nutzte, um sich von der entmasteten, blutüberströmten, aber siegreichen Brigg freizuhalten.

Männer jubelten und klopften einander auf die Schultern. Andere halfen ihren verwundeten Kameraden oder rannten herum und riefen die Namen von Freunden, die nicht mehr antworten konnten.

Ein Pirat, der sich totgestellt hatte, rannte plötzlich zum Schanzkleid, als er begriff, daß sein eigenes Schiff den Kampf abgebrochen hatte. Das war Olssons Augenblick: Sorgsam zog er ein Messer aus dem Gürtel und warf es. Es zuckte auf wie ein Lichtblitz. Bolitho sah den Mann sich in vollem Lauf um seine Achse drehen, die Augen staunend aufgerissen, während das Heft des Messers zwischen seinen Schultern hervorragte.

Little zog das Messer heraus und warf es dem Schweden wieder zu: »Fang!« Dann hob er den Leichnam auf und warf ihn über Bord.

Palliser schritt die ganze Länge des Decks entlang, den Säbel über der Schulter, von dem es rot auf seinen Rock heruntertropfte.

Bolitho fing seinen Blick auf und sagte heiser: »Wir haben's geschafft, Sir. Ich hätte nie geglaubt, daß es klappt.«

Palliser beobachtete, wie die freigelassenen Gefangenen ihre Waffen zurückgaben und dann einander anstarrten, als seien sie von dem, was sie getan hatten, selbst überwältigt.

»Ich auch nicht, ehrlich gesagt.«

Bolitho wandte sich um und sah, wie Jury sich bemühte, Ingraves Kopf zu verbinden. Beide hatten also überlebt.

Er fragte: »Glauben Sie, daß sie nochmals angreifen?«

Palliser lächelte. »Wir haben zwar keine Masten mehr, aber sie haben noch welche. Ihre Ausguckposten können weiter sehen als wir. Ich bezweifle, daß wir den Sieg nur einer Kriegslist verdanken.«

Palliser hatte recht wie immer. Innerhalb einer Stunde zeichnete sich die vertraute, sonnenbeschienene Segelpyramide der *Destiny* am Horizont ab. Sie waren nicht mehr allein.

X Eines Mannes Verlangen

Die Kajüte der *Destiny* kam Bolitho nach der Enge auf der Brigg *Rosario* unnatürlich groß und leer vor. Ungeachtet dessen, was er durchgemacht hatte, fühlte er sich hellwach und fragte sich selber, woher diese frische Energie kam.

Den ganzen Tag über hatte die Fregatte in Luv der *Rosario* beigedreht gelegen. Während der Rest von Pallisers Gruppe und die Verwundeten zur *Destiny* gebracht wurden, hatten andere Boote frische Leute und allerlei Material zur Brigg gepullt, um deren Besatzung beim Aufrichten eines Notmastes und den notwendigsten Ausbesserungsarbeiten zu helfen, damit sie den nächsten Hafen erreichen konnte.

Dumaresq saß am Tisch, vor sich einen unordentlichen Haufen Seekarten und Papiere, die Palliser von der *Rosario* mitgebracht hatte. Er war ohne Uniformrock, und wie er so in Hemdsärmeln und mit lose geschlungenem Halstuch dasaß, sah er keineswegs aus wie der Kommandant einer Fregatte.

Er sagte: »Sie haben Ihre Sache gut gemacht, Mr. Palliser.« Er schaute hoch, der Blick seiner weit auseinanderstehenden Augen wanderte zu Bolitho. »Und Sie auch.«

Bolitho dachte an ihr letztes Beisammensein, als er und Palliser von Dumaresq scharf zurechtgewiesen worden waren.

Dumaresq schob die Papiere beiseite und lehnte sich in seinem Sessel zurück. »Zu viele Tote. Und die *Heloise* auch verloren.« Er wischte den Gedanken weg. »Aber Sie haben die richtige Entscheidung getroffen, Mr. Palliser, und haben sie tapfer ausgeführt.« Er schenkte ihm ein Lächeln. »Ich werde die Leute der *Heloise* mit der *Rosario* zurückschicken. Soweit wir erfuhren, scheint ihr Anteil an den Geschehnissen gering gewesen zu sein. Sie waren von der Brigg angeheuert oder sogar gepreßt worden, und als sie erkannten, daß es nicht um eine kurze Fahrt entlang der Küste ging, waren sie schon zu weit draußen auf dem Atlantik. Ihr Kapitän Triscott und seine Maaten sorgten dafür, daß sie in Unwissenheit blieben. Darum werden wir sie alle der Fürsorge der *Rosario* überlassen.« Er deutete auf seinen Ersten Offizier. »Aber erst, nachdem Sie einige gute Leute, die Sie brauchen, um unsere Verluste zu ersetzen, ausgewählt und verpflichtet haben. Der Dienst des Königs wird eine eindrucksvolle Abwechslung für sie sein.«

Palliser fischte sich mit langem Arm ein Glas Wein vom Tablett des Kommandantenstewards, der sich diskret hinter ihnen bewegte.

»Was geschieht mit Egmont, Sir?«

Dumaresq seufzte. »Ich habe befohlen, ihn und seine Frau noch vor Sonnenuntergang an Bord zu bringen. Sie befinden sich unter Aufsicht von Leutnant Colpoys. Ich wollte, daß Egmont bis zum letzten Augenblick drüben bleibt, damit er sieht, was er mit seiner Habgier und Verräterei sowohl der Besatzung der Brigg wie meiner eigenen angetan hat.« Dumaresq sah Bolitho an. »Unser Arzt hat mir bereits von dem Schiff berichtet, das Sie beide in solcher Heimlichkeit aus Rio auslaufen sahen. Egmont war in Sicherheit, so lange er unentdeckt blieb. Aber wer die *Rosario* kapern ließ, der wollte auch, daß Egmont getötet wurde. Aus den Seekarten der Brigg ist zu schließen, daß ihr Ziel die Insel Saint Christopher war. Egmont war bereit, dem Kapitän jede Summe zu zahlen, damit er ihn hinbrachte, und zwar unverzüglich, ohne unterwegs andere Häfen anzulaufen.« Ein Lächeln überzog langsam sein Gesicht. »Also ist das der Ort, an dem sich Sir Garrick aufhält.«

Er nickte, um seine Behauptung zu bekräftigen. »Die Jagd ist also fast beendet. Mit Egmonts beschworener Aussage – und er hat jetzt keine andere Wahl – werden wir das Piratennest ein für allemal dem Erdboden gleichmachen.« Er bemerkte Bolithos fragenden Blick und fügte hinzu: »Die Karibik hat schon viele märchenhafte Reichtümer entstehen sehen, nämlich die von Piraten, ehrlichen Kaufleuten, Sklavenhändlern und Glücksrittern aller Art. Und wo gäbe es einen geeigneteren Platz, an dem alte Feinde ungestört ihr Süppchen kochen könnten?«

Er wurde wieder sachlich. »Beenden Sie dieses Kommen und Gehen so bald wie möglich, Mr. Palliser. Ich habe der *Rosario* geraten, nach Rio zurückzusegeln. Ihr Kapitän wird seine Version der Geschichte dem Vizekönig mitteilen können, während es mir nicht möglich ist, ihm meine Version zu erzählen. Er weiß jetzt, daß er den Anschein der Neutralität in Zukunft nicht so einseitig auslegen kann.« Als Palliser und Bolitho aufstanden, sagte er: »Ich fürchte, wir sind durch unser plötzliches Auslaufen mit dem Trinkwasser knapp dran. Mr. Codd konnte zwar Gemüse, Yamwurzeln und Fleisch in Mengen kaufen, aber Wasser müssen wir woanders finden.«

Außerhalb der Kajüte sagte Palliser: »Sie sind vorübergehend vom Dienst befreit, Mr. Bolitho. Auch was junge Menschen aushalten können, hat seine Grenzen. Gehen Sie in Ihre Kammer, und ruhen Sie sich aus, so gut Sie können.« Er sah, daß Bolitho zögerte. »Nun?«

»Ich – ich überlege. Was wird aus Egmont?« Bolitho versuchte, seiner Stimme nichts anmerken zu lassen. »Und aus seiner Frau?«

»Egmont war ein Narr. Durch sein Schweigen unterstützte er Garrick. Garrick versuchte, den Franzosen auf Martinique gegen uns zu helfen, und dadurch wird Egmonts Schweigen noch belastender. Wenn er einen Rest Verstand hat, wird er dem Kommandanten alles sagen, was er weiß. Ohne unser Dazwischentreten wäre er jetzt tot. Auch das wird er sich hoffentlich überlegen.«

Palliser wandte sich zum Gehen, und seinen Bewegungen war wenig von den Strapazen anzumerken, denen auch er ausgesetzt gewesen war. Er trug noch immer sein altes Bordjackett, das jetzt durch einige Blutflecken auf der rechten Schulter dort, wo sein Säbel geruht hatte, zusätzlich gezeichnet war.

Bolitho sagte: »Ich möchte Stockdale zur Beförderung vorschlagen, Sir.«

Palliser kam zurück und zog den Kopf unter einem Decksbalken ein, um Bolitho ins Gesicht zu sehen. »So, das möchten Sie wohl?«

Bolitho holte tief Luft. Das klang wieder nach dem alten sarkastischen Palliser. Doch der sagte: »Da bin ich Ihnen bereits zuvorgekommen. Wirklich, Mr. Bolitho, Sie sollten etwas schneller schalten.«

Bolitho lächelte trotz der Schmerzen in seinen Gliedern und des Durcheinanders in seinem Herzen, das eine Dame namens Aurora mit einem Kuß verursacht hatte.

Er begab sich zur Messe, wo Poad ihn wie einen Helden begrüßte.

»Nehmen Sie Platz, Sir. Ich hole Ihnen etwas zu essen und zu trinken.« Er trat zurück und sah ihn strahlend an. »Wir sind froh, Sie wiederzusehen, Sir, und das ist die reine Wahrheit.«

Bolitho lehnte sich im Sessel zurück und erlaubte es, daß ihn die Müdigkeit nun übermannte. Über ihm und um ihn herum lief das Bordleben auf vollen Touren, er hörte geschäftig eilende Füße und das Knarren durchgeholter Taljen.

Eine Aufgabe war erledigt, die nächste stand bevor. Matrosen und Seesoldaten waren es gewohnt, Befehle auszuführen und ihre Gedanken für sich zu behalten. Drüben, einige Kabellängen auf dem dunkler werdenden Wasser entfernt, waren auf der Brigg ebenfals Seeleute eifrig bei der Arbeit. Morgen sollte die *Rosario* einen sicheren Hafen ansteuern, wo ihre Geschichte von Mund zu Mund gehen würde. Man würde auch über den schweigsamen Engländer und seine schöne junge Frau reden, die so viele Jahre unauffällig unter ihnen gelebt hatten und nach außen hin mit ihrem selbstgewählten Exil zufrieden schienen. Auch von der Fregatte mit ihrem wunderlichen Kommandanten, der nach Rio gekommen war und sich bei Nacht wie ein Meuchelmörder davongeschlichen hatte, würde die Rede gehen.

Bolitho blickte zu den Decksbalken empor und horchte auf die Geräusche des Schiffes und der See, die gegen die Bordwand klatschte. Er fühlte sich vom Schicksal begünstigt, denn er hatte Kampf, Verschwörung und Verrat überlebt, und bald würde auch sie an Bord sein.

Als Poad mit einem Teller Fleisch und einem Krug Madeirawein zurückkam, fand er den Leutnant fest eingeschlafen. Er hatte die Beine weit von sich gestreckt, Kniehose und Strümpfe wiesen Löcher auf und dunkle Flecken, die wie geronnenes Blut aussahen. Die Haare hingen ihm wirr in die Stirn, und die Hand, mit der er am Morgen den Säbel so fest gepackt hatte, war wund.

Im Schlaf wirkte der Dritte Offizier noch jünger, dachte Poad. Jung und – in diesem friedvollen Augenblick – wehrlos.

Bolitho ging ruhelos auf dem Achterdeck auf und ab, wobei er aufgeschossenem Tauwerk und Belegklampen ohne sonderliche Mühe auswich. Es war kurz vor Sonnenuntergang und nun einen vollen Tag her, seit sie sich von der schwer mitgenommenen *Rosario* getrennt hatten. Jetzt lag sie schon weit achteraus und wirkte mit ihrem mühsam aufgerichteten Notmast erbärmlich und mißgestaltet wie ein Krüppel. Mit diesem ärmlichen Aufgebot an Segeln würde sie einige Tage bis zum nächsten Hafen benötigen.

Bolitho warf einen Blick auf das Skylight der Kajüte und sah den Widerschein des von unten kommenden Lichtes auf dem Besanbaum. Er versuchte, sich den Speiseraum der Kajüte mit Aurora vorzustellen, und wie der Kommandant den Tisch mit seinen beiden Gästen teilte. Wie fühlte sie sich jetzt? Wieviel mochte sie von Anfang an gewußt haben?

Bolitho hatte sie nur kurz gesehen, als sie mit ihrem Mann und einigen Gepäckstücken von der Brigg herübergebracht worden war. Sie hatte bemerkt, daß er von der Laufbrücke aus zusah, und hatte ihm wohl mit ihrer behandschuhten Rechten zuwinken wollen, doch die Geste war in einem kurzen Zucken erstorben: ein Zeichen der Ergebung, ja der Verzweiflung.

Er schaute zu den angebraßten Rahen hinauf. Die obersten Segel standen schon dunkler als die unteren gegen die hellen Schäfchenwolken, die sie den ganzen Tag begleitet hatten. Sie steuerten

Nordnordost-Kurs und hielten sich gut frei vom Land, um neugierige Blicke oder einen weiteren Verfolger zu meiden.

Die Deckswache erledigte ihre üblichen Aufgaben, prüfte den Trimm der Rahen und ob stehendes und laufendes Gut richtig durchgesetzt war. Von unten hörte er das klägliche Kratzen der Fidel des Shantyvorsängers und die Stimmen der Männer, die auf ihr Abendessen warteten.

Bolitho hielt in seinem ruhelosen Spaziergang inne und griff in die Hängemattsnetze, um sich gegen die Schlinger- und Stampfbewegungen des Schiffes zu wappnen. An Backbord war die See schon viel schwärzer, und die Dünung, die von schräg achtern anrollte, sie hob und dann unter ihrem Kiel weiterlief, lag schon im Halbdunkel.

Er blickte das Oberdeck entlang, auf die in regelmäßigen Abständen festgezurrten Kanonen hinter ihren geschlossenen Stückpforten, durch die schwarzen Wanten und das sonstige Tauwerk bis hin zur bleichen Schulter ihrer Galionsfigur. Er zitterte, als er sich vorstellte, daß es Aurora sei, die so in die Ferne griff; aber nach ihm und nicht nach dem Horizont.

Irgendwo lachte jemand, und er hörte Midshipman Lovelace einen Mann der Wache anfahren, der alt genug war, um sein Vater zu sein. Weil Lovelace eine sehr hohe Stimme hatte, klang es besonders komisch. Lovelace hatte von Palliser Strafdienst zudiktiert bekommen, weil er während der Hundewachen allerlei Unsinn angestellt hatte, statt sich mit seinen navigatorischen Aufgaben zu beschäftigen.

Bolitho erinnerte sich an seine eigenen frühen Versuche, all das zu lernen, was der Steuermann ihm in mühsamen Lektionen eingetrichtert hatte. Das lag nun alles weit zurück: die Dunkelheit im muffigen Orlopdeck und der Versuch, die Zahlen und Berechnungen beim flackernden Licht eines Kerzenstummels, der in einer alten Austernschale stand, zu lesen.

Und doch war seitdem erst wenig Zeit vergangen. Er warf einen Blick auf die vibrierende Leinwand, und dabei wurde ihm wieder einmal bewußt, wie schnell er diesen großen Schritt getan hatte. Wie lange war es her, daß er noch fast vor Angst erstarrt war, weil man ihm das erstemal die Wache anvertraut hatte? Jetzt fühlte er sich völlig sicher, aber er wußte auch, wann es an der Zeit war, den Kommandanten zu rufen. Aber niemanden sonst. Er konnte sich nicht mehr einem Wachführer oder treuen Steuermannsmaaten zuwenden und ihn um Rat oder Hilfe bitten. Diese Zeiten waren vorüber, es sei denn, er machte etwas fürchterlich falsch. Das würde ihn aber all den Respekt kosten, den er seither errungen hatte.

Bolitho fuhr fort, seine Gefühle einer genaueren Prüfung zu unterziehen. Er hatte Angst gehabt, als er glaubte, eingeklemmt unter Deck mit der *Heloise* untergehen zu müssen. Noch nie war er so kurz vor dem Verzweifeln gewesen. Und doch hatte er auch schon davor Kämpfe mitgemacht, sogar viele Male; bereits als zwölfjähriger Kadett hatte er auf seinem ersten Schiff die Zähne zusammenbeißen müssen, als der Donner einer vollen Breitseite der *Manxman* über das Wasser rollte.

In seiner Koje, nur durch die dünne Tür seiner Kammer von der übrigen Welt getrennt, hatte er über seine Angst nachgedacht und sich gefragt, wie seine Kameraden ihn wohl sahen und beurteilten.

Sie selber schienen sich kaum über den Augenblick hinaus Gedanken zu machen: Colpoys wirkte hochmütig und gelangweilt, Palliser unerschütterlich und immer auf dem Sprung, Rhodes recht sorglos. Aber vielleicht hatte Bolithos Erlebnisse auf der *Heloise* und dann auf der Brigg doch einen stärkeren Eindruck auf ihn gemacht, als er geglaubt hatte. Er hatte mehrere Menschen getötet oder verwundet und mit angesehen, wie andere ihre Feinde mit offensichtlicher Wollust niedergehauen hatten. Ob er sich jemals daran würde gewöhnen können? An den Geruch des fremden Atems dicht vor dem eigenen, an die Ausstrahlung seiner Körperwärme, wenn er versuchte, einen im Nahkampf zu überlisten. An seine Freude, wenn er glaubte, daß man fiel, und an sein Entsetzen, wenn die eigene Klinge in sein Fleisch und auf sein Knochengerüst stieß . . .

Einer der beiden Rudergänger meldete: »Kurs Nordnordost liegt an, Sir.«

Als Bolitho sich umdrehte, sah er die untersetzte Gestalt des Kommandanten aus dem Niedergang auftauchen.

Dumaresq war ein schwergewichtiger Mann, aber er bewegte sich so geschmeidig wie eine Katze.

»Alles ruhig, Mr. Bolitho?«

»Aye, Sir.« Er roch nach Brandy, und Bolitho schloß daraus, daß der Kommandant gerade seine Abendmahlzeit beendet hatte.

»Ein tüchtiges Stück haben wir da vor uns.« Dumaresq wippte auf seinen Fersen und sah hoch, um den Stand der Segel und die ersten blassen Sterne zu beobachten. Er wechselte das Thema. »Haben Sie sich von Ihrer kleinen Schlacht erholt?«

Bolitho kam sich entblößt vor. Es war, als hätte Dumaresq seine geheimsten Gedanken erraten.

»Ich glaube schon, Sir.«

Dumaresq blieb beharrlich dabei. »Haben Sie Angst gehabt?«

»Zeitweise.« Er nickte in Erinnerung an das Gewicht der Trümmer auf seinem Rücken und an das Gurgeln des steigenden Wassers.

»Gutes Zeichen.« Dumaresq nickte. »Werden Sie nie zu hart – wie schlechter Stahl. Sonst würden Sie eines Tages brechen.«

Bolitho fragte vorsichtig: »Nehmen wir die Passagiere die ganze Strecke mit, Sir?«

»Zumindest bis nach Saint Christopher. Dort werde ich die Hilfe des Gouverneurs in Anspruch nehmen, um eine Nachricht an unseren Befehlshaber dort oder auf Antigua zu schicken.«

»Und der Schatz, Sir? Besteht noch Aussicht, ihn wiederzufinden?«

»Einige Aussicht, ja. Aber ich vermute, daß wir ihn auf ganz andere Weise entdecken, als ursprünglich vorgesehen. Der Geruch von Aufruhr hängt in der Luft. Er schmort seit dem Ende des Krieges und breitet sich immer weiter aus. Früher oder später werden unsere alten Feinde wieder zuschlagen.« Dumaresq wandte sich um und sah Bolitho an, als ringe er um einen Entschluß. »Als wir noch in Plymouth waren, habe ich von den jüngsten Erfolgen Ihres Bruders gelesen. Er stellte und tötete einen Rebell, der nach Amerika fliehen wollte, einen Mann von hohem Ansehen, der sich aber als ebenso verderbt erwies wie der gemeinste Verräter.«*

Bolitho erwiderte ruhig: »Aye, Sir. Ich war dabei.«

»Tatsächlich?« Dumaresq kicherte in sich hinein. »Davon war in der Gazette aber nichts erwähnt. Ihr Bruder wollte wohl den ganzen Ruhm für sich allein?«

Er wandte sich ab, bevor Bolitho fragen konnte, was für eine Verbindung – wenn überhaupt – es gab zwischen ihrem Scharmützel im englischen Kanal und dem mysteriösen Piers Garrick.

Dumaresq verkündete: »Ich werde jetzt mit Mr. Egmont Karten spielen. Der Doktor hat ihn als seinen Partner akzeptiert, und ich werde unseren tapferen Mr. Colpoys als meinen wählen.« Er schüttelte sich vor Lachen. »Wir könnten ja eine von Egmonts Geldkassetten leeren, bevor wir vor Basseterre ankern.«

Bolitho seufzte und ging langsam an die Querreling. In einer halben Stunde war Wachwechsel: ein paar Worte mit Rhodes und

* Siehe Kent: *Strandwölfe*

dann hinunter in die Messe.

Er hörte Yeames, den Steuermannsmaat der Wache, ungewöhnlich höflich murmeln: »Hallo, guten Abend, meine Damen!«

Bolitho fuhr herum, und sein Herz begann zu pochen, als er Aurora vorsichtig und bei ihrer Zofe eingehakt an die Leereling des Achterdecks treten sah.

Er bemerkte, daß sie zögerte, und wußte nicht, was er tun sollte.

»Lassen Sie mich Ihnen helfen«, sagte er schließlich, überquerte das Deck und ergriff ihre ausgestreckte Hand. Durch den Handschuh fühlte er die Wärme ihrer Finger, das zarte Gelenk.

»Kommen Sie auf die Luvseite, Madam. Da spritzt es nicht so, und der Ausblick ist besser.«

Sie leistete keinen Widerstand, als er sie das schräge Deck hinauf zur anderen Seite geleitete. Dann zog er sein Taschentuch und wickelte es um das Hängemattsnetz. So gelassen wie möglich erklärte er ihr, daß dies zum Schutz ihres Handschuhs vor Teer und anderen Verunreinigungen geschehe.

Sie stand nahe an den Netzen und blickte über das dunkle Wasser in die Ferne. Bolitho roch ihr Parfüm und spürte ihre verwirrende Nähe.

Schließlich sagte sie: »Eine lange Reise bis zur Insel Saint Christopher, nicht wahr?« Sie wandte sich um und schaute ihn an, aber ihre Augen lagen im Dunkeln.

»Wir werden über zwei Wochen brauchen, meint Mr. Gulliver, Madam. Es sind gut dreitausend Meilen.«

Er sah ihre Zähne in der Dunkelheit leuchten, wußte aber nicht, ob das Lächeln Bestürzung oder Ungeduld mit einschloß.

»Über dreitausend Meilen, Leutnant?« Dann nickte sie. »Ich verstehe.«

Durch das offene Skylight hörte Bolitho Dumaresqs kehliges Lachen und Colpoys Erwiderung. Sie waren zweifellos beim Kartenausteilen. Auch Aurora hatte es gehört und sagte schnell zu ihrer Zofe: »Du kannst uns verlassen. Das war ein schwerer Tag für dich.«

Sie folgte dem Mädchen mit den Blicken, als es sich zum Niedergang tastete, und fügte für Bolitho hinzu: »Sie war ihr Leben lang nur auf festem Boden. Das Schiff muß ihr sehr fremd sein.«

Bolitho fragte: »Was haben Sie vor? Wo werden Sie nach allem, was geschah, Sicherheit finden?«

Sie neigte den Kopf, als Dumaresq wieder laut lachte. »Das hängt von *ihm* ab.« Sie sah an Bolitho vorbei, und ihre Augen schimmerten wie die Gischt, als sie fragte: »Ist es Ihnen denn so wichtig?«

»Das wissen Sie doch. Ich mache mir schreckliche Sorgen.«

»Wirklich?« Mit der freien Hand ergriff sie seinen Arm. »Sie sind ein lieber Junge.« Als sie fühlte, daß er erstarrte, setzte sie sanft hinzu: »Ich bitte um Entschuldigung. Sie sind kein Junge, sondern ein Mann, das haben Ihre Taten bewiesen, als ich dachte, daß ich sterben müßte.«

Bolitho lächelte. »Ich bin es, der um Entschuldigung bitten muß. Weil ich so gern möchte, daß Sie mich mögen, benehme ich mich wie ein Narr.«

Sie drehte sich um und trat näher, um ihn anzuschauen. »Sie meinen es ehrlich, das weiß ich.«

»Wären Sie nur in Rio geblieben!« Bolitho marterte sich das Hirn, wie er ihr helfen könnte. »Mr. Egmont hätte Ihr Leben nicht aufs Spiel setzen dürfen.«

Sie schüttelte den Kopf, und die Bewegung ihrer tanzenden Haare stach Bolitho wie ein Dolch ins Herz.

»Er war immer gut zu mir. Ohne ihn wäre ich schon vor langer Zeit verloren gewesen. Ich habe spanisches Blut. Als meine Eltern starben, wollte man mich einem portugiesischen Händler als Ehefrau verkaufen.« Sie schüttelte sich. »Ich war erst dreizehn. Und er war ein fettes Schwein.«

Bolitho fühlte sich seltsamerweise enttäuscht. »Haben Sie Mr. Egmont denn nicht aus Liebe geheiratet?«

»Aus Liebe?« Sie schüttelte den Kopf. »Ich finde Männer nicht sehr anziehend, müssen Sie wissen. Darum war ich mit allem, was er für mich arrangierte, einverstanden. Ich glaube, er braucht mich ebenso als Dekoration wie seine anderen schönen Besitztümer.« Sie öffnete den Schal, den sie an Deck trug. »Wie diesen Vogel, verstehen Sie?«

Bolitho sah den zweiköpfigen Vogel mit den rubinbesetzten Schwanzfedern, den sie bei dem Fest in Rio getragen hatte.

Leidenschaftlich und unvermittelt stieß er hervor: »Ich liebe Sie!«

Sie versuchte zu lachen, aber es gelang ihr nicht. Stattdessen seufzte sie: »Ich habe den Verdacht, daß Sie sogar noch weniger über die Liebe wissen als ich.« Sie hob die Hand und strich über sein Gesicht. »Aber Sie meinen es ernst. Tut mir leid, wenn ich Sie verletzt habe.«

Bolitho ergriff ihre Hand und preßte sie fest an seine Wange. Sie hatte ihn nicht verlacht oder wegen seines plumpen Geständnisses verhöhnt. Er sagte: »Man wird Sie bald in Frieden lassen.«

Wieder seufzte sie. »Damit Sie als wackerer Ritter auf Ihrem Schlachtroß kommen und mich retten können? Solche Dinge träumte ich als Kind. Aber nun denke ich als Frau.« Sie zog seine Hand hinab und drückte sie gegen ihre Brust, sodaß ihm die Wärme des edelsteinbesetzten Vogels vorkam wie ein Stück von ihr selbst.

»Fühlen Sie etwas?« Sie beobachtete ihn gespannt.

Er spürte den heftigen Schlag ihres Herzens, der dem seinen gleichkam, fühlte ihre weiche Haut und die feste Wölbung ihrer Brust.

»Ich bin kein Kind mehr.« Sie wollte sich abwenden, doch als er sie festhielt, sagte sie: »Was soll daraus werden? Wir sind nicht allein auf der Welt. Wenn mein Mann argwöhnt, daß ich ihn betrüge, wird er sich weigern, Ihrem Kommandanten zu helfen.« Sie legte die Fingerspitzen auf seine Lippen. »Hören Sie mir gut zu, Richard. Wissen Sie, was das bedeutet? Mein Mann würde in ein englisches Gefängnis geworfen und abgeurteilt, wenn nicht gar hingerichtet. Ich als seine Frau würde vielleicht ebenfalls eingesperrt oder mittellos mir selber überlassen, um auf einen weiteren portugiesischen Händler oder auf Schlimmeres zu warten.« Sie zögerte, bis er sie losließ, und flüsterte dann: »Aber glauben Sie nicht, ich wollte oder könnte Sie nicht lieben!«

Stimmen waren an Deck zu hören, ein Bootsmannsmaat verlas die Namen der neuen Wache, die gleich nach achtern kommen und Bolithos Leute ablösen würde.

In diesen wenigen Sekunden haßte Bolitho seinen Dienst aus vollem Herzen. Er stieß hervor: »Ich muß Sie wiedersehen!«

Sie ging schon zur anderen Seite, ihre schlanke Gestalt hob sich wie ein Geist von dem dunklen Wasser ab.

»Dreitausend Meilen sagten Sie, Leutnant? Das ist eine sehr lange Fahrt. Jeder Tag wird eine Qual werden.« Sie zögerte und schaute zu ihm zurück. »Für uns beide.«

Rhodes kam den Niedergang herauf und trat beiseite, um Mrs. Egmont vorbeizulassen. Er nickte Bolitho zu und sagte: »Eine wirkliche Schönheit.« Er bemerkte Bolithos Stimmung und ahnte, daß es eine scharfe Erwiderung geben würde, wenn er weitere Bemerkungen über sie machte. Entschuldigend sagte er: »Das war blöd von mir.«

Bolitho zog ihn zur Seite, ungeachtet der Wache, die an der Achterdecksreling antrat.

»Ich bin verzweifelt, Stephen, und kann es sonst niemandem

sagen. Es macht mich noch verrückt.«

Rhodes war von Bolithos Offenheit und der Tatsache, daß er sein Geheimnis mit ihm teilte, tief bewegt.

Er sagte: »Wir werden uns etwas ausdenken.« Das klang angesichts der Verzweiflung seines Freundes so wenig überzeugend, daß er hinzufügte: »Bevor wir Saint Christopher erreichen, kann eine Menge passieren.«

Der Steuermannsmaat tippte an seinen Hut: »Wache hat gewechselt, Sir.«

Bolitho ging zum Niedergang. Auf der ersten Stufe hielt er an. Auroras Parfüm hing noch in der Luft. Oder haftete es an seinem Uniformrock? Laut sagte er vor sich hin: »Was kann ich bloß tun?«

Doch die einzige Antwort kam von der See und dem Rumpeln des Ruders unter Dumaresqs Kajüte.

Die erste Woche Fahrt verging recht schnell mit einigen heftigen Böen, welche die Männer in Bewegung hielten und die brennende Hitze vertrieben.

Es ging hinauf zum Kap Branço und dann mit Kurs Nordwest zu den Westindischen Inseln. Längere Perioden leichter Winde wechselten mit Flauten, in denen die Boote ausgesetzt wurden und das anstrengende Pullen des Schiffes begann.

Trinkwasser wurde immer knapper, und da keine Aussicht auf Regen oder baldige Landberührung bestand, wurde es rationiert. Nach einer weiteren Woche wurden die Rationen sogar auf einen knappen Liter pro Mann und Tag verringert.

Während seiner Tageswachen unter der brennenden Sonne sah Bolitho sehr wenig von Egmonts Frau. Er sagte sich, daß dies nur zu ihrem und auch seinem Besten sei. Es gab ohnedies Aufregungen genug: Ausbrüche von Ungehorsam, die von den Maaten mit Faustschlägen und Tritten oder dem Gebrauch des Tauendes unterdrückt wurden. Aber Dumaresq verzichtete auf Auspeitschungen, und Bolitho fragte sich nach dem Grund: War er nur darauf aus, möglichst Frieden zu wahren, oder geschah es der Passagiere wegen?

Auch Bulkley zeigte sich besorgt: Drei Mann waren mit Skorbut zusammengebrochen. Trotz seiner Vorsorge und der täglichen Ausgabe von Fruchtsaft hatte er es nicht verhindern können.

Einmal, als sich Bolitho im Schatten des großen Besansegels aufhielt, hatte er Dumaresqs Stimme durch das Skylight der Kajüte gehört. Er wies Bulkleys dringende Bitte zurück und beschuldigte ihn, keine besseren Vorsichtsmaßnahmen für seine kranken Matrosen getroffen zu haben.

Bulkley hatte offensichtlich die Seekarte studiert, denn er protestierte: »Warum laufen wir nicht Barbados an, Sir? Wir könnten draußen vor Bridgetown ankern und dafür sorgen, daß uns Trinkwasser gebracht wird. Was wir jetzt noch haben, ist voll ekligem Getier, und wenn Sie darauf bestehen, so weiterzusegeln, kann ich die Verantwortung für die Gesundheit der Männer nicht länger tragen.«

»Verflucht noch mal, Sir! Ich werde Ihnen sagen, wer hier Verantwortung trägt: ich! Und ich werde nicht nach Barbados segeln und vor aller Welt ausposaunen, was wir vorhaben. Halten Sie sich an Ihre Aufgabe, ich halte mich an meine!«

Damit war die Unterredung beendet.

Siebzehn Tage, nachdem sie sich von der *Rosario* getrennt hatten, fand der Wind sie wieder. Unter vollen Segeln – sogar die Leesegel wurden ausgebracht – kam die *Destiny* wieder so in Fahrt, wie es sich für das Vollschiff, das sie war, gehörte.

Aber vielleicht war es schon zu spät, um eine Explosion an Bord zu verhindern. Slade, der Steuermannsmaat, der immer noch spürte, daß Palliser ihn verachtete, und wußte, daß der Erste Offizier ihm bei jeder Aussicht auf Beförderung im Wege stehen, wenn nicht gar sie zunichte machen würde, beschimpfte Midshipman Merrett, weil er die Mittagsposition des Schiffes falsch berechnet hatte. Merrett hatte seine anfängliche Ängstlichkeit überwunden, aber er war erst zwölf Jahre alt; vor allen Leuten, die beiden Rudergänger eingeschlossen, derart heruntergeputzt zu werden, war zu viel für ihn. Er brach in Tränen aus.

Rhodes war wachhabender Offizier und hätte eingreifen können. Statt dessen blieb er auf der Luvseite des Achterdecks, den Hut gegen die Sonne schief auf dem Kopf und taub gegen Merretts Ausbruch. Bolitho beaufsichtigte unten am Großmast seine Toppsgasten, die einen neuen Block an der Obermarsrah einschoren. Er hörte das meiste mit an.

Stockdale neben ihm murmelte: »Es ist wie in einem überfüllten Wagen, Sir. Irgendwas muß passieren.«

Merrett ließ den Hut fallen und wischte sich die Augen mit dem Handrücken. Ein Matrose hob den Hut auf und gab ihn zurück, wobei er Slade einen wütenden Blick zuwarf.

Slade schrie ihn an: »Wie können Sie es wagen, sich in eine Angelegenheit zwischen Vorgesetzten einzumischen?«

Der Matrose, ein Mann der Wache auf dem Achterdeck, erwiderte heftig: »Verdammt, Mr. Slade, er tut sein Bestes. Es ist schon schlimm genug für die Älteren von uns, erst recht für ihn.«

Slade lief dunkelrot an und brüllte: »Wachtmeister! Nehmen Sie den Mann fest!« Er wandte sich an das gesamte Achterdeck: »Ich will ihn auf der Strafgräting sehen!«

Poynter und der Schiffskorporal ergriffen den beschuldigten Matrosen. Dieser zeigte keine Spur von Angst. »Wie bei Murray, wie? Ein guter und loyaler Kamerad, den wolltet ihr ebenfalls auspeitschen!«

Bolitho hörte ein Gemurmel der Zustimmung.

Rhodes raffte sich endlich aus seiner Teilnahmslosigkeit auf und rief: »Ruhe da! Was ist denn los?«

Slade sagte: »Dieser Mann forderte mich heraus und beschimpfte mich.« Gefährlich ruhig schaute er den Matrosen an, als wolle er ihn totschlagen.

Rhodes sagte unsicher: »In dem Fall . . .«

»In dem Fall, Mr. Rhodes, lassen Sie den Mann in Eisen legen. Ich dulde keine Unbotmäßigkeiten auf meinem Schiff.«

Dumaresq war wie durch Zauberei erschienen.

Slade schluckte und sagte: »Dieser Mann hat sich eingemischt, Sir.«

»Ich habe Sie gehört!« Dumaresq verschränkte die Hände auf dem Rücken. »Wie das ganze Schiff, möchte ich annehmen.« Er warf einen Blick auf Merret und fuhr ihn an: »Hör auf zu flennen, Junge!«

Der Midshipman hörte wie eine angehaltene Uhr auf und sah sich entgeistert um.

Dumaresq faßte den Matrosen ins Auge und sagte: »Das war eine kostspielige Geste, Adams. Ein Dutzend gibt's dafür!«

Bolitho wußte, daß Dumaresq nicht anders handeln konnte, um die Autorität seiner Unterführer zu stützen; aber ob zu Recht oder zu Unrecht: zwölf Schläge waren die Mindeststrafe. Ein kleines Kopfweh, würden die älteren Seeleute dazu sagen.

Aber eine Stunde später, als die Peitsche sich hob und mit schrecklicher Gewalt auf den nackten Rücken des Matrosen niederklatschte, erkannte Bolitho, wie schwach ihre Position gegenüber der Schiffsbesatzung war.

Die Gräting war weggestaut, der Mann namens Adams stöhnend vor Schmerzen nach unten getragen, wo er mit einem Guß Salzwasser und einer großen Portion Rum wieder auf die Beine gebracht wurde. Die Blutflecken an Deck waren weggewaschen, und allem Anschein nach lief alles wieder wie zuvor.

Bolitho hatte Rhodes als Wachhabenden abgelöst und hörte Dumaresq zum Steuermannsmaaten sagen: »Der Disziplin ist Genüge getan, in unser aller Interesse.« Er sah Slade mit durchdringendem Blick an. »Zu Ihrem eigenen Besten rate ich Ihnen aber, mir möglichst aus dem Weg zu gehen.«

Bolitho wandte sich ab, damit Slade nicht sehen konnte, daß er die Szene beobachtet hatte. Aber er hatte Slades Gesicht bemerkt. Sein Ausdruck war der eines Mannes, der eine Begnadigung erwartet hatte und nun feststellte, daß seine Arme vom Henker gebunden wurden.

Die ganze Nacht dachte Bolitho an Aurora. Es war unmöglich, sich ihr zu nähern. Dumaresq hatte ihr den hinteren Teil der Kajüte überlassen, während Egmont sich mit einer Notkoje im vorderen Teil, dem Eßraum, begnügen mußte. Dumaresq selber schlief im Kartenraum nebenan. Und dann gab es noch den Steward und den Posten Kajüte, die jedem ungebetenen Besucher den Eintritt verwehren konnten.

Als Bolitho nackt und trotzdem schweißtriefend in der stickigen Luft auf seiner Koje lag, malte er sich aus, wie er Auroras Kajüte betreten und sie in seine Arme schließen würde. Er stöhnte vor Qual und versuchte, seinen Durst zu vergessen, obwohl sein Mund völlig ausgedörrt war. Das Trinkwasser war faulig und knapp. Aber statt dessen Wein zu trinken hieß, eine Katastrophe heraufbeschwören.

Er hörte unsichere Schritte in der Messe und dann ein leichtes Klopfen an seiner Tür.

Bolitho rollte sich von der Koje, hielt sich sein Hemd vor und fragte: »Wer ist da?«

Es war Spillane, der neue Schreiber des Kommandanten. Trotz der späten Stunde sah er sauber und adrett aus; sogar sein Hemd schien frisch gewaschen zu sein.

Spillane sagte höflich: »Ich habe eine Botschaft für Sie, Sir.« Er musterte Bolithos wirres Haar und seine halbe Nacktheit, bevor er fortfuhr: »Von der Dame.«

Bolitho warf einen schnellen Blick in die Messe. Nur das regelmäßige Knarren von Holz und das gelegentliche Schlagen der Segel

oben durchbrach die Stille.
Er flüsterte: »Geben Sie her!«
Spillane antwortete: »Nur mündlich, Sir. Sie hat nichts aufgeschrieben.«
Bolitho schaute starr vor sich hin. Spillane war nun ein Mitwisser, ob ihm das paßte oder nicht. »Also?«
Spillane senkte die Stimme noch mehr. »Sie übernehmen doch die Morgenwache um vier Uhr, Sir.«
»Aye.«
»Die Dame wird versuchen, an Deck zu kommen. Um frische Luft zu schnappen, falls jemand nach dem Grund fragen sollte.«
»Ist das alles?«
»Alles, Sir.« Spillane beobachtete ihn im trüben Licht einer mit einer kleinen Flamme brennenden Laterne. »Hatten Sie mehr erwartet?«
Bolitho sah ihn prüfend an. War die letzte Bemerkung ein Zeichen plumper Vertraulichkeit? Aber vielleicht war Spillane auch nur nervös und wollte seinen Auftrag schnell hinter sich bringen.
Er sagte: »Nein. Vielen Dank für die Nachricht.«
Danach stand er noch lange vor seiner Koje, wobei er die Schiffsbewegungen ausbalancierte und über das nachdachte, was Spillane gesagt hatte.
Später saß er in der Messe, ließ das Hemd unschlüssig von einem Finger baumeln und starrte in die Dunkelheit.
Ein Bootsmannsmaat fand ihn so und flüsterte: »Also brauche ich Sie nicht erst zu wecken, Sir. Die Wache wird gerade gemustert. Es weht eine frische Brise, aber der nächste Tag wird wieder heiß, nehme ich an.«
Er trat zurück, als Bolitho seine Kniehose anzog und nach einem neuen Hemd suchte. Der Leutnant war offenbar noch halb im Schlaf, entschied der Maat. Es war doch glatte Verschwendung, wenn jemand saubere Wäsche für die Morgenwache anzog. Sie würde bis sechs Glasen* zum Auswringen naß sein.
Bolitho folgte dem Mann an Deck und löste Midshipman Henderson mit der geringstmöglichen Verzögerung ab. Henderson stand als nächster zur Offiziersprüfung an. Palliser hatte ihm erstmals erlaubt, die Mittelwache allein zu gehen.
Der Midshipman rannte fast unter Deck; Bolitho konnte sich

* sieben Uhr

gut an seine Stelle versetzen und wußte, mit welcher Genugtuung er sich jetzt in seine Hängematte im Orlopdeck schwingen würde. Seine erste Wache allein lag hinter ihm. Es wäre fast schiefgegangen, weil er drauf und dran gewesen war, Palliser oder den Master zu wecken.
Dann das Triumphgefühl, als Bolitho erschien und er begriff, daß die Wache ohne Zwischenfall vorüber war.

Bolithos Leute ließen sich im Dunkeln an Deck nieder; nachdem er Kompaß und Segelstand überprüft hatte, schlenderte er zum Niedergang.

Midshipman Jury ging auf die Luvseite und fragte sich, wann *er* wohl die Chance für eine selbständige Wache bekäme. Er wandte sich um und sah Bolitho weiter nach achtern zum Besanmast gehen – und dann den Schimmer einer zweiten Gestalt, die lautlos heranglitt.

Er hörte die Rudergänger miteinander flüstern und bemerkte, daß der Bootsmannsmaat der Wache sich diskret auf die Luv-Laufbrücke begeben hatte.

»Achtung auf das Ruder!« Jury sah, daß die Matrosen an dem großen Doppelrad sich strafften. Die beiden Gestalten hinter ihnen schienen zu einer einzigen verschmolzen zu sein.

Jury schlenderte zur Querreling und packte sie mit beiden Händen. Allem Anschein nach ging er jetzt doch seine erste Wache allein, dachte er glücklich.

XI Mit knapper Not

Nur unter Klüver, Breitfock und Marssegeln steuerte die *Destiny* die Insel mit dem grünen Buckel an. Es wehte eine so leichte Brise, daß sie nur im Schneckentempo vorankamen – ein Eindruck, der sich noch verstärkte, als sie sich dem schmalen Vorland näherten.

Der Ausguck hatte die Insel am Abend vorher bei Anbruch der Dunkelheit entdeckt; bis zur Morgendämmerung überschlugen sich auf den nächtlichen Wachen, in der Messe wie in den Quartieren der Mannschaften die Vermutungen.

Jetzt lag das Inselchen im hellen Licht des Vormittags genau vor ihrem Bug und flimmerte im leichten Dunst, als könne es jeden Augenblick wieder wie ein Trugbild verschwinden. Zur Mitte hin stieg das Terrain an und war mit Palmenwald und sonstigem Grün bedeckt, während die Abhänge und der kleine, halbmondförmige

Strand keinerlei Deckung boten.

»Gerade sechs Faden!«

Der Ruf des Lotgasten in den Rüsten machte Bolitho auf die nahen Untiefen aufmerksam. An Steuerbord gab es offenbar ein vorgelagertes Riff. Einige Seevögel schaukelten auf dem Wasser oder umkreisten neugierig die Mastspitzen.

Bolitho sah Dumaresq mit Palliser und dem Master beraten. Die Insel war auf der Seekarte eingetragen, aber ohne Hinweis auf den Besitzanspruch einer Nation. Die nautischen Angaben waren nur spärlich, und Dumaresq bedauerte wohl schon seinen impulsiven Entschluß, sie anzusteuern, um nach Wasser suchen zu lassen.

Aber sie waren bei den allerletzten Wasserfässern angekommen, und auch deren Inhalt war so ekelhaft, daß Bulkley und der Zahlmeister sich zu einem gemeinsamen Vorstoß beim Kommandanten entschlossen hatten; er möge für baldigen Ersatz sorgen, und sei es auch nur so viel, daß es gerade bis zu ihrem Bestimmungsort reichte.

»Sieben Faden!«

Gulliver erlaubte sich ein leichtes Aufatmen, da der Kiel wieder über tieferes Wasser glitt. Doch das Schiff stand immer noch zwei Kabellängen vom Strand entfernt. Wenn der Wind zunahm und gleichzeitig die Richtung änderte, konnte die *Destiny* bei dieser geringen Wassertiefe und bei so wenig Platz für ein Freisegeln von dem ausgedehnten Riff noch immer in Schwierigkeiten geraten.

»Fünf Faden!«

Dumaresq gab Palliser ein Zeichen. »Aufschießen und klar zum Ankern!«

Mit Segeln, die in der großen Hitze kaum killten, drehte die *Destiny* träge im tiefblauen Wasser, bis der Befehl: »Fallen Anker!« über Deck gellte. Das Eisen klatschte hinab, und um seine Einschlagstelle im glatten Wasser bildeten sich Wellenkreise, die immer weiter vom Bug wegliefen, während heller Sand vom Grund aufwirbelte.

Vom Augenblick des Ankerns an schien die Hitze noch zuzunehmen; als Bolitho aufs Achterdeck ging, sah er Egmont und seine Frau nahe der Heckreling unter einem Sonnensegel stehen, das George Durham, der Segelmacher, für sie aufgeriggt hatte.

Dumaresq studierte die Insel sorgfältig durch das große Fernrohr des Signalfähnrichs. »Kein Rauch oder Zeichen von menschlichem Leben«, stellte er fest. »Auch am Strand kann ich keine Spuren entdecken, zumindest auf dieser Seite der Insel gibt es keine Boote.« Er reichte Palliser das Glas. »Der Hügel sieht vielversprechend aus, eh?«

Gulliver meinte vorsichtig: »Da könnte es Wasser geben, Sir.«

Dumaresq beachtete ihn nicht, sondern wandte sich an seine beiden Passagiere. »Das wäre vielleicht eine Gelegenheit, sich die Beine an Land zu vertreten, bis wir wieder ankerauf gehen.« Er hatte beide angesprochen, doch Bolitho spürte, daß seine Worte an die Frau gerichtet waren.

Er dachte an den Augenblick, als sie zu ihm an Deck gekommen war. Er war so kurz, aber kostbar gewesen. Und gefährlich, aber gerade darum besonders erregend.

Sie hatten nur wenige Worte gewechselt. Den ganzen folgenden Tag hatte Bolitho daran gedacht, es noch einmal durchlebt und sich jeden Augenblick in Erinnerung gerufen, um nichts davon zu vergessen.

Er hatte sie an sich gezogen, während das Schiff ins erste matte Licht des frühen Tages hineinpflügte, hatte ihr Herz an dem seinen schlagen gespürt und sie noch enger an sich pressen wollen, aber gleichzeitig befürchtet, daß seine Kühnheit alles zerstören könnte. Sie hatte sich aus seinen Armen befreit und ihn leicht auf den Mund geküßt, bevor sie mit den letzten Schatten auf dem Achterdeck verschmolz und ihn allein ließ.

Als Dumaresq jetzt so vertraulich von »Beine vertreten« mit ihr sprach, durchschoß es Bolitho wie ein Pfeil der Eifersucht, die er bisher nicht gekannt hatte.

Dumaresq weckte ihn aus seinen Gedanken auf. »Sie werden ein Landekommando führen, Mr. Bolitho. Stellen Sie fest, ob es einen Bach oder brauchbaren Tümpel in den Felsen gibt. Ich warte auf Ihr Signal.«

Er ging nach achtern, und Bolitho hörte ihn wieder mit Egmont und Aurora sprechen.

Bolitho zitterte. Er merkte, daß Jury ihn beobachtete, und glaubte einen Augenblick, er habe Auroras Namen wieder laut vor sich hin gesprochen.

Palliser fuhr ihn an: »Setzen Sie sich endlich in Bewegung! Wenn es kein Wasser gibt, wüßten wir es gern möglichst bald.«

Colpoys lehnte lässig am Besanmast. »Ich kann ein paar meiner Leute zum Schutz mitschicken, wenn Sie wollen.«

Aber Palliser bellte: »Zum Teufel, wir bereiten uns auf keine

Feldschlacht vor!«

Der Kutter wurde ausgeschwungen und längsseits zu Wasser gebracht. Stockdale, der zum Geschützführer befördert worden war, hatte bereits einige Leute abgeteilt, während der Bootssteurer ein paar Taljen zur Übernahme der Wasserfässer verstauen ließ.

Bolitho wartete, bis alle Leute im Boot waren, und meldete es Palliser. Er sah, daß Aurora ihn beobachtete. Die Art, wie ihre Hand auf dem Halsschmuck ruhte, sollte ihn vielleicht daran erinnern, daß seine Hand vor gar nicht langer Zeit dort geruht hatte.

Palliser sagte: »Nehmen Sie eine Pistole mit und feuern Sie einen Schuß ab, wenn Sie Wasser finden.« Er kniff die Augen gegen das starke Sonnenlicht zusammen. »Und wenn die Fässer endlich gefüllt sind, können sich die Leute etwas anderes zum Nörgeln suchen!«

Der Kutter stieß von der Bordwand ab. Als sie den Schatten der *Destiny* verließen, spürte Bolitho die stechende Sonne im Nacken.

»Rudert an!«

Bolitho ließ einen Arm außenbords hängen, fühlte die angenehme Kühle des Wassers und bildete sich ein, Aurora wäre bei ihm, schwämme neben ihm und laufe dann Hand in Hand mit ihm den weißen Strand hinauf, um einander das erstemal zu entdecken.

Als er über das Dollbord schaute, sah er unter sich ganz klar den Meeresgrund: weiße Steine oder Muscheln, dazwischen einzelne Korallenstöcke, die in dem schimmernden Licht trügerisch harmlos aussahen.

Stockdale sagte zum Bootssteurer: »Sieht aus, als wäre hier noch nie jemand gewesen, Jim.«

Der Mann ließ die Pinne los und nickte ihm zu, und diese Bewegung genügte, um ein Rinnsal von Schweiß unter seinem geteerten Hut herabfließen zu lassen.

»Auf Riemen! Bugmann, Riemen ein!«

Bolitho beobachtete, wie der Schatten des Kutters unter ihnen anstieg und mit dem Rumpf zusammenfloß, als der Bugmann über Bord sprang und das Boot auf den Sand zog. Die Kuttergäste holten ihre Riemen ein und hockten einige Zeit keuchend wie alte Männer auf ihren Duchten.

Dann herrschte völlige Stille. Weit weg schlug leichte Brandung gegen ein Riff, und um den Kutter gurgelte das Wasser in stetem Auf und Ab. Kein Vogel stieg von den Palmenhainen auf, nicht einmal ein Insekt.

Bolitho kletterte über das Dollbord und watete zum Strand. Er trug offenes Hemd und Kniehose, aber ihm war, als sei er in einen dicken Pelz gehüllt. Der Wunsch, seine ramponierte Kleidung abzuwerfen und sich nackt in die See zu stürzen, mischte sich mit seinen Phantasien über Aurora. Er fragte sich, ob sie ihn wohl vom Schiff aus durch ein Fernrohr beobachtete.

Doch dann fiel Bolitho plötzlich ein, daß die Männer auf einen Befehl von ihm warteten.

Er sagte zum Bootssteurer: »Sie bleiben mit den Kuttergästen beim Boot. Vielleicht müssen Sie noch mehrmals hin und zurück pullen.« Und zu Stockdale sagte er: »Wir klettern mit den übrigen Männern den Hang hinauf. Das ist der kürzeste Weg und wohl auch der kühlste.«

Er ließ den Blick über das kleine Landekommando wandern. Zwei Leute stammten von der Besatzung der *Heloise* und hatten inzwischen ihren Eid für den Dienst in der Marine Seiner Majestät geleistet. Noch etwas benommen von dem plötzlichen Wechsel in ihrem Leben, waren sie doch so gute Seeleute, daß sie bisher nicht mit den härteren Seiten des Bootsmanns Bekanntschaft geschlossen hatten.

Außer Stockdale war kein Mann von Bolithos eigener Division in der Gruppe, und er schloß daraus, daß an Bord wenig Begeisterung für den Ausflug auf eine unbewohnte Insel vorhanden gewesen war. Falls sie Wasser fanden, würde sich das schnell ändern.

Stockdale befahl: »Mir nach!«

Bolitho arbeitete sich den Hang hinauf. Seine Füße versanken in losem Sand, die Pistole im Gürtel brannte ihm auf der Haut wie glühendes Eisen. Seltsam, dachte er, wie sie hier auf diesem unbekannten Stückchen Erde herummarschierten. Sie konnten auf alles mögliche stoßen, auch auf die Knochen von schiffbrüchigen Seeleuten oder von Piraten Ausgesetzten, die ohne Hoffnung auf Rettung umgekommen waren.

Wie einladend ihnen die Palmwedel zuwinkten! Sie bewegten sich ganz leicht, und beim Näherkommen konnte man sie rauschen hören. Einmal hielt Bolitho an und schaute zum Schiff zurück. Es schien sich sehr weit weg über seinem Spiegelbild zu wiegen. Auf diese Entfernung hatte es seine kühnen Linien verloren. Seine Rahen und lose aufgebundenen Segel schwangen leicht hin und her und schienen im Dunst zu verschmelzen.

Die kleine Gruppe Seeleute war dankbar, als sie endlich in den Schatten einiger Palmen gelangte. Allerlei Laubwerk hakte sich mit scharfen Rändern in ihre zerlumpten Hosen, und sie atmeten den intensiven Duft von faulendem Unterholz und grell gefärbten Blüten.

Bolitho sah hoch über sich einen Fregattvogel kreisen. Seine wie Türkensäbel geschwungenen Flügel machten keine Bewegung, da er vom heißen Aufwind über der Insel getragen wurde. Also waren sie doch nicht völlig allein hier.

Ein Mann rief plötzlich aufgeregt: »Sehen Sie da drüben, Sir! Wasser!«

Jetzt drängten sie vorwärts, alle Müdigkeit war vergessen.

Bolitho starrte ungläubig in den Tümpel. Er schien leicht bewegt, also mußte es irgendwo einen unterirdischen Zufluß geben. Palmen spiegelten sich in seiner Oberfläche, und Bolitho sah auch seine Männer, die auf das Wasser hinunterblickten, nur als Spiegelbilder.

Er sagte: »Ich werd's mal probieren.«

Er kletterte das sandige Ufer hinunter und tauchte eine Hand ins Wasser. Sicher täuschte ihn der Eindruck, aber es fühlte sich an wie ein kühler Gebirgsbach. Er führte etwas in der hohlen Hand an die Lippen und probierte nach kurzem Zögern einen Schluck. Dann sagte er erleichtert: »Es ist trinkbar!«

Bolitho sah, wie seine Seeleute sich niederwarfen, das Wasser über Gesichter und Schultern schöpften und immer wieder gierig davon tranken. Auch Stockdale wischte sich befriedigt den Mund.

»Wir wollen uns einen Augenblick ausruhen und dann dem Schiff Signal geben«, entschied Bolitho.

Die Seeleute zogen ihre breiten Entermesser aus dem Gürtel und steckten sie in den Sand, bevor sie sich unter den Palmen ausstreckten oder sich erneut über das schimmernde Wasser beugten.

Bolitho hielt sich etwas abseits; als er seine Pistole untersuchte, ob auch kein Sand oder Wasser hineingeraten war, dachte er an den Augenblick, als Aurora zu ihm aufs Achterdeck gekommen war. Es durfte damit nicht zu Ende sein!

»Stimmt etwas nicht, Sir?« Stockdale kam schwerfällig den Abhang hoch.

Bolitho nahm an, daß er recht finster vor sich hingeblickt hatte. »Alles in Ordnung.«

Es war unheimlich, wie Stockdale immer zu wissen schien, wann er gebraucht wurde. Bolitho sprach gern mit dem riesigen rauhen Preisboxer, und dem ging es ebenso, aber es geschah ohne jeden

Anflug von Unterwürfigkeit oder um sich Vorteile zu verschaffen.

Bolitho sagte: »Gehen Sie zum Boot und geben Sie Signal.« Er sah die Pistole fast in Stockdales großer Faust verschwinden. »Ich muß noch über etwas nachdenken.«

Stockdale sah ihn ruhig an. »Sie sind noch jung, Sir. Ich bitte um Vergebung, aber Sie sollten so lange jung bleiben, wie Sie können.«

Bolitho wußte nie so ganz, was Stockdale mit seinen kurzen, zögernden Sätzen meinte. Wollte er andeuten, daß er sich von einer Frau fernhalten solle, die zehn Jahre älter war? Darüber wollte Bolitho nicht nachdenken. Sie lebten heute und verlangten nach einander. Über die Konsequenzen konnten sie sich später Sorgen machen.

Er sagte: »Nun machen Sie, daß Sie wegkommen. Ich wünschte, es wäre alles so einfach, wie Sie glauben.«

Stockdale zuckte die Schultern und machte sich auf den Weg zum Strand hinunter, doch an seiner Haltung konnte Bolitho ablesen, daß der Fall für ihn noch nicht erledigt war.

Seufzend ging Bolitho zurück zum Tümpel, um seine Leute auf Stockdales Signalschuß vorzubereiten. Seeleute, die gewohnt waren, an Bord an allem teilzuhaben, wurden an Land bei solchen Gelegenheiten leicht nervös.

Ein Matrose, der vornübergebeugt mit dem Gesicht halb unter Wasser am Ufer lag, stand auf, als Bolitho sich näherte. Er lachte fröhlich, als ihm kleine Rinnsale über den Hals rannen.

Bolitho sagte: »Macht euch fertig, Leute . . .« Aber mitten im Satz brach er ab, als jemand einen schrecklichen Schrei ausstieß und der Matrose, der ihn eben noch angelacht hatte, vornüber in den Tümpel stürzte.

Urplötzlich war die Hölle los. Die meisten Seeleute krochen im Sand und suchten ihre Waffen, während andere entsetzt auf den im Tümpel Treibenden starrten, um den sich das Wasser rot färbte. Zwischen seinen Schulterblättern stak ein Speer.

Bolitho fuhr herum und sah, geblendet vom Sonnenlicht, schattenhafte Gestalten mit blitzenden Waffen auf sich zustürmen, hörte furchteinflößendes Geschrei aus vielen Kehlen, bis sich ihm vor Entsetzen die Nackenhaare sträubten.

»Männer – Achtung!«

Er griff nach seinem Säbel, zuckte aber zusammen, als ein weiterer Matrose Blut spuckend den Abhang hinunterrutschte und dabei versuchte, sich einen primitiv gefertigten Pfeil aus dem Leib zu ziehen.

»O Gott!« Bolitho mußte die Augen vor der Sonne beschatten. Ihre Angreifer hatten sie im Rücken. Sie kamen den in wilder Flucht davonrennenden Matrosen immer näher, wobei ihr schrecklicher Kriegsruf es ihm unmöglich machte, klar zu denken oder zu handeln.

Bolitho erkannte, daß es Neger waren. Ihre Augen und Münder waren im Triumph weit aufgerissen, als sie einen weiteren Matrosen niederschlugen und sein Gesicht mit einem Korallenbrocken zu blutigem Brei zerstampften.

Bolitho warf sich den Angreifern entgegen, wobei ihm mehr im Unterbewußtsein klar wurde, daß sich weitere Eingeborene hinter ihn drängten, um ihn von seinen Leuten zu trennen. Er hörte jemand aufschreien und um Gnade flehen, dann das widerliche Geräusch, mit dem ein Schädel gespalten wurde wie eine Kokosnuß.

Mit dem Rücken an einen Baum gelehnt, schlug er verzweifelt um sich, vergeudete dabei seine Kräfte und vernachlässigte die Deckung gegen diese im Feuer gehärteten Wurfspeere.

Drei seiner Leute, von denen einer am Bein verwundet war, hielten noch stand, waren von heulenden, erbarmungslos auf sie einschlagenden Gestalten umzingelt.

Er stieß sich vom Baum ab, hackte in eine schwarze Schulter und rannte über den zerstampften Sand, um zu den Eingekreisten zu stoßen.

Einer schrie ihm zu: »Hat keinen Zweck! Wir können die Schurken nicht aufhalten!«

Bolitho fühlte, daß ihm der Säbel aus der Hand geschlagen wurde, und merkte mit Schrecken, daß er die Halteschnur nicht um sein Handgelenk geschlungen hatte.

Verzweifelt suchte er nach einer anderen Waffe, wobei er aus dem Augenwinkel sah, daß seine Leute das ungleiche Gefecht abbrachen und zum Strand rannten. Der Verwundete humpelte einige Schritte hinter ihnen her, bevor er eingeholt und niedergemacht wurde.

Bolitho hatte den schrecklichen Eindruck zweier starrer Augen und gefletschter Zähne, die einem der Wilden gehörten, die auf ihn eindrangen; er schwang ein Entermesser, das er aufgehoben hatte.

Bolitho duckte sich und versuchte, seitwärts auszuweichen. Dann kam der Schlag – zu stark, um zu schmerzen, zu mächtig, um seine Wirkung abzuschätzen.

Er wußte nur noch, daß er fiel, seine Stirn schien in Flammen zu stehen, und wie aus einer anderen Welt hörte er sich verzweifelt aufschreien.

Und dann, gnädigerweise, fühlte er gar nichts mehr.

Als sein Bewußtsein schließlich zurückkehrte, war der Schmerz, der sich gleichzeitig einstellte, kaum zu ertragen.

Bolitho bemühte sich, die Augen zu öffnen, als könne er damit die Qual vertreiben, aber sie war so stark, daß sich sein ganzer Körper krümmte. Stimmen murmelten über seinem Kopf, doch durch seine halb zugequollenen Augen konnte er nur sehr wenig sehen: ein paar nebelhafte Gestalten und dunkle Decksbalken über ihm.

Ihm war, als würde sein Kopf langsam und methodisch zwischen zwei heiße Eisen gepreßt und sein mürbes Hirn mit spitzen Nadeln und Lichtblitzen gemartert.

Jemand wischte ihm Gesicht, Nacken und Körper mit kühlen Tüchern ab. Er war nackt, nicht gefesselt, wurde aber von Händen, die seine Hand- und Fußgelenke umspannten, festgehalten, damit er sich nicht bewegte.

Ein schrecklicher Gedanke ließ ihn plötzlich entsetzt aufschreien: außer am Kopf war er vielleicht noch an anderer Stelle verwundet, und sie trafen jetzt Vorbereitungen zur Amputation. Er hatte so etwas schon einmal mit angesehen: das Messer, das im schwachen Licht der Hängelampe aufblitzte und zu einem schnellen Rundumschnitt niederfuhr. Und dann die Säge.

»Ruhig, Junge!«

Das war Bulkley, und die Tatsache, daß er da war, beruhigte Bolitho irgendwie. Bolitho bildete sich ein, den Arzt zu riechen: seinen typischen Duft nach Branntwein und Tabak.

Er versuchte zu sprechen, doch seine Stimme war nur ein heiseres Wispern. »Was ist passiert?«

Bulkley schaute über die Schulter, wobei sein eulenhaftes Gesicht mit den kleinen Brillengläsern wie eine Blase in der Luft zu hängen schien.

»Sparen Sie Ihre Kräfte. Atmen Sie ruhig.« Bulkley nickte. »Schon besser.«

Bolitho knirschte mit den Zähnen, als sich der Schmerz erneut verstärkte. Am schlimmsten war es über dem rechten Auge, wo ein Verband saß. Seine Haare lagen fest an, waren wohl blutverklebt. Ein Bild formte sich undeutlich in seiner Erinnerung: zwei starre Augen, ein Entermesser, das auf ihn niedersauste. Versinken.

»Meine Männer – sind sie gerettet?« stammelte er.

Er spürte Uniformstoff an seinem nackten Arm und sah Dumaresq auf sich herabschauen, der aus diesem Blickwinkel noch grotesker wirkte. Seine Augen waren nicht mehr zwingend, sondern ernst.

»Die Bootscrew ist in Sicherheit. Zwei Leute aus Ihrer Gruppe haben sie gerade noch erreicht.«

Bolitho versuchte, den Kopf zu bewegen, doch irgend jemand hielt ihn fest.

»Und Stockdale, ist er . . .?«

Dumaresq lächelte. »Er hat Sie zum Strand getragen. Ohne ihn wären alle verloren gewesen. Das alles erzähle ich Ihnen aber später. Jetzt müssen Sie ruhen. Sie haben eine Menge Blut verloren.«

Bolitho fühlte, wie sich die Dunkelheit wieder über ihm schloß. Er hatte den kurzen Blickaustausch zwischen Dumaresq und dem Arzt bemerkt. Also war es noch nicht geschafft. Er konnte noch sterben. Diese Erkenntnis war fast zuviel für ihn, und er spürte, wie sich seine Augen mit Tränen füllten. Er stöhnte: »Ich möchte . . . *Destiny* . . . nicht . . . verlassen. So . . . nicht.«

Dumaresq sagte: »Sie werden wieder gesund.« Er legte die Hand auf Bolithos Schulter, als wolle er etwas von seiner Kraft auf ihn hinüberfließen lassen.

Dann ging er, und Bolitho bemerkte zum erstenmal, daß er sich in der Heckkajüte befand und daß es hinter den hohen Fenstern stockdunkel war.

Bulkley beobachtete ihn. »Sie waren den ganzen Tag ohne Bewußtsein, Richard.« Dann drohte er ihm mit dem Finger. »Sie haben mir Sorgen gemacht, das muß ich schon sagen.«

»Dann sind Sie jetzt nicht länger in Sorge um mich?« Wieder versuchte er, sich zu bewegen, und wurde abermals von den Händen daran gehindert.

Bulkley machte sich noch einmal an dem Verband zu schaffen. »Ein Hieb mit dem Entermesser auf den Kopf ist kein Spaß. Ich habe getan, was ich konnte, alles übrige müssen wir der Zeit und guter Pflege überlassen. Es war ein Kampf auf Biegen und Brechen. Ohne Stockdales Mut und seine Entschlossenheit, Sie zu retten, wären Sie tot.« Er schaute sich um, ob der Kommandant gegangen war. »Stockdale sammelte die restlichen Seeleute um sich, die mit dem Boot flüchten wollten. Er war wie ein wilder Stier, aber als er Sie an Bord trug, machte er das so zart wie eine Frau.« Er seufzte. »Dies war wohl die kostspieligste Trinkwasserergänzung in der Geschichte der Seefahrt.«

Bolitho fühlte, wie ihn Schläfrigkeit überkam, die selbst den Schmerz in seinem Schädel verdrängte. Bulkley hatte ihm wohl etwas eingegeben.

Er flüsterte: »Sie würden es mir sagen, wenn . . .«

Bulkley wischte sich die Hände ab. »Sicherlich.« Er blickte auf und fügte hinzu: »Sie sind in guten Händen. Wir werden gleich ankerauf gehen, also bemühen Sie sich zu schlafen.«

Bolitho versuchte, seine Gedanken zu ordnen. Gleich ankerauf gehen? Dann waren sie den ganzen Tag hier gewesen. Und sie mußten Wasser bekommen haben. Dafür waren Männer gefallen. Auch hinterher, als Colpoys Seesoldaten die erschlagenen Matrosen gerächt hatten, dachte er.

Er sprach sehr langsam, da er wußte, daß die Worte nur undeutlich aus seinem Mund kamen. »Sagen Sie Auro . . . Sagen Sie Mrs. Egmont, daß . . .«

Bulkley beugte sich über ihn und zog seine Augenlider hoch. »Sagen Sie es ihr doch selber. Sie ist bei Ihnen, seit Sie an Bord gebracht wurden. Ich sage doch: Sie sind in guten Händen.«

Bolitho begriff endlich, daß sie neben ihm stand. Ihr schwarzes Haar hing ihr über die Schultern und glänzte im Lampenlicht.

Sie berührte sein Gesicht und streichelte seine Lippen, als sie mit weicher Stimme sagte: »Sie können jetzt schlafen, Leutnant. Ich bin hier.«

Bolitho fühlte, daß die Hände nachgaben, die seine Hand- und Fußgelenke gehalten hatten, und schloß daraus, daß der Arzt und seine Helfer sich zurückziehen wollten.

Er flüsterte matt: »Ich . . . wollte nicht, daß Sie mich so sehen, Aurora.«

Sie lächelte und sah dabei doch unendlich traurig aus. »Sie sind schön«, sagte sie.

Bolitho schloß die Augen; seine Kräfte schienen ihn endgültig zu verlassen.

Bulkley drehte sich an der Tür noch einmal um. Er hatte eigentlich geglaubt, an Schmerz oder Freude am Krankenbett gewöhnt zu sein, doch er war es offenbar noch nicht. Denn was er hier sah, bewegte ihn. Es glich einer Allegorie zum Thema ›Die liebliche Frau beweint ihren gefallenen Helden‹, dachte er.

Er hatte Bolitho nicht belogen. Es war sehr knapp gewesen, denn das Entermesser hatte nicht nur eine tiefe Wunde über dem Auge in die Kopfhaut geschlagen, sondern auch die Schädeldecke darunter eingekerbt. Wäre Bolitho ein alter Mann gewesen oder das Entermesser von einer geübten Hand geführt worden, hätte es das Ende bedeutet.

Aurora sagte: »Er ist eingeschlafen.« Aber sie sprach nicht zu Bulkley, sondern zu sich selbst. Sie nahm ihren weißen Schal ab und deckte ihn über Bolitho, als ob seine Nacktheit ebenso wie ihre Worte ihr ganz persönlicher Besitz wären.

In der anderen und wie gewohnt disziplinierten Welt der *Destiny* brüllte eine Stimme: »Anker ist los, Sir!«

Bulkley streckte eine Hand aus, um sich festzuhalten, als sich das Deck unter dem plötzlichen Druck von Wind und Ruder schräg legte. Er wollte in sein Krankenrevier gehen und einige Drinks zu sich nehmen. Er hatte keine Lust, die Insel in der Dunkelheit zurückbleiben zu sehen. Sie hatte ihnen frisches Wasser gewährt, aber als Gegenleistung einige Menschenleben genommen. Bolithos Gruppe am Tümpel war bis auf Stockdale und zwei andere Leute niedergemetzelt worden. Colpoys hatte gemeldet, daß die Wilden, die sie überfallen hatten, ehemalige Sklaven waren, die wahrscheinlich beim Transport geflüchtet waren.

Als sie Bolitho und seine Männer kommen sahen, hatten sie sicher geglaubt, er wolle Jagd auf sie machen. Sobald die Boote der *Destiny* auf den Pistolenschuß und die plötzliche Panik der Kutterbesatzung hin ans Ufer kamen, waren die Sklaven auch auf sie losgegangen. Colpoys hatte die Schwenkgeschütze und die Musketen auf sie gerichtet. Als der Pulverqualm sich verzogen hatte, war niemand mehr am Leben.

Bulkley machte auf der obersten Stufe des Niedergangs halt und lauschte dem Quietschen der Blöcke und dem Getrappel der nackten Füße, als die Matrosen an Schoten und Brassen holten, um ihr Schiff auf den richtigen Kurs zu bringen.

Für ein Kriegsschiff war dies nur ein kleines Zwischenspiel. Etwas, das man im Logbuch eintrug – bis zur nächsten Herausforderung, dem nächsten Kampf. Er warf einen Blick auf die hin und her pendelnde Hängelaterne und den rotröckigen Posten darunter.

Und doch, entschied er, gab es einige Dinge, für die es sich zu leben lohnte.

XII Geheimnisse

Die Tage von Bolithos Genesung vergingen ihm wie ein Traum. Von seinem zwölften Lebensjahr an, seit er als Kadett zur See gegangen war, war er an die ständigen Anforderungen des Bordlebens gewöhnt. Bei Tag und bei Nacht, jederzeit und unter allen Bedingungen, war er bereit gewesen, mit seinen Kameraden zusammen jeden Befehl zu erfüllen, und war sich gleichzeitig stets der Folgen bewußt gewesen, wenn er seine Pflichten vernachlässigte.

Als aber die *Destiny* jetzt langsam durch die Karibik nordwärts segelte, war er gezwungen, sich mit seiner Tatenlosigkeit abzufinden, stillzuliegen und auf die vertrauten Geräusche vor der Kajüte oder über seinem Kopf zu lauschen.

Dieser Traum wurde ihm erträglich durch die Gegenwart Auroras. Selbst die schrecklichen Schmerzen, die ihn plötzlich und erbarmungslos überfielen, wurden durch sie irgendwie gemildert, gerade weil sie seine kümmerlichen Versuche, sie vor ihr zu verbergen, durchschaute.

Sie hielt dann seine Hand oder legte ihm ein feuchtes Tuch auf die Augen. Manchmal, wenn der Schmerz seinen Schädel wie ein glühendes Eisen zu durchbohren schien, umschlang sie seine Schultern und drückte das Gesicht an seine Brust, wobei sie leise Worte murmelte, als könne sie damit den Anfall besänftigen.

Wenn er sie von seinem Lager aus sehen konnte, beobachtete er jede ihrer Bewegungen. So lange seine Kräfte reichten, erklärte er ihr die Schiffsgeräusche, nannte ihr die Namen der Seeleute, soweit er sie selber kannte, und machte ihr deutlich, wie sie alle Hand in Hand arbeiten mußten, um das Schiff in Bewegung zu halten. Er erzählte ihr von seinem Zuhause in Falmouth, von seinem Bruder, den beiden Schwestern und der langen Reihe seiner Vorfahren, die zu einem Teil der See selber geworden waren.

Aurora war immer sorgsam darauf bedacht, ihn nicht mit Fragen zu beunruhigen, und ließ ihn erzählen, so lange ihm danach war. Sie fütterte ihn auch, aber so, daß er sich nicht gedemütigt oder wie ein hilfloses Kind vorkam.

Nur wenn es ums Rasieren ging, war es ihr unmöglich, ernst zu bleiben.

»Aber lieber Richard, Sie brauchen doch noch gar keine Rasur!«

Bolitho bekam einen roten Kopf, weil er wußte, daß sie recht hatte. Er rasierte sich ja auch sonst nur einmal in der Woche.

Schließlich sagte sie: »Ich tue es nur Ihnen zuliebe.«

Sie führte das Rasiermesser mit größter Vorsicht, achtete auf jeden Strich und warf gelegentlich einen Blick aus dem Heckfenster, um abzuwarten, bis das Schiff wieder auf ebenem Kiel lag.

Bolitho versuchte, sich zu entspannen, und war froh darüber, daß sie seine Verkrampfung der Angst vor dem Messer zuschrieb. In Wirklichkeit war ihre aufregende Nähe daran schuld, die Berührung ihrer Brust, als sie sich über ihn neigte, und ihrer Hände auf seinem Gesicht und Hals.

»Fertig.« Sie trat zurück und musterte ihn beifällig. »Sie sehen sehr . . .« Sie suchte nach einem passenden Wort ihres Vokabulars, ». . . sehr vornehm aus.«

Bolitho fragte: »Darf ich sehen?« Er bemerkte ihr Zögern. »Bitte.«

Sie nahm einen Handspiegel vom Kajütbord und sagte: »Sie sind sehr kräftig. Sie werden wieder ganz gesund.«

Er starrte das Gesicht im Spiegel an. Es schien einem Fremden zu gehören. Der Arzt hatte das Haar über der rechten Schläfe wegrasiert und zwischen Haaransatz und Augenbrauen war seine Stirn rot und schwarz angelaufen. Bulkley schien zwar zufrieden, als er den Verband abgenommen hatte, aber für Bolithos Augen wirkte die noch nicht verheilte Wunde, die noch durch die kreuz und quer laufenden Stiche der zusammenziehenden Naht vergrößert war, abstoßend.

Er sagte leise: »Ich muß dich anwidern.«

Sie legte den Spiegel weg und sagte: »Nein, ich bin stolz auf dich. Nichts kann dich aus meinem Herzen vertreiben. Seit dem Augenblick, als du hereingetragen wurdest, war ich bei dir. Ich habe über dich gewacht und kenne deinen Körper wie meinen eigenen.« Sie begegnete seinem fragenden Blick. »Diese Narbe wird bleiben, aber sie ist ein Ehrenzeichen und keine Schande.«

Etwas später verließ sie ihn, da Dumaresq sie zu sich gebeten hatte.

Der Kommandantensteward Macmillan erzählte Bolitho, daß die *Destiny* am kommenden Tag die Insel Saint Christopher sichten würde. Es war daher wahrscheinlich, daß der Kommandant die Angaben Egmonts noch einmal überprüfen und sich vergewissern wollte, daß er auch jetzt dabei blieb.

Die Jagd nach dem verschwundenen Gold war Bolitho unwichtig. Während der Schmerzanfälle und als er dann in Auroras Armen der

Genesung entgegenging, hatte er viel Zeit gehabt, über seine Zukunft nachzudenken. Vielleicht zu viel Zeit.

Der Fortschritt in seinem Befinden zeigte sich auch darin, daß verschiedene Besucher kamen. Rhodes, der vor Freude, ihn wiederzusehen, über das ganze Gesicht strahlte, war unverfroren wie immer, als er meinte: »Jetzt sehen Sie wirklich wie ein Schreckgespenst aus, Richard. Da werden sämtliche Dirnen Reißaus nehmen, wenn wir in den nächsten Hafen einlaufen.« Im übrigen war Rhodes sorgsam darauf bedacht, Aurora nicht zu erwähnen.

Auch Palliser erschien, und seine Worte kamen fast einer Entschuldigung nahe: »Wenn ich – wie Colpoys vorschlug – Seesoldaten mitgeschickt hätte, wäre das Ganze nicht passiert.« Er zuckte mit den Schultern und sah sich in der Kajüte um. Sein Blick blieb auf den weiblichen Kleidungsstücken ruhen, die von der Zofe vor den Heckfenstern zum Trocknen aufgehängt waren. »Aber offenbar hat Ihr Krankenlager auch angenehme Seiten.«

Bulkley und der Schreiber des Kommandanten beaufsichtigten Bolithos erste Schritte aus der Kajüte. Bolitho genoß es, wie das Schiff unter seinen nackten Füßen lebte, aber er wußte auch, daß er noch sehr schwach und schwindlig war, so sehr er das auch zu verbergen suchte.

»Dürfte eine schwere Fraktur sein«, sagte Spillane, und Bulkley wünschte ihn und seine medizinischen Kenntnisse dafür zum Teufel. Er antwortete barsch: »Unsinn! Aber immerhin ist es erst ein paar Tage her.«

Bolitho hatte mit dem Tod gerechnet; je weiter seine Genesung fortschritt, desto undenkbarer schien es ihm, einen anderen Weg einschlagen zu müssen: daß er mit dem nächsten Schiff nach Hause geschickt, aus der Marine entlassen und nicht einmal auf Halbsold »zur späteren Verwendung« gesetzt werden würde.

Gerne hätte er sich bei Stockdale bedankt, aber dem war es trotz seiner guten Beziehungen an Bord bisher nicht gelungen, am Posten Kajüte vorbeizukommen.

Alle Midshipmen mit der bemerkenswerten Ausnahme von Coldroy hatten ihn besucht und seine schreckliche Narbe mit einem Gemisch aus Mitleid und Ehrfurcht angestarrt. Jury war es unmöglich gewesen, seine Gefühle zurückzuhalten. »Und ich habe wegen eines Nadelstichs geheult wie ein Baby!« rief er aus.

Es war schon später Abend, als Aurora in die Kajüte zurückkehrte. Er spürte eine Veränderung an ihr, bemerkte die Geistesabwesenheit, mit der sie sein Kopfkissen glattstrich und nachschaute, ob seine Wasserkaraffe gefüllt war.

Sie sagte leise: »Morgen muß ich dich verlassen, Richard. Mein Mann hat die Dokumente unterschrieben, damit ist alles erledigt. Der Kommandant hat versprochen, daß er uns gehen läßt, wohin wir wollen, sobald er den Gouverneur von Saint Christopher gesprochen hat. Was danach kommt, weiß ich nicht.«

Bolitho ergriff ihre Hand und versuchte, nicht an das andere Versprechen zu denken, das Dumaresq dem Kapitän der *Heloise* gegeben hatte, kurz bevor er starb. An einem Hieb von Bolithos Klinge.

Er sagte: »Auch ich werde das Schiff vielleicht verlassen müssen.«

Sie schien ihre eigenen Sorgen zu vergessen und beugte sich bekümmert über ihn. »Was heißt das? Wer hat gesagt, daß du gehen mußt?«

Er griff vorsichtig nach oben und berührte ihr Haar. Es fühlte sich an wie Seide.

»Das ist jetzt nicht mehr wichtig, Aurora.«

Sie zeichnete mit ihrem Finger ein Muster auf seine Schulter. »Wie kannst du so etwas sagen? Natürlich ist es wichtig. Die See ist dein Leben. Du hast zwar schon viel erlebt und noch mehr geleistet, aber dein wirkliches Leben liegt immer noch vor dir.«

Er spürte ihr Haar an seinem Kinn und zitterte innerlich. »Ich habe beschlossen, die Marine zu verlassen.«

»Nach allem, was du mir über die Tradition deiner Familie erzählt hast? Das willst du alles wegwerfen?«

»Für dich, ja.«

Sie schüttelte den Kopf, wobei ihn ihr langes schwarzes Haar streichelte. »So etwas darfst du nicht sagen!«

»Mein älterer Bruder ist der Lieblingssohn meines Vaters, ist es immer gewesen.« Es war eigenartig, daß er dies jetzt ohne jede Bitterkeit sagen konnte. »Er kann die Tradition aufrechterhalten. Ich wünsche mir nur dich, weil ich dich liebe.«

Er sagte es so heftig, daß sie sichtlich erschrak. Sie griff sich an die Brust, und ihr heftiger Atem strafte ihre äußere Gelassenheit Lügen.

»Das ist doch Wahnsinn! Ich weiß alles über dich, aber du weißt überhaupt nichts von mir. Was wäre das für ein Leben für dich, zuzusehen, wie ich immer älter werde und du dich zurücksehnst nach der See, nach den Chancen, auf die du meinetwegen so unüberlegt verzichtet hättest.« Sie legte ihm eine Hand auf die Stirn. »Es ist wie ein Fieber, Richard. Kämpfe dagegen an, sonst verzehrt es uns beide.«

Bolitho wandte das Gesicht ab; seine Augen brannten, als er sagte: »Ich könnte dich glücklich machen, Aurora!«

Sie streichelte seine Arme in dem Versuch, seine Verzweiflung zu lindern.

»Daran habe ich nie gezweifelt. Aber zum Leben gehört mehr als das, glaub mir.« Sie rückte etwas von ihm ab, und ihr Körper wiegte sich dabei im Einklang mit den sanften Bewegungen des Schiffes. »Ich habe dir schon einmal gesagt, daß ich dich lieben könnte. In den vergangenen Tagen und Nächten habe ich dich beobachtet, dich berührt. Meine Gedanken waren oft sündhaft, mein Verlangen war größer, als ich zuzugeben wage.« Sie schüttelte den Kopf. »Bitte schau mich nicht so an. Vielleicht war diese Reise nach allem, was geschehen ist, zu lang, und die Trennung morgen kommt zu spät. Ich weiß selber nicht mehr aus noch ein.«

Sie wandte sich ab; ihr Gesicht lag im Schatten, als sie, von den salzüberkrusteten Heckfenstern umrahmt, mit hängenden Armen dastand.

»Ich werde dich nie vergessen, Richard, und mir später wahrscheinlich Vorwürfe machen, daß ich dein Angebot ausschlug. Aber ich bitte dich um deine Hilfe dabei, allein schaffe ich es nicht.«

Macmillan brachte das Abendessen für Bolitho; er sagte: »Verzeihung, Madam, aber der Kommandant und seine Offiziere lassen höflich sagen, ob Sie ihnen die Ehre geben würden, mit ihnen zu speisen. Es wäre heute das letzte Mal, sozusagen.«

Macmillan war eigentlich schon zu alt für seine Arbeit. Er diente seinem Kapitän wie ein angesehenes Faktotum der Familie. Von der Spannung im Raum schien er nichts zu merken, auch nicht die Gezwungenheit, mit der sie heiser erwiderte: »Es wird mir eine Ehre sein.« Noch sah er die Verzweiflung im Gesicht des Leutnants, als Aurora zum abgetrennten Teil der Kajüte ging, in dem sich ihre Zofe die meiste Zeit des Tages aufhielt.

Unterwegs sagte sie: »Dem Leutnant geht es schon besser. Er wird es schaffen.« Sie wandte sich endgültig ab, und ihre Worte waren kaum noch zu verstehen: »Aus eigener Kraft.«

Mit Hilfe von Bulkley, der ihn am Ellbogen stützte, wagte sich Bolitho aufs Achterdeck und schaute von dort über die ganze Länge des Schiffes nach vorn zum Land.

Die brennende Mittagssonne brachte ihm zu Bewußtsein, wie schwach er noch war. Er sah die Matrosen mit nacktem Oberkörper geschäftig an Deck hin und her eilen; andere standen breitbeinig auf den Fußpferden der Rahen und machten Segel fest, die kurz vor dem Ankern nicht mehr benötigt wurden. Er fühlte sich verloren, nicht mehr dazugehörig in einer Weise, wie er es noch nie erlebt hatte.

Bulkley sagte: »Ich bin schon einmal in Saint Christopher gewesen.« Er zeigte auf die nächstgelegene Landzunge mit ihrem weiten weißen Strandbogen. »Das ist Bluff Point. Dahinter liegt Basseterre mit dem Hauptankerplatz, dort wird es eine Menge englischer Kriegsschiffe geben. Und bestimmt irgendeinen unbedarften Flaggoffizier, der darauf bestehen wird, unserem Kommandanten zu sagen, was er tun soll.«

Einige Seesoldaten marschierten heftig schnaufend nach achtern.

Bolitho hielt sich an den Netzen fest und betrachtete das Land. Es war nur eine kleine Insel, aber ein wichtiges Glied in der Kette des britischen Herrschaftsbereichs. Zu anderer Zeit wäre er über seinen ersten Besuch hier begeistert gewesen, aber jetzt starrte er auf die nickenden Palmen, auf die Eingeborenenboote, und sah nur das darin, was es für ihn bedeutete: daß sie sich hier trennen mußten. Was ihm die Zukunft auch bringen würde, hier endete die Beziehung zwischen Aurora und ihm. An der Art, wie Rhodes und die anderen das Thema gemieden hatten, erkannte er, daß sie meinten, er habe dankbar zu sein. Dankbar dafür, daß er den mörderischen Angriff überlebt hatte und danach von einer so schönen Frau gepflegt worden war. Mehr dürfe ein Mann nicht verlangen. Aber er tat es dennoch.

Dumaresq kam an Deck und warf einen kurzen Blick auf Kompaß und Segelstand.

Gulliver grüßte durch Handbewegung zum Hut. »Befohlener Kurs Nordnordost liegt an, Sir.«

»Gut. Mr. Palliser, bereiten Sie den Salut vor. Wir werden in einer Stunde querab von Fort Londonderry stehen.« Er bemerkte Bolitho und hob die Hand. »Bleiben Sie da, wenn Sie mögen.« Er überquerte das Deck und trat zu ihm. Mit einem Blick erfaßte er den schmerzgetrübten Ausdruck von Bolithos Augen und sagte: »Sie leben. Seien Sie dankbar.«

Er nickte dem Fähnrich der Wache zu. »Entern Sie auf, Mr. Lovelace, und kundschaften Sie Fleet Anchorage aus. Melden Sie mir die Anzahl der Schiffe.« Er beobachtete den Jungen, wie er die

Webeleinen hinaufkletterte, und sagte: »Er ist erwachsener geworden auf dieser Reise, wie auch unsere übrigen jungen Herren.« Er warf Bolitho einen Blick zu. »Auf Sie trifft das noch mehr zu als auf alle anderen.«

Bolitho sagte: »Ich komme mir vor, als wäre ich hundert Jahre, Sir.«

»Das kann ich mir denken.« Dumaresq grinste. »Wenn Sie erst selbst ein Schiff führen, werden Sie sich auch der Rückschläge erinnern, hoffe ich. Aber ich bezweifle, daß Sie Ihre jungen Leutnants mehr bemitleiden werden, als ich es tue.«

Der Kommandant wandte den Kopf nach achtern, und Bolitho sah seine Augen interessiert aufleuchten. Ohne hinzuschauen, wußte er, daß sie an Deck gekommen war, um das Eiland zu betrachten. Als was sah sie es an – als zeitweisen Zufluchtsort oder als Gefängnis?

Egmont schien trotz seiner Niederlage unverändert. Er trat an die Reling und bemerkte: »Die Insel hat sich wenig verändert.«

Dumaresq fragte sachlich: »Sind Sie sicher, daß Garrick hier sein wird?«

»So sicher, wie man nur sein kann.« Er bemerkte Bolitho und nickte ihm kurz zu. »Ich sehe, Sie sind wieder genesen, Leutnant.«

Bolitho zwang sich zu einem Lächeln. »Vielen Dank, Sir. Es tut zwar noch weh, aber ich bin ganz geblieben.«

Aurora trat zu ihrem Mann und sagte ruhig: »Wir beide danken Ihnen, Leutnant. Sie haben uns das Leben gerettet, und das ist mehr, als wir Ihnen vergelten können.«

Dumaresq beobachtete beide abwechselnd wie ein Jäger. »Das ist unsere Aufgabe. Aber einige Dienstleistungen sind lohnender als andere.« Er wandte sich ab. »Ich erwarte, daß Garrick gefangengesetzt wird. Zu viele Männer sind seiner Habgier wegen gestorben, zu viele Frauen sind für seine ehrgeizigen Ziele zu Witwen geworden.«

Palliser formte einen Trichter mit seinen Händen: »Breitfock bergen!«

Dumaresqs Ruhe war plötzlich verflogen, als er rief: »Verdammt noch eins, Mr. Palliser, was macht Lovelace da oben?«

Palliser blinzelte zur Saling des Großmasts hinauf, wo Midshipman Lovelace wie ein Affe auf einem Baumast schaukelte.

Egmont vergaß Bolitho und seine Frau, als er Dumaresqs Stimmungsumschlag auszunutzen suchte. »Was beunruhigt Sie?«

Dumaresq verschränkte die kräftigen Finger hinter den Rockschößen und öffnete sie wieder.

»Ich bin nicht beunruhigt, Sir. Nur interessiert.«

Midshipman Lovelace glitt an einem Backstag hinunter und landete mit einem Plumps an Deck. Unter ihren vereinten Blicken schrumpfte er sichtlich zusammen und schluckte heftig.

Dumaresq fragte milde: »Müssen wir noch lange warten, Mr. Lovelace? Oder ist es so ungeheuerlich, was Sie sahen, daß Sie es nicht herunterrufen konnten?«

Lovelace stotterte: »Aber, Sir, Sie hatten mir befohlen, die Schiffe dort drüben zu zählen.« Er versuchte es noch einmal. »Da . . . da ist nur ein Kriegsschiff, Sir, eine große Fregatte.«

Dumaresq ging ein paar Schritte auf und ab, um nachzudenken. »Nur eines, sagen Sie?« Er blickte Palliser an. »Das Geschwader muß anderswohin gerufen worden sein. Ostwärts nach Antigua vielleicht, als Verstärkung für den Admiral.«

Palliser sagte: »Es könnte ein höherer Offizier hier sein, Sir. Auf der Fregatte vielleicht.« Sein Gesicht blieb unbewegt. Dumaresq war bestimmt nicht entzückt, wenn es hier einen ranghöheren Offizier gab.

Bolitho war es gleichgültig. Er näherte sich der Achterdecksreling und sah, daß sie die Hand daraufgelegt hatte.

Dumaresq schimpfte: »Wo ist dieser verdammte Federfuchser? Lassen Sie Spillane holen. Sofort!«

Zu Egmont sagte er: »Bevor wir ankern, muß ich noch einige weniger wichtige Dinge mit Ihnen besprechen. Bitte kommen Sie mit hinunter.«

Bolitho stand neben Aurora und berührte kurz ihre Hand. Er spürte ihre innere Spannung und sagte leise: »Meine Geliebte. Es ist die Hölle für uns.«

Sie wandte sich nicht um, sah ihn auch nicht an, sagte aber: »Sie haben versprochen, mir zu helfen. Bitte . . . Ich werde uns beiden noch Schande machen, wenn Sie weiterhin so reden.« Dann sah sie ihn gerade, aber mit verschwimmendem Blick an. »Was soll das alles? Sie werden unglücklich werden und zerstören Ihr Leben für etwas, das wir beide hochschätzen.«

Palliser schrie: »Mr. Vallance! Klar zum Salutschießen!«

Männer rannten auf ihre Stationen, während das Schiff ungerührt seine Fahrt in die Bucht fortsetzte.

Bolitho nahm ihren Arm und geleitete sie zum Niedergang. »Hier gibt es gleich eine Menge Qualm und Dreck. Sie gehen besser nach unten, bis wir näher am Land sind.« Wie war es möglich, daß er so ruhig über banale Dinge sprechen konnte? Er fügte hinzu: »Ich muß Sie unbedingt noch sprechen.«

Aber sie war schon gegangen.

Bolitho wandte sich ab und sah, daß Stockdale ihn von der Steuerbord-Laufbrücke aus beobachtete. Seine Kanone wurde für den Salut nicht gebraucht, aber er war wachsam wie stets.

Bolitho sagte: »Ich bin immer etwas ungeschickt, wenn es darauf ankommt, das richtige Wort zu finden, Stockdale. Wie kann ich Ihnen für das danken, was Sie für mich getan haben? Wenn ich Ihnen eine Belohnung anbiete, fürchte ich, Sie zu kränken. Aber Worte allein können nun einmal nicht ausdrücken, was ich empfinde.«

Stockdale lächelte. »Sie wieder an Deck zu sehen, ist uns allen eine Freude. Eines Tages weden Sie selbst Kommandant sein, Sir, und einen guten Bootssteurer brauchen. Für den Posten wäre ich dankbar.« Er machte eine Kopfbewegung zu Johns, dem Bootssteurer ihres Kommandanten, der sich in seinem blauen Jackett mit den blanken Knöpfen und der gestreiften Hose von allen anderen deutlich abhob. »Wie der alte Dick da drüben: ein Mann mit viel Freizeit.« Stockdale schien sich köstlich zu amüsieren, aber seine übrigen Worte gingen im Krachen der Salutschüsse unter.

Palliser wartete, bis das Fort ihren Salut erwidert hatte, und sagte dann: »Mr. Lovelace hatte recht: nur eine Fregatte.« Er setzte sein Teleskop ab und sah Bolitho grimmig an. »Aber er übersah, daß sie die spanische Flagge führt. Ich befürchte, darüber wird der Kommandant wenig entzückt sein.«

Bulkley mahnte fürsorglich: »Sie sollten sich ausruhen, Richard. Schon seit Stunden sind Sie an Deck. Wollen Sie sich umbringen?«

Bolitho beobachtete die um den Ankerplatz verstreuten Gebäude und die Forts, beiderseits der Einfahrt wie stämmige Wächter postiert.

»Verzeihung, aber ich habe nachgedacht.« Er hob die Hand und berührte seine Wunde. Vielleicht würde sie völlig zugeheilt oder wenigstens zum Teil von Haar bedeckt sein, bevor seine Mutter ihn wiedersah. Zuerst war ihr Mann mit nur einem Arm zurückgekommen und dann ihr Sohn derart verunstaltet. Daran hatte sie mehr als genug zu tragen.

Er sagte: »Auch Sie haben viel für mich getan.«

»Auch?« Die Augen des Arztes zwinkerten hinter den Gläsern. »Ich verstehe.«

»Mr. Bolitho!« Palliser tauchte im Niedergang auf. »Sind Sie kräftig genug für einen Landgang?«

»Da muß ich Einspruch erheben!« Bulkley schob sich vor. »Er kann sich kaum aufrecht halten.«

Palliser stand, die Hände in die Hüften gestemmt, vor ihm. Seit sie vor Anker lagen und die Boote ausgesetzt waren, hatte es für ihn keine ruhige Minute gegeben. Immer wieder war er hierhin und dorthin gerufen worden, um schwierige Situationen zu klären. Und immer wieder in die Kajüte. Dumaresq war, der Lautstärke seiner Stimme nach zu urteilen, sehr übler Laune. Palliser war daher nicht in der Stimmung für Diskussionen.

»Lassen Sie ihn selber entscheiden, verdammt noch mal!« Er sah Bolitho an. »Ich bin zwar knapp an Leuten, aber aus irgendeinem Grund will der Kommandant, daß Sie ihn an Land begleiten. Erinnern Sie sich an unser erstes Gespräch? Ich erwarte, daß jeder Offizier und jeder Mann sich auf meinem Schiff voll einsetzt. Egal, wie Sie sich fühlen: Bleiben Sie in Bewegung. Bis Sie umfallen oder sich nicht mehr rühren können, sind Sie einer meiner Offiziere. Ist das klar?«

Bolitho nickte, irgendwie froh über Pallisers Ausbruch. »Ich bin bereit!«

»Gut. Dann ziehen Sie sich um.« Ihm fiel noch etwas ein: »Sie können Ihren Hut ja unter dem Arm tragen.«

Bulkley sah ihm nach und explodierte: »Den soll einer verstehen! Bei Gott, Richard, falls Sie sich noch nicht kräftig genug dafür fühlen, werde ich verlangen, daß Sie an Bord bleiben. Der junge Stephen kann an Ihrer Stelle gehen.«

Bolitho wollte mit einem Kopfschütteln antworten, doch bei der Bewegung durchzuckte ihn Schmerz.

»Es geht schon. Aber vielen Dank.« Er ging zum Niedergang und setzte noch hinzu: »Es gibt wohl einen besonderen Grund, weshalb er gerade mich mitnehmen will.«

Bulkley nickte. »Sie lernen unseren Kommandanten langsam kennen, Richard. Er tut nie etwas absichtslos, bietet nie eine Guinee, wenn sie ihm nicht zwei wieder einbringt.« Er seufzte. »Aber der Gedanke, den Dienst unter ihm zu quittieren, ist noch schlimmer, als seine Absonderlichkeiten zu ertragen. Das Leben wird einen langweilig anmuten, nachdem man unter Dumaresq gedient hat.«

Es wurde fast Abend, bevor Dumaresq beschloß, an Land zu gehen. Er hatte Colpoys mit einem Brief, der seinen Besuch ankündigte, ins Haus des Gouverneurs geschickt, doch als der Leutnant der Seesoldaten zurückkam, hatte er gemeldet, daß nur der stellvertretende Gouverneur anwesend sei.

»Hoffentlich wird das nicht ein zweites Rio«, hatte Dumaresq ärgerlich bemerkt.

Jetzt saß er in der Kommandantengig, den Blick fest aufs Ufer gerichtet, den Säbel zwischen die Knie geklemmt. Die kühlere Abendluft machte die Fahrt einigermaßen erträglich.

Bolitho saß neben ihm. Sein Bemühen, Schmerz und Schwindelanfälle zu unterdrücken, trieb ihm den Schweiß aus den Poren. Er konzentrierte sich auf die vor Anker liegenden Schiffe und das Kommen und Gehen der Boote der *Destiny,* die Verwundete und Kranke an Land brachten und mit Vorräten für den Zahlmeister beladen zurückkehrten.

Plötzlich sagte Dumaresq: »Etwas mehr nach Steuerbord, Johns.«

Der Bootssteurer blinzelte nicht einmal, sondern legte die Pinne in die entsprechende Richtung. Aus dem Mundwinkel murmelte er: »Jetzt sehen Sie ihn besser, Sir.«

Dumaresq stieß Bolitho mit dem Ellenbogen an. »Er ist ein Schelm, nicht wahr? Kennt meine Gedanken früher als ich.«

Bolitho beobachtete den vor Anker liegenden Spanier, der sich turmhoch über ihnen erhob. Er sah mehr nach einem Linienschiff vierten Grades aus als nach einer Fregatte: zwar alt, mit sorgsam geschnitztem und vergoldetem Zierrat um Heck und Kajütfenster, aber gut in Schuß und gefechtsklar gehalten, was selten war bei einem spanischen Schiff.

Dumaresq dachte wohl ebenso; er murmelte: »Die *San Augustin.* Das ist kein Lokalheiliger von La Guaira oder Porto Bello. Sie kommt aus Cadiz oder Algeciras, vermute ich.«

»Macht das einen Unterschied, Sir?«

Dumaresq drehte sich ärgerlich zu Bolitho um, unterdrückte die Aufwallung aber ebenso schnell wieder.

»Ich bin kein guter Kamerad. Nach dem, was Sie gelitten haben, schulde ich Ihnen zumindest Höflichkeit.« Er betrachtete das fremde Schiff mit so fachlichem Interesse, wie Stockdale seine Geschützbedienungen studiert hatte. »Vierundvierzig Kanonen, mindestens.« Dann schien er sich an Bolithos Frage zu erinnern. »Könnte möglich sein. Vor einigen Monaten gab es noch ein

Geheimnis; die Dons hatten lediglich einen Verdacht, daß Spuren vom verlorenen Schatz der *Asturias* aufgetaucht seien. Jetzt scheinen sie mehr als nur einen Verdacht zu haben. Die *San Augustin* ist hier, um die *Destiny* zu bespitzeln und zu verhüten, daß Seine Katholische Majestät ungnädig wird, weil wir unsere Erkenntnisse nicht teilen.« Er lächelte grimmig. »Aber genau dafür werden wir sorgen. Ich bezweifle nicht, daß wir von einem Dutzend Teleskopen beobachtet werden, schauen Sie also nicht mehr hin. Sollen sie sich doch über uns die Köpfe zerbrechen.«

Als der Landungssteg nur noch fünzig Yards entfernt war, sagte Dumaresq: »Ich habe Sie mitgenommen, damit der Gouverneur Ihre Verwundung sieht. Sie beweist am besten, daß wir uns für die Lords der Admiralität voll einsetzen. Niemand hier braucht zu wissen, daß Sie eine solch ehrenvolle Wunde davontrugen, als Sie nach Wasser suchten.«

Eine kleine Gruppe, darunter einige Rotröcke, erwartete das Boot, um es an den Landesteg zu dirigieren. Es war immer das gleiche: Alle warteten auf Neuigkeiten aus England, auf ein Wort aus dem Land, das sie so weit in die Ferne geschickt hatte, damit sie den kostbaren Kontakt zur Heimat aufrechterhalten konnten.

Bolitho fragte: »Werden die Egmonts Erlaubnis bekommen, an Land zu gehen, Sir?« Er hob das Kinn, selber überrascht von seiner Kühnheit. »Ich wüßte es gern, Sir.«

Dumaresq betrachtete ihn einige Sekunden ernst. »Es ist Ihnen wichtig, wie ich sehe.« Er klarierte sein Degengehänge, damit es ihm nicht beim Aussteigen zwischen die Beine geriet. Dann sagte er unverblümt: »Sie ist eine sehr begehrenswerte Frau. Das will ich nicht bestreiten.« Er stand auf und glättete seinen Hut mit besonderer Sorgfalt. »Sie brauchen mich nicht so anzustarren. Ich bin weder blind noch unempfänglich gegenüber weiblichen Vorzügen. Höchstens bin ich eifersüchtig.« Er klopfte ihm auf die Schulter. »Nun wollen wir uns mit dem Stellvertretenden Gouverneur, Sir Jason Fitzpatrick, in seinem Herrschaftssitz befassen. Danach werden wir über Ihr Problem nachdenken.«

Den Hut in der einen, den Degen in der anderen Hand, stieg Bolitho hinter dem Kommandanten aus dem Boot. Dumaresqs beiläufige Billigung seiner Gefühle für die Frau eines anderen hatte ihm völlig den Wind aus den Segeln genommen. Kein Wunder, daß der Schiffsarzt wenig Wert darauf legte, diesen Vorgesetzten mit einem ruhigeren und leichter durchschaubaren zu vertauschen.

Ein jugendlich wirkender Hauptmann der Garnison grüßte durch Handanlegen an den Hut und rief dann: »Mein Gott, Sir, ist das eine böse Wunde!«

Dumaresq weidete sich an Bolithos Unbehagen und hätte ihm beinahe zugezwinkert. »Der Preis für Pflichterfüllung.« Er stieß einen würdevollen Seufzer aus. »Sie äußert sich auf verschiedene Wcisc.«

XIII An sicherem Ort

Sir Jason Fitzpatrick, der Stellvertretende Gouverneur von St. Christopher, sah aus wie ein Mann, der das Leben bis zum Übermaß genoß. Er war etwa vierzig, ungewöhnlich dick, und sein Gesicht, das der Sonne über viele Jahre Trotz geboten hatte, leuchtete ziegelrot.

Als Bolitho seinem Kommandanten durch eine wunderschön gekachelte Eingangshalle in einen Raum mit niedrigerer Decke folgte, sah er viele Zeugen von Fitzpatricks Lieblingsbeschäftigung: überall standen Tabletts mit Flaschen und schön geschliffenen Gläsern, damit der Stellvertretende Gouverneur seinen Durst stets ohne Verzug stillen konnte.

Fitzpatrick sagte: »Nehmen Sie Platz, meine Herren. Wir wollen erst einmal meinen Rotwein kosten. Er müßte jetzt richtig sein, obwohl man in diesem schrecklichen Klima nie weiß . . .«

Er hatte eine kehlige Stimme und unglaublich kleine Augen, die zwischen Falten fast verschwanden.

Bolitho fielen diese winzigen Augen mehr auf als alles andere. Sie bewegten sich so flink, als wären sie unabhänigig von dem schweren Fleisch, das sie umgab. Dumaresq hatte ihm unterwegs erzählt, daß Fitzpatrick ein reicher Plantagenbesitzer war, der auch auf der Nachbarinsel Nevis Güter besaß.

»Bitte, Master!«

Bolitho wandte sich um und spürte, daß sich sein Magen zusammenzog: Ein großer Neger in roter Jacke und weißer, weiter Hose hielt ihm ein Tablett hin. Bolitho sah weder das Tablett noch die Gläser, sondern in seiner Phantasie nur das andere schwarze Gesicht, hörte wieder den schrecklichen Triumphschrei, als das Entermesser zuschlug. Endlich nahm er ein Glas und nickte dem

Diener zu, während sein Puls sich wieder beruhigte.

Dumersq sagte: »Kraft der mir übertragenen Vollmacht habe ich die Untersuchung ohne Verzug zu führen, Sir Jason. Ich habe die erforderlichen Zeugenerklärungen und wäre Ihnen dankbar, wenn Sie mir mitteilten, wo Garrick sich aufhält.«

Fitzpatrick spielte mit dem Stiel des Glases, während seine Blicke durch den Raum huschten.

»Aha, Kapitän, Sie sind also in großer Eile. Aber sehen Sie, der Gouverneur ist abwesend. Er wurde vor ein paar Monaten vom Fieber gepackt und kehrte auf einem Handelsschiff nach England zurück. Jetzt mag er schon auf dem Rückweg sein. Unsere Nachrichtenverbindung ist sehr schlecht. Wir haben angesichts der überall herumstreunenden Piraten große Mühe, unsere Post rechtzeitig zu bekommen. Anständige Schiffer bangen bei jeder Fahrt um ihr Leben. Es ist ein Jammer, Ihre Lordschaften sollten sich endlich einmal darum kümmern.«

Dumaresq blieb unbeeindruckt. »Ich hatte gehofft, daß ein Flaggoffizier hier wäre.«

»Wie ich schon sagte, Kapitän, der Gouverneur ist abwesend. Andernfalls . . .«

»Andernfalls würde hier kein verdammter Spanier vor Anker liegen, da bin ich ganz sicher.«

Fitzpatrick zwang sich zu einem Lächeln. »Wir sind nicht im Krieg mit Spanien. Die *San Augustin* kam in friedlicher Absicht. Sie wird befehligt von Capitán de Navio Don Carlos Quintana: ein älterer und sehr angesehener Offizier, ebenfalls mit Vollmachten von seiner Regierung.« Er lehnte sich offenbar zufrieden zurück. »Außerdem: Welche Beweise haben Sie wirklich? Die Erklärung eines Mannes, der starb, bevor er vor Gericht gebracht werden konnte; ferner die beschworene Aussage eines Renegaten, der so darauf bedacht ist, seine Haut zu retten, daß er alles beschwören würde.«

Dumaresq bemühte sich, seine Verbitterung zu unterdrücken, als er antwortete: »Mein Schreiber hatte weitere schriftliche Beweise bei sich, als er auf Madeira ermordet wurde.«

»Darüber bin ich wirklich sehr betrübt, Kapitän. Aber es wäre kriminell, einen Mann von der Bedeutung Sir Piers Garricks ohne eindeutige Beweise derart zu verunglimpfen.« Fitzpatrick lächelte selbstgefällig. »Darf ich vorschlagen, daß wir auf Anweisung aus London warten? Wir können Ihren Bericht mit dem nächsten Schiff expedieren, das – wahrscheinlich von Barbados aus – nach Hause segelt. Sie könnten dort warten und sofort handeln, wenn die Anweisung eintrifft. In der Zwischenzeit werden auch der Gouverneur und das Geschwader zurückgekehrt sein, so daß Sie dann höhere Instanzen hätten, die Ihre Maßnahmen autorisieren könnten.«

Dumaresq erwiderte ärgerlich: »Das kann Monate dauern. Bis dahin ist der Vogel ausgeflogen.«

»Entschuldigen Sie meinen Mangel an Begeisterung. Wie ich schon Don Carlos gesagt habe, geschah das alles vor dreißg Jahren. Woher auf einmal dieses Interesse?«

»Garrick war ein Schurke und Verräter. Sie klagen über Piraten, die diese Gewässer verunsichern, Städte plündern und Schiffe reicher Handelsherren kapern. Aber haben Sie sich noch nie gefragt, woher die Piraten ihre Schiffe bekommen? Schiffe wie die *Heloise,* die funkelnagelneu aus einer britischen Werft kam und von einer Besatzung überführt wurde, die nur für diese eine Fahrt angeheuert worden war. Also?«

Bolitho hörte fasziniert zu. Er hatte erwartet, daß Fitzpatrick aufspringen und den Kommandeur der Garnison rufen lassen würde, um dann gemeinsam mit Dumaresq zu überlegen, wie sie Garrick aufspüren und verhaften konnten.

Aber Fitzpatrick spreizte entschuldigend die roten Hände. »Es liegt nicht in meiner Macht, Gegenmaßnahmen zu befehlen, Kapitän. Ich habe nur vorübergehende Kommandogewalt und würde wenig Dank ernten, wenn ich die Lunte ans Pulverpaß legte. Sie müssen selbstverständlich tun, wozu Sie sich in der Lage fühlen. Sie sagten, Sie hätten hier einen Flaggoffizier erwartet. Sicherlich, damit er Ihnen die Last der Verantwortung von den Schultern nimmt?« Als Dumaresq schwieg, fuhr er leise fort: »Darum verachten Sie mich nicht, wenn auch ich nicht ohne Rückendeckung handeln möchte.«

Bolitho wunderte sich. Die Admiralität in London, eine ganze Reihe höherer Offiziere der Flotte, sogar die Regierung König Georgs hatten sich darum bemüht, die *Destiny* hierherzuschicken. Dumaresq hatte von dem Augenblick an, als er den Auftrag erhalten hatte, ohne Ruhepause dafür gearbeitet und viele Stunden in der Einsamkeit seiner Kajüte über die Schlußfolgerungen aus der dürftigen Beweiskette nachgegrübelt. Und jetzt sollte er, da keine höhere Autorität der Marine da war, sich gedulden und warten, bis weitere Befehle von irgendwoher einliefen – oder alles auf seine eigene

Kappe nehmen. Mit seinen achtundzwanzig Jahren war Dumaresq der dienstälteste Seeoffizier in St.Christopher. Bolitho konnte sich nicht vorstellen, wie er weitermachen sollte, ohne seine Karriere zu gefährden.

Dumaresq sagte matt: »Erzählen Sie mir, was Sie von Garrick wissen.«

»Im Grunde nichts. Es stimmt, daß er an der Schiffahrt interessiert ist und mehrere kleine Schiffe im Lauf der letzten Monate erhielt. Er ist sehr reich. Soviel ich weiß, beabsichtigt er, den Handel mit den Franzosen in Martinique auszudehnen.«

Dumaresq stand auf. »Ich muß zurück an Bord.« Er sah Bolitho nicht an. »Ich würde es dankbar begrüßen, wenn Sie meinen Dritten Offizier, der verwundet wurde – und zwar, wie es jetzt scheint, völlig umsonst – bei sich aufnehmen würden.«

Fitzpatrick erhob mühsam seine Fleischmassen. »Darüber würde ich mich glücklich schätzen.« Er versuchte, seine Erleichterung zu verbergen. Also wollte Dumaresq offenbar den leichteren Weg einschlagen . . .

Der Kommandant brachte Bolithos unausgesprochenen Protest zum Schweigen. »Ich schicke ein paar Leute zu Ihrer Bedienung.« Er nickte dem Stellvertretenden Gouverneur zu. »Ich komme zurück, wenn ich mit dem Kommandanten der *San Augustin* gesprochen habe.«

Im Dunkeln, außerhalb des Gebäudes, gab Dumaresq seinen wahren Gefühlen Ausdruck: »Dieser verdammte Hund steckt selber bis zum Hals mit drin! Und denkt, ich bleibe hier wie ein braver Junge vor Anker liegen. Gott strafe sein pockennarbiges Gesicht, bevor er in die Hölle fährt!«

»Muß ich wirklich bleiben, Sir?«

»Einstweilen. Ich werde ein paar kräftige Leute abstellen, scheinbar als Ihre Burschen. Ich traue diesem Fitzpatrick nicht. Er ist ortsansässiger Grundbesitzer und wahrscheinlich gut Freund mit allen Schmugglern und Sklavenhändlern der Karibik. Wollte mir den Unschuldsengel vorspielen! Bei Gott, er weiß bestimmt, wie viele neue Schiffe hier versammelt sind, um Garricks Befehle zu erwarten.«

Bolitho fragte: »Ist Garrick denn immer noch ein Pirat, Sir?«

Dumaresq grinste in der Dunkelheit. »Schlimmeres. Ich glaube, daß er bei den Waffenlieferungen in die amerikanischen Kolonien mitmischt – Waffen, die dort gegen uns eingesetzt werden.«

»Von den Rebellen, Sir?«

»Ja, und noch von anderen, wenn es nach diesem verdammten Renegaten ginge. Glauben Sie, daß die Franzosen ruhen werden? Wir haben sie immerhin aus Kanada und aus ihren karibischen Besitzungen hinausgeworfen. Glauben Sie, daß sie die Worte ›vergeben und vergessen‹ an die Spitze ihrer politischen Vorhaben setzen?«

Bolitho hatte oft von Unruhen in den amerikanischen Kolonien nach dem Siebenjährigen Krieg gehört. Es hatte mehrere ernste Zwischenfälle gegeben, aber die Möglichkeit eines offenen Aufstands war selbst von der einflußreichsten Zeitung als Übertreibung beurteilt worden.

»In all diesen Jahren hat Garrick ungestört gewirkt und Pläne geschmiedet und dabei die gestohlene Beute zu seinem Vorteil verwendet. Er sieht sich selber als Führer in einem kommenden Aufstand, und diejenigen, die jetzt an der Spitze sind und das nicht wahrhaben wollen, belügen sich nur selber. Ich habe viel Zeit gehabt, über Garrick und das grausame Unrecht nachzudenken, das ihn reich und mächtig machte – und meinen Vater zu einem verarmten Krüppel.«

Bolitho beobachtete, wie die Gig, von der zunächst nur die weißen Ruderblätter zu sehen waren, in der Dunkelheit näher kam. Dumarcsq hattc sich also cntschieden. Das hätte er sich denken können nach allem, was er von dem Mann gesehen und erlebt hatte.

Dumaresq sagte plötzlich: »Auch Egmont und seine Frau werden in Kürze ausgeschifft werden. Sie stehen offiziell unter Fitzpatricks Schutz, aber stellen Sie zu Ihrer eigenen Beruhigung einen Posten auf. Ich möchte Fitzpatrick begreiflich machen, daß er in die Angelegenheit direkt verwickelt ist, wenn es zu irgendeiner Verräterei kommen sollte.«

»Sie glauben, daß Egmont noch in Gefahr ist, Sir?«

Dumaresq machte eine Handbewegung zu der kleinen Residenz. »Hier ist er an sicherem Ort. Ich möchte aber nicht, daß er wieder davonrennt. Es gibt zu viele Leute, die ihn lieber tot wüßten. Sobald ich mit Garrick abgerechnet habe, kann er tun und lassen, was ihm gefällt. Je eher, desto besser.«

»Ich verstehe, Sir.«

Duaresq gab seinem Bootssteurer ein Zeichen und kicherte dann. »Das bezweifle ich. Aber halten Sie Augen und Ohren offen. Ich nehme an, daß die Dinge sehr bald in Fluß kommen werden.«

Bolitho sah zu, wie Dumaresq in die Gig kletterte, und lenkte seine Schritte dann zurück zur Residenz.

Machte sich Dumaresq überhaupt Sorgen, was aus Egmont und seiner Frau wurde? Oder benutzte er sie nur als Lockvögel für seine Falle?

Abseits der Residenz gab es zwei oder drei kleine Bungalows, die normalerweise höheren Beamten oder Offizieren, die zur Inspektion herkamen, zur Verfügung standen.

Bolitho nahm an, daß solche Besucher selten waren; wenn sie kamen, brachten sie sicher alles zu ihrer Bequemlichkeit Erforderliche selbst mit. Das Haus, das ihm zugewiesen worden war, bestand praktisch nur aus einem Raum. Die Moskitofenster waren voller Löcher, die eine nie ermüdende Armee von Insekten gebohrt hatte. Palmenwedel streiften Dach und Wände, und er vermutete, daß bei einem heftigen Gewitter das Wasser wie durch ein Sieb eindringen würde.

Er hatte sich vorsichtig auf das große, handgeschnitzte Bett gesetzt und putzte eine Lampe. Insekten schwirrten herbei und flogen gegen das heiße Glas. Ihm taten die weniger begünstigten Menschen auf der Insel leid, wenn selbst der Gouverneur vom Fieber gepackt werden konnte.

Vor der nur lose schließenden Tür knarrten die Bodenbretter, und Stockdale schaute herein. Er war mit sechs weiteren Männern an Land gekommen, um ein »wachsames Auge auf Wind und Wetter« zu haben, wie er es ausdrückte.

Mit seiner keuchenden Stimme meldete er: »Alles eingeteilt, Sir. Wir gehen abwechselnd Wache. Josh Little übernimmt die erste.« Er lehnte sich gegen den Türrahmen, und Bolitho hörte, wie das Holz protestierend knarrte. »Ich habe zwei Leute an dem anderen Haus postiert. Es ist ganz ruhig dort.«

Bolitho dachte daran, wie Aurora ihn angesehen hatte, als sie und ihr Mann von Bedienten des Gouverneurs eilig in den Nachbarbungalow geleitet wurden. Sie schien beunruhigt, verängstigt durch den plötzlichen Wechsel der Ereignisse. Es hatte geheißen, Egmont besäße Freunde in Basseterre, aber man hatte ihm nicht erlaubt, sich zu ihnen zu begeben; statt dessen war er immer noch ihr Gast. Oder besser: ihr Gefangener.

Bolitho sagte: »Gehen Sie schlafen.« Er berührte seine Narbe und zog eine Grimasse. »Mir ist, als wäre das erst heute geschehen.«

Stockdale grinste. »Saubere Arbeit, Sir. Ein Glück, daß wir den alten Knochensäger hatten.«

Er trollte sich nach draußen, und Bolitho hörte ihn leise vor sich hin pfeifen, als er einen Platz fand, an dem er sich ausstrecken konnte. Seeleute vermochten überall zu schlafen.

Bolitho legte sich zurück, die Hände hinter dem Kopf verschränkt, und starrte in die Schatten jenseits der nur schwach brennenden Flamme.

Es war alles vergebens gewesen. Garrick hatte die Insel bestimmt schon verlassen. Er mußte besser unterrichtet gewesen sein, als Dumaresq vermutete. Nun konnte er sich ins Fäustchen lachen, wenn er an die britische Fregatte und ihre spanische Begleiterin dachte, die da unschlüssig vor Anker lagen, während er . . .

Bolitho fuhr mit einem Ruck hoch und griff nach seiner Pistole, als die Planken vor der Tür wieder knarrten. Er beobachtete, wie sich der Türgriff senkte, und fühlte sein Herz gegen die Rippen schlagen, als er die Entfernung schätzte und überlegte, ob er schnell genug auf die Füße kommen konnte, um sich zu verteidigen.

Die Tür öffnete sich einige Zentimeter, und er sah ihre schmale Hand am Rand.

In Sekunden war er aus dem Bett. Als er die Tür ganz aufzog, hörte er sie flüstern: »Bitte, mach das Licht aus!«

Einen verwirrenden Augenblick lang hielten sie einander hinter der wieder geschlossenen Tür umschlungen. Außer Auroras heftigen Atemzügen gab es keinen Laut. Bolitho wagte nichts zu sagen, aus Angst, damit den unglaublichen Traum zu vertreiben.

Sie flüsterte: »Ich mußte kommen. Es war schon schlimm genug auf dem Schiff. Aber zu wissen, daß du hier bist, während . . .« Mit leuchtenden Augen schaute sie zu ihm auf. »Verachte mich nicht, weil ich schwach geworden bin.«

Bolitho hielt sie fest an sich gedrückt, fühlte ihren Körper durch das lange dünne Gewand und wußte, daß sie verloren waren. Mochte die Welt jetzt in Stücke fallen – nichts konnte ihnen diesen Augenblick nehmen.

Wie Aurora an den Posten vorbeigekommen war, schien ihm unbegreiflich, aber es kümmerte ihn nicht. Doch dann fiel ihm Stockdale ein. Daran hätte er gleich denken sollen.

Seine Hände zitterten heftig, als er sie an den Schultern hielt und ihr Haar, ihr Gesicht, ihren Hals küßte.

»Ich helfe dir.« Sie löste sich etwas von ihm und ließ ihr Gewand zu Boden fallen. »Nimm mich in deine Arme . . .«

In der Dunkelheit zwischen den beiden kleinen Bungalows lehnte Stockdale sein Entermesser gegen einen Baum und setzte sich daneben. Er beobachtete, wie das Mondlicht die Schwelle der Tür beleuchtete, die er vor einer Stunde sich hatte öffnen und wieder schließen gesehen, und dachte an die beiden, die jetzt beisammen waren. Für den Leutnant war es wahrscheinlich das erstemal, dachte Stockdale wohlwollend. Er hätte keine bessere Lehrerin finden können, das war gewiß.

Lange vor Anbruch der Morgendämmerung schlüpfte Aurora leise aus dem Bett und zog sich an. Einen Augenblick noch schaute sie auf die blasse, in tiefem Schlaf liegende Gestalt nieder und strich dabei über ihre Brust, wie er es getan hatte. Dann bückte sie sich und küßte ihn leicht auf den Mund. Seine Lippen schmeckten salzig, vielleicht von ihren Tränen. Ohne noch einmal zurückzublicken, verließ sie den Raum und lief an Stockdale vorbei, ohne ihn zu sehen.

Bolitho trat langsam aus der Tür und auf den sonnengehärteten Weg hinunter. Es kam ihm vor, als schritte er über dünnes Glas. Obwohl er seine Uniform trug, fühlte er sich immer noch nackt, glaubte nach wie vor, ihre Umarmung zu spüren, ihr atemberaubendes Verlangen, das ihn völlig erschöpft hatte.

Im frühen Sonnenlicht erkannte er einen der Wachposten, der ihn, auf seine Muskete gestützt, neugierig betrachtete.

Wenn er nur wach gewesen wäre, als sie ihn verließ! Dann hätten sie sich nie mehr getrennt.

Stockdale kam auf ihn zu und meldete: »Keine Vorkommnisse, Sir.«

Befriedigt registrierte er Bolithos Unsicherheit. Der Leutnant war verändert: verwirrt, aber wohlauf. Noch etwas durcheinander, aber mit der Zeit würde er die neue Kraft spüren, die sie ihm geschenkt hatte.

Bolitho nickte. »Lassen Sie die Leute antreten!« Er hob den Arm, um seinen Hut aufzusetzen, erinnerte sich aber noch rechtzeitig an die Wunde, die bei der leisesten Berührung pochte und brannte. Aurora hatte ihn sogar das vergessen lassen.

Stockdale bückte sich und hob ein kleines Stück Papier auf, das aus dem Hut gefallen war. Er übergab es mit ausdruckslosem Gesicht.

»Ich kann nicht lesen, Sir.«

Bolitho entfaltete den Zettel und las mit verschwimmendem Blick ihre wenigen Worte: »Liebster, ich konnte nicht warten. Denke manchmal an mich und daran, wie schön es war.«

Darunter hatte sie geschrieben: »Der Ort, den dein Kommandant sucht, ist dic Inscl Fougeaux.«

Sie hatte nicht mit Namen unterzeichnet, aber er konnte beinahe ihre Stimme hören.

»Fühlen Sie sich nicht wohl, Sir?«

»Doch.«

Noch einmal las er die kurze Botschaft. Aurora mußte sie schon mitgebracht und vorher gewußt haben, daß sie sich ihm hingeben würde. Und daß es damit enden würde.

Er hörte Schritte auf dem Sand knirschen und sah Palliser den Weg heraufkommen, hinter sich Midshipman Merrett, dem es schwerfiel, mit dem langen Leutnant Schritt zu halten.

Palliser sagte barsch zu Bolitho: »Alles erledigt.« Er wartete mit lauerndem Blick.

Bolitho fragte: »Mit Egmont und seiner Frau? Was ist geschehen?«

»Ach, wußten Sie das noch nicht? Sie sind gerade an Bord gegangen. Wir haben ihr Gepäck in der Nacht auf eines der kleinen, hier ankernden Schiffe geschafft. Ich hatte angenommen, Sie wären besser informiert.«

Bolitho zögerte. Dann faltete er den Zettel, riß den unteren Teil mit dem Namen der Insel vorsichtig ab und reichte ihn Palliser.

Palliser las und sagte: »Das kann stimmen.«

Er übergab den gefalteten Zettel an Merrett. »Zurück damit zum Schiff, Kleiner, und bringen Sie dies mit ergebenstem Gruß dem Kommandanten. Wenn Sie's verlieren, prophezeie ich Ihnen einen qualvollen Tod.«

Der Junge eilte davon, während Palliser fortfuhr: »Der Kommandant hat mal wieder recht gehabt.« Er lächelte über Bolithos ernstes Gesicht. »Kommen Sie, wir gehen zusammen zurück.«

»Sie sagten, die Egmonts hätten sich bereits eingeschifft, Sir?« Er wollte es noch nicht wahrhaben. »Wohin?«

»Habe ich vergessen. Ist es wichtig?«

Bolitho nahm gleichen Schritt mit ihm auf. Aurora hatte ihm die

Information als Dank zukommen lassen, vielleicht weil er ihr das Leben gerettet hatte, vielleicht um ihrer Liebe willen. Dumaresq hatte sie also beide für seine Zwecke benutzt. Bolitho fühlte, wie Zorn darüber in ihm hochstieg. Einen »sicheren Ort« hatte er den Platz genannt. Aber es war eher ein Ort der Täuschung gewesen.

Als Bolitho das Schiff erreichte, fand er die Besatzung klar zum Ankermanöver und die Segel schon so weit losgemacht, daß sie kurzfristig gesetzt werden konnten. Wie befohlen meldete er sich in der Kajüte, wo Dumaresq und Gulliver Seekarten studierten. Dumaresq bat den Master, draußen zu warten, und sagte dann barsch: »Damit ich Sie nicht wegen Insubordination bestrafen muß, lassen Sie mich als ersten sprechen. Unsere Mission in diesen Gewässern ist für eine so leichte Fregatte wie die *Destiny* ein Wagnis. Ich habe das immer geahnt, aber dank dieser kleinen Information weiß ich jetzt, wo Garrick sein Hauptquartier hat, sein Lager für Waffen und sonstige ungesetzliche Handelswaren, und auch, wo die Schiffe liegen, mit denen er das alles verteilt. Das war sehr wichtig.«

Bolitho hielt seinem Blick stand. »Man hätte es mir sagen sollen, Sir.«

»Sie haben es aber genossen, oder?« Dumaresqs Ton wurde weicher. »Ich weiß, wie es ist, wenn man sich in einen Traum verrennt. Mehr konnte es nicht sein. Sie sind Offizier des Königs und mögen sich sogar zu einem guten Offizier entwickeln, wenn mit der Zeit etwas Verstand hinzukommt.«

Bolitho schaute über Dumaresq hinweg auf die draußen vor Anker liegenden Schiffe; er überlegte, auf welchem Aurora sein mochte.

Er fragte: »Ist das alles, Sir?«

»Ja. Übernehmen Sie wieder Ihre Division. Ich will Anker lichten, sobald dieser Federfuchser Kopien meines Berichts für die örtlichen Autoritäten und für London fertiggestellt hat.« In Gedanken war er schon wieder bei den hundert anderen Dingen, die er noch erledigen mußte.

Bolitho stolperte aus der Kajüte in die Messe. Es war ihm zu schmerzlich, sich vorzustellen, wie diese Kajüte noch vor kurzem ausgesehen hatte: mit ihren Kleidern, die ordentlich zum Trocknen aufgehängt waren, mit der jungen Zofe, die sich immer in der Nähe hielt für den Fall, daß sie gebraucht wurde. Vielleicht war die Methode, die Dumaresq anwandte, richtig, aber mußte er so brutal und gefühllos sein?

Rhodes und Colpoys erhoben sich, um ihn zu begrüßen, und sie schüttelten einander feierlich die Hände.

Bolitho berührte das Stückchen Papier in seiner Tasche und fühlte sich stärker. Was Dumaresq und die anderen auch denken mochten, sie konnten nicht wissen, wie schön es wirklich gewesen war.

Bulkley trat in die Messe, sah Bolitho und wollte ihn gerade fragen, welche Fortschritte seine Wunde machte; doch Rhodes schüttelte leicht den Kopf, und so rief der Arzt nur nach Poad und bat um eine Tasse Kaffee.

Bolitho würde darüber hinwegkommen. Aber es mochte einige Zeit dauern.

»Anker ist los, Sir!«

Dumaresq trat an die Reling und schaute hinüber zum Spanier, während die *Destiny* mit von der frischen Brise geblähten Segeln der offenen See zustrebte.

Er sagte: »Das wird den Don ärgern. Seine halbe Besatzung ist an Land, um Vorräte zu ergänzen, also kann er uns erst in einigen Stunden folgen.« Er warf den Kopf zurück und lachte. »Hol dich der Teufel, Garrick! Genieße noch dein bißchen Freiheit!«

Bolitho beobachtete, wie seine Leute das Broßbramsegel setzten und einander derbe Scherzworte zuriefen, als wären auch sie von Dumaresqs Erregung angesteckt. Aussicht auf Tod, Prisengeld, ein neues Land – alles war für sie Anlaß zur Fröhlichkeit.

Palliser rief vom Achterdeck: »Bringen Sie die Leute auf Trab, Mr. Bolitho, die haben heute ja Blei in den Knochen.«

Bolitho wandte sich nach achtern und hatte schon eine ärgerliche Antwort auf der Zunge. Aber dann zuckte er die Schultern. Palliser wollte ihm auf die einzige Art helfen, die er beherrschte.

Nachdem sie die gefährlichen Untiefen von Bluff Point umfahren hatten, setzte die *Destiny* weitere Segel und nahm Kurs nach Westen. Später, als Bolitho die Nachmittagswache übernahm, studierte er die Karte und Gullivers sorgfältig eingetragene Berechnungen.

Fougeaux Island war sehr klein und gehörte zu einer weitverstreuten Inselgruppe, gut 150 Meilen westnordwestlich von St. Christopher. Es war nacheinander von Frankreich, Spanien und England beansprucht worden, selbst die Holländer hatten sich eine Zeitlang dafür interessiert.

Jetzt war es keinem Land untertan, denn allem Anschein nach gab es da nichts zu holen. Es fehlte an Bäumen für Bau- und Brennholz, und es mangelte laut Seehandbuch sogar an Trinkwasser. Ein kahles, feindliches Stück Land mit einer sichelförmigen Lagune als einzigem Vorzug. Sie konnte Schutz bei Sturm bieten, aber kaum mehr. Doch, wie Dumaresq bemerkt hatte, was verlangte Garrick auch sonst?

Bolitho beobachtete den Kommandanten, der so ruhelos an Deck auf und ab ging, als hielte er es in seinen Räumen nicht mehr aus, seit das Ziel so nahe lag. Gegenwind erschwerte ihr Vorwärtskommen und zwang das Schiff zu langen Kreuzschlägen, bei denen sie der Insel nur wenig näher kamen.

Aber die Aussicht, zumindest einen Teil des verlorenen Goldes zu finden, ließ sie die knochenbrechende Arbeit bei den dauernden Wendemanövern, das Durchholen der Brassen und das immer wieder neue Trimmen der Segel vergessen.

Wenn die Insel nun leer war oder gar nicht die richtige? Bolitho glaubte es nicht. Aurora mußte gewußt haben, daß nur Garricks Gefangennahme sie und ihren Mann vor seiner Rache schützen konnte. Und auch, daß Dumaresq sie ohne diese Information nie freigelassen hätte.

Am nächsten Tag dümpelte die *Destiny* mit schlappen Segeln bewegungslos in einer Flaute.

Weit weg an Steuerbord sah man den vagen Umriß einer Insel, aber sonst hatten sie den Ozean allein für sich. Es war so heiß, daß die Füße an den Decksnähten klebenblieben und die Kanonenrohre sich anfühlten, als hätten sie eine Schlacht hinter sich.

Gulliver sagte: »Bei einem nördlicheren Kurs hätten wir mehr Glück mit dem Wind gehabt, Sir.«

»Das weiß ich selbst, verdammt noch mal.« Dumaresq wandte sich ihm erbost zu. »Aber wir wären vielleicht auf ein Korallenriff gelaufen. Wollten Sie das riskieren? Wir sind eine Fregatte und kein flaches Fischerboot.«

Den ganzen Tag über und auch noch den halben nächsten rollte das Schiff unbehaglich in der schwachen Dünung. Ein Haifisch glitt vorsichtig um ihr Heck, und einige Matrosen versuchten ihr Glück mit einem großen Angelhaken.

Dumaresq schien das Deck überhaupt nicht mehr verlassen zu wollen. Als er an Bolitho während dessen Wache vorbeiging, sah er, daß sein Hemd schweißgetränkt war; auf seiner Stirn hatte sich eine

Blase gebildet, die er aber nicht zu bemerken schien.

Als die Nachmittagswache zur Hälfte um war, tastete der Wind sich wieder über die glitzernde Wasserfläche an sie heran, aber mit ihm kam eine Überraschung.

»Schiff, Sir! An Backbord achteraus!«

Dumaresq und Palliser beobachteten, wie die bräunliche Segelpyramide über den Horizont stieg. Das große rote Kreuz auf der Breitfock hob sich deutlich ab und beseitigte alle Zweifel.

Palliser rief erbittert: »Der Don, Gott strafe ihn!«

Dumaresq ließ mit versteinertem Blick das Glas sinken.»Fitzpatrick! Er muß es ihnen verraten haben. Sie sind auf Blut aus.« Er sah seinen Ersten Offizier an. »Wenn Don Carlos Quintana sich jetzt einmischt, wird es aber sein eigenes Blut kosten!«

»An die Brassen und Schoten!«

Die *Destiny* erbebte und legte sich kräftig vor die auffrischende Brise. Mit neuerwachter Kraft warf sie Wolken von Gischt an ihrer weißen Galionsfigur hoch.

Dumaresq sagte: »Lassen Sie die Leute an den Geschützen exerzieren, Mr. Palliser.« Er starrte achteraus auf das andere Schiff. Es schien schon viel näher gekommen zu sein.

»Und setzen Sie bitte unsere Flagge. Ich will nicht, daß uns der verdammte Spanier in die Quere kommt.«

Rhodes dämpfte seine Stimme. »Und das meint er ernst, Richard. Dies ist sein großer Augenblick. Er wird lieber sterben, als ihn zu teilen.«

Einige Leute auf dem Achterdeck sahen einander an und machten ängstliche Bemerkungen. Die eingefleischte Verachtung, mit der sie jede andere Marine außer der eigenen beurteilten, war nach dem langen Aufenthalt in Basseterre etwas erschüttert. Die *San Augustin* besaß mindestens vierundvierzig Kanonen, die *Destiny* dagegen nur achtundzwanzig.

Dumaresq schimpfte: »Bringen Sie diese Tölpel auf Trab, Mr. Palliser! Unser Schiff entwickelt sich langsam zu einem Saustall!«

Einer von Bolithos Geschützführern flüsterte: »Ich dachte, wir wären nur hinter einem Piraten her?«

Stockdale zeigte grinsend die Zähne. »Feind ist Feind, Tom. Seit wann macht die Flagge einen Unterschied?«

Bolitho biß sich auf die Lippen. Was jetzt kam, war ein Musterbeispiel für die schwere Verantwortung eines Kommandanten. Wenn Dumaresq nichts unternahm, konnte er wegen Unfähigkeit oder

Feigheit vor ein Kriegsgericht gestellt werden. Wenn er mit dem Spanier ins Gefecht kam, konnte man ihn beschuldigen, einen Krieg provoziert zu haben.

Er sagte: »Macht euch bereit, Leute. Löst die Zurrings.«

Stockdale hatte recht: Ihre einzige Sorge sollte es sein, zu gewinnen.

Bevor die Sonne am nächsten Morgen über den Horizont gestiegen war, wurden die Leute zum Frühstück und dann zum Deckwaschen geschickt.

Der Wind war leicht, aber stetig und hatte über Nacht auf Südwest gedreht.

Dumaresq war ebenso früh an Deck wie alle. Bolitho bemerkte die Ungeduld, mit der er immer wieder über das Achterdeck wanderte, einen Blick auf den Kompaß oder die Schiefertafel mit den Eintragungen des Steuermanns warf. Wahrscheinlich nahm er nichts davon wahr; aus der Art, wie Palliser und Gulliver ihm freie Bahn ließen, entnahm Bolitho, daß sie ihre Erfahrungen mit dieser Stimmung ihres Kommandanten hatten.

Zusammen mit Rhodes beobachtete Bolitho, wie der Oberbootsmann seine Arbeitsgruppen einteilte. Die Tatsache, daß ein weit überlegenes Kriegsschiff ihnen achteraus folgte und daß eine wenig bekannte Insel vor ihnen lag, änderte nichts an Mr. Timbrells Routine.

Pallisers rauhe Stimme schreckte Bolitho auf. »Lassen Sie die Rahen durch Ketten sichern, Mr. Timbrell!«

Einige Matrosen schauten zu den Rahen auf. Palliser gab keine weiteren Erklärungen, was für die dienstälteren Leute auch nicht erforderlich war. Die Ketten würden jede Rahe fester mit dem Mast verbinden als das Tauwerk, das sie normalerweise hielt, in einem Gefecht aber leicht zerschossen werden konnte. Außerdem mußten Netze über das Oberdeck gespannt werden. Ketten und Netze waren der einzige Schutz vor herunterfallenden Spieren und Takelageteilen.

Vielleicht trafen sie auf dem Spanier jetzt genau die gleichen Vorbereitungen, obwohl nichts darauf hinzudeuten schien. Bisher hatte es lediglich den Anschein, als sei die *San Augustin,* seit sie zu ihnen aufgeschlossen hatte, gewillt, ihnen zu folgen und die Entwicklung zu beobachten.

Rhodes drehte sich abrupt um und eilte auf den ihm zugewiesenen

Platz, wobei er leise hervorstieß: »Der ›Herr und Meister‹!«

Als Bolitho sich umwandte, stand er seinem Kommandanten gegenüber. Es war ungewöhnlich, ihm so weit weg von Achterdeck und Hütte zu begegnen, und die Seeleute, die in der Nähe arbeiteten, schienen sich vorsichtig zurückzuziehen, als wären sie durch Dumaresqs Gegenwart eingeschüchtert.

Bolitho grüßte durch eine Handbewegung zum Hut und wartete. Dumaresqs Augen wanderten langsam und ohne Ausdruck über sein Gesicht.

Dann sagte er: »Kommen Sie mit. Aber holen Sie sich vorher ein Fernglas.« Er warf dem Bootssteurer seinen Hut zu und ergänzte: »Eine kleine Kletterpartie gibt klaren Kopf.«

Bolitho sah mit Überraschung, wie Dumaresq sich nach außen in die Wanten schwang. Seine untersetzte Gestalt hing ungelenk in den Webeleinen, als er zu der turmhohen Mastspitze aufsah.

Bolitho haßte Höhen. Von allen Motiven, die ihn getrieben hatten, sich um eine baldige Beförderung zum Offizier zu bemühen, war dies eines der wichtigsten gewesen: nicht mehr mit den anderen in den Mast zu müssen, wo Wind und Kälte den Griff um die vereisten Webeleinen lösen oder den Mann von der Rah in die See unten schleudern konnten.

Vielleicht wollte Dumaresq ihn herausfordern, und sei es nur, um die eigene Spannung zu lösen.

»Kommen Sie, Mr. Bolitho! Sie sind heute an einem Wendepunkt Ihrer Karriere.«

Bolitho folgte ihm die zitternden Wanten hinauf, Hand über Hand, Fuß über Fuß. Er befahl sich, nicht nach unten zu schauen, obwohl er sich nur zu gut vorstellen konnte, wie das helle Deck der *Destiny* unter ihnen krängte, als sich das Schiff in eine weitere Woge wühlte.

Dumaresq mißachtete das Soldatenloch und kletterte außen an den Püttingswanten hoch, wobei sein mißgestalteter Rücken fast parallel zur Wasserfläche hing. Dann ging es über die Marssaling, ohne auf einige verschreckte Seesoldaten zu achten, die an einer der hier oben postierten Drehbassen exerzierten, und weiter hinauf zur Bramsaling.

Dumaresqs Vertrauen verlieh Bolitho den Willlen, schneller als je zuvor zu klettern. Er achtete kaum auf die Höhe und schaute bereits noch weiter hinauf, als Dumaresq anhielt und – ein Bein frei im Raum pendelnd – bemerkte: »Man bekommt das richtige Gefühl fürs Schiff nur von hier oben.«

Bolitho hielt sich mit beiden Händen fest und blickte zu seinem Kommandanten hoch, wobei ihm die Augen im starken Sonnenlicht tränten. Dumaresq sprach mit so viel Überzeugung und mit einer Wärme, die fast an Liebe erinnerte.

»Fühlen Sie es?« Dumaresq packte ein Stag und zog fest daran. »Straff und fest, gleicher Zug auf allen Teilen. Wie es sein muß. Wie jedes Schiff sein sollte, wenn es ordentlich gepflegt wird.« Er schaute in Bolithos ihm zugewandtes Gesicht. »Kopf wieder in Ordnung?«

Bolitho nickte. In dem Durcheinander seiner Gefühle, vor Empörung und Kummer hatte er die Wunde ganz vergessen.

»Gut, dann kommen Sie.«

Sie erreichten die Bramsaling, wo der Ausguck für seine Vorgesetzten Platz machte.

»Ah!« Dumaresq nahm sein Teleskop und richtete es, nachdem er die Linse mit seinem Halstuch abgewischt hatte, nach Steuerbord voraus.

Bolitho folgte seinem Beispiel und fühlte plötzlich, wie es ihm trotz der Sonne und des Windes eiskalt über den Rücken lief.

So etwas hatte er noch nie gesehen. Die Insel schien nur aus Korallen oder Felsen zu bestehen und wirkte fast anstößig nackt – wie etwas, das nicht mehr lebte. In der Mitte gab es eine Erhöhung, die aussah wie ein Berg, dem man die Spitze abgeschnitten hatte. Im Dunst war nichts genauer zu erkennen, es konnte also auch eine gigantische Festung sein.

Er versuchte, den Anblick mit den spärlichen Eintragungen in der Seekarte zu vergleichen, und schloß aus der Peilung, daß die geschützte Lagune direkt unter dem Hügel liegen mußte.

Dumaresq sagte heiser: »Da sind sie.«

Bolitho versuchte es noch einmal. Die Insel schien verlassen, wie durch eine Naturkatastrophe niedergewalzt.

Doch dann entdeckte er etwas, das dunkler als die Umgebung aussah, aber kurz darauf wieder im Dunst verschwand: ein Mast, vielleicht auch mehrere Masten. Die zugehörigen Schiffsrümpfe waren allerdings hinter dem schützenden Wall aus Korallen verborgen.

Er warf Dumaresq einen schnellen Blick zu und fragte sich, wie er das wohl beurteilte.

»Steinchen für ein Puzzlespiel.« Dumaresq hob die Stimme nur wenig über das Summen in Takelage und Leinwand. »Das sind

Garricks Schiffe, seine kleine Armada. Keine Schlachtlinie, Mr. Bolitho, kein Flaggschiff mit dem stolzen Kommandozeichen eines Admirals, aber genauso tödlich.«

Bolitho schaute abermals durchs Fernglas. Kein Wunder, daß Garrick sich sicher fühlte. Er hatte von ihrer Ankunft in Rio erfahren und davor schon von der in Madeira. Und nun hatte er die Oberhand. Er konnte seine Schiffe entweder bei Nacht hinausschikken oder wie ein Einsiedlerkrebs in seinem Gehäuse liegenbleiben und abwarten.

Dumaresq schien mit sich selbst zu sprechen. »Die Dons interessiert allein der verlorengegangene Goldschatz. Garrick kann ungestraft davonkommen, was sie betrifft. Quintana glaubt, daß er diese sorgfältig ausgewählten Schiffe und alles, was von dem Gold noch übrig ist, ohne einen Schuß vereinnahmen kann.«

Bolitho fragte: »Vielleicht weiß Garrick weniger, als wir annehmen, Sir, und versucht nur zu bluffen?«

Dumaresq sah ihn eigenartig an. »Das glaube ich nicht. Jetzt zählen keine Bluffs mehr. Ich habe in Basseterre versucht, dem Spanier Garricks Absichten zu erklären. Aber er wollte nicht hören. Garrick hat den Franzosen geholfen, und in einem künftigen Krieg wird Spanien einen Verbündeten wie Frankreich brauchen. Seien Sie sicher, daß Don Carlos Quintana auch das im Auge haben wird.«

»Sir!« Der Ausguck unter ihnen rief besorgt: »Die Dons setzen mehr Segel!«

Dumaresq sagte: »Es wird Zeit, daß wir absteigen.« Er warf noch einen Blick auf jeden einzelnen Mast drüben und schaute dann nach unten.

Bolitho stellte fest, daß er es ihm nachzumachen vermochte, ohne zu zittern. Er sah die von oben stark verkürzt wirkenden Gestalten der Offiziere und Midshipmen auf dem Achterdeck und die wechselnden Gruppen, die sich um die doppelte Reihe der schwarzen Kanonen scharten.

In diesen Augenblicken bestand eine stillschweigende Übereinstimmung zwischen Bolitho und diesem ungewöhnlichen, ganz seiner Aufgabe verschworenen Mann. Es war sein Schiff, jedes Teil davon, jedes Stück Holz, jeder Zentimeter Tauwerk. Schließlich sagte Dumaresq: »Der Spanier will vielleicht vor mir in die Lagune eindringen. Das wäre eine gefährliche Dummheit, denn die Einfahrt ist eng und das Fahrwasser unbekannt. Da er keine Hoffnung auf den Überraschungseffekt hat, wird es auf die Glaubwürdigkeit seiner Friedfertigkeit ankommen; wenn das fehlschlägt, auf eine Demonstration seiner Stärke.«

Überraschend geschwind kletterte Dumaresq hinunter, und als Bolitho schließlich das Achterdeck erreichte, sprach der Kommandant schon mit Palliser und dem Master. Bolitho hörte Palliser sagen: »Der Don hält aufs Land zu, Sir.«

Dumaresq hantierte mit seinem Fernrohr. »Und auf die Gefahr. Signalisieren Sie ihm, er soll abdrehen.«

Bolitho blickte in die Gesichter ringsum, die er inzwischen so gut kannte. In wenigen Augenblicken konnte alles entschieden sein, denn Dumaresq hatte keine Wahl.

Palliser rief: »Er beachtet unsere Warnung nicht, Sir.«

»Gut so. Schlagen Sie ›Alle Mann‹ und ›Klar Schiff zum Gefecht‹ an!« Dumaresq verschränkte die Hände hinter dem Rücken. »Mal sehen, wie ihm *das* gefällt.«

Rhodes packte Bolitho am Arm. »Er muß wahnsinnig sein! Er kann doch nicht mit Garrick *und* den Dons kämpfen!«

Die Trommelbuben in Seesoldatenuniform begannen mit ihren dumpfen Schlägen. Der Augenblick der Ungewißheit war vorüber.

XIV Die letzte Chance

»Der Don nimmt Segel weg, Sir!«

»Das werden auch wir tun.« Dumaresq stand wie ein Fels mitten auf dem Achterdeck, direkt vor dem Besanmast. »Bramsegel bergen!«

Bolitho beschattete seine Augen und sah durch das Gewirr der Takelage und Netze, wie seine Leute die widerspenstige Leinwand aufholten und festbanden. In weniger als einer Stunde war die Spannung an Bord ebenso gestiegen wie die Sonne; jetzt, da die *San Augustin* sich an Steuerbord voraus postiert hatte, merkte er, daß jeder Mann in seiner Nähe davon betroffen war. Die *Destiny* hatte zwar noch die Luvposition, aber der spanische Kapitän hatte sich zwischen sie und die Einfahrt zur Lagune geschoben.

Rhodes kam nach achtern geschlendert und traf zwischen zwei Zwölfpfündern auf Bolitho.

»Der Kommandant läßt dem Spanier den Vortritt.« Er zog eine Grimasse. »Ich muß sagen, da stimme ich ihm zu. Ich mag keinen einseitigen Kampf, es sei denn, die Vorteile wären auf meiner Seite.« Er warf einen schnellen Blick zum Achterdeck und senkte die

Stimme. »Was halten Sie jetzt von unserem ›Herrn und Meister‹?«

Bolitho zuckte die Schultern. »Ich schwanke zwischen Bewunderung und Verachtung. Ich verachte die Art, wie er mich benutzt hat. Er muß gewußt haben, daß Egmont selbst Garricks Insel niemals verraten hätte.«

Rhodes spitzte die Lippen. »Also war es seine Frau.« Er stockte. »Sind Sie über die Affäre hinweg, Dick?«

Bolitho schaute hinüber zur *San Augustin,* auf ihre weit auswehenden Wimpel und die weiße Kriegsflagge Spaniens, und schwieg.

Rhodes blieb hartnäckig. »Bei all diesem Wahnsinn, in dem wir wahrscheinlich wegen einer weit zurückliegenden Sache aufgerieben werden, können Sie sich noch in Liebe zu einer Frau verzehren?«

Bolitho sah ihn an. »Darüber werde ich nie hinwegkommen. Wenn Sie Aurora so gesehen hätten . . .«

Rhodes lächelte resignierend: »Mein Gott, Dick, ich verschwende meine Zeit. Wenn wir nach England zurückkehren, werde ich sehen, was ich anstellen kann, um Sie aufzumuntern.«

Beide fuhren herum, als ein Schuß über das Wasser dröhnte. Die Kugel warf eine dünne Wassersäule in direkter Verlängerung des Bugspriets des Spaniers auf.

Dumaresq schimpfte: »Gott im Himmel, die Lumpen schießen als erste!«

Mehrere Teleskope richteten sich auf die Insel, aber niemand entdeckte die versteckte Kanone.

Palliser sagte säuerlich: »Das war nur eine Warnung. Ich hoffe, der Don hat genug Verstand, um sie zu beachten. Diese Angelegenheit verlangt listiges Vorgehen und schnelles Handeln, keinen direkten Angriff.«

Dumaresq lächelte. »So, tut sie das? Sie fangen an, wie ein Admiral zu reden, Mr. Palliser. Ich muß mich wohl in acht nehmen.«

Bolitho beobachtete scharf das spanische Schiff. Es verhielt sich, als wäre nichts geschehen, und steuerte immer noch auf die nächste Landspitze zu, wo die Lagune begann.

Einige Kormorane erhoben sich von der See, als die beiden Schiffe an ihnen vorbeisegelten, und kreisten dann über ihnen. Wie Adler, dachte Bolitho.

»An Deck: Rauch über dem Hügel, Sir!«

Die Teleskope schwenkten herum wie leichte Geschützrohre.

Bolitho hörte Clow, einen der Stückmeistersmaaten, sagen: »Der kommt von einem verdammten Ofen. Die Teufel wollen den Dons mit glühenden Kanonenkugeln einheizen.«

Bolitho feuchtete sich die Lippen an. Sein Vater hatte ihn oft gewarnt, wie töricht es sei, ein Schiff gegen eine befestigte Landbatterie anrennen zu lassen. Wenn die an Land glühende Kugeln benutzten, konnten sie jedes Schiff binnen kurzem in einen Scheiterhaufen verwandeln. Von der Sonne ausgetrocknetes Holz, Teer, Farbe und Leinwand fingen schnell Feuer, und wenn nicht sofort gelöscht werden konnte, tat der Wind das übrige.

Etwas wie ein Seufzer lief das Deck entlang, als sich die Stückpforten der *San Augustin* gleichzeitig öffneten und ihre Kanonen auf ein Trompetensignal hin ausgerannt wurden. Auf die Entfernung sahen sie aus wie schwarze Zähne im makellosen Gebiß ihrer Bordwand: schwarz und tödlich.

Der Schiffsarzt trat zu Bolitho an den Zwölfpfünder; seine Brillengläser glitzerten im Sonnenlicht. Mit Rücksicht auf die Männer, die vielleicht schon bald seine Dienste benötigten, hatte er darauf verzichtet, seine Schürze anzulegen.

»Es macht mich nervös wie eine Katze, wenn sich dies weiter so in die Länge zieht.«

Bolitho verstand ihn. Unten im Orlopdeck, wo es nur künstliches Licht gab und keine frische Luft, wirkten alle Geräusche vom Oberdeck verzerrt. Er sagte: »Ich glaube, der Spanier will sich die Einfahrt mit Gewalt erzwingen.«

Während er noch sprach, setzte das andere Schiff Bramsegel und fiel etwas ab, um den südwestlichen Wind voll zu nutzen. Sein vergoldetes Schnitzwerk leuchtete prachtvoll im Sonnenlicht, majestätisch blähten sich die stolzen Wimpel und die roten Kreuze auf Fock und Großsegel. So sahen Kriegsschiffe auf alten Bildern aus, dachte Bolitho. Im Vergleich dazu wirkte die schlanke und anmutige *Destiny* spartanisch.

Bolitho ging nach hinten, bis er direkt unter der Querreling des Achterdecks stand. Er hörte Dumaresq sagen: »Noch eine halbe Kabellänge, und dann werden wir's wissen.«

Danach Pallisers Stimme, weniger sicher: »Er kann die Einfahrt erzwingen, Sir. Wenn er erst drinnen ist, wird er halsen, die dort vor Anker liegenden Schiffe zusammenschießen und sie sogar noch als Deckung gegen Beschuß von Land benutzen. Ohne Schiff sitzt Garrick in der Falle.«

Dumaresq schien es zu erwägen. »Letzteres stimmt. Ich habe bisher nur von einem einzigen Menschen gehört, der über das Meer wandeln konnte; aber wir brauchen heute eine andere Art Wunder.«

Einige der neben ihren Neunpfündern knienden Matrosen stießen sich lachend gegenseitig an.

Bolitho staunte, daß es Dumaresq so leicht fiel. Er wußte genau, was nötig war, um seine Leute bei guter Laune und kampfesmutig zu halten.

Gulliver sagte, ohne jemanden direkt anzusprechen: »Wenn der Don Erfolg hat, dann ade Prisengeld!«

Dumaresq sah ihn grimmig lächelnd an. »Gott, sind Sie ein armseliger Gefährte, Mr. Gulliver. Wie Sie sich mit solcher Hoffnungslosigkeit auf dem Ozean zurechtfinden, kann ich gar nicht begreifen.«

Midshipman Henderson rief: »Der Spanier hat die Landspitze passiert, Sir!«

Dumaresq brummte: »Sie haben gute Augen.« Für Palliser fügte er hinzu: »Er steht vor einer Leeküste. Jetzt oder nie muß etwas geschehen.«

Bolitho preßte die Hände fester zusammen, um sich zu beruhigen. Er sah reflektierte Blitze aus den abgewandten Stückpforten der *San Augustin* schießen und aus den Geschützmündungen Rauchpilze aufsteigen und hörte Sekunden später auch das donnernde Krachen der Breitseite. Am Hang des Hügels stiegen Staubwolken wie Federbüsche empor, und einige eindrucksvolle Steinlawinen polterten zum Wasser hinunter.

Palliser sagte ärgerlich: »Wir müssen bald wenden, Sir.«

Bolitho schaute zu ihm hinauf. Palliser hoffte, daß er nach der *Destiny* ein eigenes Kommando bekommen würde, und machte auch kein Geheimnis daraus. Aber so lange Hunderte von Seeoffizieren bei halbem Lohn an Land warteten, bedurfte es schon mehr als nur einer freien Stelle, um ihm diese Beförderung zu bringen. Die *Heloise* hätte für ihn ein Schritt in diese Richtung sein können. Aber Beförderungsausschüsse hatten ein kurzes Gedächtnis, und die *Heloise* befand sich jetzt auf dem Meeresgrund und nicht in der Hand des Prisengerichts.

Wenn Don Carlos Quintana Garricks Verteidigungsanlagen bezwang, würde ihm der ganze Ruhm zufallen und die Admiralität eine Beförderung Pallisers sicher nicht befürworten.

Ein einzelner Knall war zu hören, und wieder stieg eine Wassersäule in einiger Entfernung vom Rumpf des Spaniers auf.

Palliser sagte: »Garricks angebliche Stärke war also nur ein

Bluff. Die Dons werden sich über uns totlachen. Wir haben den Schatz für sie aufgespürt und dürfen nun zusehen, wie sie ihn zurückholen.«

Bolitho sah die Rahen des Spaniers langsam und schwerfällig herumschwingen; gleichzeitig wurde sein Großsegel aufgegeit, als er hinter einer weiteren Korallenbank vorbeiglitt. Für die in der Lagune vor Anker liegenden Schiffe mußte es ein bedrohlicher Anblick sein.

Er hörte jemanden murmeln: »Sie setzen Boote aus.«

Bolitho sah, wie zwei Boote vom Oberdeck der *San Augustin* ausgeschwenkt und dann längsseit zu Wasser gebracht wurden. Das wurde nicht besonders geschickt gemacht, und als die Männer in die Boote kletterten und vom Schiff absetzten, begriff Bolitho, daß ihr Kommandant es nicht wagen durfte, vor einer Leeküste und angesichts der zusätzlichen Bedrohung durch schwere Kanonen beizudrehen.

Die Boote nahmen weder Kurs auf die Korallenbank noch auf das Vorland der Küste, sondern setzten sich vor ihr großes Mutterschiff und kamen damit schnell außer Sicht. Aber nicht für den Ausguck im Mast, der kurz darauf meldete, daß die Boote das Fahrwasser mit Blei und Schnur ausloteten, um zu verhüten, daß die *San Augustin* auf Grund lief.

Bolitho beschloß, die bitteren Bemerkungen Pallisers zu ignorieren und statt dessen die Geschicklichkeit und Kühnheit des Spaniers zu bewundern. Don Carlos hatte sicherlich schon gegen Briten gekämpft und ließ sich die Gelegenheit, sie zu beschämen, nicht entgehen.

Als er aber einen Blick nach achtern warf, sah er, daß Dumaresq das andere Schiff eher wie ein uninteressierter Zuschauer betrachtete.

Er wartete ab. Die Erkenntnis traf Bolitho wie ein Faustschlag. Dumaresq hatte ihnen allen etwas vorgemacht; er hatte den Spanier angestachelt – nicht umgekehrt.

Auch Bulkley sah Dumaresqs Gesichtsausdruck und sagte heiser: »Ich glaube, jetzt begreife ich!«

Der Spanier feuerte wieder nach Steuerbord, und der Pulverqualm trieb in einer dichten Bank nach Lee. Weitere Felsbrocken und Staubwolken wurden von den Kugeln emporgejagt, aber keine erschreckten Gestalten rannten aus ihrer Deckung; auch feuerte keine einzige Kanone auf das prächtig beflaggte Schiff.

Dumaresq befahl: »Lassen Sie zwei Strich nach Steuerbord abfallen.«

»An die Leebrassen!«

Die Rahen quietschten unter dem Gewicht der Männer an den Brassen, und der Klüverbaum der *Destiny* zeigte nun, leicht schräg geneigt, auf den flachen Hügel.

Bolitho wartete, bis seine Leute auf ihre Stationen zurückkamen. Er mußte sich geirrt haben. Dumaresq holte wahrscheinlich aus, um anschließend zu wenden und – nachdem er einen großen Kreis geschlagen hatte – auf ihren ursprünglichen Kurs zurückzukehren.

In diesem Augenblick hörte er eine doppelte Explosion, als schlüge ein Fels durch eine Hauswand. Als er auf die andere Seite rannte und über das Wasser blickte, sah er vor dem spanischen Schiff etwas in die Luft fliegen und dann ebenso schnell herabfallen und außer Sicht kommen.

Der Ausguck schrie von oben: »Eines der Boote ist getroffen, Sir! Glatt mittendurch gehauen!«

Bevor sich die Männer an Deck von ihrer Überraschung erholt hatten, spie die ganze Hügelkuppe aus vielen Kratern Feuer. Da oben mußten sieben oder acht großkalibrige Kanonen stehen.

Bolitho sah das Wasser um den Spanier wie kochend aufwallen, in seinem backgebraßten Großmarssegel zeigte sich ein gezacktes Loch.

Auch ohne Teleskop sah das recht gefährlich aus; außerdem schrie Palliser: »Das Segel glimmt! Glühende Kugeln!«

Die anderen Kugeln waren auf der abgewandten Seite des Spaniers eingeschlagen. Bolitho sah einen kurzen Sonnenreflex auf einem Fernglas blitzen, als einer der spanischen Offiziere den Hügel nach der verborgenen Batterie absuchte.

Als dann die *San Augustin* abermals feuerte, antwortete sofort die geschickt postierte Landbatterie. Im Gegensatz zur geschlossenen Breitseite des Spaniers schoß die Landbatterie geschützweise, und jede Kugel war sorgfältig gezielt.

Rauch stieg vom Oberdeck des Schiffes auf; Bolitho beobachtete, daß Gegenstände über Bord geworfen wurden und daß aus der Hütte starker Qualm drang, da sich dort die Flammen festgefressen hatten.

Dumaresq sagte: »Garrick hat den richtigen Augenblick abgewartet, Mr. Palliser. Er ist kein solcher Narr, daß er sich sein Fahrwasser durch ein versenktes Schiff versperren würde.« Mit ausgestrecktem

Arm zeigte er hinüber, als Fockbramstenge und -rah des Spaniers herunterflogen und ins Wasser fielen. »Schauen Sie gut hin. Da wäre die *Destiny* jetzt, wenn ich der Versuchung nachgegeben hätte: Futter für ihre Kanonen.«

Das Geschützfeuer des Spaniers wurde jetzt unregelmäßig und unkontrolliert; die Kugeln schlugen harmlos in soliden Fels oder rikoschettierten über das Wasser wie fliegende Fische. Vom Deck der *Destiny* sah es aus, als sei die *San Augustin* überall von Korallenbänken eingeschlossen, als sie mit durchlöcherten Segeln, Qualm hinter sich herziehend, langsam in die Lagune hineintrieb.

Palliser sagte: »Warum macht er jetzt nicht kehrt?«

Sein Zorn auf den Spanier war offenbar der Sorge um das schwer mitgenommene Schiff gewichen. Es hatte so stolz und majestätisch ausgesehen. Jetzt trieb es, von dem gnadenlosen Bombardement gezeichnet, hilflos der Unterwerfung entgegen.

Bolitho wandte sich um, als er den Arzt murmeln hörte: »Ein Anblick, den ich nie vergessen werde.« Bulkley nahm seinen Kneifer ab und putzte ihn gründlich. »Wie die Verse, die ich einmal lernen mußte: ›Dort, wo das Meer in den Himmel verrinnt'/zieht majestätisch ein Schiff seine Bahn./Ein Freibrief des Königs treibt es voran,/ kühn flattern die Wimpel im Wind.‹« Er lächelte traurig. »Nun klingt es wie eine Grabinschrift.«

Eine neue Explosion dröhnte über das Wasser und brach sich an der Bordwand der *Destiny*. Sie sahen schwarze Rauchwolken über die Lagune treiben und die vor Anker liegenden Schiffe ihren Blicken entziehen.

Dumaresq sagte leise: »Er muß kapitulieren.« Pallisers Einspruch ignorierend, setzte er hinzu: »Der Kommandant hat gar keine andere Wahl.« Er schaute über sein eigenes Schiff und sah, daß Bolitho ihn beobachtete. »Was würden Sie tun? Die Flagge streichen oder Ihre Leute verbrennen lassen?«

Bolitho hörte weitere Explosionen, die entweder von der Landbatterie oder aus dem Rumpf des Spaniers kamen. Solch ein herrliches Schiff, so schön anzusehen in all seiner hochmütigen Pracht, und jetzt lediglich Kanonenfutter! Er konnte es wie Bulkley kaum glauben. Wenn das ihnen passiert wäre, dachte er, ihm und seinen Kameraden auf der *Destiny!* Der Gefahr sahen sie mutig ins Auge, das gehörte zu ihrem Beruf. Aber im Nu aus einer disziplinierten Einheit in einen hilflosen Menschenhaufen verwandelt zu werden, umzingelt von Renegaten und Piraten, die einen Mann auch für einen Schnaps getötet hätten – das war ein Alptraum.

»Klar zum Wenden, Mr. Palliser. Wir wollen auf Kurs Ost gehen.«

Palliser sagte nichts. Er malte sich wahrscheinlich aus, und das mit größerer Sachkenntnis als Bolitho, welche Verzweiflung jetzt an Bord des Spaniers Platz gegriffen hatte. Sie würden sehen, wie sich die Masten der *Destiny* nach der Wende von der Insel entfernten, und damit ihre Niederlage als besiegelt betrachten.

Dumaresq fügte hinzu: »Nachher will ich Ihnen meine weiteren Absichten erklären.«

Bolitho und Rhodes sahen einander an. Ihre Aufgabe war also noch nicht beendet. Sie hatte noch nicht einmal angefangen.

Palliser schloß schnell die Lamellentür, als befürchte er, daß ein Feind mithören könnte.

»Alle versammelt, Sir. Das Schiff ist – wie befohlen – völlig verdunkelt.«

Bolitho wartete mit den anderen Offizieren und Deckoffizieren in Dumaresqs Kajüte; er fühlte ihre Zweifel und Sorgen und teilte ihre Erregung.

Den ganzen Tag hatte die *Destiny* in der sengenden Sonnenglut auf- und abgestanden, die Insel Fougeaux immer nahe querab, wenn auch nicht so nahe, daß sie von den Landbatterien erreicht werden konnte. Einige Stunden hatten sie noch gewartet, und einige von ihnen hatten sogar noch bis zuletzt gehofft, daß die *San Augustin* wieder auftauchen würde, daß sie sich irgendwie aus der Lagune freigesegelt hätte, um zu ihnen zu stoßen. Aber es geschah nichts dergleichen. Doch hatte es auch keine schreckliche Explosion mit herumfliegenden Wrackteilen gegeben, die von der endgültigen Vernichtung des Spaniers gekündet hätte. Wäre er in die Luft geflogen, so hätten die meisten der vor Anker liegenden Schiffe in Mitleidenschaft gezogen oder gar vernichtet werden können. Daß alles still blieb, wirkte also noch bedrückender.

Dumaresq schaute in die gespannten Gesichter. Es war sehr heiß in der geschlossenen Kajüte, und die Männer trugen alle nur Hemd und Hose. So sahen sie eher wie Verschwörer aus als wie Offiziere des Königs, dachte Bolitho.

Dumaresq sagte: »Wir haben einen ganzen Tag abgewartet, meine Herren. Damit hat Garrick sicherlich gerechnet. Er hat jede unserer Bewegungen vorausgesehen, glauben Sie mir.«

Midshipman Merrett schnüffelte und wischte sich die Nase mit dem Ärmel, aber Dumaresqs Blick ließ ihn erstarren.

»Garrick wird seine Pläne sorgfältig abgewogen haben. Er sollte wissen, daß ich in Antigua um Hilfe nachgesucht habe. Welche Chance wir auch hatten, ihn in seinem Schlupfwinkel festzunageln, bis Unterstützung eintraf, sie zerrann, als die *San Augustin* ihre Vorstellung gab.« Er beugte sich über den Tisch und legte beide Hände auf die Karte vor sich. »Nichts steht zwischen Garrick und seinen Zielen als dieses unser Schiff.« Er ließ seine Worte eine Zeitlang einwirken. »Ich hatte in dieser Hinsicht bislang keine Befürchtungen, meine Herren. Wir können es mit Garricks Flottille aufnehmen, wenn sie ausbricht, können alle Schiffe auf einmal bekämpfen oder eins nach dem anderen überwältigen. Aber die Lage hat sich geändert. Diese Stille heute beweist es.«

Palliser fragte: »Sie meinen, er wird die *San Augustin* gegen uns einsetzen, Sir?«

Dumaresq funkelte ihn wegen der Unterbrechung ärgerlich an, doch sagte er fast milde: »Wie es jetzt aussieht, ja.«

Füße scharrten, und Bolitho hörte mehrere Stimmen in plötzlicher Erregung miteinander flüstern.

Dumaresq sagte: »Don Carlos Quintana wird sich ergeben haben, falls er nicht vorher gefallen ist. Für ihn erhoffe ich letzteres. Denn er hätte von dieser Mörderbande kaum Gnade erwarten können. Was bitte auch Sie nicht aus den Augen verlieren sollten. Habe ich mich klar genug ausgedrückt?«

Bolitho bemerkte, daß er unbewußt die Hände zusammenpreßte und wieder lockerte. Seine Wunde begann wieder zu pochen, und er mußte zu Boden schauen, bis sein Kopf endlich klar wurde.

Dumaresq sagte: »Sie werden sich an die ersten Schüsse auf den Spanier erinnern – aus einer einzelnen Kanone auf der Westseite des Hügels. Die Schüsse waren absichtlich schlecht gezielt, um die Eindringlinge in die Falle hineinzulocken. Als der Spanier dann an dem entscheidenden Punkt vorbei war, setzten sie ihre versteckte Batterie auf dem Hügel ein und verwendeten glühende Kugeln, um Panik und anschließende Kapitulation zu erzwingen. Dies gibt Ihnen eine Vorstellung von Garricks Schläue. Er riskierte lieber, das Schiff in Brand zu schießen, als es in seine sorgfältig zusammengekaufte Flottille einbrechen zu lassen. Don Carlos wäre bei einer normalen Beschießung wirklich weiter vorgedrungen, wenn ich auch bezweifle, daß er am Ende siegreich geblieben wäre.«

Über ihren Köpfen waren Schritte zu hören, und Bolitho konnte sich denken, daß sich die von ihren Offizieren alleingelassenen Leute der Wache neugierig fragten, welche Pläne dort unten ausgeheckt wurden und wer dafür später mit seinem Leben bezahlen mußte. Außerdem sah Bolitho das abgedunkelte Schiff vor sich, wie es unter wenigen Segeln durch die finstere Nacht geisterte.

»Morgen wird Garrick uns immer noch beobachten und überlegen, was wir vorhaben. Wir werden tagsüber weiter auf- und abpatrouillieren und nichts sonst. Das wird zweierlei bewirken: Garrick zeigt es, daß wir Verstärkung erwarten und außerdem nicht die Absicht haben zu verschwinden. Er wird wissen, daß seine Uhr abläuft, und daher versuchen, die Entscheidung voranzutreiben.«

Gulliver fragte besorgt: »Wäre das nicht der falsche Weg, Sir? Warum lassen wir ihn nicht in Ruhe und warten auf das Geschwader?«

»Weil ich nicht glaube, daß das Geschwader kommt.« Dumaresq hielt dem erstaunten Blick des Masters gelassen stand. »Es ist gut möglich, daß Fitzpatrick, der stellvertretende Gouverneur, meinen Bericht zurückhält, bis er seiner Verantwortung enthoben ist. Dann aber wäre es zu spät.« Er schenkte ihm ein kleines Lächeln. »Es hat keinen Zweck, Mr. Gulliver, Sie müssen Ihr Schicksal auf sich nehmen, wie auch ich es tue.«

Palliser fragte: »Wir gegen einen Vierundvierziger, Sir? Und ich zweifle nicht, daß auch Garricks übrige Fahrzeuge gut armiert und in Gefechtstaktik erfahren sind.«

Dumaresq schien der Diskussion mehr und mehr überdrüssig zu werden. »Morgen nacht werde ich dicht an die Insel herangehen und vier Boote aussetzen. Ich kann es nicht wagen, selber die Einfahrt zu erzwingen, und das weiß Garrick. Seine Kanonen sind auf das Fahrwasser gerichtet, sodaß ich auf jeden Fall im Nachteil wäre.«

Bolitho fühlte, daß sich sein Magen zusammenzog. Eine Landeaktion also. So etwas war immer schwierig und weitgehend Glückssache, selbst mit den erfahrensten Leuten.

Dumaresq fuhr fort: »Einzelheiten werde ich mit Ihnen besprechen, wenn wir sehen, wie der Wind uns unterstützt. Vorweg kann ich schon sagen: Mr. Palliser übernimmt den Kutter und die Jolle und landet an der Südostspitze der Insel. Das ist der am besten geschützte Teil, und niemand wird hier einen Angriff erwarten. Mr. Palliser wird unterstützt von Mr. Rhodes, Fähnrich Henderson und ...« Seine Augen wanderten langsam zu Slade, »... von unserem ältesten Steuermannsmaaten.«

Bolitho sah mit schnellem Blick, daß Rhodes blaß geworden war. Auf seiner Stirn standen kleine Schweißtropfen.

Der älteste Fähnrich, Henderson, sah im Vergleich dazu ruhig und unternehmungslustig aus. Es war seine erste Bewährungsprobe, und bald würde er sich wie Palliser um eine Beförderung bemühen wollen. Das stand in seinen Überlegungen obenan, wenigstens so lange, bis es zur tatsächlichen Begegnung kam.

»Wir erwarten eine mondlose Nacht, und soweit ich aus den Anzeichen schließen kann, wird die See uns freundlich gesonnen sein.« Dumaresqs Gestalt schien mit seinen Ideen zu wachsen. »Als nächste wird die Pinasse ausgesetzt und auf die Riffe am nordöstlichen Ende der Insel zuhalten.«

Bolitho bemühte sich, nicht den Atem anzuhalten. Er wußte schon, was kommen würde.

So war es fast eine Erlösung, als Dumaresq sagte: »Mr. Bolitho, Sie übernehmen das Kommando auf der Pinasse. Sie werden unterstützt von den Midshipmen Cowdroy und Jury, außerdem von einem erfahrenen Geschützführer mit vollständiger Crew. Sie werden diese einzelne Kanone am Hügelabhang aufspüren, erobern und anschließend selber benutzen.« Er lächelte, aber in seinen Augen war keine Wärme. »Leutnant Colpoys kann eine Korporalschaft ausgesuchter Scharfschützen einteilen und mit ihnen Mr. Bolithos Aktion decken. Sie werden bitte dafür sorgen, daß Ihre Seesoldaten die Uniformröcke ablegen und sich so lässig kleiden wie Matrosen.«

Colpoys war sichtlich entsetzt – nicht über die Aussicht, daß er sein Leben verlieren könnte, sondern über den Gedanken, seine Seesoldaten in etwas anderes gekleidet zu wissen als in ihre roten Waffenröcke.

Dumaresq musterte prüfend ihre Gesichter. Vielleicht um die Erleichterung bei denen abzulesen, die an Bord bleiben würden, und die Sorgen bei denen, die für den gewagten Angriffsplan eingeteilt waren.

Er sagte langsam: »In der Zwischenzeit werde ich das Schiff gefechtsklar machen. Denn Garrick wird herauskommen, meine Herren. Er hat zu viel zu verlieren, wenn er drinnen bleibt, und da die *Destiny* der einzige Zeuge gegen ihn ist, wird er alles daransetzen, uns zu vernichten.«

Sie waren jetzt ganz Ohr.

»Und dazu wäre er gezwungen, weil ich ihn keinesfalls freiwillig vorbeilasse.«

Palliser stand auf. »Wir sind entlassen.«

Sie bewegten sich in Richtung Tür, grübelten über Dumaresqs Worte nach und hatten vielleicht noch ein Fünkchen Hoffnung, daß der offene Kampf vermieden werden könnte.

Rhodes sagte leise: »Nun, Dick, ich glaube, ich brauche einen tüchtigen Schluck, bevor ich heute nacht die Wache übernehme. Mir liegt es nicht, über Kommendem lange zu brüten.«

Bolitho warf einen Blick auf die Midshipmen, als sie an ihnen vorbeigingen. Für sie mußte es noch viel schlimmer sein. Er sagte: »Solch eine Unternehmung habe ich schon mitgemacht. Ich nehme an, daß Sie und der Erste Offizier eines der vor Anker liegenden Schiffe herausholen sollen.« Er zitterte trotz aller Selbstbeherrschung. »Ich bin nicht begeistert von der Aussicht, daß ich ihnen diese Kanone unter der Nase wegnehmen soll.«

Sie sahen einander an, und schließlich sagte Rhodes: »Wer als erster von uns zurückkommt, spendiert Wein für die ganze Messe.«

Bolitho wußte darauf nichts zu antworten. Er tastete sich seinen Weg zum Niedergang und hinauf aufs Achterdeck, um seine Wache wieder zu übernehmen.

Ein großer Schatten löste sich vom Fuß des Besanmastes; Stockdale sagte in heiserem Flüsterton: »Morgen nacht also, Sir?« Er wartete nicht auf eine Antwort. »Das fühle ich in meinen Knochen.« Er rieb sich die Hände in der Dunkelheit. »Sie beabsichtigen doch wohl nicht, jemand anderen als Geschützführer mitzunehmen?«

Sein schlichtes Vertrauen half Bolitho mehr, seine Sorgen zu zerstreuen, als er für möglich gehalten hätte.

»Wir bleiben beisammen.« Impulsiv berührte er Stockdales Arm. »Aber danach werden Sie den Tag verfluchen, an dem Sie zur See gegangen sind.«

Stockdale schüttelte sich vor unterdrücktem Gelächter. »Niemals. Hier hat ein Mann Platz zum Atmen.«

Yeames, der Steuermannsmaat der Wache, grinste. »Ich vermute, dieser verdammte Pirat weiß nicht, was ihm bevorsteht. Der alte Stockdale wird ihm schon den Bart stutzen.«

Bolitho wechselte auf die Luvseite und marschierte dort langsam auf und ab. Wo mochte Aurora jetzt sein? Auf irgendeinem Schiff mit Kurs auf ein fremdes Land und ein Leben, das er nie mit ihr teilen konnte?

Wenn sie jetzt nur hätte zu ihm kommen können wie in jener unvergeßlichen Nacht. Sie hätte ihn verstanden, hätte ihn umarmt und die Furcht vertrieben, die ihn zu zerreißen drohte. Und es war noch ein ganzer langer Tag zu überstehen, bevor der nächste Akt begann. Eigentlich konnte er nicht noch einmal überleben. Er nahm an, das Schicksal habe es nie anders vorgesehen.

Midshipman Jury hielt die Hände über das Kompaßlicht, um die schwankende Scheibe abzulesen, und schaute dann hinüber auf die langsam dahinschreitende Gestalt. So wie Bolitho zu werden, war der einzige Lohn, den er sich jemals wünschte. So fest und zuversichtlich und nie ungeduldig oder schnell mit einem Anschnauzer bei der Hand wie Palliser oder mit einer bissigen Bemerkung wie Slade. Vielleicht war sein Vater in dem Alter so gewesen wie Richard Bolitho, dachte er. Er hoffte es wenigstens.

Yeames räusperte sich und sagte: »Sie sollten jetzt besser die Morgenwache herauspfeifen, Sir, obwohl ich fürchte, daß es heute noch ein langer Tag wird.«

Jury eilte davon, dachte dabei an das, was vor ihm lag, und überlegte, warum er sich eigentlich nicht mehr fürchtete. Er begleitete den Dritten Offizier, und das war für Jan Jury, vierzehn Jahre alt, eine Auszeichnung.

Bolitho hatte vorausgesehen, daß das Warten schlimm werden würde, aber als die Besatzung der *Destiny* im Lauf des Tages Ausrüstung und Waffen für die Landekommandos bereitlegte, merkte er, daß er mit seinen Nerven an einem kritischen Punkt angelangt war. Sooft er von seiner Arbeit aufblickte oder aus der kühlen Dunkelheit einer Last an Deck kam, lag die kahle, feindselige Insel vor ihm. Obwohl er wußte, daß die *Destiny* während des Tages immer wieder auf Gegenkurs ging, schien es, als hätten sie sich überhaupt nicht bewegt und als ob die Insel mit ihrem Festungshügel auf etwas wartete. Auf ihn wartete.

Gegen Abend legte Gulliver das Schiff auf einen neuen Kurs, der es gut frei von der Insel hielt. Die Ausgucks im Mast hatten keinerlei Bewegung in der Lagune beobachtet, doch Dumaresq bezweifelte nicht, daß Garrick jede ihrer Bewegungen beobachtete. Die Tatsache, daß die *Destiny* nie näher herangekommen war, mochte seine Zuversicht erschüttern und ihn in der Annahme bestärken, daß Hilfe für die einsame Fregatte unterwegs war.

Schließlich rief Dumaresq seine Offiziere nach achtern und in die

Kajüte. Es war beinahe so heiß und stickig wie das letztemal, jeder Luftzug wurde durch die geschlossenen Fenster unterbunden, so daß sie alle binnen kurzem in Schweiß gebadet waren.

Sie gingen alle Punkte wieder und wieder durch. Von daher konnte eigentlich nichts schiefgehen. Sogar der Wind begünstigte sie. Er kam weiter aus Südwesten, und obwohl er etwas frischer als bisher wehte, gab es keine Anzeichen, daß er gegen sie drehen könnte.

Dumaresq beugte sich über den Tisch und sagte sehr ernst: »Es ist soweit, meine Herren. Wenn wir jetzt auseinandergehen, werden Sie Ihre Boote klarmachen. Ich kann Ihnen nur den verdienten Erfolg wünschen. Ihnen lediglich Glück zu wünschen, käme einer Beleidigung nahe.«

Bolitho versuchte, sich Glied für Glied zu entspannen, denn er konnte die Unternehmung nicht so verkrampft wie jetzt beginnen. Jeder kleinste Fehler würde ihn sonst zerbrechen, das wußte er.

Er zupfte an seinem naßgeschwitzten Hemd und dachte daran, wie er damals ein neues Hemd angezogen hatte, nur weil er sich mit Aurora an Deck treffen wollte. Vielleicht war dies jetzt eine ebenso sinnlose Geste. Anders als der Brauch, vor einem Gefecht auf See saubere Wäsche anzuziehen, damit bei einer Verwundung eine Infektion vermieden würde. Aber auf der schrecklichen Insel würde es keinen Bulkley geben.

Dumaresq sagte: »Ich beabsichtige, den Kutter und die Jolle in einer Stunde auszusetzen. Um Mitternacht sollten wir dann auf der richtigen Position sein, um auch Pinasse und Barkasse zu fieren.« Sein Blick ruhte auf Bolitho. »Ihre Leute werden hart zu pullen haben, aber dafür wird die Deckung besser sein.« Er zählte die einzelnen Punkte noch einmal an den Fingern ab. »Vergewissern Sie sich, daß Musketen und Pistolen ungeladen bleiben, bis keine Panne mehr passieren kann. Prüfen Sie alle Geräte, die Sie brauchen, bevor Sie ins Boot steigen. Und sprechen Sie mit Ihren Leuten.« Er sagte es freundlich, beinahe herzlich. »Sprechen Sie mit ihnen. Die Leute sind Ihre Stärke und werden Sie beobachten, ob Sie allem gerecht werden.«

Füße trampelten über ihren Köpfen, und Taljen wurden geräuschvoll über Deck geschleift. Die *Destiny* drehte bei.

Dumaresq schloß seine Ansprache: »Morgen ist Ihr schwerster Tag, Mr. Bolitho. Sie liegen im Versteck und tun gar nichts. Wenn Sie entdeckt werden, kann ich Ihnen nicht helfen.«

Midshipman Merrett klopfte an und rief: »Meldung von Mr. Yeames, Sir: wir haben beigedreht.«

Die Meldung schien überflüssig, da sie es längst an den unruhigen Bewegungen der Kajüte gemerkt hatten; darum grinsten einige der Anwesenden und stießen einander an. Sogar Rhodes, von dem Bolitho wußte, daß er sich vor dem Kommenden schrecklich fürchtete, lächelte breit. Die gleiche verrückte Stimmung schien zurückzukehren. Vielleicht war es besser so.

Sie verließen die Kajüte und waren bald darauf in ihren jeweiligen Gruppen untergetaucht.

Bootsmann Timbrells Heißkommando hatte schon die Jolle ausgesetzt, und kurz darauf folgte ihr der Kutter über die Hängemattsnetze in das gegen die Bordwand klatschende Wasser. Plötzlich war für nichts anderes mehr Zeit. In der alle umhüllenden Dunkelheit stießen ein paar Hände vor für einen kurzen Klaps auf die Schulter, und einige Stimmen flüsterten Freunden oder Kameraden »viel Glück« oder »zeigt es ihnen« zu. Und dann lag auch das hinter ihnen, und die Boote, die bis dahin längsseits in der Dünung gedümpelt hatten, machten sich auf den Weg zur Insel.

»Bringen Sie das Schiff wieder in Fahrt, Mr. Gulliver.« Dumaresq drehte der See den Rücken zu, als hätte er sich Palliser und die beiden Boote schon aus dem Kopf geschlagen.

Bolitho sah Jury mit dem jungen Merrett sprechen und fragte sich, ob Merrett froh war, daß er an Bord bleiben durfte. Es war unglaublich, wieviel sich in diesen wenigen Monaten ereignet hatte, seit sie als Besatzung erstmals zusammengekommen waren.

Dumaresq trat leise heran. »Sie müssen noch warten, Mr. Bolitho. Ich wollte, ich könnte das Schiff für Sie beschleunigen.« Er lachte in sich hinein. »Aber es gab noch nie einen bequemen Weg zum Erfolg.«

Bolitho berührte seine Narbe mit einem Finger. Bulkley hatte die Nähte entfernt, und trotzdem war er noch immer nicht sicher, ob ihn nicht wieder die heftigen Schmerzen packen würden und das gleiche Gefühl der Verzweiflung, das ihn ergriffen hatte, als er niedergehauen worden war.

Dumaresq sagte plötzlich: »Mr. Palliser und seine wackeren Leute sind jetzt auf halbem Wege. Aber ich darf nicht länger an sie denken, weder an sie als Untergebene, noch als Freunde, bis alles vorüber ist.« Er wandte sich ab und setzte nur noch kurz hinzu: »Eines Tages werden Sie mich verstehen.«

XV Mut im rechten Augenblick

Bolitho versuchte, sich in der auf und ab tanzenden Pinasse zu erheben, und griff als Halt nach Stockdales Schulter. Trotz der nächtlichen Kühle und der Spritzer, die bei dem Seegang unaufhörlich über das Setzbord schlugen, war ihm heiß wie im Fieber. Je näher das Boot der kaum sichtbaren Insel kam, desto schwieriger wurde es. Und dabei hatten die Männer geglaubt, der erste Teil ihrer Fahrt, als sie vom Mutterschiff abgesetzt hatten und mit Einsatz aller Kräfte dem Ufer entgegengepullt waren, wäre der schlimmere Teil gewesen. Jetzt wußten sie es besser, nicht zuletzt der Dritte Offizier.

Anfangs nur gelegentlich, dann immer häufiger, rauschten sie an gischtübersprühten, gezackten Felsspitzen oder Korallenbänken vorbei, wobei es oft den Anschein hatte, als ob diese und nicht das Boot sich bewegten.

Keuchend und fluchend mühten sich die Ruderer, gleichen Schlag zu halten, aber das wurde immer wieder unmöglich gemacht, wenn einer von ihnen seinen Riemen aus der Rundsel ziehen mußte, um zu verhindern, daß das Blatt an einer Felsspitze zersplitterte.

Das ständige Herumgeschleudertwerden machte das Nachdenken schwierig; Bolitho mußte sich sehr anstrengen, um sich Dumaresqs Anweisungen und Gullivers düstere Voraussagen für ihre letzte Wegstrecke in Erinnerung zu rufen. Kein Wunder, daß Garrick sich hier sicher fühlte. Kein größeres Schiff konnte es wagen, sich durch diesen Irrgarten von Korallen- und Felsblöcken der Insel zu nähern. Für die Pinasse war es schon schwierig genug. Bolitho wagte gar nicht, an die vierunddreißig Fuß* lange Barkasse der *Destiny* zu denken, die ihnen irgendwo achteraus folgte. In dem Boot befanden sich Colpoys und seine Scharfschützen, ferner eine zusätzliche Ladung Schießpulver. Wie mochte es jetzt Pallisers großer Gruppe gehen, die an der Südwestseite der Insel abgesetzt worden war? Und was machten Bolithos eigene Männer an Bord? Dumaresq war nun knapp an Leuten. Wenn er angegriffen wurde, mußte er ausweichen. Der Gedanke, Dumaresq auf der Flucht zu wissen, war so absurd, daß er Bolitho irgendwie Kraft gab.

»Wahrschau! Direkt voraus!« Das war Bootsmannsmaat Ellis

* ca. 10 m

Pearse im Bug. Er war ein erfahrener Seemann und hatte den letzten Teil ihres Weges immer wieder mit Bleigewicht und Leine gelotet. Jetzt betätigte er sich auch als Ausguck, weil immer neue Felsen aus der Finsternis vor ihnen auftauchten.

Der Lärm, den sie im Boot machten, schien so groß zu sein, daß man sie vom Ufer aus hören mußte. Doch Bolitho wußte aus Erfahrung, daß das Getöse der Brandung das Geklapper der Riemen und ihre verzweifelten Anstrengungen, sich mit Bootshaken und Fäusten einen Weg durch die mörderischen Felsen zu erkämpfen, übertönte. Bei Mondlicht, und wenn es noch so schwach gewesen wäre, hätte es anders ausgesehen. Seltsamerweise hob sich für einen aufmerksamen Wächter an Land ein kleines Boot besser ab als ein vollgetakeltes Schiff. Das hatte schon mancher Schmuggler an der Küste von Cornwall zu seinem Leidwesen erfahren.

Pearse rief heiser: »Land voraus!«

Bolitho hob eine Hand zum Zeichen, daß er verstanden hatte, und fiel fast der Länge nach hin.

Noch sah es so aus, als wolle der mahlende Strom zwischen den Felsen niemals enden. Doch dann sah auch er es: die schwache Andeutung von Land, das sich über der wehenden Gischt erhob. Und es kam schnell näher.

Er grub die Finger in Stockdales Schulter. Sie fühlte sich unter dem durchnäßten Hemd an wie Eichenholz.

»Vorsicht jetzt, Stockdale! Etwas mehr nach Steuerbord!«

Josh Little, der Stückmeistersmaat, knurrte: »Zwei Mann fertigmachen zum Außenbordsgehen!«

Bolitho sah zwei Matrosen über dem schäumenden Wasser hokken und hoffte, daß er die Tiefe nicht falsch eingeschätzt hatte.

Irgendwo hinter sich hörte er ein Knirschen und dann das heftige Schlagen von Riemen, die sich mühten, die Barkasse wieder ins Gleichgewicht zu bringen. Sie hatte wohl den letzten großen Felsbrocken gestreift, dachte Bolitho.

Little lachte in sich hinein. »Ich wette, da haben die Ochsen vor Angst gezittert.« Dann stieß er den ihm am nächsten hockenden Mann an. »Los!«

Der Matrose glitt nackt, wie er auf die Welt gekommen war, über das Rundselbord, hing einen Augenblick strampelnd und Wasser spuckend daran und keuchte dann: »Sandiger Grund!«

»Auf Riemen!« Stockdale legte hart Ruder. »Streich Steuerbord, Ruder an Backbord!«

Es gelang ihnen, die Pinasse zu drehen und mit Hilfe der beiden ins Wasser gesprungenen Männer mit dem Heck voran auf den Strand zu setzen.

Stockdale hatte das Ruder ausgehakt und hob es so mühelos ins Boot wie jemand, der einen Stock von der Straße aufsammelt. Eine Welle hob die Pinasse noch einmal an und setzte sie geräuschvoll höher auf den Sand.

»Ausladcn!«

Bolitho kämpfte sich gegen die zurückflutenden Wellen, die ihm die Beine wegziehen wollten, den Strand hinauf. Hinter ihm stolperten Männer, die ihre Waffen an Land trugen, während andere ins tiefere Wasser wateten, um die Barkasse auf einen sicheren Streifen Sand zu lenken.

Der erste Matrose, der abgeteilt worden war, ins Wasser zu gehen, zog mühsam Hose und Hemd wieder über den nassen Körper, aber Little sagte: »Später, Kamerad! Jetzt enter erst mal selber auf!«

Jemand lachte, als der triefende Matrose vorbeihüpfte, und wieder einmal staunte Bolitho, daß die Männer auch in dieser Lage noch Sinn für Humor hatten.

»Hier kommt die Barkasse!«

Little stöhnte: »Himmel und Hölle, die sehen aus wie ein Haufen verdammter Kirchendiener!« Er gab seinem Bauch einen Schwung nach oben, stampfte wieder hinunter in die Brandung und ließ seine Stimme wie einen Peitschenhieb auf das Durcheinander von Männern und Riemen niedersausen.

Midshipman Cowdroy kletterte bereits mit einigen Männern einen steilen Abhang an der linken Seite des Strandes hinauf. Jury war beim Boot geblieben und überwachte das Ausladen der letzten Waffen, des Pulvers und der Kanonenkugeln sowie ihres knappen Proviants; von Hand zu Hand wurden sie bis zu einem geschützten Platz den Hügel hinaufgereicht.

Leutnant Colpoys kam durch den Sand gestapft und rief verzweifelt: »Mein Gott, Richard, gibt es denn keine einfachere Art, eine Schlacht zu schlagen?« Er hielt an und beobachtete seine Seesoldaten, die vorbeischlurften und dabei ihre langen Musketen über die Köpfe hielten, um sie vor Gischt und Sandkörnern zu schützen. »Zehn ausgesuchte Scharfschützen«, bemerkte er mehr zu sich selber, »und verdammt überflüssig, wenn Sie mich fragen.«

Bolitho blickte den Hügel hinauf. Es war knapp zu erkennen, wo sich sein Gipfel vom Himmel abhob. Sie mußten ohne Verzug hinüber und in ein Versteck kommen. Knapp vier Stunden hatten sie dafür noch.

»Los!« Er wandte sich um und winkte den beiden Booten zu. »Sie können zurückfahren. Viel Glück.«

Er hatte sich bemüht, seine Stimme zu dämpfen, aber trotzdem hielten die nächststehenden Leute an, um noch einen Blick zurück auf die Boote zu werfen. In ein oder zwei Stunden würden diese Boote wieder sicher auf ihren Klampen an Bord stehen, ihre Besatzungen konnten sich ausruhen und die Spannung und Gefahr vergessen, in der sie sich befunden hatten.

Wie schnell sie sich entfernten, dachte Bolitho. Ohne das Gewicht von Passagieren und Waffen verschwanden sie binnen kurzem in der Dunkelheit und waren nur noch einen Augenblick an den Spritzern zu erkennen, die ihre Riemenblätter aufwarfen.

Colpoys sagte leise: »Weg sind sie.« Er musterte sein Seeoffiziershemd und die flauschige Kniehose. »Dieses Räuberzivil werde ich nie verwinden.« Doch dann grinste er plötzlich. »Andererseits, wenn der Oberst mich bei unserer nächsten Begegnung so sieht, wird er wenigstens mal Notiz von mir nehmen. Meinen Sie nicht auch?«

Midshipman Cowdroy kam den Abhang heruntergeschliddert. »Soll ich Späher vorschicken, Sir?«

Colpoys sah ihn kühl an. »Ich schicke zwei meiner Leute.« Er gab einen knappen Befehl, und schon verschmolzen zwei Seesoldaten wie Geister mit der Finsternis.

Bolitho sagte: »Diese Aufgabe paßt besser zu Ihnen, John.« Er wischte sich die Stirn mit dem Hemdsärmel. »Sagen Sie's mir, wenn ich etwas falsch mache.«

Colpoys zuckte die Schultern. »Ich ziehe meine Aufgabe auch der Ihrigen vor.« Er klopfte Bolitho auf den Arm. »Aber wir stehen oder fallen zusammen.« Er schaute sich nach seinem Burschen um. »Laden Sie meine Pistolen und halten Sie sich in meiner Nähe, Thomas.«

Bolitho schaute nach Jury aus, aber der stand bereits neben ihm. »Fertig?«

Jury nickte entschlossen. »Aye, Sir, fertig.«

Bolitho zögerte noch und blickte hinunter auf den schmalen Sandstreifen, auf dem sie gelandet waren. Die Brandung schäumte wie eh und je zwischen den Riffen, und die Spuren der Bootskiele im Sand waren bereits fortgespült. Kaum zu glauben, daß dies die gleiche kleine Insel war. Vier Meilen lang und knapp zwei Meilen von Nord nach Süd breit. Jetzt sah sie aus wie Festland, aber bei Tage würde man ihre engen Grenzen merken.

Colpoys verstand sein Metier. Bulkley hatte erwähnt, daß der adrette Seesoldat früher in einem Linienregiment gedient hatte, und das zeigte sich jetzt. Er wählte seine Wachtposten gut aus, schickte seine besten Späher vorweg und überließ den weniger leichtfüßigen Matrosen den Transport von Proviant, Pulver und Eisenkugeln. Insgesamt waren sie dreißig Mann, und Palliser hatte etwa die gleiche Zahl. Dumaresq würde dankbar sein, daß er wenigstens die Bootsbesatzungen zurückbekam, dachte Bolitho.

Und doch: Trotz der sicheren Art, wie Colpoys die Männer in kleine Gruppen einteilte und sonstige Anordnungen traf, hatte Bolitho der Tatsache ins Auge zu sehen, daß *er* die Verantwortung trug. Als die Männer zu beiden Seiten ausschwärmten, über lose Steine stolperten oder im Sand ausrutschten, war er zufrieden, daß er die Sorge um ihre Sicherheit zunächst Colpoys scharfäugigen Spähern überlassen konnte.

Bolitho zwang sich, eine plötzliche Unruhe zu unterdrücken. Es war genau wie damals, als er seine erste selbstständige Wache angetreten hatte, als das Schiff durch die finstere Nacht brauste und er der einzige war, der durch einen Befehl oder einen Schrei um Hilfe etwas daran hätte ändern könnnen.

Er hörte schwere Schritte neben sich und sah Stockdale vorbeigehen, sein breites Entermesser über der Schulter. Es fiel Bolitho leicht, sich vorzustellen, wie Stockdale ihn damals zum Boot getragen hatte. Ohne diesen seltsamen Mann mit der rauhen Stimme wäre er jetzt tot gewesen. Es war beruhigend, ihn wieder neben sich zu haben.

Colpoys sagte: »Nicht mehr weit«, und spuckte Sandkörner aus. »Wenn dieser Narr Gulliver sich geirrt hat, spalte ich ihn wie ein Schwein in zwei Hälften.« Er lachte leise. »Aber wenn er wirklich unrecht hatte, wird mir dieses Vergnügen kaum noch gegönnt sein.«

Ein Mann rutschte in der Dunkelheit aus und fiel hin, wobei sein Entermesser und die Kartätschenkugel, die er trug, heftig klapperten. Einen Augenblick erstarrten sie, bis ein Seesoldat rief: »Alles ruhig, Sir.«

Bolitho hörte ein lautes Klatschen und wußte, daß Cowdroy den unaufmerksamen Seemann mit der flachen Seite seines Säbels geschlagen hatte. Falls Cowdroy den Leuten im Gefecht je den Rücken wandte, würde er seine Beförderung zum Leutnant kaum erleben, so unbeliebt war er.

Bolitho schickte Jury voraus; als dieser keuchend und außer Atem zurückkam, meldete er: »Wir sind da, Sir.« Er machte eine Handbewegung zur Kuppe des Hügels. »Ich konnte die See hören.«

Colpoys schickte seinen Burschen aus, die Späher anzuhalten. »Soweit ging's gut. Wir müssen jetzt in der Mitte der Insel sein. Wenn es hell genug ist, werde ich unsere genaue Position bestimmen.«

Seesoldaten und Matrosen, die beide den scharfen Marsch über unebenen Boden nicht gewohnt waren, hockten sich zusammen unter eine überhängende Felsnase. Es war dort kühl und roch faulig, als seien Höhlen in der Nähe.

In wenigen Stunden mußte es hier sein wie in einem Ofen.

»Stellen Sie Posten auf. Dann wollen wir Lebensmittel und Wasser ausgeben. Es kann lange dauern, bis wir dazu wieder Gelegenheit haben.« Bolitho schnallte seinen Säbel ab und lehnte sich mit dem Rücken an den nackten Fels. Er dachte an seine Kletterpartie mit dem Kommandanten, bei der er vom Großmast aus diese kahle, bedrohliche Insel zum erstenmal gesehen hatte. Nun war er hier.

Jury beugte sich über ihn. »Ich weiß nicht recht, wo ich die Posten auf dem Steilhang aufstellen soll, Sir.«

Bolitho schaffte es irgendwie, auf die Füße zu kommen.

»Kommen Sie, ich zeige es Ihnen. Das nächste Mal wissen Sie's dann.«

Colpoys, der gerade eine Feldflasche mit warmem Wein an die Lippen hielt, setzte sie ab und beobachtete, wie sie in der Dunkelheit verschwanden. Der Dritte Offizier hatte sich seit Plymouth sehr herausgemacht, dachte er. Er mochte noch sehr jung sein, aber er handelte mit der Autorität eines Veteranen.

Bolitho wischte den Staub von seinem Fernrohr und versuchte, seinen bäuchlings ausgestreckten Körper in eine einigermaßen bequeme Lage zu bringen. Es war noch früher Morgen, aber der Sand und die Felsen waren schon heiß, und seine Haut juckte so, daß er gern sein Hemd heruntergerissen und sich überall gekratzt hätte.

Colpoys rutschte heran und hielt ihm eine Handvoll trockenes Gras hin. »Beschatten Sie die Linse damit. Es braucht nur ein Sonnenstrahl reflektiert zu werden, und schon wird Alarm geschlagen.«

Bolitho nickte nur, um Stimme und Atem zu schonen. Er hob das Fernglas sehr vorsichtig und schwenkte es langsam von der einen Seite zur anderen. Es gab mehrere kleine Kuppen wie die, hinter der sie sich vor dem Feind und der Sonne versteckt hatten, aber alle wurden überragt von dem kahlen Hügel. Er verbarg die offene See, die direkt dahinter liegen mußte, aber an seiner rechten Seite sah Bolitho das Ende der Lagune und einige der sechs dort ankernden Schiffe. Alles Schoner, soweit er erkennen konnte, und alle wie festgenagelt im blendenden Sonnenlicht. Nur ein kleines Beiboot zeichnete Muster auf die glitzernde Wasserfläche. Dahinter und sie umfassend lief der gebogene Arm aus Fels und Korallen nach links weiter, doch die schmale Fahrrinne zur offenen See war ebenfalls durch den Hügel verdeckt.

Bolitho schwenkte das Glas abermals und konzentrierte sich auf das Land am entfernten Ende der Lagune. Nichts bewegte sich, und doch mußten Palliser und seine Leute dort, wo sie gelandet waren, im Versteck liegen, mit der See im Rücken. Er schätzte, daß die *San Augustin,* wenn sie noch schwamm, auf der anderen Seite des Hügels unterhalb der Batterie lag, von der sie bezwungen worden war.

Colpoys hatte sein Teleskop auf das Westende der Insel gerichtet. »Da, Richard – Hütten. Eine ganze Reihe.«

Bolitho stellte sein Fernglas darauf ein und setzte es kurz ab, um sich den Schweiß aus den Augen zu wischen. Die Hütten waren klein, roh gebaut und besaßen keine Fenster. Wahrscheinlich dienten sie nur als Lager für Waffen und Beutegut, dachte er. Das Glas beschlug, und als es wieder klar war, sah er eine kleine Gestalt auf der Spitze einer niedrigen Kuppe erscheinen: ein Mann in weißem Hemd, der seine Arme reckte und anscheinend gähnte. Er wanderte gemütlich zum Abhang, und was Bolitho für eine Muskete gehalten hatte, erwies sich als langes Fernrohr. Dies zog er ohne Hast auseinander und begann damit die See abzusuchen, von links nach rechts und vom Ufer bis zur harten blauen Linie des Horizonts. Mehrmals kehrte sein prüfender Blick auf einen Punkt zurück, der für Bolitho durch den Hügel verdeckt war. Aber er nahm an, daß der Ausguck die *Destiny* gesichtet hatte, die – scheinbar wartend wie bisher – vor der Insel kreuzte. Der Gedanke an das Schiff erfüllte sein Herz mit Sehnsucht und Verlassenheit.

Colpoys sagte leise: »Das ist der Platz, wo die Kanone stehen muß. Unsere Kanone«, setzte er betont hinzu.

Bolitho versuchte es noch einmal, doch im zunehmenden Dunst

schienen die Kuppen vor seinen Augen abwechselnd zu verschmelzen und sich dann wieder zu trennen. Aber der Seesoldat hatte recht. Direkt hinter dem einsamen Ausguck erhob sich ein mit Segeltuch zugedeckter Höcker. Die einzelne Kanone, die den Spanier durch ihre schlechte Schießleistung über den entscheidenden Punkt hinausgelockt hatte, war wahrscheinlich darunter versteckt.

Colpoys flüsterte: »Die haben sie sicher dort aufgestellt, um die unten ankernden Prisenschiffe zu decken.«

Sie sahen einander an, denn auf einmal war ihnen die Bedeutung ihrer Aufgabe klargeworden. Die Kanone mußte genommen werden, bevor Palliser es wagen konnte, aus seinem Versteck zu kommen. Wenn er vorher entdeckt wurde, konnte ihn die geschickt postierte Kanone an seinem Platz festnageln und in Ruhe abschlachten. Wie um diesen Gedanken zu unterstreichen, kamen einige Leute über die Seite des Hügels und marschierten auf die Hütten zu.

Colpoys sagte: »Großer Gott, schauen Sie sich das an! Es müssen mindestens hundert Mann sein!«

Und es waren bestimmt keine Gefangenen. Sie gingen zu zweien oder zu dreien und wirbelten Staub auf wie eine ganze Armee. Auf der Lagune zeigten sich einige Boote, und an ihrem Ufer waren weitere Leute mit langen Stangen und Taurollen zu sehen. Es hatte den Anschein, als richteten sie einen Behelfskran auf, um Lasten in die Boote hinunterzulassen.

Dumaresq hatte recht gehabt, wieder einmal: Garricks Männer bereiteten alles zum Verlassen der Insel vor.

Bolitho sah Colpoys an. »Nehmen wir mal an, wir hätten uns geirrt, was die *San Augustin* betrifft. Aber daß wir sie nicht sehen, heißt noch nicht, daß sie unbenutzbar ist.«

Colpoys schaute immer zu den Männern bei den Hütten hinüber. »Ich stimme Ihnen zu. Es gibt nur einen Weg, das herauszufinden.« Er drehte den Kopf, als Jury atemlos den Hang hochkam. »Bleiben Sie in Deckung!«

Jury bekam einen roten Kopf und warf sich neben Bolitho zu Boden. »Mr. Cowdroy möchte wissen, ob er noch Wasser ausgeben darf, Sir.« Sein Blick wanderte über Bolitho hinweg zu dem geschäftigen Treiben am Ufer.

»Noch nicht. Sagen Sie ihm, er soll die Leute gut versteckt halten. Wenn sich einer sehen oder hören läßt, sind wir alle erledigt.« Er machte eine Kopfbewegung zur Lagune hin.»Danach kommen Sie zurück. Haben Sie Lust auf einen kleinen Spaziergang?« Er sah, daß die Augen des Jungen sich weiteten und gleich wieder zusammenzogen.

»Ja, Sir.«

Als Jury außer Sicht war, fragte Colpoys: »Warum Jury? Er ist doch noch ein Junge!«

Bolitho hob sein Glas wieder ans Auge. »Morgen im ersten Tageslicht wird die *Destiny* einen Scheinangriff auf die Einfahrt machen. Das ist schon Wagnis genug. Aber wenn sie außer von der Batterie auf dem Hügel auch noch von der Artillerie der *San Augustin* aufs Korn genommen wird, könnte sie schwer beschädigt, ja zum Wrack geschossen werden. Wir müssen also wissen, was uns bevorsteht.« Er machte eine Kopfbewegung zum anderen Ende der Lagune. »Der Erste Offizier hat seine Befehle. Er wird in dem Augenblick angreifen, in dem die Verteidiger der Insel durch die *Destiny* abgelenkt sind.« Er begegnete dem beunruhigten Blick des Seesoldaten und hoffte, daß er überzeugender wirkte, als ihm zumute war. »Und wir müssen Palliser helfen. Wenn ich die Lage nüchtern betrachte, komme ich zu dem Schluß, daß Sie bei dieser Unternehmung der wichtigere von uns beiden sind. Darum werde ich gehen und Mr. Jury als Melder mitnehmen.« Er sah zur Seite. »Wenn ich heute falle . . .«

Colpoys drückte seinen Arm. »Sie – fallen? Dann werden wir Ihnen so schnell folgen, daß Petrus Mühe bei der Einlaßkontrolle hat.«

Gemeinsam schätzten sie die Entfernung zum niedrigen Nachbarhügel. Jemand hatte ein Stück des Segeltuchs hochgerollt, und darunter war jetzt deutlich ein Rad zu erkennen, das Rad einer Landkanone.

Colpoys sagte bitter: »Französisches Fabrikat, darauf halte ich jede Wette.«

Jury kam zurück und wartete, daß Bolitho ihn ansprach. Bolitho löste seinen Säbelgurt und gab ihn dem Seesoldaten. Dann sagte er zu Jury: »Lassen Sie alles hier, außer Ihrem Dolch.« Er versuchte ein Lächeln. »Wir wandern wie Landstreicher mit leichtem Gepäck.«

Colpoys schüttelte den Kopf. »Sie werden auffallen wie weiße Meilensteine!« Er hielt ihnen seine Feldflasche hin. »Begießen Sie sich damit, und wälzen Sie sich anschließend im Staub. Das nützt, wenn auch nicht viel.«

Schließlich waren sie – schmutzig und zerknittert – fertig zum Gehen.

Colpoys sagte: »Vergessen Sie nicht: kein Pardon! Es ist besser zu sterben, als von diesen Barbaren gefangen zu werden.«

Einen steilen Abhang hinab und dann in eine enge Schlucht. Bolitho hatte den Eindruck, daß jeder fallende Stein so viel Lärm machte wie ein Felsrutsch. Und doch war es hier seltsam friedlich. Wie Colpoys schon festgestellt hatte, gab es keine Vogelexkremente, woraus zu schließen war, daß Vögel nur selten in diese öde Gegend kamen. Nichts hätte ihren heimlichen Vormarsch eher verraten als der kreischende Protest von aus ihren Nestern aufgescheuchten Seevögeln.

Die Sonne stieg höher, und die Felsen glühten vor Hitze. Sie zogen sich die Hemden aus und wickelten sie wie Turbane um ihre Köpfe; da jeder seine blanke Waffe in der Faust trug, sahen sie mindestens so sehr nach Piraten aus wie die Männer, auf die sie Jagd machten.

Jury packte Bolithos Arm. »Da oben! Ein Posten!«

Bolitho riß Jury mit sich zu Boden. Er fühlte, wie die Spannung des Kadetten nacktem Entsetzen wich, denn der »Posten« war einer von Don Carlos' Offizieren. Seine Leiche war an einen in der Sonne stehenden Pfahl genagelt, und seine einst schmucke Uniform war blutdurchtränkt.

Jury flüsterte: »Seine Augen! Sie haben ihm die Augen ausgestochen!«

Bolitho schluckte krampfhaft. »Kommen Sie, wir haben noch ein langes Stück vor uns.«

Schließlich erreichten sie einen Haufen loser Steinblöcke, von denen einige frische Bruchkanten und auch Schwärzungen aufwiesen. Bolitho schloß daraus, daß sie von der einleitenden Breitseite der *San Augustin* weiter oben ausgebrochen worden und heruntergerollt waren.

Er warf sich zwischen zwei Blöcke, fühlte ihre Hitze auf seiner Haut brennen und gleichzeitig ein schmerzendes Pochen in der Narbe überm Auge, als er sich tiefer in einen Spalt preßte, wo man ihn nicht sehen konnte. Jury quetschte sich daneben, und Bolithos Schweiß tropfte auf ihn, als er langsam den Kopf hob und auf die Lagune hinunterschaute.

Er hatte erwartet, daß der eroberte Spanier auf Grund lag oder von den siegreichen Piraten abgetakelt und ausgeplündert wurde, doch was er sah, war ein Bild bester Effektivität und Disziplin. Die *San Augustin* lag sauber vor Anker, auf ihrem Oberdeck und auf den Masten und Rahen wimmelte es von Menschen. Sie hämmerten, sägten, spleißten und schoren neues Tauwerk ein. Es war das gleiche Bild wie auf jedem Kriegsschiff der Welt.

Die vordere Bramstenge, die in dem kurzen Gefecht weggeschossen worden war, war bereits durch eine fachmännisch aufgeriggte Reservestenge ersetzt. Aus der Art, wie die Leute arbeiteten, entnahm Bolitho, daß sie zur ursprünglichen Besatzung gehörten. Hier und da standen Gestalten an Deck, die sich nicht an der rastlosen Arbeit beteiligten. Sie hockten hinter leichten Schwenkgeschützen oder hielten schußbereite Musketen. Bolitho mußte an die gemarterte, augenlose Leiche auf dem Abhang denken und spürte einen Kloß im Hals. Kein Wunder, daß die Spanier für die Sieger arbeiteten. Man hatte ihnen eine schreckliche Lehre erteilt und sicher noch Schrecklicheres vor Augen geführt, um jeden Gedanken an Widerstand zu brechen, bevor er aufkam.

Boote legten am verankerten Schiff an, Heißtakel wurden zu ihnen hinuntergelassen und mit großen Netzen, die mit allerlei Kisten und Kästen gefüllt waren, wieder geheißt, über das Schanzkleid geschwenkt und an Deck abgesetzt.

Ein Boot pullte, von den übrigen getrennt, langsam um das Heck der *San Augustin* herum. Ein kleiner Mann mit sorgfältig gestutztem Bart, der sich sehr gerade hielt, stand im Heck und zeigte mit einem schwarzen Stock mal hierhin, mal dorthin. Sogar auf die Entfernung wirkte der Mann selbstbewußt und so arrogant wie jemand, der sich durch Untaten Macht und Respekt errungen hatte. Es mußte Sir Piers Garrick sein.

Jetzt beugte er sich über das Dollbord des Bootes und zeigte mit seinem Stock wieder auf irgend etwas. Bolitho folgte der Richtung und sah, daß der Schiffsboden zum Teil aus dem Wasser ragte. Garrick ordnete sicherlich an, daß Teile der Ladung oder Munition umgestaut wurden, um seiner neuen Prise besseren Trimm und damit bessere Segeleigenschaften zu geben.

Jury flüsterte: »Was tun sie, Sir?«

»Die *San Augustin* macht klar zum Auslaufen.« Er rollte sich trotz der spitzen Steine auf den Rücken, um nachzudenken. »Die *Destiny* kann es nicht mit allen gleichzeitig aufnehmen. Wir müssen sofort handeln.«

Er sah Entschlossenheit auf Jurys Gesicht. Dieser hatte offenbar das gleiche gedacht, mit einer vertrauensvollen Siegesgewißheit, die auch Bolitho einmal gekannt hatte.

Er sagte: »Sehen Sie? Da legen weitere Boote an der *San Augustin* an, mit Garricks Schatz. Um ihn allein geht es. Deshalb die eigene Flottille. Und nun hat er auch noch ein Vierundvierzig-Kanonen-Schiff, mit dem er machen kann, was er will. Kapitän Dumaresq hatte recht: Nichts kann ihn mehr aufhalten.« Er lächelte matt. »Außer der *Destiny*.«

Bolitho sah es vor sich, als wäre es schon geschehen: die *Destiny* dicht unter Land, um eine Ablenkung zugunsten Pallisers zu inszenieren, während die gekaperte *San Augustin* dalag wie ein zum Sprung bereiter Tiger. In diesen begrenzten Gewässern würde die *Destiny* keine Chance haben.

»Wir müssen zurück.«

Bolitho kroch zwischen den Felsblöcken davon, während er sich innerlich noch gegen das sträubte, was getan werden mußte.

Colpoys konnte seine Erleichterung kaum verbergen, als sie den Abhang zu ihm hochkletterten. Er berichtete: »Sie haben die ganze Zeit geschuftet und die Hütten ausgeräumt. Mit Sklaven, lauter armen Teufeln. Ich sah mehr als einen, der mit einer Kette niedergeschlagen wurde.«

Danach schwieg Colpoys, bis Bolitho mit seinem Bericht fertig war. Schließlich sagte er: »Ich weiß, was Sie denken. Weil dies eine verdammt nutzlose und verrottete Insel ist, für die sich niemand interessiert und von der verflucht wenige Menschen bisher überhaupt gehört haben, fühlen Sie sich betrogen und sind nicht bereit, Menschenleben – Ihr eigenes eingeschlossen – dafür aufs Spiel zu setzen. Aber die großen Seeschlachten unter wehenden Fahnen sind eben selten. Dies wird einmal als Scharmützel, als ›Zwischenfall‹, bezeichnet werden. Wichtig ist allein, was wir davon halten.« Er legte sich zurück und betrachtete Bolitho ruhig. »Ich sage daher: zum Teufel mit aller übertriebenen Vorsicht. Wir werden uns zu ihrer Kanone aufmachen, ohne auf die morgige Dämmerung zu warten. Sie haben keine weitere Kanone, welche die Lagune bestreicht. Alle anderen sind auf dem Hügel mit einer anderen Zielrichtung eingegraben. Es wird Stunden dauern, sie herumzuschwenken.« Er grinste. »In der Zeit kann eine ganze Schlacht gewonnen oder verloren werden.«

Bolitho nahm wieder das Fernrohr. Seine Hände bebten, als er es auf die Hügelkuppe mit der teilweise verdeckten Kanone richtete. Es war sogar noch derselbe Ausguck wie vorhin.

Jury sagte heiser vor Erregung: »Sie haben die Arbeit eingestellt.«

»Kein Wunder.« Colpoys beschattete seine Augen. »Schauen Sie mal etwas weiter hinaus, junger Freund. Ist das nicht Anlaß genug?«

Langsam kam die *Destiny* in Sicht. Ihre Mars- und Bramsegel hoben sich sehr hell von dem tiefblauen Himmel ab.

Bolitho hing gebannt an dem Bild, meinte, die Schiffsgeräusche zu hören, die vertrauten Düfte zu riechen, die Geborgenheit des Bordlebens zu spüren. Er kam sich vor wie ein Mann, der in der Wüste vor Durst umkommt und dem ein Krug Wein als Fata Morgana vorschwebt. Oder wie jemand, der auf dem Weg zum Galgen stehenbleibt, um einem Sperling zuzuhören. Beide wissen, daß es für sie morgen keinen Wein mehr geben wird und auch nicht mehr den Laut der Vögel.

Er sagte entschlossen: »Auf denn! Ich sage es den anderen. Wenn wir nur eine Möglichkeit hätten, Palliser zu unterrichten!«

Colpoys rutschte den Abhang hinunter, dabei blickte er Bolitho an. Seine Augen wirkten gelb im Sonnenlicht.

»Er wird's schon merken, Richard. Die ganze verdammte Insel wird's merken.«

Colpoys wischte sich Gesicht und Nacken mit dem Taschentuch. Es war Nachmittag, und die glühende Hitze, die von den Felsen abgestrahlt wurde, war eine Qual.

Aber das Warten hatte sich gelohnt. Um die Hütten herum hatte alle Tätigkeit aufgehört. Von mehreren Feuern trieb Rauch zu den versteckten Matrosen und Seesoldaten herüber und bescherte ihnen den Duft von geröstetem Fleisch als zusätzliche Tortur.

Colpoys sagte: »Nach dem werden sie sich ausruhen.« Er warf einen Blick auf seinen Korporal. »Geben Sie die Essensrationen und Wasser aus, Dyer.« Für Bolitho setzte er leise hinzu: »Ich schätze, daß die Kanone noch eine Kabellänge entfernt ist.« Er kniff die Augen zusammen, als er den Abhang und den steilen Aufstieg zur nächsten Kuppe abschätzte. »Wenn wir loslaufen, gibt es kein Halten mehr. Ich denke, es werden einige Leute bei der Kanone sein, wahrscheinlich in einer unterirdischen Munitionskammer.« Er nahm einen Becher Wasser von seinem Burschen und trank ihn langsam aus. »Nun?«

Bolitho senkte das Fernrohr und legte die Stirn auf die Arme. »Wir müssen es wagen.«

Er versuchte, nicht lange darüber nachzudenken. Zweihundert

Yards über offenes Gelände, und was dann?

Entschlossen sagte er: »Little und seine Mannschaft kümmern sich um die Kanone. Wir greifen die Kuppe von beiden Seiten an. Mr. Cowdroy übernimmt die zweite Gruppe.« Er sah Colpoys eine Grimasse ziehen und fügte hinzu: »Er ist der ältere von beiden und hat Erfahrung.«

Colpoys nickte. »Ich postiere meine Scharfschützen dort, wo sie am wirkungsvollsten sind. Wenn Sie die Kuppe genommen haben, helfe ich Ihnen bei ihrer Verteidigung.« Er streckte die Hand aus. »Und wenn Sie keinen Erfolg haben, führe ich den kürzesten Bajonettangriff in der Geschichte der Seesoldaten.«

Und dann war es auf einmal soweit. Die anfängliche Ungewißheit und Aufregung waren wie weggewischt, die Männer sammelten sich in den Gruppen, zu denen sie eingeteilt waren, mit ernsten, aber entschlossenen Gesichtern, unter ihnen auch Josh Little mit seiner Geschützbedienung, die mit dem notwendigen Gerät und zusätzlich mit Pulver und einigen Kanonenkugeln bepackt war.

Midshipman Cowdroy hatte schon den Säbel gezogen und überprüfte seine Pistole. Sein verdrießliches Gesicht wirkte noch finsterer als sonst. Bootsmannsmaat Ellis Pearse trug seine Privatwaffe, ein furchterregendes, doppelseitig geschliffenes Entermesser, das er sich von einem Schmied hatte anfertigen lassen. Die Seesoldaten hatten sich zwischen den Felsbrocken verteilt und ihre langen Musketen auf das offene Gelände vor sich und die flache Hügelkuppe dahinter gerichtet.

Bolitho stand auf und musterte die Männer seiner eigenen Gruppe. Dutchy Vorbinck war dabei, Olsson, der verrückte Schwede, Bill Bunce, ein ehemaliger Wilderer, Kennedy, ein Mann, der dem Gefängnis nur durch seine Meldung zur Marine entgangen war, und einige andere, die Bolitho inzwischen gut kannte.

Stockdale schnaufte: »Ich komme mit Ihnen, Sir.«

Ihre Blicke trafen sich.

»Diesmal nicht. Sie gehen mit Little. Diese Kanone muß erobert werden, Stockdale. Ohne sie könnten wir ebensogut gleich hier sterben.« Er berührte Stockdales kräftigen Arm. »Glauben Sie mir: heute hängt alles von Ihnen ab.«

Er wandte sich ab, da er die Enttäuschung des riesigen Mannes nicht mit ansehen konnte. Zu Jury sagte er: »Sie können bei Leutnant Colpoys bleiben.«

»Ist das ein Befehl, Sir?«

Bolitho sah, wie sich das Kinn des Jungen trotzig hob. Was würden sie wohl mit ihm machen? Er antwortete: »Nein.«

Ein Mann flüsterte: »Der Ausguck ist hinuntergeklettert, ich sehe ihn nicht mehr.«

Little kicherte. »Wohl auf einen Schluck verschwunden?«

Bolitho schritt schon über den Abhang, sein gezogener Säbel blitzte im Sonnenlicht, als er auf die gegenüberliegende Kuppe zeigte.

»Los denn! Auf sie, Jungs!«

Ohne auf Lärm oder Deckung zu achten, stürmten sie den Abhang hinunter, wirbelten Staub und Steine auf und hielten den Blick fest auf den Nachbarhügel gerichtet. Sie erreichten die Talsohle und rannten keuchend über das freie Gelände, blind gegen alles außer der verborgenen Kanone.

Irgendwo, eine Million Meilen weg, schrie jemand, und ein Schuß pfiff den Hügel herab. Stimmen schwollen an und verklangen wieder. Sie kamen von den Männern an der Lagune, die zu ihren Waffen eilten, weil sie annahmen, sie würden von See aus angegriffen.

Drei Köpfe erschienen plötzlich auf dem Hügelkamm, als der erste von Bolithos Männern gerade seinen Fuß erreicht hatte. Colpoys Musketen schienen ziemlich wirkungslos zu knallen, aber zwei der Männer verschwanden immerhin, und der dritte machte einen Satz, bevor er den Hang hinunter mitten zwischen die britischen Matrosen rollte.

»Weiter!« Bolitho schwang seinen Säbel. »Schneller!«

Von der einen Seite schoß eine Muskete, ein Seeman fiel, umfaßte mit beiden Händen seinen Schenkel und blieb dann stöhnend liegen, während seine Kameraden weiterstürmten.

Bolitho kam es vor, als ob seine Lunge heißen Sand eingeatmet hätte, während er über eine roh aus Steinen aufgetürmte Brustwehr sprang. Weitere Schüsse fielen, und er begriff, daß noch einige seiner Leute getroffen waren.

Er sah Metall schimmern, neben einem Rad der Kanone unter ihrer Persenning, und schrie: »Achtung!«

Aus der Deckung unter der Leinwand schoß jemand ein Stutzrohr* auf die vorstürmenden Seeleute ab. Einen von ihnen warf es

* alte Handfeuerwaffe

auf den Rücken, sein Gesicht und der größte Teil des Schädels waren weggeschoßen. Drei weitere Männer lagen zuckend in ihrem Blut.

Mit einem Gebrüll wie ein wütendes Raubtier warf sich Pearse von der anderen Seite des Geschützstandes auf die Persenning und schlug sie mit seiner doppelseitig geschliffenen Klinge in Stücke. Eine Gestalt rannte, die Hände über dem Kopf, aus der Deckung und schrie: »Pardon! Pardon!«

Pearse holte aus und schrie: »Pardon, du Lump? Nein – das!« Die breite Klinge traf den Mann quer im Nacken, so daß sein Kopf nach vorn auf die Brust kippte.

Midshipman Cowdroys Gruppe erschien von der anderen Seite der Kuppe, und als Pearse seine Leute in die Stellung schickte, um den blutigen Sieg zu vollenden, machten sich Little und Stockdale an der Kanone zu schaffen, während andere nachschauten, ob noch Glut in der nahen Feuerstelle war.

Die Seeleute führten sich auf wie Verrückte. Sie unterbrachen ihr Jubelgeschrei nur, um ihre verwundeten Gefährten in Deckung zu ziehen, lärmten dann aber um so lauter, als Pearse mit einer großen Kanne Wein aus der Geschützstellung auftauchte.

Bolitho rief: »Zu den Musketen! Die Seesoldaten kommen, gebt ihnen Deckung!« Wieder einmal warfen sich seine Leute zu Boden und richteten ihre Waffen auf die Lagune. Colpoys und seine zehn Scharfschützen, die trotz ihrer schlecht sitzenden geborgten Kleidung irgendwie flott aussahen, eilten schußbereit den Abhang herauf; aber es schien, als sei der Angriff so blitzschnell und wild gewesen, daß die ganze Insel wie gelähmt war.

Colpoys erschien und wartete, bis seine Männer in Stellung gegangen waren. Dann sagte er: »Es scheint, daß wir nur fünf Mann verloren haben. Sehr befriedigend.« Er wandte sich verächtlich ab, als einige blutüberströmte Leiber aus der Geschützstellung hochgereicht und über die Brustwehr den Abhang hinuntergeworfen wurden. »Tiere!«

Little kletterte aus der Grube und wischte sich die Hände an seinem Bauch ab. »Reichlich Kugeln, Sir, aber nicht genug Pulver. Gut, daß wir eigenes mitgebracht haben.«

Bolitho war von ihrem Taumel angesteckt, aber er wußte, daß er klaren Kopf behalten mußte. Jeden Augenblick war der Gegenangriff auf ihre Stellung zu erwarten. Aber sie hatten sich prächtig gehalten; besser, als man erwarten durfte.

Er sagte: »Geben Sie Wein aus.«

Colpoys setzte scharf hinzu: »Aber behaltet klaren Kopf und ein scharfes Auge, Leute. Die Kanone wird bald feuern müssen.« Er warf Bolitho einen Blick zu. »Habe ich recht?«

Bolitho stieg Rauch in die Nase: seine Leute hatten Feuer angefacht.

Sie waren im rechten Augenblick ungeheuer mutig gewesen, einige Minuten lang wie von einer tollkühnen Raserei besessen. Er nahm eine Becher Wein von Jury an und trank. Es war ein Augenblick gewesen, den er bis zu seinem Tode nicht vergessen würde.

Sogar der Wein, warm und trübe, wie er war, schmeckte ihm fast wie Bordeaux.

»Da kommen sie, Sir! Da kommen die Lumpen!«

Bolitho warf den Becher beiseite und hob seinen Säbel auf.

»Alle Mann – Achtung!«

Er warf einen Blick nach hinten, ob Little und seine Leute zurechtkamen. Die Kanone hatte sich noch nicht bewegt. Wenn sie die gewünschte Panik hervorrufen sollte, mußte sie recht bald feuern.

Auf einmal hörte er vielstimmiges Geschrei, und als er an die Brustwehr trat, sah er eine Menge Männer den Hügel heraufstürmen. Die Sonne spiegelte sich in ihren Säbeln und Entermessern, und die Luft hallte wider vom Peitschenknall zahlreicher Musketen- und Pistolenschüsse.

Bolitho schaute zu Colpoys hinüber. »Seid ihr bereit, Seesoldaten?«

»Feuer!«

XVI Nur ein Traum

»Feuer einstellen!«

Bolitho übergab seine Pistole einem Verwundeten zum Nachladen. Es kam ihm vor, als ob jede Faser seines Körpers unkontrollierbar zitterte, und er konnte es kaum glauben, daß der erste Angriff zurückgeschlagen war. Einige Gegner, welche die Spitze des Hügels fast erreicht hatten, lagen da, wo sie gefallen waren; andere versuchten noch, sich unter Schmerzen nach unten in Sicherheit zu bringen.

Colpoys kam zu ihm herüber, sein Hemd klebte ihm wie eine zweite Haut am Körper. »Großer Gott!« Er wischte sich den Schweiß aus den Augen. »Da hört die Gemütlichkeit auf!«

Drei weitere Matrosen hatte es erwischt, aber sie lebten noch. Pearse war schon dabei, sie mit überzähligen Musketen und Pulverhörnern zu versorgen, damit sie bei einem neuen Angriff Schnellfeuer geben konnten. Und danach . . .? Bolitho musterte seine keuchend beieinandersitzenden Leute. Die Luft war schwer von ätzendem Pulverqualm und dem süßlichen Geruch nach Blut.

Little rief: »Noch fünf Minuten, Sir!«

Der Angriff war so heftig gewesen, daß Bolitho Leute von der Geschützbedienung hatte zu Hilfe holen müssen, um die schreiend anstürmenden Feinde zurückzuschlagen. Jetzt warfen Little und Stockdale mit ausgesuchten Männern ihr ganzes Gewicht auf die hölzernen Spaken, um die Kanone so weit herumzudrehen, daß sie auf den Ankerplatz gerichtet war.

Bolitho hab das Teleskop und studierte die sechs bewegungslos daliegenden Schiffe. Das eine, ein Toppsegelschoner, sah sehr ähnlich aus wie der, mit dem die *Heloise* Bekanntschaft gemacht hatte. Keines traf Anstalten zum Ankerlichten. Er schloß daraus, daß ihre Kapitäne damit rechneten, die Hügelbatterie würde die unverschämten Eindringlinge zerschmettern, bevor sie weiteres Unheil anrichten konnten.

Er nahm einen Becher Wein von Pearse entgegen, ohne zu sehen, was er tat. Wo, zum Teufel, blieb Palliser? Er mußte doch bemerkt haben, was sie vorhatten. Verzweiflung wollte Bolitho packen. Angenommen, der Erste Offizier glaubte, das Geschützfeuer und der ganze Höllenlärm bedeuteten, daß Bolithos Gruppe entdeckt und systematisch vernichtet worden war? Er rief sich Dumaresqs eigene Worte in Erinnerung, bevor sie das Schiff verlassen hatten: »Dann kann ich Ihnen nicht helfen.« Es war anzunehmen, daß Palliser den gleichen Standpunkt vertrat.

Bolitho wandte sich um und versuchte, seine plötzliche Verzagtheit zu verbergen, während er fragte: »Wie lange noch, Little?« Es fiel ihm ein, daß der Stückmeistersmaat ihm das gerade zugerufen hatte und daß Colpoys und Cowdroy ihn besorgt beobachteten.

Little richtete sich auf. »Fertig!« Er bückte sich wieder und schielte am langen schwarzen Geschützrohr entlang. »Jetzt das Pulver, Jungs! Rammt die Ladung ein!« Er kroch wie eine riesige Spinne um das Bodenstück der Kanone, man sah nur noch Arme und Beine von ihm. »Dies muß behutsam und genau erledigt werden!«

Bolitho leckte sich die Lippen. Er sah zwei Seeleute mit einer Trage zur Feuerstelle gehen, wo ein anderer mit einer Zange in den

Fäusten darauf wartete, ihnen die glühend heiße Kugel zu übergeben. Was dann kam, hing stets vom guten Timing und vom Glück ab. Die Kugel mußte in die Rohrmündung eingeführt und fest auf den doppelten Ladepropfen über dem Pulver gestoßen werden. Wenn die Kanone losging, bevor der Mann mit dem Ansetzer fertig war, wurde er von der Kugel zerfetzt. Andererseits konnte es passieren, daß das Geschützrohr platzte. Kein Wunder, daß Schiffsführer sich fürchteten, an Bord glühende Kugeln zu verwenden.

Stockdale nickte beifällig.

Colpoys sagte plötzlich: »Ich sehe Leute drüben auf dem Hügel. Sie nehmen uns gleich unter Feuer.«

Ein Mann rief: »Sie sammeln sich zu einem neuen Angriff!«

Bolitho lief an die Brustwehr und ließ sich auf ein Knie nieder. Er konnte kleine Gestalten sehen, die sich zwischen den Felsbrocken bewegten, und andere, die Stellungen am Abhang bezogen. Das war kein ungeordneter Pöbelhaufen. Garrick hatte seine Leute wie eine Privatarmee gedrillt.

»Legt an!«

Die Musketenläufe wurden gehoben und flimmerten im blendenden Sonnenlicht, als jeder Mann sich ein Ziel zwischen den Felsbrokken suchte. Die erste Salve rollte über die Brustwehr, aber Bolitho wußte, daß weitere Angreifer sich unter dem Schutz des eigenen Deckungsfeuers zur anderen Seite des Abhangs vorarbeiteten.

Er warf einen kurzen Blick auf Little, der die Hände wie zum Segen ausgebreitet hielt.

»Jetzt die Kugel!«

Bolitho riß den Blick von ihm los und feuerte seine Pistole auf drei Männer ab, die fast den Gipfel erreicht hatten. Andere schwärmten seitlich aus und boten ein schlechtes Ziel. Die Luft vibrierte von markerschütterndem Geschrei und von Flüchen, viele davon in Englisch.

Zwei Gestalten sprangen über die Brustwehr und warfen sich auf einen Matrosen, der sich verzweifelt bemühte, seine Muskete neu zu laden. Bolitho sah, wie sich sein Mund zu einem lautlosen Schrei öffnete, als der eine Angreifer ihn mit seinem Säbel aufspießte und sein Gefährte ihn mit einem schrecklichen Schlag für immer zum Schweigen brachte.

Bolitho machte einen Ausfall, schlug eine Klinge beiseite und hieb den Fechtarm des Mannes mit einer schnellen Bewegung nieder, bevor der wußte, was ihm geschah. Er spürte es im Handgelenk, wie sein Säbel Fleisch und Knochen durchschnitt, vergaß aber den schreienden Mann, als er mit einer Wildheit, die er bisher nicht gekannt hatte, auf dessen Gefährten eindrang.

Ihre Klingen schlugen zusammen, aber Bolitho stand auf losem Gestein und konnte das Gleichgewicht kaum halten.

Der ohrenbetäubende Knall von Littles Kanone ließ den anderen Mann stolpern, und als er die Folgen begriff, stieg plötzliches Entsetzen in seine Augen. Bolitho stieß zu und war schneller über die Brustwehr zurückgesprungen, als der entseelte Körper seines Gegners zu Boden sinken konnte.

Little schrie: »Seht euch das an!«

Bolitho sah eine in sich zusammenfallende, mit Dampf gemischte Wassersäule an der Stelle, wo die Kugel zwischen zwei Schiffen eingeschlagen hatte. Kein Treffer, aber die Wirkung würde zweifellos Panik auslösen.

»Auswischen, Jungs!« Little hüpfte vor Begeisterung auf dem Rand des Geschützstandes, während die Männer mit der Trage zur Feuerstelle rannten, um eine neue Kugel zu holen. »Mehr Pulver hinein!«

Colpoys kam über den blutbespritzten Felsgrund heran und meldete: »Wir haben drei weitere Männer verloren. Auch einer von meinen Scharfschützen ist dabei.« Er wischte sich die Stirn mit dem Arm, wobei ihm der goldverzierte Säbel vom Handgelenk baumelte. Bolitho sah, daß die gebogene Klinge fast schwarz war von geronnenem Blut.

Noch einem Angriff wie dem letzten konnten sie nicht standhalten. Obwohl der Abhang und der Rand der Brustwehr mit Leichen bedeckt war, wußte Bolitho, daß da unten noch viele Leute warteten, die sich zu einem neuen Angriff sammeln konnten. Und sie hatten mehr Angst vor Garrick als vor der Handvoll zerlumpter Seeleute, die sie oben erwarteten.

»Jetzt!« Little senkte die Lunte zum Zündloch, und die Kanone rollte abermals mit einem gleichzeitigen Donnerschlag zurück.

Bolitho sah blitzartig, wie die Kugel stieg und dann im Bogen auf die unbeweglichen Schiffe herabfiel. Er bemerkte eine kleine Rauchwolke und daß sich etwas Kompaktes von dem nächstliegenden Schoner löste und durch die Luft segelte, bevor es seitlich ins Wasser platschte.

»Treffer! Ein Treffer!« Die Männer der Geschützbedienung sprangen schweißtriefend und mit geschwärzten Gesichtern wie

Verrückte um ihre Kanone herum.

Stockdale nutzte schon seine Kräfte, um die Mündung mit einer Handspake ein kleines Stück zu verschieben.

»Er brennt!« Pearse hielt die Hände als Sonnenschutz über die Augen. »Gott strafe sie! Sie versuchen, das Feuer zu löschen.«

Aber Bolitho beobachtete den Schoner am fernen Ende der Lagune. Er hatte von allen Schiffen den sichersten Ankerplatz; noch während er ihn beobachtete, sah er, wie sein Klüver gesetzt wurde und ein Mann dabei war, die Ankertrosse zu kappen.

Bolitho streckte den Arm aus, da er nicht wagte, den Blick von dem Schoner abzuwenden, und rief: »Ein Glas! Schnell!«

Jury eilte herbei und legte ihm ein Fernglas in die Hand.

Dann trat er etwas zurück und beobachtete ihn gebannt.

Bolitho spürte den Luftzug einer Musketenkugel, die dicht an seinem Kopf vorbeistrich, zuckte aber nicht mit der Wimper. Er durfte das kleine Bild nicht aus den Augen verlieren, selbst wenn er sich dabei der Gefahr aussetzte, erschossen zu werden.

Was er sah, war für andere auf diese Entfernung kaum zu erkennen; doch für ihn sprach es eine deutliche Sprache, weil er die Akteure kannte: Pallisers lange Gestalt, den Säbel in der Hand. Slade und ein paar Matrosen an der Pinne und Rhodes, der mit den übrigen Leuten Fallen und Schoten bediente, als der Schoner sich von seinem Ankerplatz löste und zunächst schwerfällig vor den Wind drehte. Dabei spritzte an seiner Bordwand Wasser hoch, und einen Augenblick glaubte Bolitho, Palliser würde beschossen. Doch dann erkannte er, daß seine Leute die Schiffsbesatzung einfach über Bord warfen, statt kostbare Zeit mit ihrer Bewachung zu verschwenden.

Colpoys rief aufgeregt: »Sie müssen zum Schiff hinausgeschwommen sein! Ein schlauer Fuchs, dieser Palliser! Hat unseren Angriff als Ablenkung genutzt.«

Bolitho nickte. Seine Ohren dröhnten vom ständigen Krachen des Musketenfeuers und dem gelegentlichen Bellen der Schwenkgeschütze. Statt die Mitte der Lagune anzusteuern, hielt Palliser direkt auf den Schoner zu, der von Littles glühender Kugel getroffen worden war.

Als er dem brennenden Schiff näherkam, sah Bolitho Mündungsfeuer und schloß daraus, daß Palliser auf die Männer zielen ließ, die sich bemühten, das Feuer unter Kontrolle zu bekommen. Immer stärkere Rauchwolken stiegen vom Rumpf des Getroffenen auf und trieben aufs Ufer und die verlassenen Hütten zu.

Bolitho rief: »Little! Zielwechsel auf den nächsten Schoner!«

Minuten später donnerte die glühende Kugel durch die dünne Bordwand eines weiteren Schoners und löste mehrere Explosionen im Schiffsinnern aus, worauf ein Mast von oben kam und der Großteil der Takelage in Brand geriet.

Als sie sahen, daß zwei ihrer Schiffe lichterloh brannten, bedurfte es für die übrigen Besatzungen keiner Überlegung mehr, die Ankertrossen zu kappen, um der Feuerhölle zu entrinnen. Pallisers Schoner war nun unter Kontrolle, seine großen Segel blähten sich und ragten über den dicken Qualm wie die Flügel eines Racheengels.

Bolitho sagte plötzlich: »Zeit, daß wir aufbrechen.« Er wußte nicht, woher ihm der Gedanke kam. Er spürte es einfach.

Colpoys schwang seinen Säbel. »Hebt die Verwundeten auf! Korporal, legen Sie einen Zünder an das Pulvermagazin!«

Littles Lunte senkte sich wieder zum Zündloch, und eine weitere Feuerkugel sauste über das Wasser und traf das Schiff, das schon in Flammen stand. Man sah Leute über Bord springen und im Wasser strampeln wie sterbende Fische, bis die große Rauchwolke sie erreichte und vor allen Blicken verbarg.

Pearse warf sich einen verwundeten Seesoldaten über die Schulter, behielt aber sein großes Entermesser in der anderen Hand.

Er sagte: »Der Wind hält sich, Sir. Der Qualm wird der verdammten Batterie die Sicht nehmen.«

Keuchend wie Tiere kletterten Matrosen und Seesoldaten den Abhang hinunter, wobei sie sich bemühten, die Bodenwelle zwischen sich und der Hügelbatterie zu halten.

Colpoys wies aufs Wasser: »Das ist am nächsten!« Plötzlich brach er in die Knie und preßte die Hände an die Brust. »O Gott, jetzt hat's mich erwischt!«

Bolitho befahl zwei Seesoldaten, ihn vorsichtig aufzuheben. Trotz des Krachens der Musketen und des Prasselns der Flammen, die hinter der Rauchwolke ein Schiff verzehrten, arbeiteten seine Gedanken fieberhaft. Er hörte auch Geschrei von Besatzungsmitgliedern der Schoner, die an Land gewesen waren, als der Angriff begann, und nun zum Hügel rannten in der Hoffnung, daß sie im Bereich der Batterie Schutz finden konnten.

Bolitho hielt erst an, als seine Füße fast im Wasser standen. Er konnte kaum atmen, und seine Augen tränten so stark, daß er nicht übers Ufer hinaussehen konnte.

Sie hatten das scheinbar Unmögliche geschafft, aber während Palliser ihren Angriff zur Ablenkung genutzt hatte, gab es für ihn selbst jetzt kein Weiterkommen mehr.

Er kniete hin, um seine Pistole neu zu laden, und seine Hände zitterten, als er sie für einen letzten Schuß spannte.

Jury war bei ihm, auch Stockdale. Aber sonst war es wohl nur noch die Hälfte der Truppe, die den Hügel erstürmt und die Kanone erobert hatte.

Bolitho sah Stockdales Augen aufleuchten, als das Magazin explodierte und dabei die Kanone herausriß, die mit einer Lawine von Leichen und zerborstenen Felsen den Abhang hinunterrollte.

Fähnrich Cowdroy wies plötzlich mit seinem Säbel in den Qualm. »Ein Boot! Schauen Sie!«

Pearse ließ den verletzten Seesoldaten zu Boden gleiten und watete ins Wasser, wobei er sein schreckliches Entermesser über dem Kopf schwang.

»Wir nehmen es ihnen ab, Jungs!«

Bolitho spürte ihre verzweifelte Entschlossenheit wie eine lebenspendende Kraft. Seeleute waren sich in einem Punkt alle gleich: Man gebe ihnen ein Boot, auch noch so klein, und sie waren ihrer Sache sicher.

Little zog sein Entermesser heraus und fletschte die Zähne. »Schlagt sie nieder, bevor sie uns entwischen!«

Jury lehnte sich an Bolitho, der einen Augenblick annahm, er sei von einer Kugel getroffen, doch der Junge deutete nur ungläubig in den Qualm und auf das schattenhaft hervorkommende Boot.

Bolitho nickte nur, denn er konnte es selbst nicht fassen.

Er sah Rhodes im Bug des Langbootes stehen und dahinter die karierten Hemden der Matrosen von der *Destiny* an den Riemen.

»Nun aber lebhaft!« Rhodes reichte herunter und faßte Bolitho am Handgelenk. »Noch ganz?« Er sah den verwundeten Colpoys und rief: »Faßt mal mit an!«

Das Boot war binnen kurzem so voll mit zum Teil verwundeten Menschen, daß es nur noch knapp fünf Zoll Freibord hatte, als es wie trunken rückwärts rudernd im Qualm untertauchte.

Hustend und fluchend erklärte Rhodes: »Wir wußten, daß ihr versuchen würdet, uns zu erreichen. Einzige Chance. Mein Gott, habt ihr ein Tohuwabohu angerichtet, ihr Halunken!«

Ein brennender Schoner trieb querab vorbei. Bolitho spürte die Hitze wie Höllenfeuer im Gesicht. Explosionen dröhnten durch den

Rauch, und er nahm an, daß ein weiteres Pulvermagazin in die Luft flog oder daß die Batterie auf dem Hügel blindlings über die Lagune feuerte.

»Was jetzt?«

Rhodes stand auf und gestikulierte heftig zum Bootssteurer. »Hart Steuerbord!«

Bolitho sah die Zwillingsmasten eines Schoners direkt über sich, und schon griffen die Männer nach den Leinen, die ihnen aus dem Qualm wie Schlangen entgegenflogen.

Stöhnend und manchmal vor Schmerzen schreiend, wurden die Verwundeten die Bordwand hinaufgezogen oder -geschoben, und als sie das Boot mit einem Kameraden darin, der noch angesichts der sicheren Rettung gestorben war, treiben ließen, hörte Bolitho Pallisers vertraute Stimme.

Bolitho tastete sich durch den Rauch zu Palliser und Slade an der Pinne.

Palliser rief: »Mann, Sie sehen aus wie ein entsprungener Sträfling!« Er schenkte ihm ein kurzes Lächeln, und Bolitho erkannte darin ebenso Erschöpfung wie Erleichterung.

Rhodes kniete neben dem Offizier der Seesoldaten. »Er wird überleben, wenn wir ihn bald zum alten Bulkley schaffen.«

Palliser hob eine Hand, und das Ruder wurde leicht gelegt. Ein anderer Schoner stand unter vollen Segeln genau querab von ihnen und hielt von den brennenden Wracks weg auf die Einfahrt zu.

Er sagte: »Bis sie entdeckt haben, daß wir eines ihrer Schiffe geschnappt haben, sind wir klar von ihnen.«

Er wandte sich abrupt um, als die gewaltigen Masten der *San Augustin* plötzlich über dem Rauch emporstiegen. Sie lag noch vor Anker, und sicherlich stand jeder Mann an Bord bereit, die treibenden Branderschiffe fernzuhalten und jeden überspringenden Funken zu ersticken.

Palliser setzte hinzu: »Was danach kommt, ist zum Glück nicht mehr mein Problem.«

Eine Kugel platschte neben dem Backbordbug ins Wasser. Bolitho schloß daraus, daß Garricks Kanoniere endlich erkannt hatten, was vor sich ging. Doch als der Qualm dünner wurde und Teile der Insel bleich, aber klar im Sonnenlicht hervortraten, waren sie schon hinter dem kritischen Punkt.

Pearse flüsterte: »Schau, Bob, da ist sie!« Er hob den Kopf eines verwundeten Matrosen so an, daß er die hart angebraßten Marssegel der *Destiny* sehen konnte, die von Dumaresq so nahe an die Riffe herangeführt worden war, wie er es wagen konnte. Dann sagte Bootsmannsmaat Pearse, der wie ein Teufel gekämpft hatte und auf Befehl seines Kommandanten den Rücken manches Delinquenten mit der neunschwänzigen Meerkatze blutig geschlagen hatte, leise zu Palliser: »Der arme Bob ist tot, Sir.« Er schloß die Augen des jungen Matrosen mit seinen teerigen Händen und setzte hinzu: »Noch ein paar Minuten, und er wäre gerettet worden.«

Bolitho beobachtete, wie die Fregatte Segel wegnahm und viele Leute auf ihren Laufbrücken hin und her rannten, als beide Schiffe einander näherkamen. Die Galionsfigur der *Destiny* hob, unverändert nackt und bleich, den Siegeskranz wie zum Hohn der rauchgeschwärzten Insel entgegen.

Bolitho dachte an den toten Seemann namens Bob und an den einsamen Leichnam, der im Langboot zurückgelassen worden war. Er dachte auch an Stockdales Sorge, daß er abkommandiert werden könnte, als er gebraucht wurde. Und er dachte an Colpoys, an den Korporal mit dem Spitznamen ›Dipper‹, an Jury und Cowdroy und an die vielen, die sie tot hatten zurücklassen müssen.

»Vorsegel bergen!« Palliser beobachtete die langsame Annäherung der *Destiny* mit grimmiger Genugtuung. »Es gab Augenblicke, in denen ich dachte, ich würde diese Lady nie wiedersehen.«

Josh Little trat an Pearses Seite und brummte: »Darauf genehmigen wir uns einen Schluck, wenn wir wieder an Bord sind, eh?«

Pearse schaute noch immer auf den Toten nieder. »Aye, Josh. Und einen auf ihn.«

Rhodes sagte: »Der ›Herr und Meister‹ wird auf seinem Willen bestehen: Kampf bis zur Entscheidung.« Er duckte sich, als eine Wurfleine neben ihm landete. »Ich für meine Person wünschte, die Chancen wären ausgeglichener.« Er blickte hinüber auf den großen Mantel aus Rauch, der den abgeflachten Hügel einhüllte, als wolle er ihn wegtragen. »Sie waren großartig, Dick. Wirklich.«

Sie sahen einander so prüfend an wie zwei Fremde. Dann sagte Bolitho: »Ich fürchtete, ihr würdet euch zurückhalten in der Annahme, daß wir gefangen wurden.«

Rhodes winkte einem Mann auf der Laufbrücke der *Destiny* zu. »Oh, habe ich das noch nicht erzählt? Wir wußten, wo Sie waren und was Sie machten, alles.«

Bolitho starrte ihn ungläubig an. »Wieso?«

»Erinnern Sie sich an Ihren Toppsgasten Murray, den Deserteur?

Er war Garricks Ausguck. Er sah Sie und den jungen Jury, wie Sie aus der Deckung kamen.« Rhodes packte den Arm seines Freundes. »Es ist die Wahrheit. Er liegt jetzt unter Deck, mit einem Splitter im Bein. Hat eine tolle Geschichte zu erzählen. Glück für Sie und den jungen Jury, nicht wahr?«

Bolitho schüttelte den Kopf und schaute, gegen das Schanzkleid des Schoners gelehnt, der Annäherung der beiden Schiffe in der langen Dünung zu.

Der Tod war ihnen so nahe gewesen, und er hatte nichts davon bemerkt. Murray mußte mit dem ersten verfügbaren Schiff Rio verlassen haben, und das hatte ihn zu Garricks Insel gebracht. Er hätte Alarm schlagen oder sie beide niederschießen können, dann wäre er von Garricks Leuten als Held gefeiert worden. Statt dessen hatte ihn irgend etwas, das sie einst verbunden hatte, zurückgehalten und ihm klargemacht, wohin er gehörte.

Dumaresqs Stimme dröhnte durch ein Megaphon zu ihnen: »Etwas Bewegung da drüben! Ich sitze gleich auf Grund, wenn ihr nicht an Bord kommt!«

Rhodes grinste. »Endlich wieder zu Hause!«

Kapitän Dumaresq stand, die Hände auf dem Rücken, an den Heckfenstern seiner Kajüte und lauschte Pallisers Bericht über die regelrechte Schlacht und ihre Flucht aus der Lagune.

Er gab Macmillan ein Zeichen, seinen arg mitgenommenen und todmüden Offizieren noch ein Glas einzuschenken, und sagte dann: »Ich hatte ein Landungskorps ausgesetzt, um Garrick ein wenig am Bart zu zupfen. Ich hatte nicht erwartet, daß Sie gleich eine ganze Invasion auf eigene Faust unternehmen würden!« Er lächelte dabei, sah dadurch aber erst recht traurig und übermüdet aus. »Ich werde morgen bei Sonnenaufgang zu Ihnen und Ihren Leuten sprechen. Ohne Ihre Tat wäre die *Destiny* auf so starken Widerstand gestoßen, daß ich bezweifle, ob ich sie heil wieder herausbekommen hätte. Die Dinge stehen noch immer schlecht, meine Herren, aber zumindest wissen wir jetzt, woran wir sind.«

Palliser fragte: »Haben Sie immer noch die Absicht, den Schoner nach Antigua zu schicken, Sir?«

Dumaresq sah ihn nachdenklich an. »Ihren Schoner, meinen Sie?« Er ging zu den Fenstern und starrte in das Spiegelbild der untergehenden Sonne auf dem Wasser. Es war wie rotes Gold. »Ja. Tut mir leid, daß ich Ihnen abermals eine Prise wegnehmen muß.«

Bolitho beobachtete sie, alle Sinne trotz der Anspannung und der bitteren Erinnerungen dieses Tages hellwach. Er erkannte, daß es zwischen dem Kommandanten und seinem Ersten Offizier ein Band gab, das unzerreißbar war.

Dumaresq fügte hinzu: »Wenn die *San Augustin* nur wenig beschädigt ist, müssen wir sie schnellstens besiegen. Sobald Garricks Ausguckposten melden, daß der Schoner uns verläßt, wird er wissen, daß die Zeit gegen ihn arbeitet. Daß ich Hilfe herbeirufe.« Er nickte grimmig. »Morgen wird er herauskommen, ganz sicher.«

Palliser blieb hartnäckig. »Er wird dabei von den restlichen Schonern unterstützt werden. Zwei könnten das Feuer überstanden haben.«

»Ich weiß. Aber besser so, als darauf warten, bis Garrick uns mit einem völlig überholten Kriegsschiff entgegentritt. Auch ich hätte gern bessere Bedingungen, aber nur wenige Kommandanten haben das Glück, sich ihre Bedingungen selbst aussuchen zu können.«

Bolitho dachte an die Männer, die auf den Schoner geschickt worden waren. Mit ganz wenigen Ausnahmen waren sie alle verwundet, aber dennoch so stolz und herausfordernd gewesen, daß sie beim Ablegen mit Hochrufen von der *Destiny* verabschiedet worden waren.

Aus Gründen, die nur er selber kannte, hatte Dumaresq dem Steuermannsmaaten Yeames das Kommando über die Prise gegeben. Das mußte ein harter Schlag für Slade gewesen sein.

Bolitho war sehr bewegt, als Yeames vorm Ablegen des letzten Bootes an ihn herangetreten war. Er hatte den Steuermannsmaaten immer gemocht, aber nie über ihn nachgedacht.

Yeames streckte ihm die Hand hin. »Sie werden morgen siegen, Sir, ich zweifle nicht daran. Aber es könnte sein, daß wir einander nicht wieder begegnen. Wenn es aber doch der Fall sein sollte, möchte ich, daß Sie sich an mich erinnern. Ich wäre froh, unter Ihnen dienen zu dürfen, wenn Sie einmal ein eigenes Schiff bekommen.«

Er war gegangen und hatte Bolitho verwirrt und ein wenig stolz zurückgelassen.

Dumaresqs sonore Stimme unterbrach seine Gedanken. »Wir werden morgen bei Anbruch der Dämmerung das Schiff klar zum Gefecht machen. Ich werde mit den Männern sprechen, bevor wir auf den Feind stoßen, aber Ihnen möchte ich schon jetzt meinen besonderen Dank sagen.«

Macmillan drückte sich an der Lamellentür herum, bis das Auge des Kommandanten auf ihn fiel.

»Mr. Timbrell läßt gehorsamst fragen, Sir, ob Sie das Schiff abdunkeln wollen?«

Dumaresq schüttelte langsam den Kopf. »Diesmal nicht. Ich möchte, daß Garrick uns sieht. Seine große Schwäche ist – abgesehen von seiner Habgier – sein Jähzorn. Ich habe vor, ihn noch zorniger zu machen, bevor es tagt.«

Macmillan öffnete die Tür, und die Offiziere und Fähnriche zogen sich dankbar zurück. Nur Palliser blieb; Bolitho nahm an, daß er die technischen Einzelheiten lieber allein und ohne Störung mit dem Kommandanten besprechen wollte.

Als die Tür sich schloß, wandte Dumaresq sich seinem Ersten Offizier zu und wies auf einen Sessel. »Es gibt noch etwas, habe ich recht?«

Palliser setzte sich und streckte die langen Beine aus. Einen Augenblick rieb er sich die Augen mit den Handknöcheln, ehe er sagte: »Sie hatten recht, was Egmont betrifft, Sir. Selbst als Sie ihn auf ein Schiff mit Kurs Basseterre gesetzt hatten, versuchte er noch, Garrick zu warnen oder mit ihm in Verbindung zu treten. Wie das geschah, werden wir wohl nie erfahren. Er wechselte offenbar auf ein kleines, schnelleres Schiff über und nahm nördlichen Kurs durch die Inselgruppe, um vor uns da zu sein. Doch wie es auch war, seine Warnung an Garrick war verschwendet.«

Er faßte in seine Tasche und zog einen goldenen Halsschmuck mit dem doppelköpfigen Vogel und den rubinschimmernden Schwanzfedern heraus.

»Garrick hat beide Egmonts ermorden lassen. Diesen Schmuck habe ich einem unserer Gefangenen abgenommen. Der Matrose, von dem ich Ihnen berichtete, erzählte mir den Rest.«

Dumaresq nahm das schwere Schmuckstück in die Hand und betrachtete es traurig.

»Murray hat es gesehen?«

Palliser nickte. »Er ist verwundet worden. Ich habe ihn auf den Schoner geschickt, bevor er mit Mr. Bolitho sprechen konnte.«

Dumaresq trat wieder an die Heckfenster und sah zu, wie der Schoner abdrehte und ihnen das Heck zeigte. Seine Segel schimmerten so golden wie der Halsschmuck in seiner Hand.

»Das war sehr überlegt gehandelt. Für das, was er gesagt und getan hat, wird Murray in England aus der Marine entlassen werden.

Ich bezweifle, daß sein Weg sich jemals wieder mit dem Bolithos kreuzen wird.«

»Dann wollen Sie ihm also nichts davon sagen, Sir? Ihn nicht wissen lassen, daß Aurora Egmont tot ist?«

Dumaresq beobachtete die Schatten, die den Rumpf des davonsegelnden Schoners bereits verhüllten.

»Von mir wird er nichts erfahren. Morgen müssen wir kämpfen, und da muß jeder Offizier und jeder Mann alles geben, was er hat. Richard Bolitho hat bewiesen, daß er ein guter Offizier ist. Wenn er den morgigen Tag überlebt, wird er ein noch besserer sein.« Dumaresq klappte ein Fenster auf und warf den Schmuck ohne Zögern ins Kielwasser der *Destiny*. »Ich lasse ihm seinen Traum. Es ist das mindeste, was ich für ihn tun kann.«

In der Messe saß Bolitho in einem Sessel und ließ die Arme hängen, während die Spannung in ihm wie feiner Sand in einem Stundenglas verrann. Rhodes saß ihm gegenüber und starrte in ein leeres Weinglas, ohne etwas zu erkennen.

Immer wieder stand ein neuer Morgen mit seinen Anforderungen vor ihnen. Es war wie der Horizont: sie erreichten ihn nie.

Bulkley trat ein und ließ sich schwerfällig zwischen ihnen nieder. »Ich habe mich gerade mit unserem starrköpfigen Seesoldaten abgegeben.«

Bolitho nickte trübsinnig. Colpoys hatte darauf bestanden, bei seinen Leuten auf der Fregatte zu bleiben. Gut versorgt und so bandagiert, daß er nur einen Arm bewegen konnte, hatte er kaum Kraft genug, sich auf den Beinen zu halten.

Palliser trat ein und warf seinen Hut auf eine Kanone. Kurz schaute er sie an und sah dabei wahrscheinlich den Raum schon so vor sich, wie er morgen früh aussehen würde: ohne Möbel, die leichten Wände herausgenommen, die kleinen persönlichen Dinge vor Rauch und Feuer in Sicherheit gebracht.

Dann sagte er scharf: »Es ist Ihre Wache, scheint mir, Mr. Rhodes. Der Master sollte nicht alles allein machen müssen, wie Sie wissen.«

Rhodes erhob sich mühsam und grinste. »Aye, aye, Sir.« Wie ein Schlafwandler wankte er aus der Messe.

Bolitho hatte nichts davon gehört. Er dachte an Aurora. Er benutzte die Erinnerung an sie wie ein Schild, mit dem er die Bilder und Ereignisse dieses Tages von seinem Innern fernhielt.

Dann stand er abrupt auf und entschuldigte sich bei den anderen, als er sich in die private Sphäre seiner Kammer zurückzog. Er wollte nicht, daß sie seine Niedergeschlagenheit bemerkten. Denn als er sich bemüht hatte, im Geiste Auroras Gesicht zu sehen, war nur ein verschwommenes Trugbild erschienen. Nicht mehr.

Bulkley schob eine Flasche über den Tisch. »War's schlimm?«

Palliser überlegte. »Es wird noch schlimmer.« Aber eigentlich dachte er an den juwelenbesetzten Halschmuck, der jetzt achteraus auf dem Meeresgrund lag: eine private Beisetzung.

Der Arzt stieß nach: »Ich freue mich über Murray. Das ist ein kleiner Lichtblick in all dem Elend. Gut zu wissen, daß er frei von Schuld ist.«

Palliser schaute weg. »Ich mache jetzt meine Runde und lege mich dann ein paar Stunden aufs Ohr.«

Bulkley seufzte. »Ich auch. Ich wollte aber darum bitten, daß ich Spillane, den provisorischen Schreiber, ausgeliehen bekomme. Auch ich bin knapp an Leuten.«

Palliser hielt an der Tür inne und sah Bulkley mit leerem Blick an. »Da müssen Sie sich aber beeilen. Morgen früh wird er vielleicht schon hängen, um Garricks Zorn weiter anzuheizen. Er war nämlich sein Spion. Murray hat gesehen, wie Spillane den Leichnam des alten Lockyer durchsuchte, als er an Bord gebracht wurde.« Die Müdigkeit verwischte Pallisers Worte. »Spillane versuchte, Murray mit Jurys Uhr zu kompromittieren und einen Keil zwischen Vor- und Achterdeck zu treiben. So etwas hat es schon öfter gegeben.« Mit plötzlich aufsteigender Bitterkeit setzte er hinzu: »Spillane ist genauso ein Mörder wie Garrick.«

Ohne ein weiteres Wort marschierte er aus der Messe; als Bulkley sich umwandte, sah er, daß Pallisers Hut noch immer auf der Kanone lag.

Was morgen auch geschah, nichts würde je wieder so sein wie bisher, dachte der Arzt, und diese Einsicht machte ihn sehr traurig.

Als die Dunkelheit schließlich den Horizont verwischte und der flache Hügel über der Insel Fougeaux verschwunden war, spiegelten sich die Lichter der *Destiny* immer noch wie wachsame Augen im Wasser.

XVII Die Schlacht

Über Nacht schien die Insel Fougeaux geschrumpft zu sein, denn als das erste schwache Licht den Horizont erhellte, sah sie nicht viel größer aus als eine Sandbank, Steuerbord voraus von der *Destiny*.

Bolitho setzte sein Fernglas ab und ließ damit die Insel in den Schatten zurücksinken. Binnen einer Stunde würde er strahlendem Sonnenschein weichen. Er wandte dem Land den Rücken und marschierte langsam auf und ab. Das Schiff hatten sie schon während der Nachtwachen fast gefechtsklar gemacht. Die Seeleute kannten sich an Deck und rund um die Masten so gut aus, daß wenig übrigblieb, was sie erst bei Tageslicht erledigen konnten. Dumaresq hatte das mit der gleichen peinlichen Genauigkeit geplant wie alles, was er anpackte. Seine Männer sollten einsehen, daß der Kampf ebenso unvermeidbar war wie die Tatsache, daß einige von ihnen, wenn nicht gar alle, niemals wieder eine Fahrt mit der *Destiny* antreten würden. Es gab nur einen anderen Weg, und der war auf der Seekarte des Masters mit zweitausend Faden* eingezeichnet und führte senkrecht nach unten.

Dumaresq sorgte aber auch dafür, daß seine Leute so ausgeruht wie möglich waren, wenn sich der Feind zeigte, und nicht erschöpft von aufreibenden Gefechtsvorbereitungen.

Palliser erschien auf dem Achterdeck und sagte nach einem flüchtigen Blick auf Kompaß und Segel: »Ich hoffe, die Freiwache ist gleich fertig mit dem Frühstück?«

Bolitho antwortete: »Aye, Sir. Ich habe befohlen, daß die Köche das Kombüsenfeuer löschen, sobald sie fertig sind.«

Palliser ließ sich von Fähnrich Henderson ein Fernglas geben und unterzog die Insel einer sorgfältigen Prüfung. »Schreckliche Gegend!« Dann gab er Henderson das Glas zurück und sagte: »Hinauf mit Ihnen! Ich möchte unverzüglich Meldung, wenn Garrick sich anschickt, die Lagune zu verlassen.«

Bolitho sah zu, wie der Fähnrich die Webeleinen hochkletterte. Es wurde sehr schnell heller. Er konnte sogar schon die Ketten erkennen, mit denen der Bootsmann die Rahen gesichert hatte, und auch die Taljen und zusätzlichen Tampen, die an den Masten angeschlagen oder durch Blöcke geschoren waren, um später notwendige

* ca. 3700 m

Reparaturen zu erleichtern.

Er fragte: »Glauben Sie, daß es heute zur Schlacht kommt, Sir?«

Palliser lächelte grimmig. »Der Kommandant ist sich dessen sicher, das genügt mir. Und Garrick wird wissen, daß er kämpfen und siegen muß, um dann zu verschwinden, bevor das Geschwader Verstärkung schickt.«

Undeutlich bewegten sich Gestalten auf dem Oberdeck und zwischen den Kanonen. Die schwarzen Rohre, die jetzt feucht von Spritzwasser und nächtlichem Dunst waren, würden bald zu heiß zum Anfassen sein.

Unteroffiziere besprachen letzte Änderungen mit ihren Geschützbedienungen, die durch Abkommandierungen auf den eroberten Schoner oder durch Tod dezimiert waren.

Leutnant Colpoys stand mit seinem Sergeanten achtern an der Heckreling, während Matrosen über die Laufbrücken eilten und ihre Hängematten in den Finknetzen verstauten, als Kugelfang für diejenigen, die sich während des Gefechts auf dem Achterdeck aufhalten mußten. Das war ein besonders exponierter und gefährlicher Platz, aber lebenswichtig für jedes Schiff.

Midshipman Jury kam aufs Achterdeck und meldete: »Kombüsenfeuer ist gelöscht, Sir.«

Er sieht sehr jung und adrett aus, dachte Bolitho, als ob er sich extra fein gemacht hätte. Er lächelte. »Ein schöner Tag.«

Jury schaute den Mast hinauf und suchte Henderson. »Wir haben wenigstens den Vorteil der größeren Beweglichkeit, Sir.«

Bolitho warf ihm einen Blick zu und sah sich selber, wie er noch vor einem Jahr gewesen war. »Das ist richtig.« Es lohnte nicht hinzusetzen, daß der Wind nur noch eine schwache Brise war. Um wenden und halsen zu können, mußten die Segel gut ziehen. Wind und Leinwand waren das Lebenselement einer Fregatte.

Rhodes kam zum Achterdeck hoch und studierte neugierig den schmutzigen kleinen Fleck Land vor ihrem Steuerbordbug. Er trug seinen besten Säbel, den er von seinem Vater geerbt hatte. Bolitho dachte an den alten Säbel, den sein Vater immer trug. Er war auf allen Familienporträts in Falmouth zu sehen und würde eines Tages seinem Bruder Hugh gehören, sogar sehr bald schon, wenn sein Vater endgültig heimkehren würde.

Er wandte Jury und Rhodes den Rücken zu. Irgendwie hatte er das Gefühl, daß er Falmouth nie wiedersehen würde. Und zu seiner Verwunderung stellte er fest, daß er es widerspruchslos hinnahm.

Palliser kam zurück und befahl: »Sagen Sie Mr. Timbrell, daß er ein Jolltau an der Nock der Großrah anschlagen soll, Mr. Bolitho.« Er fing ihre erstaunten Blicke auf. »Nun?«

Rhodes zuckte verlegen mit den Schultern. »Tut mir leid, Sir, aber ich dachte, in einem Augenblick wie diesem . . .«

Palliser konterte: »In einem Augenblick wie diesem, meinen Sie wohl, kommt es auf eine Leiche mehr oder weniger auch nicht an?«

Bolitho schickte Jury zum Bootsmann und dachte an Spillanes Verrat. Er hatte reichlich Gelegenheit gehabt, Informationen zu sammeln und sie in Rio oder Basseterre an Land zu bringen. Der Schreiber des Kommandanten genoß – wie auch dessen Bootssteurer – mehr Bewegungsfreiheit als alle anderen Leute an Bord.

Garrick mußte überall Agenten und Spione gehabt haben, sogar in der Admiralität, wo jemand jeden Schritt, um die *Destiny* auf den Weg zu bringen, verfolgt hatte. Als das Schiff klar zum Auslaufen in Plymouth lag, war Spillane erschienen. Er hatte es leicht gehabt, die Wege von Dumaresqs Rekrutierungskommandos zu verfolgen. Er brauchte nur ihre Plakate zu lesen.

Jetzt liefen alle Fäden wie die Linien auf der Seekarte hier zusammen, als ob Gulliver diesen Platz eigens dafür markiert hätte. Es schien mehr vorherbestimmt als geplant zu sein.

Die meisten Männer an Deck schauten zur Bootsmannsgruppe auf, die eine Henkersschlinge von der Rahnock zur Laufbrücke fierten. Wie Rhodes hatten sie wenig Verständnis für eine Hinrichtung im Schnellverfahren. Das lag außerhalb ihres Begriffs von Gerechtigkeit.

Bolitho hörte einen der Rudergänger leise sagen: »Der Kommandant kommt, Sir.«

Bolitho wandte sich dem Niedergang zu, als Dumaresq, der ein frisches Hemd trug und seinen goldverbrämten Hut fest auf den Kopf gedrückt hatte, zum Achterdeck hochstieg.

Er nickte jedem seiner Offiziere und den Männern der Wache zu und sagte zu Colpoys, der sich bemühte, trotz seiner Wunde Haltung anzunehmen: »Schonen Sie Ihre Kräfte.«

Gulliver berührte seinen Hut: »Kurs Nord zu Ost, Sir. Wind ist noch immer ziemlich schwach.«

Dumaresq schaute ihn geistesabwesend an. »Das sehe ich.« Er wandte sich an Bolitho: »Lassen Sie die Leute bei sechs Glasen* zur

* sieben Uhr

Teilnahme an einem Strafakt achteraus kommen.« Er beobachtete, wie Bolitho sich bemühte, seine Gefühe zu verbergen. »Sie haben offenbar immer noch nicht gelernt, mich zu täuschen. Was bedrückt Sie – die Hinrichtung?«

»Ja, Sir. Es ist wie eine Vorahnung, ein Aberglaube. Ich – ich kann es nicht genauer ausdrücken.«

»Offensichtlich.« Dumaresq ging an die Querreling und schaute über das Oberdeck. »Dieser Mann versuchte, uns zu verraten, genau wie er sich bemühte, Murray zu vernichten. Murray war ein guter Mann, während . . .« Er brach ab, um einige Seesoldaten zu beobachten, die sich anschickten, im Vor- und Großmast aufzuentern.

»Ich hätte Murray gern noch einmal gesehen, bevor er uns verließ, Sir.«

Dumaresq fragte scharf: »Warum?«

Bolitho war über Dumaresqs Reaktion erstaunt. »Ich hätte ihm gern gedankt.«

»Oh, deswegen.«

Ein Ruf von Henderson ließ alle nach oben schauen. »An Deck! Ein Schiff läuft von der Insel aus, Sir!«

Dumaresq senkte das Kinn auf sein Halstuch. »Endlich.« Er sah Midshipman Merrett am Besanmast. »Laufen Sie hinunter und holen Sie die Kriegsartikel von meinem Steward. Wir wollen diese Angelegenheit hinter uns bringen und uns dann zum Gefecht bereitmachen.«

Er klopfte auf seine scharlachrote Weste und gab einen leisen Rülpser von sich. »Das war ein hübsches Stück Schweinefleisch. Und auch das Glas Wein wird helfen, den Tag richtig zu beginnen.« Er bemerkte Bolithos Unentschlossenheit. »Lassen Sie den Gefangenen holen. Ich möchte, daß er das Schiff seines Brotgebers sieht, bevor er an der Rah baumelt. Gott lasse ihn da verfaulen.«

Sergeant Barmouth stellte eine Reihe Seesoldaten quer auf der Hütte auf, und als die Bootsmannsmaaten »Alle Mann achteraus zum Strafakt« durch die Decks pfiffen, erschien Spillane, begleitet vom Wachtmeister und von Korporal Dyer.

Die Seeleute, die ihre Oberkörper schon zum Gefecht entblößt hatten, machten Platz, um die kleine Gruppe durchzulassen.

Unter der Querreling hielten sie an, und Poynter meldete: »Der Gefangene, Sir!«

Bolitho zwang sich, in Spillanes nach oben gerichtetes Gesicht zu schauen. Es war so völlig leer, als sei der gewöhnlich aufmerksame und gefaßte Mann nicht imstande, das Geschehen zu begreifen.

Bolitho erinnerte sich, wie Spillane mit Auroras Botschaft in seine Kammer gekommen war, und fragte sich, wieviel davon er wohl Garrick berichtet hatte.

Dumaresq wartete, bis seine Offiziere die Hüte abnahmen, und sagte dann mit seiner volltönenden Stimme: »Sie wissen, warum Sie hier stehen, Spillane. Wenn Sie ein gepreßter Mann wären, den man gegen seinen Willen zum Dienst für den Krieg gezwungen hätte, wäre es anders. Aber Sie haben sich freiwillig gemeldet in der klaren Absicht, Ihren Diensteid zu brechen und alles zu tun, Ihr Schiff und Ihre Kameraden ins Verderben zu führen. Es war Verschwörung zum Mord. Schauen Sie da hinüber, Mann.«

Als Spillane sich nicht rührte und ihn nur anstarrte, sagte Dumaresq: »Wachtmeister!«

Poynter faßte das Kinn des Delinquenten und drückte es zum Bug.

»Das Schiff da drüben wird von Ihrem Herrn, Piers Garrick, befehligt. Schauen Sie es sich genau an, und fragen Sie sich selber, ob es den Verrat wert war.«

Doch Spillanes Blick blieb auf die im Wind schwingende Schlinge gerichtet. Es war zweifelhaft, daß er irgend etwas anderes sah.

»An Deck!« Hendersons normalerweise kräftige Stimme klang unsicher, als fürchte er sich, in das Drama unter ihm einzugreifen.

Dumaresq schaute auf. »Sprechen Sie, Mann!«

»Auf der *San Augustin* hängen Leichen an den Rahen, Sir!«

Dumaresq schnappte sich Jurys Fernglas und machte einen Sprung in die Wanten.

Langsam kam er wieder herunter an Deck und sagte: »Es sind die spanischen Offiziere des Schiffes.« Er warf einen kurzen Blick auf Bolitho. »Zur Warnung erhängt, zweifellos.«

Doch Bolitho hatte etwas anderes in Dumaresqs Augen gelesen, nur ganz kurz. Etwas wie Erleichterung, aber worüber? Was hatte er zu sehen erwartet?

Dumaresq kehrte an die Querreling zurück und setzte seinen Hut wieder auf. Dann sagte er: »Entfernen Sie das Jolltau von der Großrah, Mr. Timbrell. Wachtmeister, bringen Sie den Delinquenten nach unten. Er soll auf die gemeinsame Hinrichtung mit den anderen warten.«

Spillanes Beine schienen unter ihm nachzugeben. Er legte die

Handflächen zusammen und sagte zerknirscht: »Ich danke Ihnen, Sir! Gott segne Sie für Ihre Güte!«

»Steh auf, verdammter Kerl!« Dumaresq sah mit Verachtung auf ihn hinab. »Erstaunlich, daß Männer wie Garrick andere Menschen so leicht korrumpieren können. Wenn ich Sie hänge, bin ich nicht viel besser als er. Aber hören Sie zu: Sie werden heute erleben, wie wir siegen, und das wird eine sehr viel härtere Strafe für Sie sein.«

Als Spillane weggeschleppt wurde, sagte Palliser sarkastisch: »Und wenn wir sinken, geht der Lump als erster auf den Meeresgrund.«

Dumaresq tippte ihm auf die Schulter: »Sehr wahr. Aber nun treffen Sie die letzten Vorbereitungen zum Gefecht, und zwar zwei Minuten schneller als üblich!«

»Schiff ist klar zum Gefecht, Sir!« Palliser faßte grüßend an seinen Hut, und seine Augen glänzten. »In genau acht Minuten.«

Dumaresq senkte sein Teleskop und warf ihm einen Blick zu. »Wir mögen knapp an Leuten sein, aber dafür setzt sich jeder doppelt ein.«

Bolitho stand unterhalb des Achterdecks und beobachtete scheinbar gelassen seine Geschützbedienungen an ihren Vorholtaljen. Das Warten war noch lange nicht vorüber.

Das noch fernab stehende Schiff hatte weitere Segel gesetzt und hob sich klar von der Insel ab; aber während die *Destiny* von der leichten Dünung sanft gewiegt wurde, schien die *San Augustin* bewegungslos dazuliegen wie ein Klotz. Würde sie abdrehen und flüchten? Dann bestand immerhin eine Chance für ihre Heckgeschütze, die sie verfolgende *Destiny* mit einem Glückstreffer außer Gefecht zu setzen.

Fähnrich Henderson, von den Vorbereitungen tief unter seinem Ausgucksitz unberührt, hatte gemeldet, daß zwei weitere Segel aus der Lagune gekommen waren. Das eine war der Toppsegelschoner, und Bolitho fragte sich, warum Dumaresq so sicher war, daß Garrick sich auf dem großen Kriegsschiff befand und nicht auf dem Schoner. Vielleicht waren er und Dumaresq am Ende einander doch sehr ähnlich. Keiner wollte nur Zuschauer sein, jeder war darauf aus, einen schnellen und eindeutigen Sieg zu erringen.

Little ging langsam hinter der Steuerbordbatterie von Zwölfpfündern entlang, hielt gelegentlich an, um eine Talje zu kontrollieren oder um sicherzustellen, daß die Schiffsjungen die Decks ausreichend mit Sand bestreut hatten, damit die Bedienungen später, wenn es heiß herging, nicht ausrutschten.

Stockdale stand an seiner Kanone und streichelte eine Zwölfpfundkugel, bevor er sie in das Kugelrack zurücklegte und eine andere herausnahm. Gegen seine mächtige Gestalt wirkten seine Männer wie Zwerge. Er macht das, als ob es ihm angeboren ist, dachte Bolitho, der diese Geste oft bei alten Geschützführern gesehen hatte. Sie wollten damit sicherstellen, daß die ersten Schüsse genau saßen. Nach den einleitenden Breitseiten kämpfte gewöhnlich jede Kanone für sich, und der Teufel sollte die letzten holen.

Er hörte Gulliver sagen: »Wir haben die Luvposition, Sir. Wir können immer noch Segel wegnehmen, wenn der Feind herankommt.«

Er redete wahrscheinlich nur, um seine innere Unruhe zu verbergen oder um einen Tip von seinem Komandanten zu bekommen. Aber Dumaresq blieb stumm, beobachtete seinen Gegner, blickte gelegentlich zum Wimpel im Masttopp auf oder musterte die träge Welle, die vom Bug der *Destiny* aufgeworfen wurde.

Bolitho schaute nach vorn, wo Rhodes mit Cowdroy und einigen seiner Geschützführer sprach. Das Warten nahm kein Ende. Es war so wie immer, aber er würde sich nie daran gewöhnen.

»Die Schoner haben angeluvt, Sir!«

Dumaresq grunzte: »Hängen sich an wie Schakale.«

Bolitho kletterte hoch, um über die Laufbrücke, die Vor- und Achterschiff über die Steuerbordbatterie hinweg miteinander verband, spähen zu können. Selbst hinter den vollgepackten Hängemattskästen und unter den waagrecht über das Batteriedeck gespannten Fangnetzen gab es nur wenig Schutz für die Seeleute, dachte er.

Beinahe am gefährlichsten war es auf den jetzt leeren Bootsständen. Bis auf Gig und Barkasse, die sie hinter sich herschleppten, hatten sie alle Boote treiben lassen. Im Gefecht waren herumfliegende Holzsplitter eine der größten Gefahren, und die Boote gaben ein verlockendes Ziel ab. Doch sie treiben zu lassen, drückte dem, was ihnen bevorstand, das Siegel der Endgültigkeit auf.

Henderson rief: »Die Leichen sind herunterholt worden, Sir.« Seine Stimme klang vor Anstrengung rauh.

Dumaresq sagte zu Palliser: »Gott strafe ihn.«

Palliser antwortete ruhig: »Vielleicht will er Sie nur wütend machen, Sir?«

»Mich provozieren?« Dumaresqs Ärger verflog. »Sie könnten recht haben. Himmel und Hölle, Mr. Palliser, Sie gehören ins Parlament und nicht in die Marine.«

Seekadett Jury stand, die Hände auf dem Rücken, und beobachtete das ferne Schiff. Den Hut hatte er so schief über die Augen gezogen, wie er es bei Bolitho gesehen hatte.

Er fragte plötzlich: »Werden sie versuchen, uns anzugreifen, Sir?«

»Wahrscheinlich. Sie sind uns zahlenmäßig überlegen. Nach dem, was wir auf der Insel gesehen haben, schätze ich, daß es zehn zu eins für sie steht.« Er sah Jurys Bestürzung und setzte leichthin hinzu: »Aber der Kommandant wird sie sich vom Leibe halten und sie langsam zermürben.«

Jury wandte ein: »Die beiden anderen Schiffe könnten gefährlich werden.«

»Der Toppsegelschoner vielleicht. Der andere ist zu leicht gebaut, um ein Nahgefecht mit uns zu riskieren.«

Bolitho überlegte, wie es jetzt ohne ihre verzweifelte Aktion auf der Insel um sie stünde. War das erst gestern gewesen? Es wären sechs Schoner gewesen statt zwei, und die vierundvierzig Kanonen tragende *San Augustin* hätte Zeit gehabt, noch zusätzliche Kanonen an Bord zu montieren, zum Beispiel die von der Hügelbatterie. Aber wie es auch ausging, der gekaperte Schoner würde Dumaresqs Bericht zum Admiral nach Antigua bringen. Für sie vielleicht zu spät, aber Garrick würde für den Rest seines Lebens ein gejagter Mann bleiben.

Wie klar der Himmel war. Und es war noch nicht zu heiß. Die See sah sanft und einladend aus. Bolitho versuchte, nicht an damals zu denken, als er sich ausgemalt hatte, wie er mit Aurora im Wasser herumtollen und sie beide für immer glücklich miteinander leben würden.

Dumaresq sagte sehr laut: »Sie werden versuchen, uns zu entmasten und uns dann zu entern. Außerdem ist anzunehmen, daß der größte Schoner mit einigen schweren Kanonen bestückt ist. Darum muß jede unserer Kugeln sitzen. Denkt daran, daß drüben viele Kanoniere und Matrosen gefangene Spanier sind. Sie sind zwar von Garrick eingeschüchtert, werden aber kaum Lust haben, von uns zu Brei zerstampft zu werden.«

Seine Worte riefen zustimmendes Gemurmel bei den halbnackten Geschützbedienungen hervor.

Plötzlich hörten sie abgehacktes Geschützfeuer. Als Bolitho sich umwandte, sah er, wie die Steuerbordkanonen der *San Augustin* lange, orangefarbene Zungen ausspien, während Pulverqualm über das Schiff hinwegzog und die Insel dahinter teilweise verdeckte.

Die See schäumte und schoß himmelwärts, als ob sie vulkanisch aus der Tiefe hochgetrieben würde und nicht durch die Kanonenkugeln des stolzen Schiffes mit den roten Kreuzen auf seinen Großsegeln.

Stockdale sagte: »Ungenau.«

Einige Seeleute drohten dem Feind mit den Fäusten, obwohl das niemand auf die weite Entfernung sehen konnte.

Rhodes schlenderte nach achtern. Sein schöner Säbel paßte schlecht zu seiner abgetragenen Borduniform. Er meinte: »Er will sie wohl nur beschäftigen, was, Dick?«

Bolitho nickte. Rhodes hatte sicher recht, aber trotzdem ging von dem spanischen Schiff etwas sehr Bedrohliches aus, vielleicht wegen seiner ausgefallenen Schönheit, der Pracht seines vergoldeten Schnitzwerks, das selbst auf diese Entfernung zu erkennen war.

Er sagte: »Wenn bloß Wind aufkommen wollte!«

Rhodes zuckte die Achseln. »Wenn wir bloß in Plymouth wären!«

Der spanische Koloß spie eine weitere Breitseite aus, und einige Kugeln sprangen – scheinbar endlos lange – über die Wasseroberfläche.

Das Hohngeschrei war diesmal noch lauter, aber Bolitho bemerkte, daß einige der älteren Geschützführer besorgt dreinschauten. Das Eisen des Feindes fiel kurz und war auch seitlich nicht gut gerichtet, aber da beide Schiffe sich auf konvergierenden Kursen langsam aufeinander zubewegten, würde jede Salve gefährlicher werden.

Er dachte an Bulkley und seine Gehilfen, wie sie im halbdunklen Orlopdeck standen, die blanken Instrumente vor sich, dazu die Branntweinflasche, die den Schmerz betäuben, und den Lederknebel, der verhindern sollte, daß der Patient sich die Zunge durchbiß, wenn die Säge des Chirurgen ihre Arbeit tat.

Und er dachte an Spillane in der Arrestzelle unterhalb der Wasserlinie. Was mochte er empfinden, wenn der Geschützdonner gegen die Bordwände anrollte?

»Batteriedeck, Achtung!« Palliser blickte auf die doppelte Reihe Kanonen herab. »Zurückholen und laden!«

Das war der große Augenblick. Mit äußerster Konzentration wachte jeder Geschützführer darüber, daß seine Männer ihr volles

Gewicht an die Taljen hängten und ihre Kanone von der Bordwand zurückzogen.

Massige Kartuschen wurden schnell an die Mündung gereicht, von der Ladenummer eingeführt und anschließend vom Ansetzer weiter hineingeschoben.

Bolitho beobachtete den ihm am nächsten stehenden Mann, wie er der Kartusche noch zwei Extrastöße nachschickte, um sie ganz fest gegen das Bodenstück zu pressen. Sein Gesicht war dabei so gespannt, so völlig seiner Aufgabe hingegeben, als wolle er den Feind ganz allein besiegen. Dann kam der Ladepfropfen, gefolgt von einer glänzend schwarzen Kugel, die mit einem weiteren Ladepfropfen festgerammt wurde, damit sie nicht bei einer unerwarteten Schlingerbewegung des Schiffes harmlos wieder vorn heraus und ins Wasser rollte. Schließlich waren sie fertig.

Als Bolitho wieder hochschaute, schien das andere Schiff sehr viel näher gekommen zu sein.

»Fertig an Deck?«

Jeder Geschützführer zeigte mit einer Hand: klar.

Palliser rief: »Stückpforten öffnen!« Er wartete und zählte die Sekunden, als die Pfortendeckel sich an beiden Schiffsseiten wie Augenlider hoben. »Ausrennen!«

Die *San Augustin* feuerte schon wieder, aber da ihr Steuermann wohl gerade etwas abgefallen war, schlug die ganze Breitseite eine gute halbe Meile vor dem Bug der *Destiny* ins Wasser.

Rhodes marschierte hinter seinen Kanonen entlang, gab Anweisungen oder scherzte auch nur mit seinen Leuten; Bolitho konnte es nicht erkennen.

Die *San Augustin* stand nun an Backbord voraus, und ihr Kurs lief mit dem der *Destiny* in einem spitzen Winkel zusammen. Es war schwer, die Geschützbedienungen an ihrem Platz zu halten und zu verhindern, daß sie auf die andere Seite liefen, um nachzuschauen, was drüben los war.

Palliser rief: »Mr. Bolitho! Halten Sie sich bereit, Leute von Ihrer Batterie auf die andere Seite zu Hilfe zu schicken. Nach zwei Breitseiten werden wir nach Backbord halten und auch Ihren Kanonen eine Chance geben.«

Bolitho hob die Hand. »Aye, Sir!«

Dumaresq befahl: »Kursänderung drei Strich nach Steuerbord.«

»An die Schoten und Brassen! Ruder nach Luv!«

Die Rahen schwangen herum, die *Destiny* folgte gehorsam dem

Ruder; die *San Augustin* schien achteraus auszuwandern, als sie den geduckt hinter ihren Stückpforten wartenden Geschützführern ins Visier kam.

»Volle Erhöhung! *Feuer*!«

Die Zwölfpfünder rumpelten binnenbords und wurden von Brocktauen abgestoppt. Der Pulverqualm trieb leewärts in einer dichten Wolke auf den Feind zu.

»Stopft die Zündlöcher!« Rhodes bewegte sich jetzt viel schneller. »Wischt aus und ladet neu!«

Die Geschützführer mußten doppelt hart arbeiten, und mancher benutzte beide Fäuste, um die Nervosität seiner Leute zu bändigen. Wenn eine Kartusche in ein unausgewischtes Rohr gesteckt wurde, in dem noch glühende Reste der vorigen Kartusche steckten, bedeutete das einen schnellen und gräßlichen Tod.

Stockdale schlug auf den Verstärkungsring seiner Kanone. »Los, Jungs! Beeilung!«

»Rennt die Kanonen aus!« Palliser hielt sein Teleskop auf die Hängemattsnetze gestützt und beobachtete das andere Schiff. »Ziel auffassen! Geschützweise nach Sicht feuern!«

Diesmal kam die Breitseite unregelmäßig heraus, da jeder Geschützführer den für ihn günstigen Augenblick zum Abschuß abwartete. Aber bevor er den Einschlag seiner Kugel beobachten konnte, rannten schon wieder Matrosen an die Schoten und Brassen, da Gulliver seine Rudergänger zu neuer Kursänderung antrieb. Die *Destiny* lag jetzt so hoch am Wind, wie es ihr möglich war, ohne die Manövrierfähigkeit zu verlieren.

Bolitho hatte einen ganz trockenen Mund. Ohne es zu bemerken, hatte er seinen Säbel gezogen und gegen die Hüfte gedrückt. Das Deck der *Destiny* hatte sich schräg gelegt, und die Geschützführer sahen den goldverzierten Bugspriet der *San Augustin* jetzt langsam, aber stetig ins Blickfeld ihrer Stückpforten einwandern.

»In der Aufwärtsbewegung schießen!«

Aber vor ihnen spie die Bordwand der *San Augustin* erneut Feuer und Eisen mit orangefarbenen Zungen. Bolitho hörte das wilde Kreischen der Ketten- und Stangengeschosse, die über sie hinwegflogen. Er fand noch Zeit, Fähnrich Henderson zu bemitleiden, der oben auf der Bramsaling hockte und sein Fernrohr auf den Feind gerichtet hielt, während die mörderische Verbindung von Ketten und Eisenstangen an ihm vorbeirauschte.

»*Feuer*!«

Bolitho beobachtete, wie die See um das andere Schiff aufbrauste und sein Großsegel flatterte, als ob es von mehr als einer Kugel durchschlagen worden sei.

Während seine Männer sich auf Handspaken und Ansetzer stürzten und nach Pulver und Kugeln schrien, und während das Getöse noch von Pallisers Stimme auf dem Achterdeck übertönt wurde, warf Bolitho einen Blick auf den Kommandanten.

Er stand mit Gulliver und Slade neben dem Kompaß und zeigte auf den Feind, auf seine Segel und den davontreibenden Qualm, als ob das alles von ihm dirigiert würde.

»*Feuer*!«

Kanone für Kanone rollten die Zwölfpfünder an der Steuerbordseite der *Destiny* binnenbords, und die Räder ihrer Lafetten quietschten dabei wie gequälte Schweine.

»Klar zur Kursänderung! Achtung, Mr. Rhodes! Backbordbatterie mit Doppelkugeln laden!«

Bolitho sprang beiseite, um vorbeirennenden Matrosen und Kommandos schreienden Maaten Platz zu machen. Der ständige kräftezehrende Drill auf der langen Überfahrt von Plymouth zahlte sich jetzt aus. Unabhängig davon, was die Kanonen machten, das Schiff mußte gehandhabt und manövrierfähig gehalten werden.

Wieder brüllten die Kanonen auf, diesmal mit einem anderen Ton, der durch Mark und Bein ging, denn die Rohre spien mit doppelter Treibladung je zwei Kanonenkugeln aus.

Bolitho wischte sich das Gesicht mit dem Handrücken. Ihm war, als hätte er stundenlang in der Sonne gestanden. Tatsächlich war es aber kaum acht Uhr früh; erst eine Stunde, nachdem Spillane unter Deck geschickt worden war.

Dumaresq war mit der doppelten Ladung ein Risiko eingegangen, aber Bolitho hatte gesehen, daß sich die beiden Schoner nach Luv vorarbeiteten, um von achtern an die *Destiny* heranzukommen. Sie mußten schnellstens Treffer auf der *San Augustin* erzielen, und zwar entscheidende Treffer, um zumindest deren Bewegungsfähigkeit herabzusetzen.

Dumaresq rief: »Holt den Feuerwerker! Aber schnell!«

Bolitho zuckte zusammen, als Wassersäulen über der Backbord-Laufbrücke zusammenschlugen und er einen heftigen Stoß gegen den Schiffsrumpf spürte. Mindestens zwei Treffer, vielleicht sogar an der Wasserlinie.

Aber der Bootsmann rief schon Befehle, und seine Leute rannten am Posten der Seesoldaten, der den Weg nach unten versperrte, vorbei, um den Schiffsrumpf zu untersuchen und jede Schadenstelle abzudichten.

Er sah den Feuerwerker wie eine Eule ins Tageslicht blinzeln und ärgerlich dreinschauen, daß man ihn aus seiner Pulverkammer geholt hatte, wenn auch auf Befehl des Kommandanten.

»Mr. Vallance!« Dumaresq grinste verschwörerisch. »Sie waren einmal der beste Geschützführer der Kanalflotte. Habe ich recht?«

Vallance rutschte in seinen Filzpantoffeln, die er in der feuerempfindlichen Pulverkammer tragen mußte, um beim Gehen keinen Funken zu erzeugen, hin und her.

»Das ist richtig, Sir.« Trotz des Lärms war er offenbar erfreut, daran erinnert zu werden.

»Gut. Ich möchte, daß Sie persönlich das Kommando über die beiden Buggeschütze übernehmen und es dem Toppsegelschoner richtig geben. Ich werde das Schiff auf den entsprechenden Kurs legen.« Leiser fügte er hinzu: »Sie müssen sich beeilen.«

Vallance schlurfte davon und zeigte im Vorbeigehen mit dem Daumen auf zwei Geschützführer in Bolithos Batterie. Vallance war tatsächlich der Beste in seiner Zunft der Feuerwerker und Stückmeister, auch wenn er gewöhnlich ein schweigsamer Mann war. Er brauchte keine weiteren Erklärungen von Dumaresq. Denn wenn die *Destiny* wendete, um die Schoner anzugreifen, bot sie ihre ganze Länge der feindlichen Breitseite.

Die Buggeschütze der *Destiny* waren Neunpfünder. Obwohl sie nicht so mächtig waren wie andere Marinegeschütze, hatten die Neunpfünder den Ruf, am genauesten zu treffen.

»Feuer!«

Die Männer von Rhodes' Batterie wischten schon wieder die Rohre aus und glänzten vor Schweiß, der in schmalen Streifen über ihre von Pulverqualm geschwärzten Rücken rann.

Die Entfernung betrug weniger als zwei Meilen, und als Bolitho hochschaute, sah er mehrere Löcher im Großmarssegel und einige Matrosen, die schon dabei waren, durchschossenes Tauwerk zu ersetzen, während die Schlacht auf immer kleinerem Abstand weitertobte.

Vallance stand nun auf der Back, und Bolitho konnte sich vorstellen, wie sein ergrautes Haupt sich über den Neunpfünder an Backbord neigte.

Dumaresqs Stimme schnitt durch eine kurze Pause im Kanonendonner. »Wenn Sie soweit sind, Mr. Vallance, gehen wir fünf Strich nach Backbord.« Er ballte die Fäuste. »Wenn bloß mehr Wind aufkäme!« Um seine Unruhe zu bezwingen, verschränkte er die Hände wieder hinter dem Rücken. »Bramsegelschoten los!«

Augenblicke später drehte die *Destiny*, so gut es ihr bei den müde killenden Segeln möglich war, nach Backbord durch den Wind, und Sekunden darauf – so schien es wenigstens –, lagen die Schoner quer vor ihrem Bug.

Bolitho hörte den Abschuß des Backbord-Neunpfünders und dann den der anderen Seite, als Vallance feuerte.

Der Toppsegelschoner schien zu taumeln, als ob er vierkant auf ein Riff aufgelaufen wäre. Der vordere Mast brach mit Rahen, Segeln und Tauwerk zusammen und stürzte auf das Vorschiff und zum Teil über Bord. Unkontrolliert drehte der Schoner ab und schlug quer.

Dumaresq schrie: »Aktion abbrechen! Drehen Sie zurück auf den alten Kurs, Mr. Palliser!«

Bolitho wußte, daß der zweite Schoner es kaum riskieren würde, das gleiche Schicksal wie sein Gefährte zu erleiden. Es war ein artilleristisches Meisterstück gewesen. Er sah seine Männer an den Stagen heruntergleiten, nachdem sie zusätzliche Segel gesetzt hatten, und fragte sich, welchen Eindruck die *Destiny* wohl auf die gegnerischen Geschützbedienungen machen mußte, die nun durch den Pulverqualm erkannten, daß einer der Ihren so leicht erledigt worden war.

Das machte aber kaum den Unterschied in der Bestückung der beiden Schiffe wett. Dagegen konnte es die britischen Seeleute in einem Augenblick ermutigen, in dem sie diese moralische Stütze am dringendsten brauchten.

»Recht so! Kurs Nord zu Ost, Sir.«

Bolitho rief: »Jetzt kommen wir dran!« Er sah, daß einige Matrosen ihm zulächelten, mit Gesichtern wie Masken und glasigen Augen von dem dauernden Geschützfeuer.

Plötzlich schien sich das Deck unter Bolithos Füßen aufzubäumen. Erschreckt sah er einen Zwölfpfünder der Backbord-Batterie umstürzen und zwei schreiende Männer unter sich begraben, während die übrigen sich duckten oder von herumfliegenden Holzsplittern getroffen zu Boden stürzten.

Er hörte Rhodes Befehle geben, die die Ordnung wiederherstellten, und die Antwort mehrerer Kanonen, die erneut feuerten. Doch der Schaden war groß, und als Timbrells Männer herbeieilten, um die umgestürzte Kanone und das zersplitterte Holz wegzuräumen, feuerte der Feind abermals.

Bolitho wußte nicht, wie viele Kugeln der *San Augustin* diesmal ihr Ziel getroffen hatten, aber das Deck bebte so heftig, daß es eine ganze Masse Eisen gewesen sein mußte. Holzteile flogen ihm um die Ohren, und er schützte sein Gesicht mit den Armen, als ein großer Schatten auf das Batteriedeck fiel.

Stockdale riß ihn zu Boden und krächzte: »Der Besan! Sie haben ihn umgeschossen.«

Dann gab es ein Donnergetöse, als der Besanmast mit Stengen und Rahen auf das Achterdeck und die Steuerbord-Laufbrücke herabstürzte, Tauwerk, Segel und Menschen mit sich reißend und unter sich begrabend.

Bolitho rappelte sich wieder auf und spähte nach dem Feind aus. Der schien seine Position verändert zu haben. Nur seine oberen Rahen ragten aus dem Qualm, doch er fuhr fort zu schießen. Die *Destiny* hatte Schlagseite, und die über die Bordwand hängenden Teile der Takelage zogen sie herum, während überall Männer sich aus dem Gewirr von Tauwerk und Leinwand zu befreien suchten. Bei dem ohrenbetäubenden Lärm waren alle ihnen zugerufenen Befehle vergeblich.

Dumaresq kam an die Querreling und ließ sich seinen Hut von seinem Bootssteurer reichen. Er warf einen schnellen Blick über das Oberdeck und befahl dann: »Mehr Leute nach achtern! Kappt den ganzen Plunder!«

Palliser tauchte aus dem Chaos auf wie ein Gespenst. Er hielt seinen Arm, der gebrochen schien, und es sah aus, als ob er jeden Augenblick zusammensinken würde.

Dumaresq brüllte: »Bewegt euch! Und eine neue Flagge an den Großmast, Mr. Lovelace!«

Aber es war ein Bootsmannsmaat, der aufenterte, um die Flagge zu ersetzen, die mit dem Besanmast weggeschossen worden war. Midshipman Lovelace, der in zwei Wochen vierzehn Jahre alt geworden wäre, lag – von einem durch die Luft gesausten Backstag fast mittendurch geschnitten – an den Hängemattsnetzen.

Bolitho stand bewegungslos an seinem Platz, während das Schiff um ihn herum unter den Stößen des Geschützfeuers schwankte und bebte. Dann packte er Jury an der Schulter und sagte: »Nehmen Sie zehn Männer, und helfen Sie dem Bootsmann.« Er schüttelte ihn leicht. »Alles in Ordnung?«

Jury lächelte. »Jawohl, Sir.« Er lief in den Qualm und rief dabei mehrere Namen.

Stockdale murmelte: »Wir haben nur noch sechs Kanonen auf dieser Seite, die zählen.«

Bolitho wußte, daß die *Destiny* so lange außer Kontrolle war, bis der Besan gekappt war. Als er über die Bordwand blickte, sah er unten einen Seesoldaten, der sich noch an der Besanstenge festhielt, und einen anderen, der von dem Gewirr der Takelage unter Wasser gezogen wurde und ertrank. Er wandte sich ab zu Dumaresq, der wie ein Fels dastand und den Feind beobachtete, wobei er offensichtlich darauf bedacht blieb, daß seine Besatzung ihn sah.

Bolitho zwang sich, woanders hinzublicken. Er fühlte sich plötzlich bedrückt und schuldig, da er zufällig Dumaresqs Geheimnis entdeckt hatte. Das also war der Grund, warum er die scharlachrote Weste trug! Damit keiner seiner Leute etwas merken konnte, wenn er verwundet wurde.

Aber Bolitho hatte die frischen nassen Flecken erkannt, von denen Blut auf seine kräftigen Hände getropft war, als sein Bootssteurer John ihn stützend an die Reling geführt hatte.

Midshipman Cowdroy kletterte über die Trümmer und rief: »Ich brauche Hilfe auf dem Vorschiff, Sir!« Er sah aus, als wäre er kurz vorm Durchdrehen.

Bolitho sagte: »Sehen Sie zu, wie Sie allein damit fertig werden.« Das gleiche hatte Dumaresq anläßlich des Uhrendiebstahls zu ihm gesagt.

Er hörte Axtschläge aus dem Rauch und spürte, wie das Schiff sich aufrichtete, als der gebrochene Mast mit seiner Takelage von ihrer Bordwand freikam.

Wie nackt sie aussahen ohne den Besanmast und seine vollstehenden Segel!

Auf einmal bemerkte Bolitho, daß die *San Augustin* quer vor ihrem Bug lag. Sie feuerte immer noch, aber die Kurswechsel der *Destiny*, die von der überhängenden Takelage verursacht worden waren, machten ihr das Zielen im Qualm schwierig. Mehrere Kugeln schlugen dicht vor der Bordwand ein oder klatschten querab zu beiden Seiten ins Wasser. Aber die Kanonen der *Destiny* waren ebenfalls blind, mit Ausnahme der Buggeschütze. Bolitho hörte ihre scharfen Abschüsse, als sie das Feuer mit tödlicher Entschlossenheit erwiderten.

Doch eine weitere schwere Kugel schlug unter ihrer Backbord-

Laufbrücke ein, warf zwei Kanonen um und färbte das Deck blutrot, als sie eine Gruppe von Männern niedermähte, von denen viele bereits verwundet gewesen waren.

Bolitho sah, daß Rhodes hinfiel und versuchte, sich wieder aufzuraffen, aber dann endgültig niedersank.

Er lief hinüber, um ihm zu helfen, ihn vor dem beißenden Pulverqualm zu schützen, während die Welt um ihn herum verrückt zu spielen schien.

Rhodes sah ihm direkt ins Gesicht, und seine Augen waren klar, als er flüsterte: »Der ›Herr und Meister‹ hat seinen Willen, sehen Sie, Dick?« Er schaute am Großmast vorbei in den Himmel. »Der Wind – endlich ist er da. Aber zu spät.« Er hob den Arm, um Bolithos Schulter zu berühren. »Passen Sie auf sich auf, Dick. Ich habe es immer gewußt . . .« Sein Blick wurde plötzlich starr und leblos.

Bolitho erhob sich mühsam und starrte in das Chaos und Elend ringsum. Stephen Rhodes war tot. Rhodes, der ihn als erster an Bord willkommen geheißen und das Leben immer auf die leichte Schulter genommen hatte.

Dann sah er durch die zerrissenen Netze und zerfetzten Hängematten die See. Die vorher so träge Dünung war lebhaft geworden. Er schaute hinauf zu den Segeln. Durchlöchert, wie sie waren, standen sie jetzt doch prall wie Brustharnische und trieben die Fregatte vorwärts in den Kampf. Sie waren noch nicht geschlagen! Rhodes hatte es gesehen. »Der Wind«, hatte er gesagt. Es war das letzte, was er auf Erden erkannt hatte.

Bolitho rannte an die Bordwand und sah die *San Augustin* an Steuerbord voraus erschreckend nahe. Männer schossen von drüben auf ihn, und überall war Qualm und Lärm, aber er spürte nichts. Aus der Nähe sah das feindliche Schiff nicht mehr so stolz und unverletzbar aus. Er konnte erkennen, wo die Kugeln der *Destiny* Spuren hinterlassen hatten.

Er hörte Dumaresqs Stimme, die ihm das Deck entlang folgte und trotz seiner unvermeidlichen Schmerzen immer noch kräftig und beherrrschend klang.

»An die Steuerbordbatterie, Mr. Bolitho!«

Bolitho hob Rhodes schönen Säbel auf und schwenkte ihn wild. »An die Kanonen, Jungs! Doppelte Ladung!«

Musketenkugeln prasselten wie Kieselsteine an Deck, und hier und da fiel ein Mann um. Aber die übrigen, die sich aus den Trümmern befreit hatten, überließen die Kanonen an der Backbordseite sich selber und gehorchten taumelnd Bolithos Ruf. Sie luden die verbliebenen Zwölfpfünder, kauerten dahinter wie verschreckte Raubtiere und warteten, bis das hohe Achterschiff der *San Augustin* sich Meter für Meter wie ein vergoldeter Fels vor ihnen auftürmte.

»Ziel auffassen!«

Wer gab die Befehle? Dumaresq, Palliser, oder war er so mitgerissen von der Wildheit der Schlacht, daß er sie selber ausgestoßen hatte?

»*Feuer*!«

Er sah die Kanonen im Rückstoß binnenbords rollen und ihre Bedienungen durch die Stückpforten schauen, um den Erfolg ihrer Schüsse zu überprüfen. Denn jede der mörderischen Kugeln pflügte jetzt vom Heck bis zum Bug durch das spanische Schiff und verbreitete überall Tod und Verderben.

Kein Geschützführer, auch Stockdale nicht, machte Anstalten, neu zu laden. Es war, als wisse jeder Bescheid.

Die *San Augustin* trieb nach Lee ab. Vielleicht war ihr Ruder zerschossen oder sämtliche Offiziere waren in der letzten feurigen Umarmung getötet worden.

Bolitho ging langsam nach achtern und stieg den Niedergang hoch aufs Achterdeck. Holzsplitter lagen überall herum, und an den Sechspfündern waren nur noch wenige Männer übrig, die Hurra rufen konnten, als ein Teil der Takelage des Feindes in die Qualmwolken stürzte.

Dumaresq wandte sich mühsam um: »Ich glaube, sie brennt.«

Bolitho sah Gulliver tot neben seinen Rudergängern liegen; Slade stand an seinem Platz, als ob er von Anfang an zum Master bestimmt gewesen sei. Colpoys, der seinen roten Rock wie ein Cape um die bandagierte Brust gehängt hatte, musterte seine Männer, die von ihren Waffen zurückgetreten waren. Palliser saß auf einem Faß, während einer von Bulkleys Leuten seinen Arm untersuchte.

Bolitho hörte sich sagen: »Wir werden den Schatz verlieren, Sir.«

Eine Explosion schüttelte die schwer mitgenommene *San Augustin*. Man sah Gestalten über Bord springen und jeden niedertrampeln, der sie aufzuhalten versuchte.

Dumaresq blickte auf seine rote Weste herunter. »Sie verlieren ihn aber auch.«

Bolitho beobachtete das andere Schiff und sah, wie der Qualm dikker wurde und erste Flammen unterhalb des Großmasts hervorbrachen. Wenn Garrick noch lebte, würde er nicht mehr weit kommen.

Bulkley lief übers Achterdeck. »Sie müssen nach unten gehen, Sir, ich muß Sie untersuchen.«

»Müssen?« Dumaresq lächelte grimmig. »Das ist kein Wort, das ich . . .« Dann fiel er ohnmächtig in die Arme seines Bootssteurers.

Trotz allem, was schon geschehen war, schien Bolitho dieser Anblick unerträglich. Er sah zu, wie Dumaresq aufgehoben und vorsichtig zum Niedergang getragen wurde.

Palliser trat an die Querreling, aschfahl im Gesicht, aber er sagte: »Wir werden uns in sicherer Entfernung halten, bis das verdammte Schiff entweder gesunken oder in die Luft geflogen ist.«

»Was soll ich jetzt tun, Sir?« Das war Midshipman Henderson, der wunderbarerweise oben im Großmast überlebt hatte.

Palliser sah ihn an. »Sie übernehmen Mr. Bolithos Aufgaben.« Er stockte, den Blick auf Rhodes' Leiche am Fockmast gerichtet. »Mr. Bolitho ist jetzt Zweiter Offizier.«

Eine heftigere Explosion als alle bisherigen erschütterte die *San Augustin* so stark, daß ihre Fock- und Großmarsstengen in den Qualm hinabstürzten, das ganze Schiff sich schwer auf die Seite legte und schließlich kenterte.

Jury kam den Niedergang hoch und stellte sich an Bolithos Seite, um die letzten Augenblicke des einst so schönen Schiffes mit anzusehen. »War es das alles wert, Sir?«

Bolitho sah ihn an und schaute sich an Deck um. Schon waren Leute dabei, die Schäden auszubessern und das Schiff wieder flott zu machen. Tausenderlei Dinge gab es zu tun: die Verwundeten mußten betreut werden. Der übriggebliebene Schoner war zu jagen und zu erobern. Überlebende mußten aus dem Wasser gefischt und als Gefangene von den spanischen Seeleuten getrennt werden. Eine Menge Arbeit für eine kleine Fregatte mit reduzierter Besatzung.

Er erwog Jurys Frage und überlegte auch, was Dumaresq sagen würde, wenn er zurückkam. Eigenartig, dieser Dumaresq: Tod war für ihn gleich Niederlage, und beides gab es für ihn nicht.

Bolitho sagte leise: »So dürfen Sie nicht fragen. Ich habe einiges gelernt und lerne immer noch dazu. Das Schiff kommt zuerst. Aber lassen Sie uns an die Arbeit gehen, anderenfalls wird unser ›Herr und Meister‹ einige unfreundliche Worte für uns alle finden.«

Überrascht schaute er auf den Säbel, den er immer noch in der Hand hielt.

Vielleicht hatte da Rhodes Jurys Frage für ihn beantwortet?

Epilog

Bolitho drückte seinen Hut fester und blickte zu dem großen grauen Haus empor. Von See blies ein kräftiger Wind, und der Regen, der ihm ins Gesicht klatschte, fühlte sich an wie Eisnadeln. So viele Monate, so langes Warten, und nun war er wieder zu Hause. Die Fahrt nach Falmouth, nachdem die *Destiny* in Plymouth geankert hatte, war lang und beschwerlich gewesen. Die Straßen waren ausgefahren, und der hochspritzende Matsch hatte die Fenster der Kutsche so verdreckt, daß es Bolitho schwergefallen war, einzelne Orte, die ihm seit seiner Kindheit vertraut waren, wiederzuerkennen.

Und nun, am Ziel, schien ihm alles unwirklich und – aus Gründen, die er selbst nicht erklären konnte – für ihn verloren.

Nur das Haus war unverändert und sah aus wie vor einem Jahr.

Stockdale, der ihn von Plymouth begleitet hatte, trat unruhig von einem Fuß auf den anderen.

»Sind Sie sicher, daß es richtig war, mich mitzunehmen, Sir?«

Bolitho sah ihn an. Es war Dumaresqs letzte Geste gewesen, bevor er die *Destiny* der Schiffswerft zur gründlichen Überholung übergeben hatte und von Bord gegangen war: »Nehmen Sie Stockdale mit. Sie werden bald ein neues Kommando bekommen. Behalten Sie ihn bei sich, er ist ein brauchbarer Kerl.«

Bolitho antwortete ruhig: »Sie sind hier willkommen und werden es bald merken.«

Er schritt die ausgetretenen Stufen hinauf und sah, wie die zweiflüglige Tür sich nach innen öffnete. Es überraschte ihn nicht, denn er hatte schon gespürte, daß das ganze Haus ihn während der letzten Augenblicke schweigend beobachtet hatte.

Aber es war nicht die alte Mrs. Tremayne, ihre langjährige Haushälterin, die ihn begrüßte, sondern ein junges Hausmädchen, das er nicht kannte.

Sie knickste und errötete dabei: »Willkommen, Sir.« Fast im gleichen Atemzug setzte sie hinzu: »Käpt'n James erwartet Sie, Sir.«

Bolitho trat den Schmutz von seinen Schuhen und übergab dem Mädchen Hut und Bootsmantel.

Er schritt durch die getäfelte Eingangshalle in den großen Raum, den er so gut kannte. Da war das Kaminfeuer, munter prasselnd, als wolle es den Winter bezwingen; auf dem Sims schimmerte Zinngeschirr, und über allem hing ein Geruch, der – vermischt mit leichten Küchendüften – Geborgenheit ausstrahlte.

Kapitän James Bolitho löste sich vom Kamin und legte seinem Sohn die Hand auf die Schulter. »Mein Gott, Richard, ich habe dich zuletzt als mageres Bürschchen in Kadettenuniform gesehen, und nun bist du als Mann zurückgekehrt.«

Bolitho war bestürzt über das schlechte Aussehen seines Vaters. Er war zwar darauf vorbereitet, daß ihm ein Arm fehlte, aber sein Vater hatte sich unglaublich verändert. Sein Haar war grau, die Augen lagen tief in den Höhlen. Wegen seines hochgesteckten leeren Ärmels hielt er sich eigenartig. Bolitho hatte diese Haltung auch bei anderen verkrüppelten Seeleuten gesehen. Vielleicht fürchteten sie, daß jemand gegen die Stelle stoßen könnte, wo einmal der Arm gewesen war.

»Setz dich, mein Junge.« Er betrachtete Bolitho so genau, als befürchte er, etwas zu übersehen. »Das ist aber eine schreckliche Narbe da auf deiner Stirn. Du mußt mir davon erzählen.« Aber es lag keine Bewegung in seiner Stimme. »Wer ist der Riese, mit dem ich dich kommen sah?«

Bolitho packte die Armlehnen seines Stuhls. »Ein Mann namens Stockdale.« Er wurde sich plötzlich der Stille im Haus bewußt und fragte: »Vater, ist etwas nicht in Ordnung?«

Sein Vater ging zu einem Fenster und starrte blicklos durch das regennasse Glas.

»Ich habe es dir selbstverständlich geschrieben. Die Briefe werden dich eines Tages erreichen.« Er wandte sich heftig um. »Deine Mutter ist vor einem Monat gestorben, Richard.«

Bolitho sah ihn entsetzt an, unfähig, sich zu bewegen, es zu begreifen. »Gestorben?«

»Sie war nur kurze Zeit krank. Ein heftiges Fieber. Wir taten alles, was wir konnten.«

Bolitho sagte leise: »Ich glaube, ich habe es geahnt. Gerade eben, vor dem Haus. Sie hat ihm immer das Licht gegeben.«

Tot. Er hatte sich überlegt, was er ihr sagen wollte, wie er ihre Sorgen wegen seiner Verwundung zerstreuen konnte.

Wie aus weiter Ferne sagte sein Vater: »Dein Schiff wurde uns schon vor einigen Tagen gemeldet.«

»Ja. Aber dann kam Nebel auf. Wir mußten draußen ankern.«

Er sah plötzlich die Gesichter der *Destiny* vor sich, die er verlassen hatte. Wie sehr er sie in diesem Augenblick gebraucht hätte: Dumaresq, der zur Admiralität gefahren war, um den Verlust des Schatzes zu erklären oder dafür beglückwünscht zu werden, daß er ihn dem Feind entzogen hatte. Palliser, der das Kommando über eine in Spithead liegende Brigg bekommen hatte. Der junge Jury, dessen Stimme übergekippt war, als sie einander zum letztenmal die Hände geschüttelt hatten.

»Ich habe von euren Unternehmungen gehört. Dumaresq scheint sich einen Namen gemacht zu haben. Ich hoffe wenigstens, daß die Admiralität es so sieht. Dein Bruder ist auf See.«

Bolitho versuchte, seine Gefühle zu beherrschen. Worte, nur Worte. Er wußte, daß sein Vater so war: »Haltung.« Es war immer eine Frage der »Haltung« für ihn, zuerst und vor allem.

»Ist Nancy zu Hause?«

Sein Vater sah ihn kühl an. »Auch das kannst du nicht wissen: Deine Schwester hat den jungen Lewis Roxby, den Sohn des Squires, geheiratet. Deine Mutter sagte, das sei die beste Lösung nach der anderen Geschichte.« Er seufzte: »So ist das also.«

Bolitho lehnte sich im Stuhl zurück und preßte die Schultern gegen das geschnitzte Eichenholz, um seinen Schmerz zu bändigen.

Sein Vater hatte die See verloren, und jetzt war er auch noch allein in diesem großen Haus mit der Aussicht auf die Hänge von Pendennis Castle und auf das Kommen und Gehen auf der Reede von Carrick. Alles eine ständige Erinnerung an das, was er verloren hatte, was ihm genommen worden war.

Er sagte vorsichtig: »Die *Destiny* ist außer Dienst gestellt, Vater. Ich kann bleiben.«

Es war, als hätte er einen furchtbaren Fluch ausgestoßen. Captain James marschierte vom Fenster auf ihn zu und blickte auf ihn herab.

»Das will ich nicht hören! Du bist mein Sohn und ein Offizier des Königs. Seit Generationen sind wir von diesem Hause ausgezogen, und einige sind niemals zurückgekommen. Es liegt Krieg in der Luft, da werden alle unsere Söhne gebraucht.« Er machte eine Pause und setzte dann sanft hinzu: »Vor zwei Tagen kam ein Bote: Ein neues Kommando wartet auf dich.«

Bolitho stand auf und ging durch den Raum, berührte dabei vertraute Dinge, ohne es zu spüren.

Sein Vater fuhr fort: »Auf der *Trojan,* einem Linienschiff mit achtzig Kanonen. Wenn sie das Schiff in Dienst stellen, muß Krieg vor der Tür stehen.«

»Sicherlich.«

Keine schlanke Fregatte, sondern ein dickes Linienschiff. Eine neue Welt, die zu erkunden und zu meistern war. Vielleicht war es ganz gut so. Etwas, das ihn ausfüllte, ihn in Bewegung hielt, bis er alles verarbeitet hatte, was geschehen war.

»Nun sollten wir ein Glas zusammen trinken, Richard. Klingle nach dem Mädchen. Du mußt mir alles berichten. Vom Schiff, von den Menschen, alles. Das ist das einzige, was ich noch habe: Erinnerungen.«

Bolitho sagte: »Gut, Vater. Es ist ein Jahr her, daß ich nach Plymouth auf die *Destiny* unter Kapitän Dumaresq kam . . .«

Als das Hausmädchen mit Gläsern und Wein aus dem Keller kam, sah sie den grauköpfigen Captain James seinem jüngsten Sohn gegenübersitzen. Sie sprachen über Schiffe und ferne Länder und ließen sich weder Kummer noch Verzweiflung anmerken.

Aber sie wußte es nicht besser. Es war eben alles nur eine Frage der Haltung.

Cecil Scott Forester

Die Hornblower-Romane

Ullstein

Fähnrich zur See Hornblower
Ullstein Buch 22422

Leutnant Hornblower
Ullstein Buch 22441

Hornblower wird Kommandant
Ullstein Buch 22462

Der Kapitän
Ullstein Buch 22481

An Spaniens Küsten
Ullstein Buch 22502

Unter wehender Flagge
Ullstein Buch 22529

Der Kommodore
Ullstein Buch 22555

Lord Hornblower
Ullstein Buch 22570

Hornblower in Westindien
Ullstein Buch 22598

Hornblower auf der Hotspur
Ullstein Buch 22651

Zapfenstreich
Ullstein Buch 22834